LJOD. DAS EIS

Vladimir Sorokin

LJOD. DAS EIS

Aus dem Russischen von Andreas Tretner

BERLIN VERLAG

Die Originalausgabe erschien 2002 unter dem Titel
Лёд
bei Ad Marginem, Moskau

Umschlaggestaltung:
Nina Rothfos und Patrick Gabler, Hamburg
Typografie: Renate Stefan, Berlin
Gesetzt aus der Joanna MT
durch psb, Berlin
Druck & Bindung: Ebner & Spiegel, Ulm
Printed in Germany 2003
ISBN 3-8270-0493-4

Aus wes Leib ist das Eis gegangen, und wer hat den Reif unter dem Himmel gezeugt? Hiob 38,29

ERSTER TEIL

BRUDER URAL

23:42

Mytischtschi bei Moskau, Silikatnaja uliza 4, Gebäude II.
Neues Lagerhaus der Moskauer Telefongesellschaft Mosobltelefontrest.

Ein dunkelblauer Geländewagen, Marke Lincoln Navigator, fuhr ein. Stoppte. Im Scheinwerferlicht zu sehen: Betonfußboden, Ziegelwände, Trafokästen, Rollen mit Erdkabel, ein Dieselkompressor, Zementsäcke, ein Bitumenfass, eine zerbrochene Tragbahre, drei leere Milchtüten, ein Brecheisen, Zigarettenkippen, eine tote Ratte, zwei eingetrocknete Kothaufen.

Gorbowez stemmte sich gegen das Tor. Zerrte. Die stählernen Flügel fuhren rasselnd aufeinander zu. Er schob den Riegel vor. Spuckte aus. Ging zum Auto.

Uranow und Rutman waren ausgestiegen. Öffneten die Heckklappe. Auf dem Boden des Kofferraums zwei Männer in Handschellen. Die Münder verklebt.

Gorbowez trat hinzu.

»Hier muss irgendwo ein Lichtschalter sein.« Uranow, während er dem Auto ein aufgewickeltes Seil entnahm.

»Findest du es zu dunkel?« Rutman, ihre Handschuhe ausziehend.

»Geht so.« Uranow, die Augen zusammenkneifend.

»Hauptsache, wir kriegen was zu hören, mein Lieber!« Gorbowez, grinsend.
»Die Akustik ist gut hier.« Uranow, sich müde das Gesicht reibend. »Fangen wir an.«
Sie zerrten die Gefangenen aus dem Auto. Führten sie zu zwei Stahlpfeilern. Banden sie gewissenhaft daran fest. Stellten sich ringsherum auf. Starrten ihre Gefangenen schweigend an.
Alle fünf standen jetzt im Scheinwerferlicht. Alle waren blond und blauäugig.
Uranow (30), groß, schmale Schultern, hageres, intelligentes Gesicht, beigefarbener Regenmantel.
Rutman (21), mittelgroß, mager, flache Brust, gelenkig wirkend, blasses, unauffälliges Gesicht, dunkelblaue Bundjacke, schwarze Lederhosen.
Gorbowez (54), Vollbart, nicht sehr groß, stämmig, sehnige Bauernhände, kräftiger Brustkasten, grobes Gesicht, gelbbraune Wildlederjacke.
Die Gefesselten:
No. 1 – Mann Ende vierzig, dick, gepflegt, gerötetes Gesicht, teurer Anzug.
No. 2 – junger Mann, schwächlich, Hakennase, Pickel, schwarze Jeans und Lederjacke.
Halbtransparentes Klebeband quer über die Münder.
»Zuerst den da.« Uranow wies mit dem Kinn auf den Dicken.
Rutman brachte aus dem Auto einen länglichen Metallkoffer geschleppt. Stellte ihn vor Uranow auf dem Betonboden ab. Ließ die Verschlüsse aufschnappen. Der Koffer war eine kleine Kühltruhe.
In ihr lagen, gegeneinander ausgerichtet, zwei **Eishämmer**: die zylindrischen Köpfe aus Eis, die langen Stiele aus un-

gehobeltem Holz, durch weißgegerbte Lederriemchen mit den Köpfen verbunden. Die Stiele von einer Reifschicht bedeckt.

Uranow zog Handschuhe über. Ergriff einen der Hämmer. Tat einen Schritt auf den Gefesselten zu. Gorbowez knöpfte dem Dicken das Jackett auf. Nahm ihm die Krawatte ab. Riss am Hemd. Die Knöpfe kamen gesprungen. Eine rundliche weiße Brust mit kleinen Brustwarzen und einem goldenen Kreuz am Kettchen wurde sichtbar. Gorbowez' schwielige Finger packten das Kreuz, rissen es ab. Der Dicke jaulte auf. Versuchte mit den Augen Zeichen zu geben. Drehte den Kopf hin und her.

»Gib Antwort!«, sprach Uranow laut und deutlich.

Er holte aus und schlug ihm den Hammer mitten auf die Brust.

Der Dicke jaulte noch mehr.

Die drei vor ihm standen reglos, schienen zu horchen.

»Gib Antwort!«, wiederholte Uranow nach einer Weile im selben gesetzten Tonfall. Und schlug erneut kräftig zu.

Der Dicke ließ ein unterdrücktes Brüllen hören. Die drei standen still. Lauschten.

»Gib Antwort!« Der nächste Hieb war noch stärker.

Der Mann brüllte und quiekte. Schlotterte am ganzen Leib. Auf seiner Brust zeichneten sich drei kreisförmige Blutergüsse ab.

»Gib mal her, ich mach das.« Gorbowez griff nach dem Hammer. Spuckte in die Hände. Holte aus.

»Gib Antwort, he!« Mit sattem, dumpfem Schlag knallte der Hammer gegen die Brust. Eiskrümel spritzten umher.

Und wieder standen die drei und rührten sich nicht. Lauschend. Der Dicke jaulte, zuckte. Sein Gesicht war blass, die Brust rot angelaufen, Schweiß trat hervor.

»Orsa? Orus?« Rutman, unsicher einen Finger an den Mund legend.
»Dem knurrt bloß der Wanst.« Gorbowez, kopfschüttelnd.
»Heiße Luft.« Uranow, mit zustimmendem Nicken. »Der ist hohl.«
»Gib Antwort, Mann!«, brüllte Gorbowez und schlug zu. Der Körper des Mannes zuckte. Hing nun schlaff in den Seilen.
Sie traten ganz nah heran. Hielten das Ohr dicht vor die gerötete Brust. Lauschten gebannt.
»Wanstgrummeln, nichts weiter!« Gorbowez ächzte deprimiert. Holte wieder aus.
»Gib … Antwort!«
»Gib … Antwort!«
»Gib … Antwort!«
»Gib … Antwort!«
Er schlug und schlug. Eissplitter flogen vom Hammer. Dem Dicken tropfte das Blut aus der Nase.
»Er ist hohl.« Uranow, sich aufrichtend.
»Er ist hohl …« Rutman, sich auf die Lippe beißend.
»Hohl, das Schwein …« Gorbowez, auf den Hammer gestützt. Schwer atmend. »Heilige Madonna … Wie viele von euch Hohlkörpern sollen wir denn noch aufklopfen …«
»Scheint eine taube Ader zu sein«, seufzte Rutman.
Gorbowez ließ den Hammer mit voller Wucht auf den Boden prallen. Der Kopf zersprang. Eis spritzte nach allen Seiten. Die gerissenen Riemchen baumelten am Stiel. Gorbowez warf ihn in die Truhe. Ergriff den zweiten Hammer. Gab ihn an Uranow weiter.
Uranow wischte den Reif vom Stiel. Missmutig starrte er auf den leblos scheinenden Körper des Dicken. Ließ den Blick zu dem anderen hinüberwandern. Zwei blaue Augen-

paare sahen einander an. Der Gefesselte wand sich und wimmerte.

»Sei kein Frosch, mein Lieber.« Gorbowez wischte sich die Blutspritzer von den Wangen. Hielt sich ein Nasenloch zu. Beugte sich nach vorn. Schnäuzte auf den Boden. Wischte sich die Finger an der Jacke ab. »Hör mal, Ire, das war jetzt der Sechzehnte, den wir aufklopfen, und wieder eine taube Nuss. Was ist das für eine Schlafkur. Der Sechzehnte! Hohlkörper, einer wie der andere!«

»Und wenn es der Hundertsechzehnte wäre.« Uranow, dem gefesselten Jungen die Jacke aufknöpfend.

Der Junge winselte. Seine mageren Knie schlotterten.

Rutman ging Uranow zur Hand. Sie zerfetzten das schwarze T-Shirt mit der roten Aufschrift *WWW.FUCK.RU*. Darunter zitterte die weiße, knochige, von zahllosen Sommersprossen betüpfelte Brust.

Uranow überlegte. Dann reichte er Gorbowez den Hammer.

»Mach du, Rom. Ich hab schon ewig kein Glück mehr.«

»Von mir aus ...« Gorbowez spuckte in die Hände.

Postierte sich. Schwang den Hammer.

»Gib Antwort!«

Schwirrend fuhr der Eiszylinder auf das mickrige Brustbein des Jungen nieder. Der gefesselte Körper bäumte sich auf. Die drei horchten. Die schmalen Nasenflügel des Jungen bebten. Der Atem kam schluchzend daraus hervor.

Gorbowez schüttelte bekümmert den struppigen Kopf. Langsam führte er den Hammer wieder nach hinten.

»Gib ... Antwort!«

Der Hammer schnitt die Luft so heftig, dass es pfiff. Ein saftiger Schlag. Eiskrümel sprühten. Das Stöhnen verebbte.

»Da ist was ... Da ist was ...« Rutman, das Ohr gegen die sich blau färbende Brust haltend.

»Das täuscht.« Uranow, kopfschüttelnd.
»Irgendwas iss … Aber wasses iss … Womöglich in der Gurgel?« Gorbowez, sich den roten Bart raufend.
»Noch mal, Rom, aber präziser«, kommandierte Uranow.
»Ja, nu … Wie denn präziser …« Gorbowez schwang den Hammer. »Gib … Antwort!«
Das Brustbein knackte. Eis prasselte zu Boden. Aus der aufgeplatzten Haut tröpfelte Blut. Der Junge hing kraftlos in den Stricken. Die blauen Augen verdreht. Die schwarzen Wimpern flackernd.
Die drei horchten. Aus der Jungenbrust drang ein schwaches, stotterndes Brummen.
»Da ist es!« Uranow, zuckend.
»Gütiger Gott!« Gorbowez, den Hammer wegwerfend.
»Ich hab's gewusst!« Rutman, freudestrahlend. Hauchte sich in die Hände.
Die drei legten ihre Gesichter an die Brust des Jungen.
»Lass dein Herz sprechen! Lass dein Herz sprechen! Lass dein Herz sprechen!«, erhob Uranow seine Stimme.
»Sprich, komm, sprich, mein Lieber, sprich doch!«, murmelte Gorbowez.
»Lass dein Herz sprechen, dein Herz, dein liebes Herz …«, flüsterte Rutman voller Freude.
In der Brust des Jungen – blutüberströmt und blutunterlaufen – kam ein seltsamer Laut auf, ganz schwach. Verlor sich, kam wieder.
»Sag deinen Namen! Sag deinen Namen! Sag deinen Namen!«, skandierte Uranow.
»Sag schon deinen Namen, sag ihn doch, sag ihn!« Gorbowez, dem Jungen über die rotblonden Haare streichend.
»Den Namen, komm schon, den Namen, den Namen …« Rutman, flüsternd, wie an die blassrosa Brustwarze gewandt.

Sie lauschten reglos. Wie erstarrt.
»Ural.« Uranow, mit Bestimmtheit.
»Ur… Ura… Ural!« Gorbowez, sich den Bart zerrend.
»Urrraaal! Uraaaaaal!« Rutman, glücklich die Hand auf ihre Lider legend.
Im nächsten Moment wurden die drei von einer seligen Geschäftigkeit ergriffen.
»Schnell, schnell!« Uranow zog ein klobiges Messer mit hölzernem Heft hervor.
Sie zerschnitten die Fesseln. Rissen dem Jungen das Pflaster vom Mund. Legten ihn auf den Betonfußboden. Rutman kam mit dem Verbandskasten geeilt. Entnahm ihm das Riechfläschchen. Hielt es unter die Nase des Jungen. Uranow legte ihm ein nasses Handtuch auf die zerschlagene Brust. Gorbowez griff dem Jungen unter die Schultern. Rüttelte ihn sanft.
»Na, komm schon, mein Lieber, komm, Kleiner, komm …«
Im schlaffen Körper des Jungen zuckte es. Die Schuhe mit der dicken Sohle schurrten über den Boden. Er schlug die Augen auf. Atmete keuchend ein. Darmwinde entwichen. Er wimmerte.
»Das ist gut. Furz nur, Kleiner, Furzen ist immer gut …« Mit einem Ruck hob Gorbowez ihn vom Boden auf. Trug ihn auf seinen kräftigen krummen Beinen sicher zum Auto.
Uranow griff nach dem Hammer. Zerschlug den Eiskopf auf dem Beton. Warf den Stiel zurück in die Kühltruhe. Klappte sie zu und trug sie weg.
Der Junge wurde auf die Rückbank verfrachtet. Gorbowez und Rutman setzten sich rechts und links von ihm. Hielten ihn aufrecht. Uranow schob das Hallentor auf. Dann fuhr er den Wagen in die feuchte Dunkelheit hinaus. Stieg wieder aus, verschloss das Tor. Setzte sich zurück ans Steuer und

fuhr scharf an, jagte den Jeep die schmale, nicht sehr glatte Straße entlang.

Scheinwerferlicht huschte über die Reste von Schnee am Straßenrand. Das leuchtende Zifferblatt zeigte 0:20.

»Du heißt Juri, nicht wahr?« Uranow sah über den Innenrückspiegel nach dem Jungen.

»Juri … Lapin«, kam die stöhnende Antwort.

»Dein richtiger Name ist Ural, merk dir das. Dein Herz hat uns diesen Namen genannt. Bis zum heutigen Tag hast du nicht wirklich gelebt, sondern nur existiert. Von nun an wirst du leben. Alles bekommen, was du willst. Und du wirst ein großes Ziel vor Augen haben. Wie alt bist du?«

»Zwanzig …«

»Siehst du. All die zwanzig Jahre hast du geschlafen. Jetzt bist du aufgewacht. Wir, deine Brüder, haben dein Herz erweckt. Ich heiße Ire.«

»Ich bin Rom.« Gorbowez, dem Jungen über die Wange streichelnd.

»Und ich Oham.« Rutman, ihm zuzwinkernd. Eine nasse Strähne aus Lapins schweißiger Stirn streichend.

»Wir bringen dich in eine Klinik, wo dir geholfen wird. Dort wirst du Zeit haben, zu dir zu kommen.«

Der Junge schielte gehetzt zur Seite, wo die Rutman saß. Dann zum bärtigen Gorbowez hinüber.

»Ich muss aber … Wann kann ich … Wie lange … Ich muss …«

»Stell lieber keine Fragen«, unterbrach ihn Uranow. »Du bist viel zu erschüttert. Musst dich erst umgewöhnen.«

»Viel zu schwach auf der Brust!« Gorbowez, ihm den Kopf kraulend. »Leg dich aufs Ohr erst mal. Hinterher erzählen wir uns was.«

»Du erfährst noch alles früh genug. Tut's denn weh?« Rut-

man, das feuchte Handtuch vorsichtig auf den Blutergüssen zurechtrückend.
»Und wie …« Der Junge schluchzte. Schloss die Augen.
»Endlich war das Handtuch mal zu was gut. Jedes Mal vorm Klopfen hab ich's eingeweicht. Und dann war's wieder nix, und ich durfte es wieder auswringen!« Rutman lachte auf. Legte behutsam den Arm um Lapin. »Mensch, Junge, das ist so toll, dass du jetzt zu uns gehörst. Ich freu mich riesig …«
Der Geländewagen schwankte durch die Schlaglöcher. Der Junge schrie auf.
»Sachte, sachte … Nicht so schnell.« Gorbowez, sich am Bart reißend.
»Tut es so sehr weh, Ural?« Rutman machte es Spaß, den neuen Namen auszusprechen.
»Ja, sehr … Au-aaah …!« Der Junge stöhnte und schrie.
»Ist ja schon gut. Von hier an rüttelt es nicht mehr.« Uranow, behutsam lenkend.
Der Wagen hatte sich langsam der Jaroslawler Chaussee genähert. Bog jetzt ein. Und schoss los, Richtung Moskau.
»Du bist Student.« Rutman, es klang nicht wie eine Frage.
»An der Moskauer Uni, bei den Journalisten.«
Ein Brummen war die Antwort.
»Ich hab auch studiert. Wirtschaft, an der PH.«
»Na so was, Junge, du bist mir ja einer!« Gorbowez, grinsend, naserümpfend. »Hat sich eingemacht vor lauter Schreck, unser Kleiner!«
Von Lapin ging ein schwacher Kotgeruch aus.
»Das ist völlig normal.« Uranow, konzentriert auf die Straße spähend.
»Wie ich aufgeklopft worden bin, hab ich auch braunen Quark produziert.« Rutman, dem Jungen unverwandt in die Augen sehend. »Und dazu noch 'ne heiße Ladung gepinkelt,

heimlich und in aller Stille, hi-hi. Aber du« – sie fasste dem Jungen zwischen die Beine – »bist vorne trocken. Sag mal, du bist nicht zufällig Armenier?«

Der Junge schüttelte den Kopf.

»Irgendwas Kaukasisches im Blut?« Sie fuhr mit dem Finger die Hakennase des Jungen entlang.

Er schüttelte wieder den Kopf. Sein Gesicht wurde immer blasser. Schweiß trat ihm auf die Stirn.

»Oder vielleicht aus dem Baltikum? Du hast eine schöne Nase.«

»Geh ihm doch nicht auf den Wecker, Mädel, der hat grad andere Sorgen als seine Nase«, brummte Gorbowez.

»Ruf die Klinik an, Oham«, befahl Uranow.

Rutman holte ein Handy hervor und wählte.

»Wir sind's«, sprach sie hinein. »Wir haben einen Bruder. Zwanzig. Ja … Ja. Wann? Na, ich denke, so …«

»Fünfundzwanzig Minuten«, soufflierte Uranow.

»… halbe Stunde ungefähr. Ja.«

Sie steckte ihr Handy weg.

Lapin ließ den Kopf an ihre Schulter rutschen. Schloss die Augen. Sank in einen Dämmerzustand.

Sie näherten sich der Klinik:

Nowolushnezki pereulok 7.

Vor dem Schlagbaum stoppten sie. Uranow wies einen Ausweis vor. Dann fuhren sie bis vor ein dreistöckiges Gebäude. Hinter der Glastür standen zwei robuste Sanitäter in hellblauen Kitteln.

Uranow öffnete die Autotür. Die Sanitäter kamen gerannt. Sie hatten ein fahrbares Krankenbett dabei. Lapin wurde aus dem Wagen gehievt. Er kam zu sich, schrie leise auf. Sie betteten ihn auf die Liege. Zurrten Riemen über ihm fest. Rollten ihn in die Klinik hinein.

Gorbowez und Rutman blieben beim Auto. Uranow lief dem Krankentransport hinterher.
In der Aufnahme stand ein Mann. Rauchend, einen Aschenbecher in der Hand.
Der Arzt, füllig, etwas gebeugt, mit vollem, grau meliertem Haar, Brille mit Goldrand, sorgsam gestutzter Bart, hellblauer Kittel.
Die Sanitäter schoben das Krankenbett herein.
»Wie üblich?«, fragte der Arzt.
»Ja«, bestätigte Uranow, auf den Bart des Arztes blickend.
»Komplikationen?«
»Das Brustbein könnte gebrochen sein.«
»Wie lange ist es her?« Der Arzt nahm das Handtuch von Lapins Brust.
»Ungefähr … vierzig Minuten.«
Eine Frau betrat eilig das Zimmer.
Assistenzärztin, mittelgroß, kastanienbraunes Haar, kantiges, ernstes Gesicht.
»Entschuldigen Sie, Semjon Iljitsch.«
»Dann wollen wir mal …« Der Arzt drückte die Zigarette aus. Stellte den Aschenbecher auf das Fensterbrett. Beugte sich über Lapin. Berührte dessen geschwollene lila Brust. »Also. Als Erstes unseren Cocktail, der im Dunkeln leuchtet. Dann zum Röntgen. Anschließend zu mir.«
Er drehte sich schroff um und ging zur Tür.
»Brauchen Sie mich noch?«, fragte Uranow.
»Ich wüsste nicht, wozu. Morgen früh.« Der Arzt verließ den Raum.
Die Assistentin packte eine Spritze aus. Setzte die Kanüle auf. Erbrach zwei Ampullen, führte die Nadel ein, zog die Spritze auf.
Uranow fuhr mit der Hand über Lapins Wange. Der schlug

die Augen auf. Hob den Kopf. Blickte sich um. Hüstelte. Und sprang plötzlich vom Bett.
Die Sanitäter stürzten sich auf ihn.
»Neeein! Neeein! Neeein!!«, schrie er röchelnd.
Er wurde auf die Liege zurückbefördert. Entkleidet. Es roch nach frischem Kot. Uranow atmete aus.
Lapin röchelte und weinte.
Ein Sanitäter band Lapins dünnen Oberarm ab. Die Ärztin mit der Spritze in der Hand beugte sich über ihn.
»Wozu so viel leiden …«
»Ich muss zu Hau… zu Hause anrufen …«, wimmerte Lapin.
»Du *bist* zu Hause, Bruder«, erwiderte Uranow lächelnd.
Die Nadel fuhr in die Vene.

MER

Gegen drei Uhr nachmittags kam Lapin zu sich. Er lag in einem kleinen Einbettzimmer. Weiße Decke. Weiße Wände. Lichtdurchlässige weiße Vorhänge vor dem Fenster. Auf einem kleinen weißen Tisch mit geschwungenen Beinen eine Vase, darin ein Zweig weißer Lilienblüten. Ein stillstehender weißer Ventilator.
Auf einem weißen Stuhl am Fenster saß eine junge Frau und las im Lifestyle-Magazin »OM«.
Krankenschwester (24), schlank, kurz geschnittenes braunes Haar, blaue Augen, große Brillengläser mit silberner Fassung, kurzer weißer Kittel, schöne Beine.
Lapin schielte auf seine Brust. Sie war von einem weißen Elastikverband eingeschnürt. Darunter schimmerte eine Mullbinde.

Lapin zog eine Hand unter der Decke hervor. Betastete den Verband.
Die Schwester hatte es bemerkt. Sie legte ihre Zeitschrift auf das Fensterbrett. Stand auf. Kam zu ihm herüber.
»Guten, Tag, Ural.«
Sie war groß. Ihre blauen Augen schauten durch die Brillengläser aufmerksam auf ihn herab. Die vollen Lippen lächelten.
»Haro«, sagte sie.
»Was?« Lapin hatte Mühe, die rissigen Lippen voneinander zu lösen.
»Ich heiße Haro.« Sie ließ sich behutsam auf dem Bettrand nieder. »Wie fühlst du dich? Ist dir schwindlig?«
Lapin sah auf ihre Haare. Dann fiel ihm alles wieder ein.
»Bin ich ... immer noch hier?«, fragte er mit heiserer Stimme.
»In der Klinik«, sagte sie. Nahm seine Hand. Legte ihre warmen, weichen Finger an das Gelenk. Fing an, den Puls zu messen.
Lapin sog vorsichtig Luft in seinen Brustkasten. Stieß sie wieder aus. Er verspürte ein leises, dumpfes Ziehen. Aber eigentlich keinen Schmerz. Er schluckte. Runzelte die Stirn. Im Hals kratzte es. Das Schlucken tat weh.
»Hast du Durst?«
»Ein bisschen.«
»Möchtest du Saft? Wasser?«
»Orangensaft. Wenn Sie haben.«
»Natürlich.«
Sie langte über Lapin hinweg. Ihr schneeweißer Kittel raschelte. Lapin roch den Duft ihres Parfüms. Schaute auf den offen stehenden Kragen des Kittels. Glatter, schöner Hals. Muttermal über dem Schlüsselbein. Ein goldenes Kettchen.
Er wandte die Augen nach rechts. Dort stand ein schmaler

Tisch mit Getränken. Sie füllte ein Glas mit dem gelben Saft. Umwand es mit einer Serviette. Reichte es Lapin.
Er hatte Mühe, sich auf die Seite zu drehen.
Mit der Linken half ihm die Schwester, sich aufzusetzen. Sein Kopf streifte das weiße Bettgestell. Er nahm ihr das Glas aus der Hand. Trank einen Schluck.
»Ist es auch nicht zu kalt?« Sie lächelte. Sah ihm offen in die Augen.
»Nein, nein … Wie spät ist es?«
»Um drei«, sagte die Krankenschwester mit einem Blick auf ihre schmale Armbanduhr.
»Ich muss zu Hause anrufen.«
»Natürlich.«
Sie zog ein Handy aus der Tasche.
»Trink erst mal. Dann rufst du an.«
Lapin trank das Glas gierig halb leer. Atmete tief aus. Leckte sich die Lippen.
»Du musst großen Durst haben.«
»Stimmt. Machen Sie …«
»Du kannst mich duzen.«
»Machst du … das schon lange?«
»Was meinst du?«
»Na, die Arbeit hier.«
»Über ein Jahr.«
»Und was bist du?«
»Ich?« Ihr Lächeln wurde noch breiter. »Ich bin Krankenschwester.«
»Und was ist das hier … für ein Krankenhaus?«
»Ein Rehabilitationszentrum.«
»Für wen?« Er sah auf ihr Muttermal.
»Für uns.«
»Was soll das heißen, für uns?«

»Für die Erwachten.«
Lapin sagte nichts darauf. Er trank sein Glas leer.
»Möchtest du noch?«
»Ein bisschen ...« Er reichte es ihr.
Sie füllte nach. Er trank noch ein halbes Glas.
»Danke, das reicht.«
Sie nahm ihm das Glas ab. Stellte es auf den kleinen Tisch.
Lapin deutete auf das Handy.
»Darf ich?«
»Aber natürlich.« Sie gab es ihm. »Telefoniere in aller Ruhe. Ich geh so lange raus.«
Sie stand auf. Verließ schnell das Zimmer.
Lapin wählte die Nummer seiner Eltern, räusperte sich. Der Vater nahm ab.
»Ja.«
»Papa, ich bin's.«
»Wo steckst du denn?«
»Ach, ich, äh ...« Er betastete den Verband um seine Brust. »Es ist ...«
»Ja, was denn? Ist was passiert?«
»Ja, nein ... Nicht so direkt.«
»Wieder mal auf dem Revier gelandet? Im Affenkäfig?«
»Nein, nein.«
»Ja, wo denn dann?«
»Na ja, ich war gestern Abend mit Golowastik zu 'nem Konzert. Im Gorbunow-Palast. Na, jedenfalls hab ich bei ihm übernachtet.«
»Konntest du nicht anrufen?«
»Ja, irgendwie war das ... Wir waren mit einem Mal so knülle ... Er hat ziemlichen Stress zu Hause ...«
»Wieder einen gehoben, was?«
»Nur einen Schluck Bier, sonst nichts.«

»Rumtreiber, elende. Wir essen jedenfalls gleich. Kommst du?«
»Ich … na ja, eigentlich wollten wir hier noch einen Gang machen.«
»Wohin?«
»In den Park. Hier bei ihm. Den Hund ausführen.«
»Wie du willst. Hier gibt es Huhn mit Knoblauch. Wir lassen nichts übrig.«
»Ich seh mal zu.«
»Dass du mir nicht wieder versackst.«
»Schon gut.«
Lapin schaltete das Handy ab. Betastete seinen Hals. Schlug die Decke zurück. Er war nackt.
»Verdammt … Wo sind meine Unterhosen?« Er betastete sein Glied.
Ein scharfes, schmerzhaftes Stechen in der Brust. Er verzog das Gesicht. Presste die Hand gegen den Verband.
»O Kacke …«
Die Krankenschwester schob zaghaft die Tür auf.
»Fertig?«
»Ja …« Er warf hastig die Decke über sich.
Sie kam herein.
»Wo sind denn meine Sachen?« Lapin zog eine Grimasse. Rieb sich den Verband.
»Schmerzt es?« Sie saß schon wieder auf dem Rand seines Bettes.
»Sticht irgendwie …«
»Du hast einen kleinen Riss im Brustbein. Den Verband musst du noch eine Weile tragen. Bei Anstrengungen, plötzlichen Drehungen und so kann es heftig wehtun. Bis es wieder verwachsen ist. Das ist normal. Den Brustkasten vergipst man ja nicht.«

»Warum?« Er schniefte.
»Weil der Mensch atmen muss«, antwortete sie lächelnd.
»Und wo sind meine Sachen?«, erneuerte er seine Frage.
»Ist dir kalt?«
»Nein … Nur so … Ich schlafe nicht gern nackt.«
»Ach ja?« Sie tat ehrlich erstaunt. »Mir geht es genau andersherum. Solange ich etwas am Leib habe, kann ich nicht einschlafen. Sogar ein Halskettchen stört.«
»Ein Halskettchen?«
»Ja. Schau!« Sie fuhr sich mit der Hand in den Ausschnitt und holte das Kettchen mit Anhänger hervor, einem kleinen goldenen Kometen. »Das nehme ich jeden Abend vor dem Schlafengehen ab.«
»Nicht zu fassen!«, sagte Lapin und lächelte. »So empfindlich bist du?«
»Der Mensch sollte nackt schlafen.«
»Wieso denn das?«
»Weil er nackt geboren wird und nackt in den Tod geht.«
»Stimmt nicht. In den Tod geht er im Anzug. Im Sarg.«
Sie steckte das Kettchen wieder weg.
»Den zieht er sich doch nicht selber an. Und auch in den Sarg steigt er nicht von allein.«
Lapin antwortete nicht. Er schaute sich um.
»Hast du Hunger?«
»Nein, ich will … ich müsste … Wo sind denn nun meine Sachen? Ich muss mal aufs Klo.«
»Harn lassen?«
»Ja doch.«
»Das ist kein Problem.« Sie beugte sich nieder. Zog unter dem Bett einen weißen Plastiknachttopf hervor.
»Nein, so nicht, das kann ich nicht …« Lapin grinste schief.

»Entspann dich.« Geschwind und professionell hatte sie den Topf unter seine Decke geschoben.
Das kühle Plastik berührte Lapins Oberschenkel. Ihre Hand ergriff sein Glied. Richtete es in das flache Gefäß.
»He, sag mal …« Er zog die Beine an. »Noch bin ich kein Krüppel.«
Ihre freie Hand fing seine Knie in der Bewegung auf. Drückte sie nach unten. Bis sie wieder flach lagen.
»Das ist hier wirklich kein Problem«, beharrte sie sanft.
Lapin lachte verwirrt. Er schaute auf das »OM«-Magazin am Fenster. Dann auf die Lilie in der Vase.
Es verging eine halbe Minute.
»Ural? Musst du oder musst du nicht?«, fragte sie mit mildem Vorwurf in der Stimme.
Lapins Gesicht wurde konzentriert. Auch ein bisschen rot. Sein Glied zuckte. Dann floss der Harn lautlos in den Topf. Geschickt hielt die Krankenschwester sein Glied.
»Na also. So einfach ist das. Hast du noch nie in einen Topf gemacht?«
Lapin schüttelte den Kopf. Der Harn floss weiter.
Die Krankenschwester langte mit der freien Hand nach dem Tisch mit den Getränken und griff sich eine Serviette.
Lapin biss sich auf die Lippe und atmete vorsichtig ein.
Der Strahl versiegte. Die Krankenschwester umwand das Glied mit der Serviette. Vorsichtig zog sie den nunmehr warmen Nachttopf unter der Decke hervor. Stellte ihn zurück unter das Bett. Fing an, sein Glied trockenzureiben.
»Bist du mit blauen Augen zur Welt gekommen?«, fragte sie ihn.
»Ja.« Er sah sie von unten her an.
»Ich mit grauen. Noch mit sechs Jahren war ich grauäugig. Eines Tages hat mein Vater mich in seine Fabrik mitgenom-

men, um mir eine Maschine zu zeigen, ein Wunderwerk, das Uhren montierte. Als ich sie sah, konnte ich mich nicht rühren vor Glück. Wie die funktionierte, wie unglaublich die funktionierte! Ich weiß nicht, wie lange ich so dastand, eine Stunde oder zwei … Dann kam ich nach Hause und bin todmüde ins Bett gefallen. Und am anderen Morgen waren meine Augen blau.«

Lapins Glied begann sich zu versteifen.

Sie sah ihm ins Gesicht.

»Schwarze Wimpern. Die Brauen auch. Bestimmt hast du es gern sanft.«

»Wie, sanft?«

»Na, eben zärtlich. Stimmt doch, oder?«

»Ich … Also ich …« Er schluckte.

»Hattest du schon Frauen?«

Er lachte nervös.

»Na, eher Mädchen. Und du? Hattest du schon Frauen?«

»Nein. Nur Männer«, erwiderte sie ruhig und ließ sein Glied los. »Damals. Vorm Erwachen.«

»Damals?«

»Ja, früher. Jetzt brauche ich keine Männer mehr. Nur Geschwister.«

»Wie meinst du das?« Er zog die Knie zu sich heran, um sein steifes Glied zu verbergen.

»Sex ist eine Krankheit. Die zum Tod führt. Die ganze Menschheit laboriert an ihr.« Sie steckte die Serviette in die Tasche ihres Kittels.

»Ach? Ist ja interessant.« Lapin grinste. »Und wie steht es mit der Zärtlichkeit? Von der die Rede war?«

»Es gibt eine Zärtlichkeit des Körpers. Aber die ist nichts im Vergleich zur Zärtlichkeit des Herzens, verstehst du? Des erwachten Herzens. Du wirst sie gleich zu spüren bekommen.«

Die Tür ging auf.

Frau (38), mittelgroß, vollschlank, dunkelblondes Haar, blaue Augen, nicht sehr hübsches, rundes Gesicht, ruhiges Lächeln. Weißsamtener Morgenmantel.

Lapin presste sich die zitternden Knie vor die Brust. Langte hektisch nach der Decke. Doch die lag am Fußende.

Die Krankenschwester war aufgestanden. Ging der Frau entgegen. Sie küssten einander behutsam auf die Wangen.

»Ich sehe, ihr habt schon Bekanntschaft geschlossen.« Die Eingetretene schaute Lapin mit einem Lächeln an. »Dann bin ich jetzt an der Reihe.«

Die Krankenschwester ging hinaus. Schloss lautlos die Tür.

Die Frau wandte den Blick nicht von Lapin.

»Guten Tag, Ural«, sagte sie feierlich.

»Guten Tag …« Sein Blick ging zur Seite.

»Ich bin Mer.«

»Mehr als was?«

»Nein.« Die Frau lächelte. »Das ist mein Name: Mer.«

Sie warf ihren Mantel von sich. Kam nackt auf Lapin zugeschritten. Streckte ihren rundlichen Arm nach ihm aus.

»Steh bitte auf.«

»Wozu?« Lapin schielte von unten her auf ihre großen, schlaffen Brüste.

»Ich bitte dich. Du musst dich nicht vor mir schämen.«

»Ach was, ist mir doch schnuppe. Ich will nur … Geben Sie mir endlich meine Sachen wieder.«

Lapin stand auf. Stemmte die Hände gegen die mageren Oberschenkel.

Sie tat noch einen Schritt auf ihn zu. Umarmte ihn vorsichtig, schmiegte ihre Brust gegen die seine.

Lapin lachte nervös auf, drehte den Kopf zur Seite.

»Ich hab nicht vor, mit Ihnen zu ficken, Madame.«

»Das ist es bestimmt nicht, was ich von dir will«, sagte sie. Und stand still.
Lapin seufzte schwer, die Augen zur Decke verdreht.
»Kriege ich jetzt meine Sachen wieder?«
Und plötzlich fuhr er zusammen. Das Zucken ging durch den ganzen Körper. Dann stand auch er still.
Wie versteinert standen sie, lagen sich in den Armen. Beider Augen hatten sich geschlossen.
So standen sie 42 Minuten, ohne sich zu rühren.
Dann bewegte sich Mer. Ruckartig. Schluchzte. Löste ihre Arme. Haltlos rutschte Lapin aus der Umarmung zu Boden. Konvulsivische Zuckungen. Er riss den Mund auf. Atmete keuchend ein. Schlug die Augen auf. Stumpfer Blick auf den Fuß des Bettes. Glühende Wangen.
Mer hob den Mantel auf, zog ihn über. Legte ihre kleine, mollige Hand auf Lapins Kopf.
»Ural«, sagte sie.
Dann drehte sie sich um und verließ das Krankenzimmer.
Herein kam die Schwester mit Lapins Kleidern im Arm. Sie ging neben ihm in die Hocke.
»Wie geht's dir?«
»Geht schon.« Er fuhr sich mit zitternder Hand über das Gesicht. »Eigentlich will ich … das … ich will …«
»Tut die Brust weh?«
»Irgendwie … Ich … Das ist …«
»Zieh dich an.« Die Schwester strich ihm über die Schulter.
Lapin zog seine Jeans zu sich heran. Darunter lag eine Unterhose. Nicht seine. Eine neue.
Er befühlte sie.
»Können Sie … Kannst du …«
»Was ist?«, fragte die Schwester. »Soll ich mich umdrehen?«
»Bist du … Was machst du?« Er schniefte.

Schaute sie an, als sähe er sie zum ersten Mal. Seine Finger zitterten ein wenig.

Die Schwester erhob sich. Trat zum Fenster. Zog den Vorhang beiseite. Schaute auf die nackten Zweige.

Mit Mühe kam Lapin auf die Beine. Schwankend und stolpernd zog er die Unterhose an. Dann die Jeans. Griff nach dem schwarzen T-Shirt. Auch neu. Anstelle von *WWW.FUCK.RU* stand *BASIC* darauf. In genauso roter Schrift.

»Aber ... Wozu das denn?« Seine Finger knitterten den Stoff.

Die Schwester blickte sich um.

»Zieh nur an. Ist alles deins.«

Er schaute auf das T-Shirt. Schließlich zog er es an. Dann befasste er sich mit der Jacke. Seine persönlichen Sachen lagen obenauf. Schlüsselbund. Studentenausweis. Portemonnaie. Letzteres auffällig dick.

Lapin griff danach. Öffnete es. Es war voller Geld. Fünfhundertrubelscheine. Und Dollars.

»Das ist ... Das ist nicht meins«, sagte er, auf das Portemonnaie starrend.

»Doch, doch«, sagte die Schwester, sich umdrehend, und kam heran.

»Ich hatte ... siebzig Rubel. Höchstens fünfundsiebzig.«

»Es ist dein Geld.«

»Nein. Gehört mir nicht.« Er blickte auf das Portemonnaie. Betastete seine Brust.

Sie nahm ihn bei den Schultern.

»Pass mal auf, Ural. Es fällt dir fürs Erste noch schwer zu begreifen, was mit dir geschehen ist. Ich würde sogar sagen, du begreifst es überhaupt noch nicht. Du bist letzte Nacht zum Leben erwacht. Aber du bist noch nicht weit genug weg vom Schlaf. Von jetzt an wird dein Leben ganz anders verlaufen. Wir helfen dir dabei.«

»Wer ist wir?«
»Die Menschen. Die Erwachten.«
»Und … weiter?«
»Nichts weiter.«
»Was geschieht jetzt mit mir?«
»Was eben so mit einem geschieht, der das Erwachen hinter sich hat.«
Lapins Augen wurden gläsern. Er blickte in ihr schönes Gesicht.
»Ja, was denn?«
»Ural!« Ihre Finger pressten seine knochigen Schultern. »Hab Geduld. Du hast das Bett gerade erst verlassen. Zwanzig Jahre hast du gelegen und geschlafen. Du hast noch nicht mal den ersten Schritt gemacht. Steck das Portemonnaie ein und komm mit.«
Sie öffnete die Tür. Ging hinaus auf den Korridor.
Lapin zog seine Jacke an, steckte das Portemonnaie in die Innentasche. Schlüsselbund und Ausweis in die äußere. Dann folgte er ihr auf den Korridor.
Die Schwester lief zügig. Er eilte ihr nach. Unsicher. Die Hand am Brustverband.
Vor dem Sprechzimmer warteten der Arzt und Mer. Sie im dunkellila Mantel mit großen Knöpfen. Die Hände in den Taschen, stand sie da. Ihr Blick war immer noch warm und freundlich. Sie lächelte.
»Wir haben da einen kleinen Riss im Brustbein, junger Freund«, sagte der Arzt.
»Weiß ich schon«, murmelte Lapin, ohne den Blick von Mer zu wenden.
»Wiederholung kann nicht schaden«, fuhr der Arzt ungerührt fort. »Der Verband bleibt zehn Tage dran. Keine Betonplatten heben. Keinerlei Weltrekordversuche. Kein Liebesakt

mit Schwergewichtlern. Und das hier«, er reichte ihm zwei Packungen Medikamente, »nehmen Sie ein. Zweimal täglich. Bei Schmerzen – Pentalgin. Oder wahlweise sieben Wodka. Verstanden?«

»Wie?« Lapins Blick ging schwerfällig zu ihm hinüber.

»Das war nur Spaß. Greifen Sie zu!« Auf der Handfläche des Arztes lagen die zwei Schachteln.

Lapin starrte darauf. Griff zu. Verstaute sie in seinen Taschen.

»Unser junger Freund versteht keinen Spaß«, erläuterte der Arzt den beiden Frauen mit einem Lächeln.

»Er versteht alles prima, lass nur. Ich danke dir!« Mer legte ihre Wange an die des Arztes.

»Viel Glück, Ural!«, sagte die Krankenschwester laut und deutlich.

Lapin fuhr herum. Starrte sie an: Sie war so schön, so schlank, ihr Blick so warm. Die große Brille. Die prallen Lippen.

Mer bedeutete ihm mit einer Kopfbewegung zu folgen. Sie war schon in der gläsernen Drehtür. Dann auf der Straße. Das Wetter war trübe und feucht. Nasse, nackte Bäume. Reste von Schnee. Graues Gras.

Lapin lief ihr nach. Setzte vorsichtig seine Schritte.

Mer ging auf einen großen blauen Mercedes zu. Öffnete die hintere Tür.

»Bitte, Ural!«, sagte sie, zu Lapin gewandt.

Lapin kroch hinein. Der Sitz war mit straffem blauem Leder bezogen. Leise Musik. Sandelduft. Der Chauffeur mit weißblondem Nacken.

Mer nahm vorn Platz.

»Macht euch bekannt. Frop. Das ist Ural.«

Chauffeur (52), schlichtes rundes Gesicht, kleine mattblaue Augen, dickliche Hände, der Anzug blau wie sein Auto.

»Frop«, stellte er sich freundlich vor.

»Jura … beziehungsweise Ural«, sagte Lapin säuerlich grinsend. Er musste auf einmal lachen.
Der Chauffeur drehte sich wieder nach vorn. Griff nach dem Lenkrad. Das Auto fuhr sachte an. Sie bogen auf die Lushnezkaja nabereshnaja.
Lapin lachte immer noch. Griff sich an die Brust.
»Wo wohnst du?«, fragte Mer.
»In Medwedkowo«, brachte Lapin, sich die Lippen leckend, mit Mühe heraus.
»Medwedkowo? Dann bringen wir dich nach Hause. Welche Straße?«
»Gleich bei der Metro. Dort kann ich es zeigen … Oder ich steig an der Metro aus.«
»Gut. Aber vorher machen wir noch einen Besuch. Bei drei Brüdern. Leute in deinem Alter. Sie werden dir ein paar Dinge sagen. Überhaupt sind sie sehr hilfsbereit. Und du kannst Hilfe jetzt gut gebrauchen.«
»Und … wo soll das sein?«
»Im Zentrum. Zwetnoi bulwar. Es kostet dich maximal eine halbe Stunde. Dann bringen wir dich nach Hause.«
Lapin sah aus dem Fenster.
»Das Wichtigste für dich ist jetzt, dir nicht zu viel Gedanken zu machen«, fing Mer wieder an. »Nur keine Bange. Wir sind keine totalitäre Sekte. Wir sind freie Menschen, das ist alles.«
»Freie Menschen?«
»Freie Menschen.«
»Wieso frei?«
»Weil wir zum Leben erwacht sind. Wer zum Leben erwacht, ist frei.«
Lapin sah auf ihr Ohr.
»Es hat wehgetan.«

»Du meinst, gestern?«
»Ja.«
»Das ist völlig normal.«
»Wieso ist das normal?«
Mer wandte sich zu ihm um.
»Weil du neu geboren worden bist. Und Geburt heißt nun mal Schmerz. Für die Gebärende genauso wie für den Geborenen. Meinst du, als deine Mutter dich damals aus ihrer Gebärmutter gepresst hat, blutverschmiert und blau, da hat es dir nicht wehgetan? Was hast du gemacht, damals? Du hast gebrüllt.«
Lapin sah in ihre blauen, von den angeschwollenen Lidern wie gequetscht wirkenden Augen. Um die Pupillenränder lag ein hauchzarter gelbgrünlicher Schleier.
»Ich bin also gestern neu geboren worden?«
»Ja. Zum Leben erwacht, wie wir sagen.«
Lapin sah auf ihr sorgfältig geschnittenes braunes Haar. Die Fransen wippten ein wenig. Im Takt mit den Bewegungen des Autos.
»Ich bin zum Leben erwacht?«
»Ja.«
»Und die anderen … schlafen?«
»Neunundneunzig Prozent der Menschheit.«
»Wie kommt das?«
»Das lässt sich nicht mit zwei Worten erklären.«
»Und wer schläft nicht?«
»Du, ich, Frop, Haro. Die Brüder, die dich gestern zum Leben erweckt haben.«
Sie waren jetzt auf dem Ring. Vor ihnen ein größerer Stau.
»Da haben wir's!«, seufzte der Fahrer. »Bald kommst du nur noch zu Fuß durchs Zentrum …«
Auf der Spur neben dem Mercedes fuhr ein schmutziger

Wolga. Ein dicker Typ hinter dem Steuer. Einen Cheeseburger essend. Die Papiertüte berührte seine platte Nase.
»Und was ist mit dem, der … dort liegen geblieben ist?«, fragte Lapin.
»Wo?«
»Na, da … gestern. Was ist mit dem? Ist der auch erwacht?«
»Nein. Er ist tot.«
»Wieso?«
»Weil er hohl war. Eine taube Nuss.«
»Ist er deswegen kein Mensch?«
»Doch. Aber ein hohler. Ein Schläfer.«
»Und ich bin nicht hohl?«
»Nein.« Mer entnahm ihrer Handtasche eine Packung Kaugummi. Riss sie auf. Zog sich einen Streifen heraus. Hielt sie dem Chauffeur hin. Der lehnte kopfschüttelnd ab. Hielt sie Lapin vor die Nase.
Er griff automatisch zu. Packte den Streifen aus. Schaute auf das rosa Scheibchen. Berührte mit ihm seine Unterlippe.
»Ich … Das ist …«
»Was ist, Ural?«
»Ich … steige hier aus.«
»Wie du magst.« Mer gab dem Chauffeur ein Zeichen zu halten.
Der Mercedes bremste. Lapin gähnte, ohne es zu wollen. Er betastete den glatten, kühlen Türgriff. Zog daran. Bekam die Tür mit Mühe auf. Stieg aus. Lief zwischen Autos hindurch zum Fußweg.
Der Chauffeur und Mer schauten ihm lange nach.
»Warum sie nur immer alle weglaufen?«, fragte der Chauffeur. »Ich damals auch.«
»Eine normale Reaktion«, sagte Mer und begann wieder zu kauen. »Ich hatte schon vorher damit gerechnet.«

»Stimmt. Das ist ein Geduldiger … Wohin jetzt?«
»Zu Scharo.«
»Ins Büro?«
»Ja.« Sie schielte nach dem Rücksitz.
Dort lag noch der verbogene blassrosa Kaugummistreifen. Auf dem glatten blauen Leder.

SCHWEIZER KÄSE

Lapin ging. Dann rannte er. Mühsam. Schwer die Beine setzend. Mit schmerzverzerrtem Gesicht. Die Hand gegen die Brust gepresst. Er überquerte die Straße.
Da.
Ein Schmerz.
In der Brust.
Wie ein Stromschlag.
Er schrie auf. Es zog bis in die Ellbogen. Die Rippen. Die Schläfen. Er stöhnte auf. Krümmte sich. Fiel auf die Knie.
»Scheiße …«
Ein Mann, gut gekleidet, blieb stehen.
»Was ist los?«
»Scheiße …«, wiederholte Lapin.
»Meinst du das Leben? Da kannst du Recht haben.«
Lapin kämpfte sich hoch. Wankte zu den Patriarchenteichen. Hier lag längst kein Schnee mehr. Nässe auf dem Fußweg. Rings um den Teich der stadttypische Frühlingsmorast.
Er schaffte es bis zur Bolschaja Bronnaja. Gelangte auf die Promenade. Setzte sich auf eine Bank. Ließ sich gegen die feuchte, harte Lehne fallen.
»So eine … Kacke … so eine Kacke …«

Eine schmutzige Alte kam heran. Spähte in den Papierkorb. Zuckelte weiter.
Lapin holte sein Portemonnaie hervor. Griff sich den Dollarpacken. Zählte. Es waren 900.
Dann zählte er die Rubel. 4500. Dazu die 70, die er gehabt hatte. Und eine Fünfermünze.
Er schaute sich um. Überall gingen Leute. Eilig. Oder auch gemütlich. Ein Typ und ein Mädchen tranken im Gehen ein Bier.
»Das ist es ...« Lapin zog einen Fünfhunderter heraus und steckte das Portemonnaie weg.
Vorsichtig erhob er sich. Der Schmerz war untergetaucht.
Er schleppte sich zum nächsten Kiosk. Kaufte eine Flasche Baltika. Ließ sie öffnen. Trank sie in einem Zug halb aus. Verschnaufte. Ihm kamen die Tränen, er wischte sie weg. Trottete Richtung Metro, Puschkinskaja ploschtschad. Hier herrschte Betrieb. Er trank das Bier leer. Stellte die Flasche vorsichtig auf der Marmorbrüstung ab. Lief die Stufen hinab. Blieb stehen. Dachte: Scheiß drauf!
Er machte kehrt, ging zur Twerskaja. Hob die Hand. Sofort stoppten zwei Autos. Ein verdrecktes rotes und ein grünes, das sauberer war.
»Tschertanowo«, sagte Lapin zum Fahrer des roten.
»Ja, und?«
»Was und?«
»Was und, was und! Hundertfünfzig!«
Lapin nickte. Er kroch auf den Sitz neben dem Fahrer.
»Wohin genau?«
»Sumskoi projesd.«
Der Fahrer nickte kurz und finster mit dem Schnauzer. Stellte Musik an. Die Musik war schlecht. Aber laut.
Nach einer Stunde schleppender Fahrt langten sie vor Lapins

Siebengeschosser an. Er bezahlte. Stieg aus. Fuhr hinauf in die vierte Etage. Schloss auf. Betrat den mit sehr viel Kram zugestellten Wohnungsflur. Es roch nach Katze und gebratener Zwiebel.

»A-a-ah … Erscheinung Jesu vor dem Volke!« Der Vater, den Kopf aus der Küche steckend, kauend.

»Nicht zu glauben!« Die Mutter, hinter ihm auftauchend. »Wir dachten schon, du bist zu Golowastik gezogen.«

»Hallo«, brummte Lapin. Zog die Jacke aus. Betastete den Verband. Ob man ihn durch das T-Shirt sah? Er schaute in den ovalen Spiegel: Man sah ihn. Er ging in sein Zimmer.

»Musst dich nicht beeilen, wir haben schon alles aufgegessen!«, rief die Mutter. Dann lachten sie.

Lapin stieß mit dem Fuß die Tür auf, an der FUCK OFF FOREVER! stand. Im Zimmer war es duster. Bücherregale, Tisch mit Computer, Musikanlage, ein Haufen CDs. Plakate an der Wand: »Matrix«, die nackte Lara Croft mit zwei Pistolen, Marylin Manson als am Kreuz vergammelnder Jesus. Das Bett unbezogen. Nero, der Siamkater, döste auf dem Kissen.

Drei Hemden hingen über der Stuhllehne. Lapin nahm das schwarze. Zog es über das T-Shirt. Legte sich vorsichtig aufs Bett.

»Uuuaaachch!«, gähnte er laut.

Nero hatte sich träge erhoben. Kam herüber. Lapin blies ihm ins Ohr. Der Kater wandte sich ab. Sprang hinunter auf den alten Bettvorleger. Verließ das Zimmer.

Lapin schaute auf Lara Crofts pralle Lippen. Die Krankenschwester fiel ihm ein.

»Ha… Hara? Lara. Klara.«

Er griente. Schüttelte den Kopf. Pustete Luft durch die schiefen Schneidezähne.

Im Türspalt erschien die **Mutter** (43), füllig, kastanienbraunes Haar, jugendliches Gesicht, graue Wildlederhosen, schwarz-weißer Pullover, Zigarette.
»Sag bloß, du hast keinen Hunger?«
»Ich komm gleich was essen.« Lapin knöpfte sich das Hemd zu.
»Einen draufgemacht gestern Abend?«
»Hm ...«
»Nirgends ein Telefon?«
»Mm-mm! ...« Lapin schüttelte ernst den Kopf.
»Blödmann.« Die Mutter ging hinaus.
Lapin lag da. Schaute zur Decke. Zerrte an der stählernen Gürtelschnalle.
»Zweimal wärme ich es nicht auf!«, brüllte die Mutter aus der Küche.
»Mir doch egal ...« Er winkte ab. Dann setzte er sich auf. Verzog das Gesicht. Stieß sich unbeholfen vom Bett hoch. Stand. Schlurfte zur Küche. Dort war die Mutter beim Abwasch.
Auf dem Tisch stand ein Teller mit einem Stück Brathähnchen. Gekochte Kartoffeln. Dazu eine Schale Sauerkraut. Und ein Teller mit Salzgurken.
Lapin verschlang das Hähnchen. Die Kartoffeln aß er nicht auf. Trank Wasser nach.
Er ging ins Wohnzimmer. Nahm den Telefonhörer ab. Wählte eine Nummer.
»Kela, grüß dich. Hier ist Jura Lapin. Ist Gennadi da? Grüß dich, Genni. Ich bin's. Hör mal, mir ist ... Ich hätte mal was zu bequatschen mit dir. Nein, nein ... Ich brauch bloß mal einen Rat. Nein, damit hat es nix zu tun. Geht um was anderes. Jetzt gleich? Klar. Yo.«
Er legte auf. Ging in den Flur. Wollte sich die Jacke anziehen. Und hätte beinahe aufgeschrien vor Schmerz.

»Ooo-achch, Mann …!«
»Gehst du etwa schon wieder?« Die Mutter, mit dem Geschirr klappernd.
»Nur zu Gennadi, mal kurz.«
»Bringst du Brot mit?«
»Yo.«
»Brauchst du Geld?«
»Hab ich.«
»Ach. Ich dachte, ihr hättet alles versoffen?«
»Nein.«
Lapin verließ die Wohnung. Türknallend. Lief auf den Fahrstuhl zu. Stoppte. Stand einen Moment lang so da. Drehte um. Ging die Treppe bis in die dritte Etage. Blieb auf dem Treppenabsatz stehen. Sank in die Hocke. Fing an zu weinen. Die Tränen rannen ihm die Wangen hinab. Erst weinte er lautlos. Die Schultern krampfhaft zuckend. Die mageren Hände vor das Gesicht gepresst. Dann greinend. Vereinzelte Schluchzer brachen hervor. Aus dem Mund. Aus der Nase. Schließlich heulte er hemmungslos. Hörte lange nicht wieder auf.
Mit Mühe konnte er sich beruhigen. Wühlte in den Taschen. Kein Taschentuch. Er schnäuzte trompetend auf den abgestoßenen gelbbraunen Kachelfußboden aus. Wischte die Hand an der Wand ab, gleich neben der Inschrift *VITJA SCHLEIMSCHEISSER*.
Er lachte auf. Rieb sich die Tränen aus dem Gesicht.
»Mer, Mer, Mer … Mehr, mehr, mehr …«
Das Heulen ging von neuem los. Er polkte mit dem Finger in der blauen Wand. Griff sich an die Brust.
Allmählich beruhigte er sich.
Er stand auf. Lief die Treppe hinunter. Trat hinaus auf die Straße. Ließ drei Wohnblöcke links liegen. Ging in den vier-

ten hinein. Stieg in den ersten Stock. Klingelte an Wohnung No. 47.
Die grüne Stahltür öffnete sich beinahe sofort.
Auf der Schwelle stand **Kela** (28), mittelgroß, stämmig, muskulös, plattes Gesicht, rotblonder Schnurrbart, kleiner, kahl geschorener Kopf.
»Gruß.« Kela drehte sich um und war wieder weg.
Lapin betrat den Flur der Zweizimmerwohnung. Vier Autoräder, leere Lautsprecherkartons, die Garderobe voller Klamotten, Skier, Skischuhe.
Aus Kelas Zimmer drang laute Musik. Lapin ging nach hinten durch zu Gena. Kartons, voll mit Videokassetten, Bett, Kommode, Fotos an den Wänden.
Gena (21), zerzaustes Haar, Kela ähnelnd, nur dicker. Am Computer sitzend.
»Grüß dich«, sagte Lapin und trat hinter ihn.
»Hi ...« Gena, ohne sich umzudrehen. »Wo warst du denn?«
»Überall und nirgends.«
»Soll das heißen, auf 'nem Trip?«
»Yo.«
»Ich hab gestern 'ne coole Site entdeckt. Guck mal ...«
Er gab *www.stalin.ru* ein. Eine fahlgraue Seite mit Stalinbild erschien. Darunter:
Einen steinernen Blumenstrauß für Genossen Stalin!
Weiter unten gab es sieben steinerne Blüten zu sehen. Gena lenkte den Cursor auf eine von ihnen, gab Enter. Ein neues Bild erschien: Kuh mit Stalin-Tattoo an der Keule, auf einer Steinblumenwiese weidend. Über der Kuh prangte die Losung:
Auf zum Kampf gegen das Unbewusste!
»Cool, was?« Gena stieß ihm seinen rundlichen Ellbogen in

den Oberschenkel, führte den Cursor auf die nächste Blüte. Enter.

Auf dem nächsten Bild zeigten zwei Stalins drohend mit dem Finger aufeinander. Darüber die Losung:

Wo ein Mensch ist, ist ein Problem.

Ein Mensch weniger – ein Problem weniger!

»Schwule Typen, was?«, grinste Gena.

»Hör mal, Genni, weißt du was über Geheimsekten?«

»Welche? Aum Shinri Kyo?«

»Nein. Mehr so was wie Orden.«

»Freimaurer?«

»In der Art. Lässt sich da im Netz was ausgraben?«

»Im Netz lässt sich alles Mögliche ausgraben. Was hast du denn mit den Freimaurern am Hut?«

»Ich meine die, die's hier bei uns gibt.«

»Da kennt Kela sich aus. Der redet den ganzen Tag von nichts anderem.«

»Kela? …« Lapin fasste sich an die Brust. »Der fährt doch auf die Schwarzärsche ab. Und die Juden.«

»Na ja. Der ist halt vielseitig. Wozu brauchst du das?«

»Mich haben irgendwelche Typen angemacht. Nennt sich Bruderschaft. Die zum Leben Erwachten.«

»Die zum Leben Erwachten?«

»Yo.«

»Und was wollten die von dir?« Gena, schnell mit seiner Maus hin und her fahrend, schaute auf den Bildschirm.

»Keine Ahnung.«

»Dann vergiss sie … Hier, guck dir das an! Cool, oder? Da müssen krasse Jungs sitzen, bei diesen Stalins!«

»Ich müsste das mal mit jemandem bereden. Der weiß, was das für welche sind.«

»Dann frag ihn doch. Er weiß Bescheid.«

Lapin ging hinüber in Kelas Zimmer. Bücherregal, große Musikanlage mit fetten Boxen, kleiner Fernseher. Bilder an der Wand: Alfred Rosenberg, Pjotr Stolypin, ein Plakat der RNE*: *Für die neue russische Ordnung!*, drei Paar Nunchakus, Springerstiefel mit dicker Sohle, 60-Kilo-Stange, Drei- und Zwölf-Kilo-Hanteln, zwei Baseballschläger, Matratze, Bärenfell auf dem Fußboden. Kela hockte auf der Matratze, trank Bier und hörte »Helloween«.

Lapin setzte sich dazu. Wartete, bis das Lied zu Ende war.

»Kela, ich hab da ein Problem.«

»Was ist?«

»Irgend so eine Sekte ... oder ein Orden ... die haben mich angemacht.«

»Wie?«

»Sind mir auf die Nerven gegangen. Gelaber: Wir sind die zum Leben Erwachten, Brüder, und der Rest der Menschheit pennt, so was in der Art. Die schicken Weiber vor. Irgendwas wie Freimaurer.«

Kela schaltete die Musik ab. Legte die Fernbedienung auf den Boden.

»Merk dir vor allem eines: Freimaurer gibt es für sich genommen gar nicht. Es gibt nur Freimaurerjuden. Schon mal was von B'nai Brith gehört?«

»Was soll das sein?«

»Die offizielle Moskauer Freimaurerjudenloge.«

»Nein, Kela, weißt du ... Die, mit denen ich zu tun hatte, das sind keine Juden. Die sind so blond wie du und ich. Noch dazu mit blauen Augen. Ja! Echt!« Lapin stutzte. »Das fällt mir jetzt erst auf. Die hatten alle blaue Augen!«

* RNE (Russische Nationale Einheit): rechtsextremistische paramilitärische Organisation

»Spielt keine Rolle. Sämtliche Freimaurerlogen werden von der jüdischen Oligarchie kontrolliert.«

»Die haben immer geredet, von wegen dass die Leute alle in so einer Art Tiefschlaf liegen, und sie müssen erst noch aufwachen, so was wie neu geboren werden. Angefangen hat das vor der Uni, beim Psychodrom*, da sind welche auf mich zugekommen und wollten wissen …«

Kela unterbrach ihn.

»Schon vor dreihundert Jahren waren Freimaurer durch die Bank Juden oder mit jüdischem Einschlag. Früher haben die Scheißjuden die Freimaurer wie Puppen tanzen lassen, heute machen sie es mit den Politikern. Die Politiker sind sowieso alles Nutten und Stricher. Die Säcke im Westen, da weiß keiner, in welche Löcher er sein Geld noch stecken soll. Und die bei uns hier …« Kela verschränkte die sehnigen Finger und ließ sie knacken. »Die haben alle tätowierte Schwänze: Davidsstern auf der Eichel und die Zahl 666.«

Lapin schnaufte ungeduldig.

»Kela, ich wollte aber …«

»Ja, Scheiße, hör mir lieber zu …« Kela streckte den muskulösen Arm aus, nahm ein Buch vom Regal. Schlug es an einem Lesezeichen auf.

»Franz Liszt. Bedeutender Komponist. Schreibt über die Juden: ›Es wird ein Moment kommen, in dem alle christlichen Nationen, mit denen der Jude zusammen lebt, anerkennen, dass die Frage, ob der Jude zu belassen ist oder auszuweisen sei, für sie eine solche wird, die man als eine auf Tod und Leben bezeichnet, Krankheit und Gesundheit, böses Blut und sozialen Frieden …‹ Alles klar!«

Es klingelte an der Tür.

* Psychodrom: Grünanlage vor dem Lomonossow-Denkmal

»Gena, mach auf!«, brüllte Kela.
»Ich hab wohl nichts Bessres zu tun …« Gena kam wütend vorbeigeschlurft. Öffnete.
Kelas Zimmer betrat ein kräftiger **junger Mann** (23), Glatzkopf, breite Schultern, Lederjacke, Lederhosen, große Hände, Tätowierung an der Handkante: *ЗА ВДВ!**.
»He, Alter! Gruß.«
»Gruß, Kela.«
Sie holten aus, klatschten ihre rechten Hände kräftig gegeneinander.
»Ich hab gehört, hier rostet Eisen!« Der junge Mann grinste und ließ seine kräftigen Zähne sehen.
»Scheiße, kannst du laut sagen. Da!« Er deutete mit dem Kinn in Richtung der Hebestange.
»Ah ja.« Der Bursche ging hin, packte zu, hob sie an. »Alles klar.«
»Aber, Vitja: Nur für paar Wochen, nicht länger.«
»Kein Problem.« Der Typ nahm die Stange in die rechte Hand. Sein Blick blieb an Lapin hängen. An der Bierflasche.
»Saufen angesagt?«
»Ach was.« Kela ließ sich auf die Matratze fallen. »Ich unterhalte mich mit der Jugend.«
»Guter Zeitvertreib.« Der Bursche nickte und ging mit seiner Stange.
»Schon mal was vom Bund des Satans und der Antichristen gehört?«, wurde Lapin von Kela gefragt.
»Was ist das?«
»Und von B'nai Moishe?«
»Nein.«

* ЗА ВДВ!: patriotische Losung zu Ehren der Fallschirmjäger der russischen, früher sowjetischen Armee

Kela stöhnte.
»Verflucht noch mal, ich möchte wissen, worüber ihr den ganzen Tag redet.«
»Computer natürlich!« Gena, hereinschauend.
»Ja, Scheiße, Computer.« Kela nickte. »Weißt du überhaupt, wer das Internet erfunden hat? Und zu welchem Zweck?«
»Hast du mir schon hundertmal erzählt«, sagte Gena und schabte sich die Wange. »Was soll's. Alle Erfindungen auf der Welt kommen entweder von den Juden oder von den Chinesen.«
»Und du? Hast du ›Ich heiße Legion‹* gelesen?« Kela wandte den Blick zu Lapin.
Es klingelte.
»Mach auf!« Kela sah Gena an und nickte in Richtung Tür. Derselbe Ledermann erschien noch einmal. Mit der Stange in der Hand.
»Kela, was ich vergessen habe zu sagen: Wowa hat für Freitag zu sich eingeladen. Bisschen kloppen. Kommst du?«
»Warum nicht.«
»Dann hol ich dich ab.«
»Gut. Guck sie dir an, Vitja, nicht mal ›Ich heiße Legion‹ haben sie gelesen. Und Sport treiben sie auch nicht.«
»Jedem das Seine!« Der Typ bleckte wieder die Zähne. Hielt Gena die Stange hin. »Hier, halt mal, Knabe!«
»Das fehlte noch!« Gena lachte. »Ich hab Nierensteine.«
»Ist das wahr?«
»Das ist wahr«, antwortete Kela an Genas statt. »Scheiße, Vitja, da kannst du mal sehen. Mit zwanzig Jahren!«
»Tjaaa …« Der Typ lehnte sich an den Türrahmen, die Stange

* »Ich heiße Legion«: antisemitischer Roman (1975) des Exilrussen Gregory Klimov

immer noch haltend. »Wüsste nicht, dass ich das schon mal gehört hätte. Nierensteine. In dem Alter. Das heißt, einmal doch. Da hat ein Sergeant einen Oberleutnant kuriert. Der durfte angeblich nicht in der Kälte schlafen.«

»Wieso?«

»Wegen Nierensteinen. Den hat er mit Bier abgefüllt. Vier Liter. Dann sagt der, ich geh jetzt mal pissen. Wir hinterher. Und in dem Moment, wo er lospisst, drischt der Sergeant ihm die Handkante in die Nieren – volle Kanne. Der Typ hat gestöhnt: oooch, Scheiße und so. In der Pisse war gleich Blut. Und der ganze Grieß kam aus der Niere gerutscht. Kannst du mal sehen. Das ist Feldmedizin.«

Der junge Mann drehte sich um und ging.

Das Telefon klingelte. Kela nahm ab.

»Ja. Gruß, Alter. Was?? Kann nicht wahr sein! Scheiße, morgen fahr ich hin und hol ihn mir. Nicht zu fassen! Erst heute geh ich so die Straße lang und denke: Scheiße, wann kann ich endlich diesen schimmligen Shiguli abstoßen und mich in ein ordentliches Auto setzen! Ja doch! Na. Aber hallo. Ja!!«

»Habt ihr vor, ein neues Auto zu kaufen?«, fragte Lapin.

»Kein neues. Golf, Baujahr 95.« Gena gähnte.

»Im Lotto gewonnen?«

»Die Alten haben paar Scheine rübergeschoben.«

»Löblich.«

»Komm, lass uns rübergehen, chatten. Bei den Kinosauriern ist großes Gelaber.«

»Ich wollte noch bisschen mit Kela schwätzen.«

»Woronin am Apparat. Das kann dauern. Komm, wir verpissen uns.«

»Na gut.«

Sie gingen zurück in Genas Zimmer. Setzten sich nebeneinander vor den Computer. Zügig loggte Gena unter dem Namen KILLABEE ein.

SHUS /:
Hab mir außerdem gestern »Das Phantom der Oper« von Argento gekauft. In der Hoffnung auf Julian Sands, den ich vorher noch nie in einem Scheißfilm gesehen hatte. Für mich der beste Schauspieler nach Mickey Rourke. Aber der Film ist voll für den Arsch!!!!/–

DE SCRIPTOR /:
»Darkness« ist ja auch grottenschlecht.

NATASCHA /:
Dein Julian Sands ist das Letzte. Höchstens noch in »Armaggedon 2« hat er ganz gut gespielt, aber »Phantom der Oper« ist der blanke Schrott.

KILLABEE /:
Ihr seid doch alles impotente Fotzenlecker! Und dass ihrs wisst: Julian Sands ist der Cousin von Philli Kirkorow :)

ALT WIEN MAMMUT /:
Die Kranke wieder. WZTBDG?

KILLABEE /:
In einer Mammutfotze, du alter Zottel. Was holt ihr euch hier dauernd einen runter auf diesen Sands, wo es doch Chulpan Cham-Cham-Chamatowa und Keanu Reeves gibt??!! Leute, ich liebe die zwei und werde sie immer lieben! *ggg*

DE SCRIPTOR /:
Hirnschiss ist unheilbar :/(Nutzung zu friedlichen Zwecken ist möglich.

MAULWURF /:
Jetzt scheißt die Schleimritze hier wieder alles zu.

KILLABEE /:
Klar doch, Jungs, was dachtet ihr denn :/–

SHUS /:
Vorschlag: Verpiss dich auf deine eigene Site.

ALT WIEN MAMMUT /:
Killerbienchen, halt die Luft an. Btw: bin vor kurzem auf www.clas ru gestoßen. Da kann man rare Filme frei Haus bestellen. Hab mir gleich meinen geliebten Cronenberg kommen lassen. :)))

MAULWURF /:
Hat irgendwer von Argento die »Dämonen« gesehen?

VINO /:
Dämonen ist nicht von Argento, sondern von G. Romero oder Luciano Fulci. Gestern auf RenTV haben sie von deinem Argento Phenomena gezeigt – full trash. Heavy Metal im Soundtrack.

KILLABEE /:
Oh, wen haben wir denn da? Vino, die besoffene Nachtigall! Steht er dir noch? I'm always ready, motherfucker!!!!:/)

VINO /:
KillaBee, wenn du unbedingt möchtest, dass dir jemand die Klitoris blau vögelt, dann .../ / /!

»Genni, ich hau ab.« Lapin stand auf. Rieb sich die Brust.
»Was hast du, Lap? Komm, poste doch auch irgendwas. Hab dich nicht so kindisch!«
»Nein, nein, ich bin … Vergiss es. Ich wollte mit Kela ein ernstes Wort reden, aber der hat nur seine Juden im Kopf.«
»Wozu machst du ihn auch so spitz? Hättest du von was anderem erzählt. Freimaurer, puh! Das darf ich mir jetzt wieder vierzehn Tage anhören. Nationale Fragen schneide ich in seiner Gegenwart überhaupt nicht mehr an. Das steht mir bis hier.«
Lapin winkte ab. Stand unschlüssig herum.
»Genni.«
»Ja?« Gena, in die Tastatur hämmernd.
»Lass uns ein Bier trinken gehen.«
»Wieso? Wohin?« Gena wandte sich verblüfft um.
»Egal. Ich hab … Geld hab ich genug.«
»Woher?«
»Vom lieben Gott.«
Kela kam mit einem neuen Bier herein.
»Und was ich noch sagen wollte, Gena: Ich warne dich zum letzten Mal. Wenn du hier kokst, setz ich dich raus. Dann ziehst du wieder bei den Alten ein. Da kannst du koksen auf dem Klo, bis du schwarz wirst.«
»Ich hab hundert Jahre nicht gekokst, wie kommst du darauf?«
»Und was war vorgestern? Wo ich vom Hähnchenausfahren kam? Wo die Bude voll Doofköppe saß? Was war da?«
»Ja, was denn? Wir haben die Neue von WW* gehört.«
»Erzähl mir keinen Scheiß. Ihr seid alles Idioten. Ihr begreift nichts.« Er nahm einen Schluck aus seiner Flasche. »Weißt

* WW (Wopli Widopljassowa): ukrainische Gitarrenband

du, wie bei toten Tschetschenen das Gehirn aussieht? Wie Schweizer Käse. Alles voller Löcher. Solche. Und wovon? Vom Koks. Verstehst du das?«
»Hast du mir schon öfter erzählt, Kela.« Gena schob sich einen Kaugummi in den Mund. »Und vom Bier kriegt man ’ne Fettleber, wusstest du das?«
»Scheiße, überleg’s dir. Ich hab dich gewarnt. Letztmalig.« Kela ging hinaus.
»Oh, Mann!«, stöhnte Gena. »Wie mir der Stress auf den Senkel geht. Ich möchte bloß wissen, wieso die alle so auf Muckibuden abfahren. Bei Vitja, Schwelle, Bomber und solchen kann ich's noch verstehen – die haben ein paar Windungen zu wenig, was sollen die anderes tun als Muskeln aufbauen. Aber Kela, der ist doch gescheit. Der hat mehr Bücher gelesen als die alle zusammen. Und labert denselben Scheiß: gesunder Körper, gesunder Geist, die Tour. Jeden Morgen packt er mir die stinkenden Hanteln ins Bett! Kannst du dir das vorstellen? Ich schlafe noch, Mann, und der schiebt mir die Hanteln untern Arsch! Die blanke Klapsmühle!«
Lapin blickte auf den Bildschirm. Stand auf.
»Ich geh dann mal.«
»Wohin denn?«
»Ich hab noch zu tun …«
»Lap, sag mal, warum bist du heute so komisch?«
»Wie denn?«
»Na, so … Wie behämmert.«
Lapin starrte ihn an und brach in Lachen aus. Er krümmte sich vor Lachen. Ein hysterischer Anfall.
»Was hast du?« Gena wunderte sich.
Lapin lachte immer noch. Gena sah ihm dabei zu.
Nur mit Mühe konnte Lapin sich beruhigen. Rieb sich die Tränen aus den Augen. Atmete schwer ein.

»Also … Ich geh jetzt.«
»Und was ist mit der Kneipe?«
»Welcher Kneipe?«
»Ja, sag mal. Wolltest du mich nicht eben in eine Kneipe abschleppen?«
»War nur ein Witz.«
»Junge, Junge. Du kannst Witze machen.«
Lapin ging.
Draußen war es schon dunkel. Der Boden wieder gefroren. Die Pfützen knackten unter den Füßen.
Lapin schleppte sich bis zu seinem Aufgang. Ging hinein. Ließ den Fahrstuhl kommen. Starrte die Wand an. Dort gab es die bekannten Inschriften. Zwei davon – *Acid orthodox* und *Chaos* 97 – stammten von ihm. Eine war neu.
Ural! Hab keine Angst vor dem Erwachen!
Schwarzer Filzstift. Akkurate Handschrift.

DIAR

08:07
Kijewskoje schosse, Kilometer 12.

Weißer Wolga, abbiegend in einen Waldweg. Nach dreihundert Metern noch einmal rechts ab. Stopp auf einer Lichtung. Birkenwald. Schneereste. Morgensonne.
Vorn stiegen zwei aus.
Botwin (39), beleibt, blond, blauäugig, gutmütiges Gesicht, blaugrüne Trainingsjacke, blaugrüne Trainingshose mit weißem Streifen, schwarze Turnschuhe.
Nejlands (25), groß, hager, blond, blauäugig, markante Gesichtszüge, verwegener Ausdruck, brauner Mantel.

Sie öffneten den Kofferraum. Darin lag eine Frau.
Nikolajewa (22), hübsche Blondine, blauäugig, Fuchspelzjacke, hohe Kosakenreitstiefel aus schwarzem Wildleder. Mund mit weißem Pflaster verklebt, Handschellen.
Sie wurde aus dem Kofferraum gezerrt. Strampelte. Heulte in Abständen auf.
Nejlands zog ein Messer. Zerschnitt die Pelzjacke: erst am Rücken, dann an den Ärmeln. Die Jacke fiel zu Boden. Ein rotes Kleid kam zum Vorschein. Nejlands zerschnitt es. Auch den Büstenhalter.
Mittelgroße Brüste. Kleine Warzen.
Sie wurde zu einer Birke geführt. An sie gefesselt.
Unterdrücktes Jaulen, Zappeln in den Händen der Männer. Hals und Gesicht puterrot.
»Nicht zu straff. Damit sie frei atmen kann.« Botwin, die zuckenden Schultern der Frau gegen den Birkenstamm drückend.
»Ist nicht zu straff.« Nejlands, konzentriert arbeitend.
Fertig. Botwin holte den länglichen weißen Kühlkoffer aus dem Auto. Klappte ihn auf. Darin der Eishammer: schwerer, wohlgeformter Kopf aus Eis, Stiel aus Holz, Riemchen aus Leder.
Nejlands zog eine Rubelmünze aus der Tasche.
»Adler.«
»Zahl«, sagte Botwin, auf den Hammer starrend.
Nejlands warf. Die Münze landete senkrecht im Schnee.
»Na prima!« Botwin lachte. »Noch mal?«
»Vergiss es!« Nejlands winkte ab. »Mach du.«
Botwin nahm vor Nikolajewa Aufstellung.
»Also pass auf, meine Liebe. Wir sind keine Räuber und keine Sadisten. Auch keine Vergewaltiger. Entspann dich und hab keine Angst.«

Nikolajewa winselte. Tränen flossen ihr aus den Augen. Vermischt mit Wimperntusche.
Botwin holte aus.
»Sprich!«
Der Hammer knallte gegen die Brust.
Ein unterdrückter Aufschrei.
»Das war's noch nicht, Mädel.« Botwin schüttelte den Kopf.
Er holte aus. Die Sonne blinkte im Hammerkopf.
»Sprich!«
Der nächste Schlag. Durch den halb nackten Körper ging ein Flattern.
Botwin und Nejlands lauschten.
Nikolajewas Kopf und Schultern zitterten schwach. Ein heftiges Hicksen fing an.
»Voll daneben.« Nejlands, stirnrunzelnd.
»Das Licht wird es richten, Dor.«
»Hast Recht, Ytscha.«
Zwei Vögel im Wald zwitscherten abwechselnd.
Botwin führte den Hammer langsam zurück. Diesmal seitlich.
»Mädel … Sprich!«
Ein gewaltiger Schlag traf Nikolajewa. Sie verlor das Bewusstsein. Der Kopf hing herab. Die langen blonden Haare bedeckten ihre Brüste.
Botwin und Nejlands lauschten.
In der blau angelaufenen Brust wurde ein Ton wach. Ein kurzes, schwaches Kollern. Einmal. Noch einmal. Und noch einmal.
»Lass dein Herz sprechen!« Botwin hielt den Atem an.
»Lass dein Herz sprechen!« Nejlands flüsterte es.
Der Laut brach wieder ab.
»Da war es, ganz sicher … Halt mal den Kopf hoch.« Botwin, den Hammer hebend.

»Hundert Prozent.« Nejlands, hinter die Birke tretend. Er zog Nikolajewas Kopf nach oben, drückte ihn gegen den rissigen, kalten Stamm. »Aber bitte mit Augenmaß!«
»Was dachtest denn du …« Botwin holte aus. »Sprich!«
Der Hammer knallte auf das Brustbein. Eissplitter flogen.
Botwin legte sein Ohr an die Brust. Nejlands schob sein Gesicht hinter der Birke hervor.
»Chorr… chorr… chorr…«, drang es deutlich aus der Brust.
»Da!« Botwin schmiss den Hammer zur Seite. »Sprich, Schwesterchen, sprich mit dem Herzen, erzähl uns was!«
»Lass dein Herz sprechen! Lass dein Herz sprechen! Lass dein Herz sprechen!«, murmelte Nejlands in einem fort. Er suchte eifrig in seinen Taschen. »Wo ist es denn, Mensch, wo hab ich es …«
»Warte!« Botwin begann gleichfalls seine Taschen abzuklopfen.
»Verdammt noch mal … Im Auto! Im Handschuhfach!«
»Mist!«
Botwin flitzte zum Wolga. Glitt aus auf dem nassen Schnee. Fiel ins schmutzigbraune Gras. Stand auf, hinkte hastig zum Auto. Öffnete die Tür. Zog aus dem Handschuhfach ein Stethoskop.
Der Laut war unterdessen nicht abgebrochen.
»Beeil dich!«, brüllte Nejlands mit sich überschlagender Stimme.
»So ein Mist …« Botwin kam gerannt. In der schmutzigen ausgestreckten Hand das Stethoskop.
Nejlands steckte sich die Bügel in die Ohren. Hielt das Stethoskop gegen die violette Brust.
Die zwei Männer standen reglos. In der Ferne flog ein Flugzeug vorüber. Wechselgesang der Vögel. Die Sonne verschwand hinter einer Wolke.

In der Brust der Frau kollerte es. Schwach, doch regelmäßig.
»Di … ro … ara … ara …«, flüsterte Nejlands.
»Ganz ruhig bleiben!«, hauchte Botwin.
»Di … di … ar. Diar. Diar!« Nejlands atmete erleichtert auf. Nahm das Stethoskop ab. Reichte es Botwin.
Der steckte es sich ungeschickt in die Ohren. Die dicke, schmutzige Hand hielt das schwarze Bruststück.
»Di … er … di … ero … diar. Diar. Diar. Diar.«
»Diar!« Nejlands kantiger Kopf nickte.
»Diar!« Botwin lächelte. Fuhr sich mit der lehmbeschmierten Hand über das Gesicht. Lachte. »Diar!«
»Diar!« Nejlands hieb ihm auf die Schulter.
»Diar!« Botwin antwortete mit einem Stoß vor Nejlands Brust.
Sie umarmten sich. Schwankten dabei. Lösten sich wieder voneinander.
Nejlands ging daran, die Stricke zu durchschneiden. Botwin warf den Hammer in den Koffer. Zog sich die Jacke aus.
Sie befreiten die bewusstlose Nikolajewa von den Fesseln. Dann von den Handschellen. Legten ihr die Jacke um. Hoben sie an. Trugen sie zum Wagen.
»Den Hammer nicht vergessen!«, schnaufte Botwin.
Sie platzierten Nikolajewa auf dem Rücksitz.
Nejlands nahm den Kasten mit dem Hammer. Verfrachtete ihn in den Kofferraum.
Botwin setzte sich hinter das Lenkrad. Ließ den Motor an.
»Moment noch.« Nejlands ging zurück zu der Birke. Knöpfte sich die Hose auf. Stellte die Beine auseinander.
Nikolajewa stöhnte leise.
»Du bist ja wach. Diar!«, sagte Nejlands lächelnd.
Der Urin schlug mit scharfem Strahl gegen den Birkenstamm.

DIB

Nikolajewa erwachte von einer Berührung.
Jemand Warmes, Nacktes schmiegte sich bei ihr an.
Sie schlug die Augen auf: weiße Zimmerdecke, Deckenleuchte aus Mattglas, ein Eckchen Fenster hinter dem durchscheinenden weißen Vorhang. Lockiges blondes Haar. Ein Duft: After-shave-Lotion. Männerohr mit angewachsenem Ohrläppchen. Männerwange, gut rasiert.
Nikolajewa bewegte sich. Schielte abwärts: der Rand eines Lakens. Darunter ihr nackter Körper. Riesiger Bluterguss in der Brustmitte. Ihre Beine. Und ein braun gebrannter, muskulöser Männerkörper. Der sich anschmiegt. Sie mit den Armen umschlingt. Jetzt auf die Seite zu drehen versucht. Gewaltsam Brust an Brust drückt.
»Hören Sie«, sagte sie heiser. »Ich mag das so nicht.«
Und plötzlich erstarrte sie. Ein Beben ging durch ihren Körper. Die Augen schlossen sich halb. Die Pupillen rutschten unter die Lider. Auch der Mann hörte auf sich zu bewegen. Ein Zusammenzucken noch, ein Rucken des Kopfes. Dann lag er still, dicht angeschmiegt.
Es vergingen 37 Minuten.
Der Mund des Mannes öffnete sich. Ein schwacher, röchelnder Laut drang hervor. Der Mann regte sich. Löste seine Arme. Drehte sich zur Seite. Rollte aus dem Bett und fiel zu Boden. Streckte sich matt. Schluchzte auf. Atmete schwer.
Dann zuckte Nikolajewa. Zappelte mit den Beinen. Fuhr hoch. Schrie auf. Presste die Hände gegen die Brust. Schlug die Augen auf. Hochrot im Gesicht. Aus dem offenen Mund rann Speichel. Nikolajewa schluchzte auf und weinte. Ihre Schultern zuckten. Die Beine scharrten über das Laken.
Der Mann atmete stöhnend aus. Setzte sich auf. Schaute.

Nikolajewa wurde von Krämpfen geschüttelt.
»Möchtest du Saft?«, fragte der Mann leise.
Sie antwortete nicht. Schaute ihn nur erschrocken an.
Mann (34), schlank, muskulös, hellblondes Haar, schöne, große, sinnlich blickende blaue Augen.
Er erhob sich. Ging um das Bett herum. Nahm eine Flasche Mineralwasser vom Nachttisch. Öffnete sie. Goss in ein Glas ein.
Nikolajewa betrachtete ihn: den braun gebrannten Körper, die goldenen Härchen an Brust und Beinen.
Der Mann fing ihren Blick auf. Lächelte.
»Grüß dich, Diar.«
Sie schwieg. Er trank einen Schluck aus dem Glas. Sie riss die tiefroten, geschwollenen Lippen auseinander:
»Trinken ...«
Er setzte sich zu ihr auf das Bett. Legte den Arm um sie. Hielt das Glas an ihre Lippen. Sie begann gierig zu trinken. Die Zähne schlugen gegen den Glasrand.
Sie trank das Glas leer. Atmete keuchend aus.
»Mehr.«
Er stand auf. Goss das Glas noch einmal randvoll. Brachte es ihr. Im Nu war es leer.
»Diar ...« Er fuhr ihr mit der Hand durch das Haar.
»Ich ... heiße Alla«, erwiderte sie. Wischte sich mit dem Laken die Tränen aus den Augen.
»Für Normalsterbliche bist du Alla. Für uns Erwachte bist du Diar.«
»Diar?«
»Diar!« Sein Blick strahlte Wärme aus.
Sie musste plötzlich husten. Fasste sich an die Brust.
»Sei vorsichtig.« Er hielt sie bei den schweißnassen Schultern.

»Au … das tut weh«, stöhnte sie.
Der Mann entnahm der Schublade des Nachttischs ein Handtuch. Legte es ihr um die Schultern. Begann sie behutsam abzutrocknen.
Ihr Blick fiel auf den Bluterguss.
»O Mann … Musste das sein …«
»Das vergeht wieder. Nur ein blauer Fleck. Der Knochen ist heil.«
»Mein Gott … wieso … Was hast du da … Wozu die Scheiße … Wozu, Scheiße verdammte? …«
»Ich bin Dib.«
»Wie?« Sie sah ihn verständnislos an. »Profi?«
»Nein, du verstehst mich falsch, Diar. Ich heiße so. Dib.«
»Haltet ihn!«
»Nicht doch!«, lachte er. »De-ih-be, drei Buchstaben. Das ist mein Name. Mit Diebstahl hab ich nichts zu schaffen.«
»Ach ja?« Zerstreut blickte sie sich im Zimmer um. »Ist das hier ein Hotel?«
»Nicht ganz.« Er schmiegte sich an ihren Rücken. »Eher eine Art Sanatorium.«
»Für wen?«
»Für die Brüder. Und die Schwestern.«
»Was für Schwestern?«
»Solche wie du.«
»Ich?« Sie wischte sich die Lippen am Knie. »Ich soll Schwester sein?«
»Aber ja.«
»Für wen denn?«
»Für mich.«
»Dich?« Ihre Lippen begannen zu zittern, verzogen sich zu einer Grimasse.
»Ja. Aber nicht nur. Du hast jetzt eine Menge Brüder.«

»Brü…der?«, japste sie. Fasste nach seiner Hand. Und fing mit einem Mal an zu schreien – aus vollem Hals, hysterisch und lang. Am Ende ging der Schrei in Schluchzen über.

Der Mann fasste Nikolajewa bei den Schultern, drückte sie an sich. Sie schluchzte, barg ihren Kopf an seiner muskelbepackten Brust. Er fing an, sie zu wiegen wie ein kleines Kind.

»Ist ja gut.«

»Wieso … verdammt … wozu … hu-huuh!«, schluchzte sie.

»Jetzt wird alles, alles gut.«

»Hu-huuh! Wie denn … Uhuuh, was hast du mit mir gemacht, mein Gott! …«

Ganz allmählich beruhigte sie sich.

»Du musst dich ausruhen«, sagte er. »Wie alt bist du?«

»Zweiundzwanzig«, schluchzte sie.

»All die Jahre hast du geschlafen. Und jetzt bist du erwacht. Das ist eine sehr starke Erschütterung. Die macht nicht nur froh. Die kann einem auch Angst machen. Du brauchst Zeit, dich daran zu gewöhnen.«

Sie nickte. Schluchzte.

»Haben Sie … ein … Taschentuch?«

Er reichte ihr eine Serviette. Sie schnäuzte sich kräftig, knüllte die Serviette zusammen, warf sie auf den Boden.

»Gott … was heule ich hier zusammen …«

»Wenn du willst, kannst du ein Bad nehmen. Da ist jemand, der dir hilft, dich in Ordnung zu bringen.«

»Gut.« Sie schielte ängstlich nach dem Fenster. »Und wo ist es?«

»Das Bad? Gleich kommt jemand und zeigt es dir.«

Nikolajewa nickte abwesend. Ihr Blick ging zu der Lilie in der

Vase. Zum Fenster hin. Wieder zurück auf die Lilie. Tiefes Luftholen. Dann sprang sie vom Bett. Stürzte zur Tür. Dib blieb sitzen, ohne sich zu rühren. Sie riss die Tür auf. Flog hinaus auf den Korridor. Prallte gegen eine Krankenschwester, die neben einem hohen Aschenbecher aus Messing stand und rauchte. Ihre blauen Augen lachten.

»Guten Morgen, Diar!«, sagte sie.

Nikolajewa rannte weiter, dem Ausgang entgegen. Ihre nackten Sohlen patschten über die neue Dielung des Korridors. Sie erreichte die gläserne Doppeltür. Stieß die erste auf. Flog durch den Windfang. Stieß die zweite auf. Lief über den nassen Asphalt.

Der Arzt sah ihr durch das geschlossene Fenster dabei zu. Die Arme vor der Brust verschränkt. Lächelnd.

Der blonde Chauffeur im parkenden silbergrauen BMW blickte ihr, an einem Apfel kauend, lange nach.

Nikolajewa lief nackt durch die Sperlingsberge. Ringsum die Bäume standen gleichfalls nackt. Der noch vorhandene Schnee war schmutzig.

Schnell war sie außer Puste. Blieb stehen. Ging in die Hocke. So verharrte sie eine Weile, keuchend. Dann stand sie wieder auf. Betastete ihr Brustbein. Ihr Gesicht verzerrte sich zur Grimasse.

»Scheißkerle …«

Sie lief weiter. Die nackten Füße patschten durch die Pfützen.

Sie kam an eine Hauptstraße. Wenig Verkehr. Ein feuchter Frühlingswind wehte. Nikolajewa betrat die Straße. Bekam sofort die scharfe Kälte zu spüren. Begann zu zittern. Schlang sich die Arme um den Körper.

Ein Auto fuhr vorbei. Der Fahrer, ein alter Mann, lachte sie an.

Sie hob den Arm. Ein Volkswagen näherte sich, fuhr vorbei. Fahrer und Beifahrer kurbelten die Fenster herunter. Glotzten. Pfiffen.
»Arschlöcher«, murmelte Nikolajewa. Ihre Zähne schlugen aufeinander.
Ein Shiguli tauchte auf. Stoppte. Der Mann am Steuer öffnete die Tür.
»Willst du zum Eisbaden? Gibt doch gar kein Eis mehr!«
Fahrer (40), Vollbart, Brille, großer silberner Ohrring, schwarzgelbes Kopftuch.
»Hör mal ... kannst du mich ... Ich bin ... ausgeraubt worden«, sagte Nikolajewa zähneklappernd.
»Ausgeraubt?« Er bemerkte den großen blauen Fleck zwischen ihren Brüsten. »Geschlagen wohl auch?«
»Fertig gemacht ... haben sie mich, die ... Scheißkerle.«
»Steig ein.«
Sie kroch auf den Beifahrersitz. Schlug die Tür zu.
»Boah, Mann, ist das kalt ...«
Der Fahrer zog sein helles Jackett aus. Legte es ihr um die Schultern.
»Wohin? Zur Polizei?«
»Spinnst du?« Sie legte die Stirn in Falten. Zog sich das Jackett fest um die Hüften. »Mit den ... Arschlöchern ... hab ich ... nichts am Hut. Fahr mich nach Hause ... Ich bezahl es dir.«
»Wohin?«
»Strogino.«
»Strogino ...« Der Fahrer stieß missmutig die Luft aus den geblähten Backen. »Ich muss zur Arbeit.«
»Ochhh, ist das arschkalt«, bibberte sie. »Stell bloß die ... Heizung höher.«
Er drehte den Regler bis zum Anschlag.

»Pass auf, ich fahre dich bis zum Leninski, und dort winkst du dir noch einen.«
»Was denn, soll ich noch mal … oh, Scheiße, fahr mich nach Hause, bitte«, bibberte sie.
»Strogino ist überhaupt nicht meine Richtung.«
»Wie viel willst du haben?«
»Darum geht's nicht, Kind.«
»Darum geht's immer. Hundert, hundertfünfzig? Zweihundert? Zweihundert, abgemacht. Komm, fahr schon.«
Er überlegte. Legte den Gang ein. Der Wagen fuhr an.
»Hast du zu rauchen?«
Er streckte ihr eine Packung Camel hin. Sie nahm sich eine. Er hielt ihr das Feuerzeug darunter.
»Haben sie dich … äh, ausgezogen und dann im Wald ausgesetzt, oder was?«
»Ja.« Sie sog gierig an der Zigarette.
»Die ganzen Klamotten?«
»Das siehst du doch.«
»Ist ja irre. Das müsste man aber doch anzeigen?«
»Lass das meine Sorge sein.«
»Sind's die eigenen Leute gewesen?«
»So ungefähr.«
»Das ändert die Sache.«
Er schwieg, dann stellte er noch eine Frage.
»Bist wohl ein Nachtfalter?«
»Nein. Mehr so einer für tagsüber.« Sie gähnte müde, während sie den Rauch ausstieß. »Kohlweißling.«
Er nickte, grinste in sich hinein.

12:17
Strogino. Uliza Katukowa 25.

Der Shiguli hielt vor einem sechzehnstöckigen Wohnblock.
»Komm ruhig mit rauf.« Nikolajewa stieg aus dem Auto. Lief auf den Eingang zu. Wählte an der Wechselsprechanlage die Wohnungsnummer: 266.
»Ja?«
»Natascha, ich bin's.«
Der Türöffner summte. Nikolajewa und der Fahrer traten ein. Fuhren in die zwölfte Etage.
»Warte hier.« Sie gab ihm die Jacke zurück. Klingelte an der Tür. Es wurde geöffnet.
Natascha (18), verschlafenes, aufgedunsenes Gesicht, schwarzes, kurz geschnittenes Haar, roter Frotteebademantel.
»Gib mir mal zweihundert Rubel.« Nikolajewa ging an Natascha vorbei in ihr Zimmer. Entnahm dem Schrank genau den gleichen roten Bademantel. Zog ihn über.
»Ja, sag mal … Was willst du?!«
»Zweihundert Rubel! Ich muss den Taxitypen bezahlen.«
»Ich hab bloß zweihundert Bucks.«
»Rubel! Hast du keine Rubel?«, brüllte Nikolajewa.
»Nein! Schrei mich nicht so an …«
»Und Bucks in klein?«
»Zwei Hunderter. Was hast du denn da?« Natascha hatte den blauen Fleck auf der Brust bemerkt.
»Geht dich nichts an. Lena hat auch keine?«
»Was, keine?«
»Rubel.«
»Weiß ich nicht. Die schläft noch.«

Nikolajewa ging in das andere Zimmer. Dort lagen zwei Frauen auf dem Fußboden.
»Ach, Sula ist auch hier?«, fragte Nikolajewa mit einem Blick auf die Schlafenden.
»Na ja doch!«, bestätigte Natascha, die hinter ihr ins Zimmer lugte. »Im Morgengrauen sind sie angeschlichen gekommen.«
»Dann vergiss es.« Nikolajewa winkte missmutig ab.
»Was ist denn nun?« Der Fahrer stand in der offenen Wohnungstür.
»Komm rein!« Nikolajewa ging zu ihm.
Er trat ein. Sie schloss hinter ihm die Tür.
»Hör mal, mit Rubeln ist es bei uns gerade etwas eng. Hättest du was dagegen, wenn ich dir einen blase?«
Sein Blick ging von ihr zu Natascha. Natascha griente. Verschwand in ihrem Zimmer.
»Komm nur!« Nikolajewa nahm ihn bei den Händen.
»Ich weiß nicht, eigentlich …« Er starrte sie an.
»Ach, komm. Wir machen es im Bad. Ich sag doch, wir sind mit Rubeln gerade nicht flüssig. Und die Schicksen deswegen zu wecken … Du kannst dich vor Gezeter nicht retten, verstehst du.«
Sie zog ihn bei der Hand. Er sträubte sich noch.
»Ich könnte wechseln fahren«, sagte er.
»Mach keinen Quatsch.« Sie knipste das Badlicht an. Zog ihn bei der Hand hinein. Verriegelte die Tür. Hockte sich vor ihm nieder. Fing an, ihm die Hose aufzuschnallen.
»Machst du … das … schon lange?«, fragte er, ihr von oben zusehend.
»Du kannst Fragen stellen, Junge … Oho! Wir sind ja von der schnellen Brigade!« Sie betastete durch die Hose sein steif gewordenes Glied.

Den Gürtel hatte sie schon offen. Zog den Reißverschluss auf. Streifte ihm die grauen Hosen herunter. Den schwarzen Slip.
Das Glied des Fahrers war klein und krumm.
Sie nahm es ohne zu zögern zwischen die Lippen. Umfasste seine lilafarbenen Gesäßbacken. Begann sich hurtig zu bewegen.
Der Fahrer streckte den Hintern heraus. Beugte sich leicht nach vorn. Stützte sich mit der Hand gegen die Waschmaschine. Schnaufte. Sein Ohrring wippte im Takt ihrer Stöße.
»Warte mal … Häschen …« Er legte ihr die Hand auf den Kopf. Sie ließ das Glied aus dem Mund rutschen.
»Tut es weh?«, fragte sie.
»Nein, nein … Es ist nur … Ich kann so nicht … Lass es uns lieber ganz normal machen …«
»Aber nicht ohne Kondom.«
»Na ja, ich hab nur leider … grad keins dabei.« Er lachte verlegen.
»Wenn's weiter nichts ist.« Sie ging hinaus. Kam wieder mit einem Päckchen Präservative. Riss es auf. Streifte ihm geschickt eins über. Warf nun den Bademantel ab. Drehte ihm den Hintern zu. Stützte sich auf das Waschbecken.
»Auf geht's.«
Er drang schnell ein. Umfasste sie mit seinen langen Armen. Bewegte sich hastig. Schnaufend.
»Gut … boah, sehr gut …«, ermunterte sie ihn in Abständen, gleichmütig. Betrachtete derweil im Spiegel ihren blauen Fleck.
Er kam.
Sie zwinkerte seinem Spiegelbild zu.
»Pirat!«

Ihr Blick wurde aufmerksam. Plötzlich begannen ihre Lippen zu zittern. Sie presste sich die Hand auf den Mund.
Er schnaufte immer noch, hatte die Augen halb geschlossen. Legte seinen Kopf auf ihre Schulter.
Sie streckte die Hand aus. Verstöpselte den Abfluss in der Wanne. Drehte den Hahn auf. Konnte das Schluchzen kaum unterdrücken.
»Schluss jetzt … Ich muss … ich muss … Mir ist kalt.«
Er wälzte sich schwer auf ihr herum. Schlug die Augen auf. Sein Glied rutschte aus ihrer Scheide. Er schaute darauf.
»Ins … ins Klo damit«, wies sie ihn an. Nahm ein Shampoofläschchen vom Regal. Ließ etwas daraus in die Wanne schwappen. Und heulte in diesem Moment richtig los.
Sein Blick verdüsterte sich.
»Was ist? Ist dir nicht gut?«
Sie schüttelte den Kopf. Fasste nach seiner Hand. Sank auf die Knie, presste die Hand gegen ihre Brust. Hielt sich den Mund zu, heulte noch heftiger.
»Was ist denn?«, fragte er, auf sie hinunterblickend. »Haben sie dich schikaniert, oder was? He! Was hast du?«
»Nichts, nichts«, schluchzte sie. »Schon gut! Moment …«
Sie ließ seine Hand nicht los, hielt sie gegen ihre Brust gepresst. Heulte und heulte.
Er blickte in den Spiegel. Wartete geduldig ab. Das Präservativ voll Sperma hing an seinem erschlaffenden Glied. Wippte im Takt ihrer Schluchzer.
Sie konnte sich nur mit Mühe beruhigen.
»Das ist … das ist nur … lass … geh! …«
Der Fahrer zog die Hosen hoch. Ging hinaus.
Nikolajewa setzte sich in die Wanne. Umschlang ihre Knie. Legte den Kopf darauf.
Nebenan rauschte die Toilettenspülung.

Der Fahrer schaute zur Tür herein.
»Alles in Ordnung?«, fragte Nikolajewa, ohne den Kopf zu heben.
Er nickte. Schaute sie forschend an.
»Komm ruhig wieder, wenn du willst.«
Er nickte.
Sie saß reglos. Er rieb sich die Nase.
»Wie heißt du?«
»Alla.«
»Und ich Wadim.«
Sie nickte, den Kopf auf den Knien.
»Du hast sicher große Probleme?«
»Nein, nein.« Sie schüttelte heftig den Kopf. »Es ist nur … ach, lass mal. Tschüss.«
»Na dann. Tschüss.«
Der Fahrer verschwand. Die Wohnungstür schlug zu.
Die Wanne war jetzt voll Wasser. Es reichte ihr bis zu den Achseln. Nikolajewa drehte den Hahn zu. Machte sich lang.
»Mein Gott … Dib, dib, dib … dib-dib-dib …«
Schaum streifte ihr verheultes Gesicht.
Nikolajewa schlummerte ein.
Nach 22 Minuten schaute Natascha zur Badtür herein.
»Alla, komm mal.«
»Was ist?« Unwillig öffnete Nikolajewa die Augen.
»Parwas ist da.«
Ruckartig setzte Nikolajewa sich auf.
»Ach, du Biest. Hast du geschwätzt?«
»Er ist von selber gekommen.«
»Von selber! Dreckstück! Komm du noch mal Wäsche von mir borgen!«
»Leck mich …«
Natascha knallte die Tür zu.

Nikolajewa fuhr sich mit nassen Händen über das Gesicht. Wiegte sich hin und her.

»Oh, dieses Biest … dieses Luder …«

Schwerfällig stand sie auf. Duschte sich ab. Wand ein Handtuch um den Kopf. Trocknete sich ab. Zog den Bademantel über. Ging hinaus auf den Korridor.

»Gut geduscht ist halb gestunken!«, tönte eine spöttische Stimme aus der Küche.

Nikolajewa ging dorthin.

Zwei Männer saßen da.

Parwas (41), klein, schwarzes Haar, brauner Typ, unrasiert, mit mausigen Gesichtszügen, graues Seidenjackett, schwarzes Hemd, eng anliegende graue Hosen, Schnallenschuhe.

Pascha (33), dick, blond, blasse Haut, wulstiges Gesicht, silbervioletter Puma-Jogginganzug, blaue Turnschuhe.

»Grüß dich, Prinzessin.« Parwas, sich ein brennendes Streichholz unter die Zigarette haltend.

Nikolajewa lehnte sich gegen den Türrahmen.

»Wir hatten 'ne Abmachung, wir zwei. Wenn ich nich irre.« Parwas tat einen Zug. »Im Guten. Du hass mir was versprochen, nich? Da gabbes so Wörter. Gelöbnisse, nich? Oder habbich was anne Platte?«

»Parwas, ich hab ein Problem.«

»Was für Problem?«

»Ich bin übel angemacht worden.«

»Von wem?« Parwas stieß einen langen Rauchstrahl aus seinem kleinen Mund.

Nikolajewa schlug ihren Bademantel zurück.

»Da, schau her.«

Die Männer blickten schweigend auf den Bluterguss.

»Verstehst du, das war so was von übel … Ich bin jetzt noch nicht drüber weg. Gib mir 'ne Zigarette.«

Parwas hielt ihr eine Packung Dunhill hin, dazu Hölzer. Sie rauchte an. Legte die Schachteln zurück auf den Tisch.

»Also. Ich hab gestern auf dem Steg mein Programm gemacht und bin anschließend durchs Lokal gewackelt wie üblich, für den Einzelbedarf. War nicht viel los. Zwei Typen saßen da, einer hat gewinkt. Ich hin, Titten geschwenkt, die Tour. ›Setz dich‹, sagt der, ›bleib ein bisschen bei uns.‹ Ich mich also hingesetzt, die haben Champagner bestellt. Wir haben gesüffelt und angefangen zu labern. Die kamen mir vor wie ganz normale Hurenböcke. Dass sie mit irgendwelchen Luftbefeuchtern handeln, haben sie erzählt. Der eine aus dem Baltikum, so ein Großer, gut Aussehender, schwieriger Name, Rites-Schmites oder so, weiß nicht mehr, der andere dicker, Valeri hieß der. Mir ist kalt, hab ich gesagt, ich geh mir was anziehen. ›Jaja, klar. Aber komm ruhig wieder.‹ Ich also das Kleid angezogen und wieder hin. ›Was möchtest du haben?‹ Was zu essen wär nicht schlecht, sag ich. Da haben sie mir Schaschlyk vom Stör bestellt. ›Strippst du schon lange?‹ Noch nicht lange, sag ich. ›Und wo bist du her?‹ Aus Krasnodar. So ging das weiter. Bis dieser Balte plötzlich sagt: ›Wolln wir zu mir fahren?‹ Darauf ich: 300 Dollar die Nacht. ›Kein Problem.‹ Da haben die die Rechnung kommen lassen und sind abgeschoben, ich mit. Draußen hatten die einen weißen Wolga stehen, nagelneu. Ich mich da reingesetzt. Und kaum dass wir um die erste Ecke waren, zieht der eine mir – zack! – 'ne Maske drüber mit irgend 'nem Zeug drin. Direkt so drüber, übers Gesicht. Das war's dann. Wie ich wieder zu mir kam, war's dunkel um mich rum, die Hände hinterm Rücken in Handschellen, und es hat nach Benzin gestunken. Ich lag im Kofferraum, zwischen irgendwelchem Plunder. Die Fahrt hat ewig gedauert. Bis sie irgendwann angehalten haben, den Kofferraum aufgeklappt und mich rausgezerrt, im Wald irgendwo. Da war's schon wieder hell. Sie haben mich ausgezogen und an 'ne Birke gefesselt. Echt! Den Mund hatten sie mir schon vorher zugeklebt mit so was wie Pflaster. Ja, und dann, dann ging die Scheiße richtig los. Die hatten so eine, wie sagt man, 'ne Art Truhe dabei. In der lag so 'n Ding, sah aus wie 'ne Streitaxt. Mit gebogenem Griff. Nur dass das kein Stein war, sondern Eis. 'ne Axt aus Eis. Ich kann dir sagen. Und dann hat der eine das Ding geschnappt, ausgeholt, und wumm: mir voll auf die Brust! Mitten hier drauf. Und der andere sagt: ›Pack aus, was du weißt!‹ Dabei war der Mund mir doch zugeklebt. Ich immer so: mm-mh, mm-mh, sagen konnt ich ja nix. Und diese Arschlöcher stehen da und warten. Und gleich der nächste Schlag, volle Kanne. ›Pack aus!‹ Mir war schon flimmrig vor den Augen, es tat viehisch weh, ätzend war das. Und noch 'n drittes Mal: krrrach! Da bin ich weggekippt. Tja. Und wie ich wieder zu mir komme, lieg ich in irgendnem Krankenhaus. Und ein Typ ist dabei, mich zu ficken. Ich fang an, mich zu wehren, da zieht der gleich das Messer und setzt es mir an die Kehle. Jawohl. Irgendwann war der fertig, dann ging es los mit Saufen. Ich lag da und konnte keinen Finger rühren, so kaputt war ich. Und dann sagt der doch: ›Ab jetzt wohnst du hier.‹ Ich drauf: Hä, wieso? Und der: ›Du gehörst uns.‹ Darauf ich: Na, da werdet ihr aber Probleme kriegen, ich gehör zu Parwas. ›Ich scheiß auf deinen Parwas‹, sagt der. Na, der war schon besoffen. Ich muss aufs Klo, hab ich gesagt. Da hat der einen Pfleger gerufen, so einen Stiernacken, der sollte mich bringen. Ich also nackig über den Flur, und dabei seh ich, dem Typen steht er schon. Kaum bin ich in das Klo rein, kommt der hinter mir her: ›Hock dich hin auf alle viere!‹ Hab ich gemacht, was blieb mir anderes übrig. Er hat mich gefickt und sich anschließend verpisst, raus auf den Flur. Und in dem Klo, da gab's ein Fenster, Verbundglas oder wie das heißt. Und ohne Gitter! Ich das Fenster aufgemacht und heimlich raus. Ringsrum so 'ne Art Wäldchen, da bin ich rein. Gerannt und gerannt. Irgendwann hab ich gemerkt, wo ich bin: auf den Sperlingsbergen. Ich raus auf die Chaussee, hab 'n Auto angehalten, na ja, und dann hierher, Natascha hat gesehen, wie ich angekommen bin. Dieses Krankenhaus oder was das war, das könnt ich wiederfinden, glaub ich.«

Parwas und Pascha wechselten einen Blick.

»Und da wunderst du dich, Alter, wieso bei uns der Wurm drinne iss.« Parwas drückte seine Zigarette aus. Fing an zu lachen. »'ne Axt aus Eis, das iss die Höhe! Warum nich gleich Gold, he? Mit Brillanten, he? Hass dich nich vielleicht geirrt, dasses gar kein Eis war, sondern Brillanten? 'ne Axt aus Brillanten, und immer feste drauf auf die Brust, he? Das tut gut. Das iss gesund. Sehr gesund.«

»Parwas, ich schwör's dir ...« Nikolajewa hob die Arme.

»'ne Axt aus Eis, das iss der Hammer!« Er hörte nicht auf zu lachen. Lachte, dass er beinahe vom Stuhl fiel.

»Ich fasses nich, Pascha. 'ne Axt aus Eis. Nee, Alter, weißte, langsam reicht's, wir sollten die Branche wechseln. Mit Mandarinen handeln!«

»Parwas, bitte! Parwas!« Nikolajewa bekreuzigte sich.

Pascha hielt die klobigen Hände verschränkt. Die zwei kurzen Daumen rotierten geschwind umeinander. Dann, mit hoher Stimme, wie im Falsett:

»Was fällt dir Schlammbürste ein, uns zu verarschen? Hast du keine Lust, anständig deine Arbeit zu verrichten? Macht es dir keinen Spaß mehr, ein anständiges Leben zu führen? Hättest du es gern ein bisschen härter? Ein bisschen brutaler? Möchtest du eine aufs Dach, ja?«

»Ich schwör's dir, dir auch, Parwas, ich schwör's vor aller Welt!« Nikolajewa schlug noch ein Kreuz. Fiel auf die Knie. »Bei meiner Mutter! Bei meinem seligen Vater! Parwas! Ich bin gläubig, das weißt du! Ich schwör's bei der Heiligen Muttergottes!«

»Gläubig, soso. Wo hast du denn dein Kreuz?«, fragte Pascha.

»Das haben die Schweine mir auch abgerissen!«

»Das Kreuz auch? Tss-tss ... Schlechte Menschen.« Parwas schüttelte den Kopf.

»Fertig machen wollten die mich! Ich krieg das Zittern, wenn ich nur dran denke! Wenn du's nicht glaubst, lass uns hinfahren auf die Sperlingsberge, ich zeig dir, wo's war. So wahr mir Gott helfe!«

»Gott? Red nicht von Gott, du dreckige Nutte! Ein ganz falsches Aas bist du!«

»Wenn du's nicht glaubst, frag Natascha. Sie hat alles gesehen. Wie ich hier ankam, splitternackt und angeschissen!«

»Natascha!«, rief Pascha.

Natascha erschien sogleich.

»Wann ist sie nach Hause gekommen?«

»Vor 'ner Stunde ungefähr.«

»Nackig?«

»Ja.«

»Alleine?«

»Mit 'nem Typen.«

»Pascha, das war der, der mich hergefahren hat, wie ich ...«

»Halt's Maul, Fotze. Was war das für 'n Typ?«

»Na, so einer mit Ohrring und Bart ... Sie hatte Schulden bei dem. Hat ihm im Bad einen geblasen.«

»Dafür, dass er mich hergefahren hat! Für die Fuhre! Ich hatte doch nix bei!«

»Halt endlich das Maul, du Schimmelkröte. Worüber haben sie gelabert?«
»Überhaupt nicht. Sie hat ihm einen runtergeblasen, und fertig. ›Komm wieder, wenn du willst!‹, hat sie gesagt.«
»Ach, du gemeines Luder!« Nikolajewas zorniger Blick traf Natascha.
»Ach ja, zu mir hat sie noch gesagt, dass ich von ihr sowieso keine Wäsche mehr kriege.« Natascha beachtete Nikolajewa gar nicht.
Parwas und Pascha blickten einander an.
»Parwas …« Nikolajewa schüttelte den Kopf. »Parwas, sie lügt, die Hündin, ich … Dabei ist sie ständig in meinen Klamotten rumgelaufen. Alles hab ich für sie gemacht, alles!«
»Wer ist noch da?«, fragte Parwas Natascha.
»Lena und Sula. Die schlafen.«
»Hol sie her.«
Natascha ging hinaus.
»Parwas …«
Nikolajewa kniete immer noch. Das Gesicht verzerrt. Tränen strömten.
»Parwas, ich … ich … Ich hab dir die reine Wahrheit erzählt … kein Schwindel dabei, ich schwör's, ich schwör's …«
Ihr Kopf flatterte. Das Handtuch um ihren Kopf löste sich. Sein Ende rutschte ihr übers Gesicht.
Parwas stand auf. Ging zum Ausguss. Beugte sich zum Mülleimer.
»Ich hab dir geglaubt. Ein Mal. Ich hab dir verziehn. Ein Mal. Ich hab dich aussem Dreck geholt. Ein Mal.«
»Parwas, Parwas …«
»Sogar den Ausweis hab ich dir wiedergegeben. Das eine Mal.«
»Wenn ich's dir sage … Wenn ich's dir sage …«

»Ich hab gedacht: Die Alla, das iss 'ne Frau. Jetz seh ich: Die Alla, das iss keine Frau.«
»Parwas ...«
»Die Alla iss 'ne Gullyratte.«
Er zog eine leere Sektflasche aus dem Mülleimer. Hielt sie angeekelt mit zwei Fingern vor sich hin.
»Lieblich«, las er vor.
Mit einem Ruck fegte er den Tisch zur Seite. Stellte die Flasche in die Mitte des Küchenfußbodens.
Zwei Mädchen betraten nacheinander die Küche.
Sula (23), klein, kastanienbraunes Haar, dunkles, unschönes Gesicht, schlanke Figur, große Brüste, bunter Bademantel.
Lena (16), groß, gut proportioniert, hübsches Gesicht, langes blondes Haar, rosa Pyjama.
Die beiden blieben bei der Tür stehen. Dahinter tauchte Natascha auf.
»Schlechte Neuigkeiten, Mädels«, fing Parwas an. »Sehr schlechte Neuigkeiten.«
Er steckte die Hände in die engen Hosentaschen. Stellte sich auf die Zehenspitzen. Wippte.
»Heute Nacht hat Alla sich schlecht benommen. Wie eine miese Gullyratte. Hat sich heimlich was untern Nagel gerissen. Hat auf uns alle gespuckt. Und geschissen.«
Er machte eine Pause. Nikolajewa vor ihm auf den Knien. Schluchzend.
»Zieh dich aus!«, befahl Parwas.
Nikolajewa löste den Gürtel ihres Bademantels. Der Mantel glitt von ihrem nackten Körper. Parwas riss ihr das Handtuch vom Kopf.
»Setzen.«
Sie stand auf. Schluchzte nicht mehr. Ging zu der Flasche. Nahm Maß. Senkte ihre Scheide auf den Flaschenhals.

»Nicht die Fotze! Den Arsch! Mit der Fotze sollst du für mich arbeiten!«
Alle sahen schweigend zu.
Nikolajewa setzte sich mit dem Anus auf die Flasche. Balancierte.
»Sitz!«, brüllte Parwas.
Sie senkte sich beherzter. Schrie leise auf. Stützte sich mit den Händen auf dem Fußboden auf.
»Hände weg, du Fotze! Hände weg, sag ich!« Parwas trat gegen ihre Hand. Drückte ihr derb auf die Schultern.
»Sitt-zzen!«
Nikolajewa schrie.

MOHO

19:22
Twerskaja uliza 6.

Ein dunkelblauer Peugeot 607 kam auf den Hof gefahren und stoppte.
Borenboim (44), mittelgroß, spärliches blondes Haar, intelligentes Gesicht mit blauen Augen, schmale Goldrandbrille, dunkelgrüner Anzug mit Weste, saß mit einer Zeitung im Fond.
Er hörte auf zu lesen, schmiss die Zeitung auf den Beifahrersitz. Griff nach seiner schwarzen Aktenmappe.
»Morgen um halb zehn«, sagte er.
»In Ordnung!«
Chauffeur (52), länglicher Kopf, graumeliertes Haar, große Nase, großer Mund, braune Jacke, hellblaues Sweatshirt.
Borenboim stieg aus. Ging zum Hauseingang No. 2. In sei-

ner Tasche klingelte das Handy. Er zog es hervor, blieb stehen, hob es ans Ohr.
»Ja. Na und? Wir waren doch schon verabredet. Um neun, gleich dort. Nein, lieber oben, da ist die Küche besser und weniger Betrieb. Wie? Warum hat er mich dann nicht im Büro angerufen? Was? Aljoscha, was soll das heißen, Telefon kaputt! Ich werd mich hüten, aus der Ferne irgendwelche Ratschläge zu geben! Der soll antanzen wie jeder normale Kunde. Und sowieso laufen die Obligationen jetzt, wie sich's gehört, seit über vier Wochen im Zuwachs, da gibt's nichts mehr zu deuteln. Wie? Ja, mach das. Gut ... Ach so, Aljoscha, hast du schon gehört, was Wolodja passiert ist? Dort sind sie in der Nacht mit dem Bagger vorgefahren und haben mit der Schaufel zwei Geldautomaten rausgebaggert. Wenn ich's dir sage! Hat mir Sawwa erzählt. Versuch mal paar Details rauszukriegen ... Kannst du mal sehen. Also gut. Bis dann.«
Borenboim betrat den Hauseingang.
Mit einem Nicken begrüßte er die **Concierge** (66), dürr, Perücke, Brille, grau-rosa Strickjäckchen, brauner Rock, Filzstiefel.
Er nahm den Fahrstuhl bis in den zweiten Stock. Beim Verlassen holte er die Schlüssel hervor. Trat zur Wohnungstür, fing an aufzuschließen.
Plötzlich stieß ihn etwas in den Rücken. Er wollte sich umdrehen. Ein harter Griff an seiner linken Schulter verhinderte es. »Nicht umdrehen. Augen nach vorn.«
Borenboim blickte auf seine Tür. Die war aus Stahl. Grau gestrichen.
»Aufschließen«, befahl die tiefe Männerstimme.
Borenboim drehte den Schlüssel zweimal herum.
»Reingehen. Eine falsche Bewegung, und ich leg dich um.«

Borenboim rührte sich nicht. Das Ende eines Pistolenschalldämpfers bohrte sich ihm in die Wange. Er roch das Waffenöl.

»Hast du nicht verstanden? Ich zähle bis eins.«

Borenboim stieß die Tür auf. Betrat den dunklen Korridor.

Eine Hand im braunen Handschuh zog den Schlüssel aus dem Schloss. Der Mann trat hinter Borenboim ein, schloss schnell die Tür hinter sich.

»Licht anmachen«, befahl er.

Borenboim drückte auf den breiten Lichtschalter. Sofort flammte in allen fünf Räumen der Wohnung Licht auf. Musik fing an zu spielen: Leonhard Cohen, »Susanne«.

»Auf die Knie!« Der Mann stieß Borenboim die Pistole zwischen die Schulterblätter.

Borenboim sank auf den beigefarbenen Teppichläufer.

»Hände nach hinten.«

Er ließ die Aktenmappe fallen. Streckte die Arme nach hinten. An den Gelenken klickten Handschellen. Der Mann fing an, Borenboims Taschen abzusuchen.

»Geld ist im Schreibtisch, im Arbeitszimmer. Zweitausend ungefähr. Mehr ist nicht da«, murmelte Borenboim.

Der Mann fuhr fort, ihn zu betasten. Nacheinander förderte er die Brieftasche, das Handy und das goldene »Gucci«-Feuerzeug zutage.

Er legte alles auf dem Fußboden ab.

Als Nächstes klappte er die Aktenmappe auf. Geschäftliche Papiere, zwei Tabakspfeifen im Lederetui, eine Schachtel Tabak, ein Band Borges-Erzählungen.

»Aufstehen«, sagte der Mann und fasste Borenboim unter den Arm.

Borenboim stand auf. Dabei schielte er nach dem Fremden.

Mann (36), untersetzt, bullig, blond, blaue Augen, Igelfrisur, massiges Gesicht, Andeutung eines blonden Schnurrbarts, stahlgrauer Regenmantel, hellgrauer Schal, schwarzer Lederrucksack auf dem Rücken.

»Vorwärts.«

Der Mann stieß Borenboim die Pistole in den Rücken.

Borenboim setzte sich in Bewegung. Sie gingen durch das erste Wohnzimmer mit dem runden Aquarium und den Polstermöbeln ins dahinterliegende zweite. Dort war das Mobiliar niedrig, im japanischen Stil. An den Wänden drei Rollbilder. Dazu ein flacher Fernsehbildschirm. In der Ecke, formiert zu einer schwarz-blauen Pyramide, die Musikanlage.

Der Mann ging hin. Blieb vor der Pyramide stehen.

»Wo geht das auszumachen?«

»Dort liegt die Fernbedienung.« Borenboim deutete mit dem Kopf in Richtung des flachen quadratischen Tisches, auf dessen Rand das schwarz-blaue Kästchen lag.

Der Mann griff danach. Drückte den »Power«-Knopf. Die Musik brach ab.

»Setzen.« Ein Druck auf Borenboims Schultern zwang ihn in einen der tiefen Sessel mit rotem Kissen.

Nun steckte der Mann die Pistole ein. Nahm den Rucksack ab, band ihn auf. Holte einen Hammer hervor. Dazu zwei stählerne Haken, wie Bergsteiger sie in den Felsen schlagen.

»Was hat das Haus für Wände?«

»Wie meinen Sie das?« Der blasse Borenboim blinzelte angespannt.

»Ziegel oder Beton?«

»Ziegel.«

Der Mann riss zwei der Rollbilder von der Wand. Hielt abschätzend den Kopf schräg und rammte eines der Eisen mit drei schnellen Hammerschlägen in die Wand. Etwa in Schulterhöhe. Rückte ungefähr zwei Meter weiter und schlug den zweiten Haken ein. Gleiche Höhe. Dann holte er ein Handy hervor, tippte eine Nummer.

»Alles okay. Komm rein. Tür ist offen.«

Bald darauf betrat eine Frau die Wohnung.

Frau (32), groß, mager, breit in den Schultern, blondes Haar, blaugraue Augen, strenges, knochiges Gesicht, graublauer Mantel, blaues Barett, blaue Handschuhe, blau-gelber Schal, längliche Sporttasche.

Sie sah sich im Zimmer um. Den sitzenden Borenboim traf nur ein Seitenblick.

»Gut.«

Der Mann hatte seinem Rucksack ein Seil entnommen. Schnitt es mit dem Messer in zwei Hälften.

Sie stellten Borenboim auf die Beine. Nahmen ihm die Handschellen ab. Zogen ihm das Jackett aus.

»Können Sie nicht wie vernünftige Menschen sagen, was Sie von mir wollen?«, fragte Borenboim.

»Vorläufig nicht.« Die Frau ergriff seine rechte Hand, umwickelte sie mit dem Seil.

»Ich pflege zu Hause kein Geld aufzubewahren.«

»Wir wollen dein Geld nicht. Wir sind keine Räuber.«

»Ach so? Was denn dann? Versicherungsagenten?« Borenboim lachte nervös. Leckte sich die trockenen Lippen.

»Nein, keine Versicherungsagenten«, erwiderte die Frau ernst. »Wir brauchen dich. Dringend.«

»Wozu?«

»Entspann dich. Hab keine Angst.«

Sie banden ihn mit den Händen an die Haken in der Wand.

»Seid ihr Sadisten, oder was?« Borenboim stand mit gespreizten Armen.

»Nein.« Die Frau legte den Mantel ab. Darunter trug sie ein blaues Nadelstreifenkostüm.
»Was wollt ihr von mir? Verdammt noch mal!« Borenboims Stimme wurde brüchig.
Der Mann verschloss ihm den Mund mit Klebeband. Die Frau öffnete ihre Tasche. Eine Kühlbox stand darin. Sie klappte sie auf. Zog einen Eishammer hervor.
Der Mann knöpfte dem Gefesselten Weste und Hemd auf. Zerriss das T-Shirt mit einem Ruck. Bekam von Borenboim einen überraschenden Tritt in den Unterleib. Krümmte sich. Schnaufte. Ging in die Knie.
»So ein Idiot …«
Die Frau wartete, auf den Hammer gestützt, ab.
»Ooch, Junge, Junge …« Der Mann verzog das Gesicht.
Die Frau wartete noch ein wenig. Dann sagte sie, den Blick auf das an der Wand verbliebene Rollbild gerichtet:
»Das Eis taut, Obu.«
Der Mann erhob sich. Sie nahmen vor Borenboim Aufstellung, der jetzt nach der Frau zu treten versuchte.
»Halt du ihm die Beine fest«, sagte sie.
Der Mann beugte sich nach unten. Umgriff Borenboims Knie und drückte sie nach hinten. Verblieb in dieser Stellung.
»Lass dein Herz sprechen!«, sagte die Frau und schwang den Hammer mit schöner Gebärde. Er beschrieb einen schwirrenden Halbkreis und knallte gegen Borenboims Brust.
Borenboim jaulte auf.
Die Frau legte ihr Ohr an seinen Brustkorb.
»Sprich … Sprich … Sprich …«
Borenboim knurrte. Zappelte.
Die Frau trat einen Schritt zurück. Holte aus und schlug zu. Mit aller Kraft.
Der Hammer splitterte. Die Stücke flogen nach allen Seiten.

Borenboim stöhnte. Rutschte in die Seile. Der Kopf fiel ihm auf die Brust.
Die Frau legte ihr Ohr an.
»Sprich! Sprich! Sprich!«
In der Brust regte sich ein Laut.
Die Frau lauschte gespannt.
Der Mann ebenso.
»Mo … ho …«, verkündete die Frau.
Befriedigt richtete sie sich auf.
»Er heißt Moho.«
»Ja. Moho«, sagte der Mann mit einem schmerzverzerrten Lächeln.

GESCHWISTER

Borenboim schlug die Augen auf.
Er saß in einer großen, dreieckigen Wanne. Das Wasser umströmte seinen Körper angenehm warm. Ihm gegenüber saßen zwei nackte Frauen.
Ar (31), mollig, blond, blauäugig, üppige Brüste, runde, weiche Schultern, grobe, bäuerliche Gesichtszüge, freundlich blickend.
Ekos (48), klein und schlank, blond, blauäugig, kluges, aufmerksames Gesicht.
In dem geräumigen Badezimmer war es schummrig. Nur drei dicke blaue Kerzen brannten auf dem Wannenrand.
»Grüß dich, Moho«, sagte die Kleine. »Ich bin Ekos. Deine Schwester.«
»Grüß dich, Moho«, sagte darauf lächelnd die Dicke. »Ich bin Ar, auch deine Schwester.«

Borenboim wischte sich die Nässe aus dem Gesicht. Blickte sich um. Sagte, den Blick auf eine der Kerzen gerichtet: »Ich bin Boris Borenboim. Meine einzige Schwester Anna Borenboim-Vickers kam 1992 bei einem Autounfall ums Leben. In der Nähe von Los Angeles.«
»Von jetzt an hast du viele Geschwister«, versetzte Ekos.
»Das bezweifle ich.« Borenboim betastete den großen blauen Fleck an seiner Brust. »Meine Mutter ist tot. Der Vater nach einem Herzinfarkt ans Bett gefesselt. Die Wahrscheinlichkeit, dass er mich noch mal mit einem Bruder oder einer Schwester beglückt, ist äußerst gering.«
»Blutsbande sind nicht die einzige Möglichkeit, Brüder und Schwestern zu haben.«
»Natürlich. Da gibt es noch die Schnapsbrüder. Mit denen muss man Brüderschaft trinken.«
»Es gibt die Bruderschaft des Herzens«, sagte Ar leise.
»Ist das, wenn einer einem seine Herzklappe verkauft und sich selber eine künstliche einsetzen lässt? Davon hab ich gehört. Kein schlechter Deal.«
»Moho, dein Zynismus ist fade«, sagte Ekos und ergriff seine linke Hand. Ar sogleich die rechte.
»Tja, so bin ich nun mal. Drum leb ich ja auch allein. Ohne meinen Zynismus wäre ich geliefert. Aber auch der hat mich im Stich gelassen am zweiten März.«
»Wieso, was war am zweiten März?«, fragte Ekos, während sie unter Wasser sein Handgelenk streichelte.
»Am zweiten März habe ich eine Fehlentscheidung getroffen. Alleine mit dem Fahrer nach Hause zu fahren, ohne Leibwächter. Weil ich ihn an Rita Solouchina ausgeliehen hatte. Weil die einen Fahrer gebraucht hat. Weil sie sich die Hand verbrüht hat. Weil sie Fondue gemacht hat. Mit Schmelzkäse, Raclette …«

»Bereust du, ihr geholfen zu haben?«, fragte Ar, während sie seine andere Hand streichelte.
»Ich bereue, meinem Zynismus untreu geworden zu sein.«
»Aus Mitleid?«
»Das bestimmt nicht. Mir gefallen ihre Beine und wie sie arbeitet.«
»Das ist nun wieder ein ziemlich zynisches Argument, Moho.«
»Nein. Wäre es wirklich zynisch, dann hätte ich mich nicht so dämlich verhalten. Wie der letzte Hornochse. Mich mit bloßen Händen fangen zu lassen.«
»Mit bloßen Händen? Sag bloß, sie hatten keine Handschuhe an?«, fragte Ekos und hob die schmalen Brauen. Die beiden Frauen lachten.
»Stimmt«, sagte Borenboim ernsthaft und mahlte mit den Kiefern, »die Schweine hatten Handschuhe an. Aber mal was anderes, Mädels: Wo habt ihr meine Brille?«
»Badest du lieber mit Brille?«
»Manchmal ja.«
»Die beschlägt doch.«
»Das stört nicht.«
»Beim Sehen?«
»Beim Denken. Wo ist sie?«
»Hinter dir.«
Er wandte sich um. Auf dem Marmorsims neben seinem Kopf lagen Brille und Armbanduhr. Letztere zeigte 23:55.
Er setzte die Brille auf. Wollte die Uhr anlegen.
Da kam jemand durch die angelehnte Tür gehuscht.
Mädchen (12), kurzes dunkelblondes Haar, große blaue Augen, ruhiges, freundliches Gesicht. Nackt. Dürrer, schlaksiger Körper, unbehaarter Schamhügel.
Mit ungelenker Bewegung schwang sie ein Bein über den

niedrigen Wannenrand, stieg in die Wanne. Kam zu Borenboim herüber, kniete vor ihm nieder.
»Grüß dich, Moho.«
Borenboim sah sie finster an.
»Ich bin Ip.«
Borenboim wollte etwas sagen, da bemerkte er die große blasse Narbe auf der Mädchenbrust. Er sah auf seinen blauen Fleck.
»Darf ich dir die Hand auf die Brust legen?«, fragte das Mädchen.
Borenboim schaute wieder auf die Narbe und dann zu den Frauen hinüber. Auch sie trugen in der Brustmitte Narben.
»Haben sie euch etwa auch …?« Er rückte an seiner Brille.
Die Frauen nickten, das Lächeln verschwand nicht aus ihren Gesichtern.
»Mir mussten sie den Eishammer sechzehnmal vor die Brust schlagen«, sagte Ar und erhob sich gleichfalls auf die Knie. »Hier, schau!«
Er sah die vernarbten Stiche auf ihrer Brust.
»Dreimal hab ich das Bewusstsein verloren. Bis mein Herz sich endlich zu sprechen bequemt hat und meinen wahren Namen verraten: Ar. Danach haben sie mich in den Waschraum gebracht und gewaschen, die Wunden versorgt. Und dann hat ein Bruder seine Brust an die meine gelegt. Sein Herz hat mit meinem Zwiesprache gehalten. Da hab ich geweint. Es war das erste Mal im Leben, dass ich vor Glück geweint hab.«
»Und ich bekam sieben Schläge«, berichtete Ekos. »Hier hast du die Narben. Eine große und zwei kleine. Damals bin ich im Blut geschwommen. Sie hatten mich in der Sommerfrische aufgetrieben. An eine Eiche gefesselt. Und dann ging's los mit dem Eishammer. Das Herz wollte erst nichts

sagen. Keinen Ton. Wollte einfach nicht aufwachen. Lieber schlafen bis zum Tod. Schlafend im Sarg verschimmeln wie Milliarden anderer Leute. Ich hab eine dünne Haut. Das Eis hat sie gleich zerrissen. Es blutete wie verrückt. Der Hammer war ganz rot. Und als das Herz am Ende gesprochen hatte und meinen wahren Namen genannt, da hat mich der Aufklopfer geküsst. Auf den Mund. Das war mein erster Bruderkuss.«

»Geküsst?«

»Geküsst.«

»Der Aufklopfer?«

»Ja.«

»Heißt das nicht Ausklopfer?« Wieder lachte Borenboim nervös, während er dem Mädchen vor ihm in die großen Augen blickte.

»Nenn es, wie du möchtest«, erwiderte Ekos seelenruhig.

»Dein Zynismus ist nur ein Panzer«, erläuterte Ar, die nicht aufhörte, seine Hand zu streicheln. »Dein einziges Schutzschild vor der Aufrichtigkeit. Die du zeit deines Lebens gescheut hast.«

»Wenn er von dir abfällt, wirst du glücklich werden. Und nicht nur das. Du wirst endlich wissen, was es heißt, frei zu sein«, fügte Ekos hinzu.

Das Mädchen kniete immer noch vor ihm. Mit so fragenden Augen, wie nur Kinder sie haben.

»Soso … Na ja …« Es fiel ihm schwer, seine Augen von denen des Mädchens zu lösen. »Mich hat der Aufklopfer nicht geküsst. Schade eigentlich.«

Entschlossen rückte er seine Brille zurecht. Und stand auf. So ruckartig, dass das Wasser über die Frauen schwappte.

»Jetzt passt mal auf, ihr Lieben. Nach einer Unterwassermassage steht mir gerade nicht der Sinn. Für Relaxing ist nicht die Zeit. Ruft jetzt gefälligst euern Boss. Der soll Klartext reden: wann, wo, wie viel.«

»Hier gibt es keinen Boss«, sagte Ekos und wischte sich mit dem Handtuch das Gesicht.

»Hier sind nur wir und die Dienerin«, sagte Ar lächelnd.

»Und die Katze«, warf das Mädchen ein. »Aber die liegt im Körbchen und schläft. Sie kriegt bald Junge. Darf ich dir nicht doch die Hand auf die Brust legen?«

»Wozu denn?«, fragte Borenboim.

»Weil ich mit deinem Herzen sprechen möchte.«

Borenboim stieg aus der Wanne. Nahm ein Handtuch, putzte damit seine Brille. Fing an, sich abzutrocknen. Dabei verzog er das Gesicht vor Schmerz.

»Die Bosse warten also draußen. Alles klar.«

»Draußen?« Ekos strich sich über die Schulter. »Draußen sind auch keine Bosse. Bloß Birken.«

»Und Schnee. Aber der taugt nichts mehr«, ergänzte das Mädchen.

Borenboim schaute sie wütend an. Wickelte das Handtuch um seinen mageren Lenden.

»Wo sind meine Klamotten?«

»Im Schlafzimmer.«

Er verließ das Bad. Gelangte in einen großen, mehrfach unterteilten Raum. Gediegene Ausstattung: Teppiche, teure Möbel, Kronleuchter, Bilder an den Wänden. Kopien alter Meister. Leise Musik. Mozart.

Er trat zum Fenster. Zog den grünen Samtvorhang zurück. Schaute hinaus. Nächtlicher Birkenwald, dazwischen Schneereste, schimmernd im Dämmerlicht. Irgendwo fern bellte ein Hund.

»Was mössten tlinken?«, ertönte eine weibliche Stimme mit Akzent.

Er wandte sich um.
Thailänderin (42), klein, dick, hässlich, grauer Jogginganzug, flitterglänzende blaue Schlappen an nackten braunen Füßen mit lila lackierten Nägeln.
»Wo ist hier das Schlafzimmer?«, fragte Borenboim mit einem verächtlichen Blick auf ihre Füße.
»Iss zeigen.« Sie drehte sich um und ging los.
Borenboim folgte ihr.
Sie führte ihn bis vor eine Tür. Deutete darauf mit runzliger Hand.
Das Schlafzimmer war nicht groß. An den Wänden eine indische Leinwandtapete mit gelb-grünen Ornamenten, ein Spiegeltisch, ein weicher indischer Hocker mit Brokatbezug, zwei große Bronzevasen in den Ecken, das Doppelbett mit indischer Tagesdecke. Darauf, zu einem akkuraten Stapel zusammengelegt, Borenboims Kleider.
Er trat näher. Griff zu. Überprüfte die Taschen: Brieftasche vorhanden, Schlüsselbund auch. Das Handy hatte in der Aktenmappe gelegen.
Er zog die Unterhosen an. Dann die Hosen. An Stelle des zerrissenen T-Shirts lag ein neues bereit.
Die denken an alles!, staunte Borenboim und konnte sich ein Grinsen nicht verkneifen.
Er zog das T-Shirt an, dann Hemd und Weste. Ging daran, die Krawatte umzubinden.
»Darf ich bitte mit deinem Herzen sprechen?«, ertönte es hinter ihm.
Er wandte sich um: Das Mädchen Ip stand nackt in der Schlafzimmertür. Glitzernde Wasserperlen auf dem kindlichen Körper.
Als er mit der Krawatte fertig war, zog er die Schuhe an, dann das Jackett. Knöpfte die zwei untersten Knöpfe zu.

Warf einen prüfenden Blick in den Spiegel. Beim Verlassen des Schlafzimmers streifte er Ips nasse Schulter.

»Was mössten tlinken?« Die Thailänderin stand mitten im großen Zimmer.

»Tlinken!« Borenboim verzog den Mund. »Vielleicht einen guten russischen Espensaft?«

»Wassiss?« Die Thailänderin verstand nicht.

»Espensaft. Oder wenigstens Birkenmilch.«

»Bil-ken-mils?« Sie zog die kleine Stirn in Falten.

»Ja, ja.« Borenboim winkte ab. »Sag mir lieber, wo hier der Ausgang ist.«

»Iss zeigen.« Die Thailänderin setzte sich eilfertig in Bewegung.

Sie lief hinaus ins Foyer. Öffnete eine weiße Tür, hinter der sich ein Windfang befand. Mitsamt den Schlappen fuhr sie in ein Paar große, in Galoschen steckende Filzstiefel. Warf sich ein flauschiges graues Tuch um die Schultern und stemmte die schwere Eingangstür auf. Dahinter lagen Marmorstufen.

Borenboim trat ins Freie. Hof und Haus waren gut beleuchtet. Auch auf dem Grundstück standen die Birken dicht bei dicht.

Die Dienerin lief den breiten Asphaltweg entlang auf das stählerne Tor in der hohen Ziegelmauer zu. Ihre Stiefel schlurften.

Borenboim sah in die Runde. Schlug den Jackettkragen hoch. Sog die frische Nachtluft ein. Lief der Dienerin mit unguten Gefühlen nach.

Sie war schon am Tor angelangt. Steckte einen Schlüssel in ein Schlüsselloch. Drehte ihn einmal kurz herum.

Das Tor fuhr zur Seite.

»Darf ich bitte mit deinem Herzen sprechen?«, ertönte es hinter ihm.

Borenboim blickte sich um. Zweistöckiges Haus, weiße Wände, graue Dachziegel, zwei Fallrohre, engmaschige Drahtgitter vor den Fenstern, eine kupferne Sonne über der Tür. Vor den beleuchteten Umrissen des Hauses die leicht zu übersehende schmale, nackte Gestalt. Sie näherte sich lautlos. Ips Augen erschienen in der Düsternis noch größer.
In den schwach erleuchteten Fenstern des Hauses war niemand zu sehen.
»Darf ich, bitte?«, fragte Ip und nahm seine Hand in ihre feuchten Hände.
Borenboim blickte durch das offen stehende Tor nach draußen. Nächtliche Straße, ohne Verkehr. Pfützen. Laternenpfahl. Verschlissener Zaun. Eine gewöhnliche Ferienhaussiedlung.
»Du wirst dich erkälten«, sagte er.
»Nein«, erwiderte Ip ernst. »Lass mich mit ihm sprechen, bitte. Danach kannst du nach Hause fahren.«
»Okay«, gab er nach. »Aber es muss schnell gehen.«
Sie sah sich um, spähte nach der Kinderschaukel neben der Laube, zog ihn am Arm.
»Gehen wir dorthin.«
Borenboim ging ein paar Schritte. Dann blieb er stehen.
»Nein. Dorthin gehen wir nicht.«
Er blickte zum Tor.
»Wir gehen nach draußen.«
»Gut«, sagte sie und zog ihn zum Tor.
Sie gingen hindurch. Ip zog Borenboim zu einer vereisten Schneewehe am Straßenrand. Er ließ sich ziehen. Unter seinen Schuhen knirschte das Eis. Die barfüßige Ip lief lautlos und leicht.
Was für ein Engelchen, verdammt!, dachte Borenboim. Und laut sagte er:
»Eine halbe Minute, nicht länger. Das sag ich dir.«

Die kleine Thaifrau in ihren Filzstiefeln stand verloren im offenen Tor. Der Wind zauste die Enden ihres Tuches.
Ip führte Borenboim bis zum Rand der Schneewehe. Erklomm sie. Jetzt war ihr Gesicht auf einer Höhe mit seinem. Borenboims Brille blitzte in der Dunkelheit auf.
Das Mädchen umschlang ihn behutsam mit ihren langen, mageren Armen, schmiegte ihre Brust an seine. Er ließ es geschehen. Ihre Wangen berührten sich.
»Okay«, sagte er und wandte das Gesicht etwas zur Seite, von ihr ab.
Er blickte auf das beleuchtete Haus. Und fing mit Bassstimme leise zu singen an:
»Darling, stop confusing me with your …«
Plötzlich ging ein Zucken durch seinen Körper. Danach bewegte er sich nicht mehr. Ip auch nicht.
Sie standen reglos.
Die Thaifrau sah ihnen zu.
Es vergingen 23 Minuten. Dann zog das Mädchen seine Arme zurück. Borenboim fiel haltlos auf die vereiste Straße. Ip auf ihrer Schneewehe kauerte nieder, sog schluchzend Luft durch die zusammengepressten Zähne. Ihr Atem ging heftig. Das fahle Licht der Straßenlaterne beleuchtete den fragilen weißen Körper.
Borenboim regte sich. Stieß einen leisen Schrei aus. Setzte sich auf, stöhnte. Kippte wieder um, streckte die Glieder. Auch er atmete schnell. Schlug die Augen auf. Am schwarzen Himmel zwischen Wolkenfetzen blinkten blasse Sterne.
Das Mädchen kam von der Schneewehe herunter, der Schnee knirschte leise. Sie ging zum Tor, verschwand darin. Ein kurzes Summen, und das Tor war zu.
Borenboim wälzte sich herum, Eis knackte. Er erhob sich auf alle viere. Kroch ein Stück. Schließlich schaffte er es, sich

mit den Händen von der Erde abzustoßen. Kam mit Mühe auf die Beine. Richtete sich schwankend auf.
»Oh, nein …«
Sein Blick ging suchend über die Straße. Dann zu der Wehe.
»Nein, ogott, nein …« Er schüttelte heftig den Kopf.
Schleppte sich zum Tor. Klatschte die schmutzigen Hände dagegen.
»He … he … He-he! …«
Er horchte. Hinter dem Tor blieb es still.
Borenboim warf sich gegen das Tor. Trommelte mit Händen und Füßen dagegen. Die Brille flog ihm weg.
Er horchte. Stille.
Winselnd stemmte er sich gegen das Tor. Rutschte an ihm zu Boden. Brach in Tränen aus. Stand auf, entfernte sich einige Schritte, kam gebückt angesprungen, knallte den Fuß in vollem Lauf gegen das Tor.
Wieder lauschte er. Nichts.
Er holte Luft, so tief es ging, brüllte aus vollem Hals.
Das Echo kam von verschiedenen Seiten zurück.
Irgendwo fern bellte ein Hund. Dann noch einer.
»Ich bitte euch inständig!«, brüllte Borenboim, gegen das Tor hämmernd. »Bitte, Mann! Bitte! Verdammt noch mal! Biitteee!!!«
Der letzte, markerschütternde Schrei ging in ein Röcheln über. Er verstummte. Leckte sich über die Lippen.
Eine schmale Mondsichel kam hinter einer Wolke hervorgeschwommen. Die beiden Hunde blafften immer noch träge vor sich hin.
»Nein … So geht das nicht …« Borenboim trat vom Zaun zurück. Unter seinen Füßen knackte es. Die Brille. Er bückte sich, hob sie auf. Das linke Glas hatte einen Sprung, saß aber noch in der Fassung.

Er zog das Taschentuch hervor, putzte die Brille sauber. Setzte sie auf. Warf das Taschentuch weg. Es landete in einer Pfütze. Er schluchzte, seufzte. Trottete die Straße entlang.
Bald gelangte er an eine Kreuzung. Bog ab. Kam an eine weitere. Und wäre beinahe angefahren worden. Der rote Niva bremste scharf. Bespritzte ihn mit Schlamm.
Die Tür des Wagens ging auf.
Fahrer (47), hageres, gefurchtes Gesicht, eingefallene Wangen, Stahlzähne, Lederkäppi.
»Spinnst du, oder was?«
»Entschuldige.« Borenboim stützte sich auf die Kühlerhaube. Stieß müde die Luft aus den Lungen. »Fahr mich zur Polizei. Ich bin überfallen worden.«
»Wie bitte?« Der Fahrer runzelte missmutig die Stirn.
»Fahr mich hin, ich bezahl es.« Borenboim wischte sich die Schlammspritzer aus dem Gesicht. Fuhr mit der Hand in die Innentasche seines Jacketts. Zog die Brieftasche hervor, klappte sie auf. Hielt sie unter den verdreckten Scheinwerfer: Alle vier Kreditkarten waren am Platz. Aber wie immer kein einziger Rubel cash. Und was war das? Noch eine Karte: VISA Electron. Auf seinen Namen. So eine hatte er nie gehabt. Seine war VISA Gold. Er dreht die neue Karte in der Hand.
»What's the fuck? …«
In der oberen Kartenecke entdeckte er einen von Hand geschriebenen PIN-Code: 6969.
»Was ist, wollen wir hier Wurzeln schlagen?«, fragte der Fahrer.
»Sofort, sofort … Sag mal, was ist hier die nächste Bahnstation?«
»Kratowo.«
»Kratowo?« Borenboim sah dem Mann auf das Mützen-

schild. »Das wäre die Noworjasanskoje … Fahr mich nach Moskau, Alter. Ich biete dir hundert Dollar.«
»Genug jetzt. Geh weg von dem Auto«, antwortete der Fahrer wütend.
»Oder doch zur Polizei … Oder nein, bis zum Rjasanski würde mir reichen … Bis zum Rjasanski, bitte!«
Der Fahrer schlug die Tür zu. Fuhr scharf an. Borenboim musste zur Seite springen.
Gleich darauf war der Niwa hinter der Kurve verschwunden. Borenboim starrte auf die Kreditkarte in seiner Hand.
»Scheiße … Was soll der Zauber … Auch noch mit PIN-Code! Gefälscht, hundertprozentig.«
Er steckte die Karte wieder in die Brieftasche, diese zurück in die Jacke. Lief weiter die Straße lang. Vorbei an Zäunen mit finsteren Häuschen dahinter. Ihn fröstelte. Er vergrub die Hände in den Hosentaschen.
In einem brannte Licht.
Neben der massiven Einfahrt gab es eine kleine Pforte. Borenboim ging hin und klinkte. Sie war verschlossen.
»Hallo!«, rief er.
Im Haus bellte ein Hund.
Borenboim wartete. Keine Reaktion. Er rief noch einmal. Ein drittes Mal. Der Hund bellte.
Er kratzte eine Hand voll nassen Schnee zusammen. Formte einen Schneeball. Warf ihn gegen das Fenster der Veranda.
Das Bellen hielt an. Niemand ließ sich sehen.
»Hier ruht kein Fürst, hier schläft ein Dinosaurier … Joseph Brodsky. Schöne Scheiße.«
Borenboim spuckte aus. Setzte seinen Weg fort. Die dunkle Straße wurde immer schmaler. Ein schlammiger Pfad. Eingezwängt von grünen und grauen Zäunen.
Borenboim ging weiter. Dünnes Eis knisterte unter den Füßen.

Plötzlich war der Weg zu Ende. Vor ihm ein schroffer Abhang. Schlamm, Wasser und Schnee. Dahinter ließ sich ein Fluss erahnen. Breit und schwarz. Mit ein paar Eisschollen.
»Der Ball ist aus, die Kerzen sind erloschen, fuck you slowly …«
Borenboim stand unschlüssig da. Fröstelnd. Drehte um. Lief zurück. Kam wieder an dem erleuchteten Haus vorbei. Knetete einen Schneeball. Warf ihn hoch. Kickte ihn weg. Und fing auf einmal an zu heulen, zu greinen wie ein Kind, vollkommen hilflos. Rannte heulend davon. Schrie. Blieb stehen.
»Nein … Das kann nicht … Das kann nicht sein … O Mannomann … Arschloch, verfluchtes Arschloch! … Oooh! Das ist … das ist … so ein Arschloch …«
Er schnäuzte sich in die Finger. Lief schluchzend weiter. Bog einmal nach rechts ab, dann wieder nach links. Fand auf eine breite Straße. Da fuhr ein Laster.
»He, Chef! He!«, rief Borenboim röchelnd, in heller Verzweiflung. Rannte hinter dem Laster her.
Der Laster stoppte.
»Chef, nimm mich mit!«, rief Borenboim im Näherkommen.
»Wohin?«, rief es mit schwerer Zunge aus dem Fenster.
Fahrer (50), grobes gelblich-braunes Gesicht, Kaninchenfellmütze, graue Wattejacke, Zigarette im Mund.
»Nach Moskau.«
»Moskau!« Der Fahrer grinste. »Schönen Dank auch. Ich fahr in mein Bett.«
»Vielleicht wenigstens zum Bahnhof?«
»Zum Bahnhof? Aber der ist doch um die Ecke, da musst du nicht fahren!«
»Um die Ecke?«

»Klar.«
»Wie lange brauch ich? Zu Fuß?«
»Zehn Minuten, Mann. Einfach in die Richtung …« Er schwenkte seine schmutzige Hand aus dem Fenster.
Borenboim nahm die angegebene Richtung. Der Laster fuhr davon.
Vor ihm tauchten neue Scheinwerfer auf. Borenboim hob die rechte Hand. Winkte.
Das Auto fuhr vorbei.
Er fand bis zur Bahnstation. Dort war ein Getränkekiosk, der nachts geöffnet hatte. Ein weißer Shiguli parkte davor. Der Fahrer kaufte Bier. Borenboim ging zu ihm.
»Du, hör mal«, sagte er, »ich hab ein großes Problem.«
Fahrer (42), groß, wohlgenährtes rundes Gesicht, braune Jacke.
»Was ist?«, fragte er und schaute Borenboim misstrauisch von unten her an.
»Ich … Ich muss hier ein Haus finden und weiß die Nummer nicht mehr.«
»Wo?«
»Na, hier irgendwo.«
»Wie viel zahlst du?«
»Fünfzig Dollar.«
Der Fahrer kniff die fettgepolsterten Schweinsäuglein zusammen.
»Geld im Voraus.«
Mechanisch holte Borenboim die Brieftasche hervor, bevor er sich entsann.
»Ach ja, ich hab kein Bargeld … Ich bezahle hinterher, garantiert.«
»Das zieht nicht«, sagte der Fahrer und schüttelte den massigen Schädel.

»Hm … warte.« Borenboim griff sich mit der schmutzigen Hand an die Wange. Dann löste er die Uhr vom linken Arm. »Hier! Das ist eine Schweizer Uhr, die ist tausend Dollar wert … Ich bin überfallen worden, verstehst du. Lass uns fahren, dann finden wir sie.«
»In fremde Angelegenheiten hänge ich mich nicht rein«, verkündete der Fahrer kopfschüttelnd.
»Ach komm, Freund, du wirst es bestimmt nicht bereuen!«
»Wenn du überfallen worden bist, dann geh zur Polizei. Die ist dort drüben.«
»Was soll ich verdammt noch mal bei der Polizei … Wo ist denn das Problem? Tausend Dollar! Maurice Lacroix!« Borenboim wedelte mit der Uhr herum.
Der Fahrer überlegte.
»Nein«, sagte er schniefend. »Das läuft nicht.«
»Puh, Mann!« Borenboim seufzte matt. »Pie-ßie-mäßig voll daneben …«
Er blickte sich um. Ein anderes Auto gab es nicht.
»Na schön. Ich schnapp sie mir ein andermal … Aber nach Moskau kannst du mich doch wenigstens fahren? Wenn wir da sind, kriegst du Rubel oder Dollar. Was dir lieber ist.«
»Wohin in Moskau?«
»Twerskaja. Oder nein … Besser zum Leninski. Leninski prospekt.«
Der Fahrer kniff die Augen zusammen.
»Für zweihundert Dollar fahr ich dich.«
»Okay.«
»Vorkasse.«
»Scheiße! Ich hab dir doch eben erzählt, dass ich überfallen und ausgeraubt worden bin! Hier die Uhr ist das Pfand! Und die Kreditkarten kann ich dir zeigen!«
»Die Uhr?« Der Fahrer tat, als sähe er die Uhr erst jetzt.

»Was soll die wert sein?«
»Tausend Dollar.«
Der andere schniefte gelangweilt, seufzte. Nahm die Uhr in die Hand. Sah sie sich an. Steckte sie in die Tasche.
»Gut. Steig ein.«

RATTENSCHEISSE

03:19
Leninski prospekt 35.

Der Shiguli passierte die Hofeinfahrt.
»Einen Moment!« Borenboim stieg aus dem Auto. Lief auf den Hauseingang No. 4 zu. Wählte auf der Tastatur der Wechselsprechanlage die Wohnungsnummer.
Lange kam keine Antwort. Schließlich eine verschlafene Männerstimme:
»Ja?«
»Sawwa, ich bin's, Boris. Ich hab ein Problem.«
»Boris?«
»Ja doch. Mach bitte auf.«
Die Tür summte.
Borenboim betrat den Hausflur. Rannte die Stufen zum Fahrstuhl hinauf. Fuhr in den zweiten Stock. Lief auf eine große Tür mit Überwachungskamera zu. Die Tür öffnete sich langsam.
Sawwa (47), groß, schwergewichtig, kahler Kopf, verschlafenes Gesicht, weinroter Bademantel.
»Borka, was ist denn los?« Er blinzelte schlaftrunken. »Mein Gott, wo hast du dich denn rumgesielt?«
»Hallo.« Borenboim rückte seine Brille zurecht. »Gib mir

mal schnell zweihundert Grüne, dass ich das Taxi bezahlen kann.«

»Kommst du vom Saufen? Bist du abgezockt worden?«

»Nein, nein. Schlimmer. Komm, mach schon, mach!«

Sie betraten die geräumige Diele. Sawwa zog die mattgläserne Schiebetür eines Kleiderschranks auf, kramte in der Tasche eines dunkelblauen Mantels. Fand die Brieftasche. Entnahm ihr zwei Hundertdollarscheine. Borenboim riss sie ihm aus den Fingern. Stürzte hinaus, die Treppe hinunter. Doch der Shiguli war nicht mehr da.

»Puh, Scheiße!« Borenboim spuckte aus. Lief um die Hausecke. Das Auto war nirgends zu sehen.

»Die Leute lassen sich was einfallen heutzutage ...« Er lachte bitter. Knüllte die Geldscheine zusammen, steckte sie in die Tasche. »Fuck you!«

Er ging wieder nach oben zu Sawwa.

»War es genug?« Sawwa ging in die Küche. Knipste das Licht an.

»Ja.«

»Deine Brille ist kaputt. Und wie du aussiehst ... Bist du überfallen worden, oder was? Komm, zieh das Zeug aus ... Soll ich dir was zum Anziehen geben? Oder lieber erst mal duschen?«

»Lieber erst mal trinken.« Borenboim zog das dreckstarrende Jackett aus, warf es auf den Fußboden.

Setzte sich an den Glastisch: rund, mit breitem Rand aus Edelstahl.

»Willst du nicht lieber doch erst duschen? Haben sie dich verdroschen?«

»Trinken, ich will was zu trinken.« Borenboim stützte das Kinn auf die Faust, schloss die Augen. »Und was zu rauchen. Nach Möglichkeit was Richtiges.«

»Wodka? Wein? Bier … ist auch da.«
»Whiskey hast du nicht zufällig?«
»Du willst mich wohl beleidigen, Chef.« Sawwa schlenkerte davon. Kehrte zurück mit einer Flasche Tullamore Dew. Und einer Packung Papirossy, Marke Bogatyri. »Richtiger ist nicht.« Borenboim rauchte hastig an. Nahm die Brille ab. Rieb sich mit den Fingerspitzen die Stirn über den Augenbrauen.
»Eis?« Sawwa brachte ein Glas.
»Straight.«
Sawwa goss ein.
»Was ist passiert?«
Borenboim kippte das Glas auf ex. Wortlos.
»Heiliger Va-ha-ter!«, psalmodierte Sawwa. Goss nach.
Borenboim nahm noch einen Schluck. Drehte das Glas in den Händen.
»Ich bin überfallen worden.«
»Aha.« Sawwa setzte sich ihm gegenüber.
»Aber ich weiß nicht, wer die sind und was die wollen.«
»Nix verstähn«, sagte Sawwa und tätschelte sich die prallen Wangen.
»Ich auch nicht. Bis jetzt.«
»Und … wann ist das gewesen?«
»Gestern Abend. Ich komm nach Hause. Und vor meiner Tür hält so ein Arsch die Kanone auf mich. Tja. Und dann …«
Eine verschlafene Frau betrat die Küche.
SABINE (38), hoch gewachsen, sportliche Figur.
»Um Gottes willen! Boris, du? Schon wieder Männerbesäufnis?«, fragte sie mit leichtem deutschem Akzent.
»Bienchen, Boris hat ein Problem.«
»Ist was passiert?« Sie glättete ihre strubbeligen Haare. Beugte sich zu Borenboim hinunter. Umarmte ihn. »Oje, du bist ja total schmutzig. Wovon denn?«

»Ach … Männergeschichten.« Er küsste sie auf die Wange.
»Was Ernstes?«
»Na ja. Geht so.«
»Möchtest du was essen? Wir haben noch Salat übrig.«
»Nein, nein. Nicht nötig.«
»Dann geh ich wieder schlafen«, sagte sie gähnend.
»Schlaf wohl, Schätzchen.« Sawwa legte den Arm um sie.
»Trink wohl, Schweinchen.« Sie gab ihm einen Klaps auf den kahlen Kopf. Ging hinaus.
Borenboim nahm sich eine neue Papirossa. Rauchte sie an der Kippe der vorigen an. Setzte seinen Bericht fort.
»Dann ist er mit zu mir rein in die Wohnung. Hat mir Handschellen angelegt. Kurz darauf kam noch eine Frau dazu. Sie haben zwei Konsolen in die Wand gekloppt, solche Dinger. An die kamen zwei Stricke, und mich haben sie dazwischengehängt wie Jesus ans Kreuz. Tja. Und dann … dann wurde es richtig komisch. Die hatten eine Art Koffer dabei, den haben sie aufgeklappt, und drinnen lag so ein seltsamer Hammer … ganz altmodisch geformt, irgendwie vorsintflutlich … als Griff ein einfacher Knüppel, ungehobelt … Und der Hammerkopf war nicht aus Stahl oder Holz, sondern aus Eis. Wirklich! Keine Ahnung, ob künstliches oder echtes, jedenfalls Eis. Und dieses Weib, stell dir vor, hat das Ding genommen und mir vor die Brust geknallt. Dazu noch Sprüche gemacht: Lass dein Herz sprechen, lass dein Herz sprechen. Ach, und was das Allerkomischste war: Vorher haben sie mir den Mund zugeklebt. Mit so Klebeband. Ich brumme und quieke, und sie brettert mir den Hammer vor den Latz. Mit voller Wucht, ich kann dir sagen. Das Eis ist nach allen Seiten gespritzt. Sie drischt auf mich ein und quatscht ihren Kohl dazu. Es hat tierisch wehgetan, der Schmerz ging irgendwie ganz tief rein. So einen Schmerz hab ich noch nie

im Leben gespürt. Nicht mal, wie mir der Meniskus rausgeflogen ist. Tja. Sie hat einfach nicht aufgehört damit. Und dann war Filmriss.«

Er nahm einen Schluck aus dem Glas.

Sawwa hörte zu und sagte nichts.

»Sawwa, ich weiß, das klingt nach 'nem Trip. Oder 'nem blöden Traum. Aber hier, sieh's dir an …« Er knöpfte sich das Hemd auf, zeigte den großen blauen Fleck vor. »Das ist kein Traum.«

Sawwa streckte seine rundliche Hand aus, berührte Borenboims Brust.

»Tut das weh?«

»Wenn man drauf drückt, schon. Der Kopf tut mir außerdem weh. Und der Hals.«

»Trink, Boris, und entspann dich.«

»Trinkst du nichts?«

»Ich … Ich muss morgen zeitig los. Heute, besser gesagt.«

Borenboim trank seinen Whiskey aus. Sawwa goss ihm gleich noch einen ein.

»Aber das Interessanteste kam erst noch. Aufgewacht bin ich im Jacuzzibad. Mit zwei Miezen. Im sprudelnden Wasser. Und die fangen gleich an, mich zu streicheln und so. Faseln was von wegen Bruderschaft, ich und sie, wir wären Geschwister. Es ging um Wahrhaftigkeit, Aufrichtigkeit und weiß der Geier was. Und dann stellte sich raus, die waren früher auch mit solchen Hämmern auf die Brust gepiesackt worden, sie haben mir die Narben gezeigt. Ganz reelle Narben. Bis ihre Herzen angefangen hätten zu reden, meinten sie. Und in der bescheuerten Bruderschaft hätte jeder einen speziellen Namen. Die nannten sich War oder Mar, ich weiß nicht mehr. Und ich hieß für die Moho. Wie findest du das?«

»Was?«
»Moho!«
»Moho?« Sawwas Augen waren vor Müdigkeit klein.
»Ich heiße Moho!«, rief Borenboim und fing aufgekratzt an zu lachen. Ließ sich gegen die Lehne des Edelstahlsitzmöbels fallen. Fasste sich an die Brust. Verzog das Gesicht. Fing an zu husten.
Sawwa blickte ihn forschend an.
Borenboim kicherte nervös. Wippte auf seinem Stuhl. Holte ein Taschentuch hervor. Wischte sich damit die Augen. Schnäuzte sich. Rieb sich die Brust.
»Beim Lachen tut es weh … Tja, mein lieber Sawwa. Und das war immer noch nicht alles. Wir saßen also in dem Jacuzzi-Ding. Und plötzlich kommt ein Mädchen zur Tür rein. Ein ganz ein kleines. Bestimmt nicht älter als elf. Dunkelblond, mit großen blauen Augen. Und auch mit diesen Narben auf der Brust. Steigt in die Wanne rein und setzt sich zu mir. Aha, denk ich, jetzt wollen sie, dass ich mit Minderjährigen vögele, auch das noch. Aber nein, die sitzt einfach bloß da. Und plötzlich fällt mir auf: Alle drei sind blauäugig und blond. Genau wie die beiden, die mich mit dem Hammer gefoltert haben. Und ich bin es auch! Verstehst du?«
Sawwa nickte.
»An der Stelle kam mir der Verdacht, es könnte doch nicht der Nullachtfünfzehn-Anschiss sein. Genug geplanscht, Mädels, hab ich gesagt, jetzt holt mal euren Boss, damit ich ihn frage, was er von mir will. Darauf sie: Wir haben überhaupt keinen Boss. So wie sie das sagten, hab ich es ihnen aufs Wort geglaubt. Und dieses Mädchen, diese halbe Portion, hat wie ein Aufziehpüppchen immer nur das eine gesagt: Darf ich mit deinem Herzen sprechen, ach bitte, darf ich mit deinem Herzen sprechen, darf ich? Ich nichts wie raus, mich

angezogen, meine Klamotten waren alle noch da. Dann hab ich mich bisschen umgeguckt in dem Objekt. Typisch neurussische Bude, viel Protz. Außer der Dienerin war keiner da. Ich raus aufs Grundstück und zum Tor. Das nackte Mädchen hinter mir her. Die Dienerin hat das Tor aufgesperrt: bitte schön! Bin ich also rausspaziert. Straße, stinknormale Zufahrtstraße zur Ferienhaussiedlung. Kratowo, wie sich dann rausstellt. Und ich seh, das nackte Mädchen ist mir immer noch auf den Fersen. Darf ich mit deinem Herzen sprechen, bitte! Na, von mir aus, hab ich gesagt: Tu, was du nicht lassen kannst! Sie kam dicht an mich ran, hat mich umarmt, sich angeschleimt an meine Brust, die reinste Nacktschnecke. Und dann … weißt du …« – Borenboims Stimme begann zu zittern – »ich meine … du kennst mich, Sawwa, zwölf Jahre kennen wir uns, ich bin ein erwachsener, berufstätiger Mensch, Pragmatiker durch und durch, ich weiß verdammt noch mal, wo der Hammer hängt, mich verarschst du nicht so leicht, aber … verstehst du … was dann kam« – Borenboims Nasenflügel bebten – »ich … das … keine Ahnung, was das war … und wie das sein kann …«

Er verstummte, holte sein Taschentuch wieder hervor, schnäuzte sich. Nippte an seinem Glas.

Sawwa goss nach.

»Was denn?«

»Moment …« Borenboim atmete aus, leckte sich die Lippen. Atmete ein und fuhr fort: »Sie hat mich umarmt, weißt du. Einfach nur umarmt. Und plötzlich kriegte ich ein so komisches Gefühl … als würde … als würde in mir alles immer langsamer werden. Das Denken und überhaupt alles. Und ich spürte mein Herz auf einmal so deutlich, so wahnsinnig überdeutlich, das war – ein irres, ganz zartes Gefühl. Das ist nicht zu beschreiben. Als ob … als wäre dein Körper ein fühlloser Haufen Fleisch, und in dem steckt dein Herz, und dieses Herz … ist alles andere als Fleisch. Es schlug auf einmal ganz unregelmäßig, wie man sich das vorstellt bei einer Rhythmusstörung, so ungefähr. Und das Mädchen … Das stand da wie erstarrt. Und auf einmal … hab ich's mit dem Herzen gespürt. Wie man mit seiner Hand eine andere Hand fühlen kann. Und ihr Herz fing an, mit meinem zu reden. Nicht so mit Worten, sondern … Das waren mehr so Blitze, Stromstöße, was weiß ich. Und mein Herz hat versucht, Antwort zu geben. Mit genau solchen Blitzen …«

Er goss sich Whiskey ein und trank. Nahm eine Papirossa aus der Schachtel, drehte sie zwischen den Fingern. Legte sie seufzend zurück.

»Wie das anfing, hat alles andere aufgehört. Alles um mich her, die ganze Welt stand irgendwie still. Alles war … ganz plötzlich … einfach und klar und schön, so schön …« – er schluchzte auf – »so was hab ich … ha-hab ich … noch nie erlebt …«

Borenboim schluchzte erneut. Presste sich die Hand auf den Mund. Ein lautloser Weinkrampf überfiel ihn.

»Hör mal, soll ich dir vielleicht …«, sagte Sawwa und wollte aufstehen.

»Nein, nein, nein!« Borenboim schüttelte heftig den Kopf. »Bleib sitzen … Hö… hör mir zu …«

Sawwa setzte sich wieder hin.

Borenboim hob die Brille an und wischte sich die Augen. Schniefte.

»Es geht noch weiter. Wie wir damit zu Ende waren, ist sie ins Haus zurückgegangen. Ich stand draußen und hab geklopft. Ans Tor. Weil ich … Ich hätte sie so gerne noch länger bei mir gehabt. Das heißt, nicht sie. Ihr Herz. Aber keiner hat aufgemacht. Das sind anscheinend die beschissenen

Spielregeln. Also bin ich los. Zum Bahnhof. Und hab mir dort 'nen Typen gesucht, der mich fährt. So war das. Und wie ich in meine Tasche greife, was finde ich da?«
Borenboim zückte seine Brieftasche. Zog die VISA-Electron-Karte hervor. Warf sie auf den Tisch.
Sawwa langte danach.
»Das war's«, sagte Borenboim und trank. »Ich hab so ein Gefühl, als wäre das nicht bloß ein Stück Plastik. Bestimmt ist dort irgendwelches Geld angelegt. Siehst du, was da in der Ecke steht?«
»Der PIN-Code?«
»Was sonst?«
»Könnte gut sein«, bestätigte Sawwa und reichte die Karte zurück.
»Jugrabank. Kennst du so eine?«
»Gehört hab ich davon. Die Gasprom-Connection. In Jugorsk ansässig. Schön weit weg.«
»Kennst du dort jemanden?«
»Nein. Aber das ist nicht das Problem, da findet sich wer. Bloß, was willst du eigentlich wissen?«
»Na, wer es angelegt hat. Ich bin sicher, da liegt Geld drauf.«
»Das werden wir ja sehen. Wenn es bis morgen Zeit hat. Aber sag mal, was ist mit denen, die … die dich bearbeitet haben?«
»Die hab ich nicht mehr gesehen.«
Sawwa schwieg eine Weile. Schob die Lippen vor und zurück. Legte den Finger an seine kleine Nase.
»Und wie kam der dazu, seine Kanone auf dich zu halten, wenn du den Leibwächter dabei hast?«
»Das ist es ja! Gestern hatte ich meinen Leibwächter an eine Kollegin verborgt. Sie hat sich die Hand verbrüht und kann

nicht Auto fahren. Hab ich ihr halt ausgeholfen … aus reiner Menschenliebe. Wie ich Idiot nun mal bin.«

Sawwa nickte.

»Und? Was sagst du dazu?«

»Erst mal gar nichts.«

»Wieso?«

»Hör mal, Boris. Nimm's mir nicht übel, aber … Sniffst du noch ab und zu?«

»Schon seit vier Wochen keinen Krümel mehr.«

»Sicher?«

»Ich schwör's dir.«

Sawwa runzelte die Stirn.

»Was soll ich denn jetzt machen?« Borenboim nahm sich eine Papirossa, zündete sie an.

Sawwa zuckte die fleischigen Schultern.

»Ruf Platow an. Oder deine Leute.«

Borenboim, schon recht angetrunken, grinste schief.

»Das sowieso. Bis dahin hab ich aber noch gute drei Stunden Zeit. Ich würde gern mal deine Meinung hören. Was hältst du davon?«

Sawwa schwieg. Betrachtete Borenboims spitzes Kinn, an dem viele kleine Schweißperlen hingen.

»Sawwa?«

»Ja.«

»Was meinst du?«

»Eigentlich … nicht viel.«

»Wie, nicht viel?«

»Ich weiß nicht.«

»Glaubst du mir etwa nicht?«

»Doch, doch, Boris.« Sawwa nickte eindringlich. »Im Augenblick gibt es nichts, was ich nicht glaube. Vorgestern sind mir die Kammerjäger auf die Bude gerückt. Im Nachbarkeller haben sie Kakerlaken ausgeräuchert. Und da kamen sie gleich auch zu mir rüber in die Bank. Erst ging es nur um Kakerlaken, aber am Ende fanden sie bergeweise Rattenscheiße. Und weißt du, wo? Im Lüftungssystem. Wirklich ganze Berge, Flöze. Da guckst du nur! Und was das Verrückte ist: Diese Ratten hat nie irgendwer gehört und gesehen. Die Mitarbeiter, der Wachdienst, die Putzbrigade – keiner. Und zu fressen gibt es für die auch nichts bei uns. Man fragt sich: Wie können die dann solche Mengen scheißen? Oder muss man sich das so vorstellen, dass sie anderswo fressen und zu mir in die Bank gekrochen kommen, um in Ruhe zu scheißen? Absolut mysteriös! Ich hab hin und her überlegt. Und am Ende den Direktionsrat einberufen. Meine Herren, sag ich, mir scheint, wir haben es mit einer gezielten Provokation zu tun. Keine Ratten weit und breit, aber jede Menge Scheiße. Die muss uns also jemand extra dort hingepackt haben. Will uns damit einer etwas sagen? Und wenn ja, was? Erst mal Schweigen im Walde. Du weißt ja, bei Shorik haben wir gerade erst Gegenmaßnahmen getroffen. Aber Grigori Sinaiko, was ein erfahrener Mann ist, der vier Jahre bei der Kreditanstalt war, der hat mich irgendwie von der Seite angeguckt und gemeint: ›Sawwa, das ist keine Provokation. Wenn das Scheiße von Menschen wäre, dann wäre es eine, ganz klar. Dann müsste man sich vorsehen. Aber Rattenscheiße ist keine Provokation. Rattenscheiße ist Rattenscheiße! Wo Rattenscheiße liegt, haben Ratten geschissen. Gewöhnliche Moskauer Ratten. Glaub mir, ich kenn mich da aus.‹ Ich hab drüber nachgedacht, Boris, und hab ihm geglaubt.«

Borenboim erhob sich brüsk. Nahm sein Jackett vom Boden. Ging in die Diele.

»Gib mir paar Rubel fürs Taxi.«

Sawwa stand schwerfällig auf. Ging ihm nach.

»Pass mal auf, Boris«, sagte er und legte seine Pranke auf Borenboims Schulter, »ich gebe dir den guten Rat …«
»Rubel fürs Taxi sollst du mir geben«, schnitt Borenboim ihm das Wort ab.
»Hör zu, Boris. Wenn du willst, kann ich Mischa anrufen, den vom FSB*. Die müssten Genaueres wissen …«
»Rubel! Fürs Taxi!«
Sawwa seufzte. Verschwand in irgendwelchen dunklen Gemächern.
Borenboim fuhr in sein Jackett. Schlug mit der Handkante gegen die Wand. Ballte die Fäuste, stieß pfeifend Luft aus.
Sawwa kam mit einem Packen Hunderter zurück.
»Nimm meinen Mantel. So frierst du.«
Borenboim zog zwei Hunderter aus dem Packen. Holte die zerknüllten zwei Dollarscheine aus der Jacketttasche, drückte sie Sawwa in die Hand.
»Thanks a lot, honey child.«
Öffnete die Tür und war draußen.

RATTENHERZ

04:00
Twerskaja uliza 6.

Borenboim schloss seine Wohnungstür auf. Ging hinein. Machte Licht.
Die Musik setzte ein. Wie üblich sang Leonhard Cohen.
Borenboim stand in der offenen Tür.
Spähte in die Wohnung hinein. Alles wie immer.

* FSB: russischer Inlandsgeheimdienst

Er schloss die Tür hinter sich. Lief durch die Räume. Schaute ins Badezimmer. Die Küche.
Keiner da.
Auf dem flachen Tisch im japanischen Zimmer lagen: seine Aktenmappe, sein Handy, sein Feuerzeug.
Er blickte zur Wand. Die drei Rollbilder hingen an ihren Plätzen. Er ging näher. Verschob das linke Bild. Das Loch von dem eingeschlagenen Eisen war sorgfältig verschmiert. Die darübergestrichene Latexfarbe noch nicht ganz trocken. Das zweite Loch unter dem anderen Bild war auf gleiche Art beseitigt.
»Nicht zu fassen.« Borenboim schüttelte den Kopf. »Abfallfreie Produktion. Die machen Nägel mit Köpfen.«
Er musste lachen.
Als Nächstes öffnete er die Mappe. Blätterte in den Papieren. Nichts fehlte. Er zog eine der Tabakspfeifen hervor. Stopfte sie, steckte sie an. Ging hinüber zu dem halbrunden Aquarium. Stieß einen kurzen Pfiff aus. Die Fische wurden munter, kamen an die Oberfläche geschwommen.
Er nahm eine chinesische Schatulle aus der Nische in der Wand. Hob den Deckel hoch. In ihr war Fischfutter. Er streute etwas davon ins Aquarium.
»Ihr Armen müsst Hunger haben …«
Die Fischlein schnappten gierig nach dem Futter.
Borenboim schloss das Gefäß, stellte es zurück in die Nische. Dann stellte er die Musik ab. Entnahm einem japanischen Schränkchen eine Flasche Scotch, Famous Grouse. Goss sich ein halbes Glas ein. Trank. Setzte sich. Nahm das Handy. Legte es zurück auf den Tisch. Stand auf. Ging in die Küche. Öffnete den Kühlschrank.
Der war leer. Bis auf vier äußerlich identische Salatbecher im mittleren Fach. Mit Klarsichtfolie verschlossen.

Er wählte den Becher mit Rote-Bete-Salat. Stellte ihn auf den Tisch. Holte einen Löffel. Setzte sich. Fing gierig an zu essen. Aß den Salat ganz auf.
Den leeren Becher stellte er in das Spülbecken. Wischte sich den Mund mit einer Serviette.
Dann ging er zurück ins japanische Zimmer. Nahm das Telefon vom Pult, wählte eine Nummer. Winkte ab.
»Shut the fuck up!«
Er warf das Telefon auf den Tisch. Goss sich neuen Whisky ein. Trank. Klopfte die erloschene Pfeife aus. Stopfte sie neu. Warf sie hin. Stand auf. Ging zum Aquarium.
Sah den Fischen zu.
Sang vor sich hin: »Darling, stop confusing me with your wishful thinking …«
Er seufzte, verzog wehleidig die dünnen Lippen. Klopfte an die dicke Glaswand.
Die Fische kamen geflitzt.
Er ging ins Badezimmer. Öffnete den Hahn über der Wanne. Stellte das Whiskyglas auf den Wannenrand. Zog sich aus. Betrachtete sich im Spiegel. Betastete den blauen Fleck auf seiner Brust.
»Sprich, Herz … Mitralklappe, sag was … Idioten!«
Borenboim lachte müde vor sich hin.
Er stieg in die Wanne. Trank den Whisky leer. Drehte den Wasserhahn zu.
Legte den Kopf in die kalte Mulde der Wannenschräge.
Seufzte erleichtert.
Schlief ein.

Er träumte: von sich als Halbwüchsigem, wie er vorm Ferienhäuschen des Vaters in Sossenki an der Pforte steht und die Straße hinunterblickt. Dort nähern sich Vitali, Karas und

Georg. Sie wollen gemeinsam zur Müllkippe in Salarewo. Die drei sind schon fast heran. Sie haben Knüppel dabei, zum Stöbern im Müll. Er greift nach seinem, der am Zaun lehnt, und tritt hinaus auf die Straße. Froh und munter machen sie sich auf den Weg. Es ist früh am Morgen, Hochsommer, trockenes, nicht zu heißes Wetter. Er fühlt sich gut, das Gehen fällt leicht. Bald schon langen sie an der Kippe an. Sie ist riesig, bis zum Horizont.

»Wir wühlen von Süden nach Norden«, sagt Karas. »Dort liegen die Turbinen.«

Sie fangen an zu wühlen. Borenboim sinkt ein bis zur Hüfte. Dann noch tiefer. Da ist eine unterirdische Höhle. Unerträglicher Gestank. Der schwere, klebrige Müll schwankt wie Sumpfboden unter den Füßen. Borenboim schreit vor Angst.

»Mach dir nicht ins Hemd!«, sagt Georg lachend und packt ihn am Bein.

»Das sind positive Katakomben«, erläutert Vitali. »Da wohnen die Urväter der Beschleuniger.«

Durch die Katakomben wandeln Menschen, bizarre Gefährte fahren umher.

Man müsste Computerteig finden, dann könnte man zu Hause Bewegungsstiefel für superstarke Dieselloks bauen, denkt Borenboim, während er im Müll wühlt.

Im Müll kommen alle möglichen Dinge zum Vorschein. Plötzlich stoßen Karas und Georg mit ihren Knüppeln durch eine Wand. Aus dem Durchbruch dringt ein beängstigendes Getöse. Die Turbinen!, fällt ihm ein. Er schaut durch das Loch und sieht eine gigantische Höhle, in deren Zentrum die blauen Turbinen aufragen. Sie sind es, die so furchtbar dröhnen. Dampf steigt rings um sie auf. Borenboim macht Stielaugen.

»Hauen wir ab, bevor sie uns plattmachen!«, rät Vitali.

Sie rennen einen kurvigen Gang entlang, kommen im klebrigen, schmatzenden Müll nur schwer voran. Borenboim stößt auf ein Stück Computerteig. Silbrig violett, nach Benzin und Flieder riechend. Er zieht den Teig aus dem Müllhaufen hervor.
»Drück ihn in die Form, sonst bricht die Lötstelle!«, sagt Karas.
Plötzlich kommt aus dem Computerteig eine Ratte gesprungen.
»Die hat das Programm gefressen!«, brüllt Vitali.
Vitali, Georg und Karas beginnen mit ihren Knüppeln auf die Ratte einzuschlagen. Ihr grauer Leib erzittert unter den Schlägen, sie fiept erbärmlich. Borenboim starrt auf die Ratte. Er fühlt ihr bebendes Herz. Es ist dieses zarte Klümpchen, von dem aus feinste Vibrationen um die Welt gehen, zauberhafte Liebeswellen. Und was am erstaunlichsten ist: Es gibt keinen Zusammenhang zwischen ihnen und der Agonie der sterbenden Ratte, sie existieren für sich. Dringen Borenboim bis ins Mark. Sein Herz zieht sich zusammen in einem gewaltigen Anfall von Rührung, Freude, Glück. Er vertreibt die prügelnden Kameraden, hebt die blutüberströmte Ratte auf. Beugt sich über sie, heult. Die feuchten Rattenäuglein schließen sich soeben. Das Herz bebt, entsendet die letzten Wellen der Liebe. Borenboim mit seinem Herzen empfängt sie. Er versteht jetzt die Sprache der Herzen. Sie ist unübersetzbar. Sie ist wunderbar. Borenboim heult vor Glück und vor Schmerz. Das Rattenherz zuckt ein letztes Mal. Und bleibt stehen: FÜR IMMER! Der Schreck über den Verlust dieses kleinen Herzens fährt Borenboim in die Glieder. Er presst den blutigen kleinen Körper an seine Brust. Er heult jetzt aus vollem Hals, wie früher als Kind. Heult lange, weiß sich nicht zu helfen.

Borenboim erwachte.
Sein nackter Körper bibberte im kalten Wasser. Die Tränen flossen ihm nur so über die Wangen. Mühsam hob er den Kopf. Verzog das Gesicht dabei: Brust und Hals schmerzten ärger als zuvor. Er setzte sich auf. Rieb sich die Tränen aus dem Gesicht. Seufzte. Sah zur Uhr: Er hatte eine Stunde, einundzwanzig Minuten geschlafen.
»Auwei, auwei!« Umständlich stieg er aus der Wanne. Nahm das Handtuch vom schlangenförmigen Trockner. Rieb sich ab. Hängte das Handtuch wieder auf. Drehte sich zum Spiegel. Beugte sich vor. Schaute sich in die blauen Augen. Die schwarzen Pupillenpunkte erinnerten ihn an feuchte Rattenaugen.
»Sie hat Computerteig gefuttert«, murmelte er. Schluchzte. »Gefuttert wie ein Scheunendrescher … Die Hunde, die …« Sein Gesicht verzerrte sich im Krampf. Die Tränen kamen geschossen.

MEHRZAHL VON GLAS

0:44
Klub Totschka.

Das Konzert der Gruppe »Leningrad« ging seinem Ende entgegen. Schnurow, der Frontmann, sang:

Schwarze Stadt in schwarzer Nacht mit vielen schwarzen Fahnen
Schwarze Rettungswagen fahr'n mit schwarzen Scharlatanen
Ich seh sie tanzen, seh sie toll'n und sich vor Lachen biegen:
Die Menschen in der schwarzen Stadt, sie sterben wie die Fliegen!
Na, mir kann das egal sein …

Schnurow richtete sein Mikro in den Saal. Dort standen und tanzten an die dreihundert Leute. Alles brüllte mit:

… Ich bin aus Fleisch!!! …

Die Menge pogte.
Lapin mittendrin. Neben ihm hüpfte und sang ein Mädchen.
Ilona (17), groß, mager, lebhaftes, verschmitztes Gesicht, Lederhosen, Schuhe mit Plateausohlen, weißes Jäckchen.
»Tschüss, Totschka!«, brüllte Schnurow. Pfeifkonzert.
»Mega, was?« Ilona boxte Lapin in die Seite.
»Wir sollten was zu trinken holen, bevor die Meute anrückt!«, brüllte er ihr ins Ohr.
»Okay.«
Sie gingen zur Theke.
»Flasche Schampus!«, rief Lapin und streckte Geld über den Tresen.
Der Barmann entkorkte die Flasche, reichte sie mitsamt den Gläsern herüber.
»Am besten da hinten!« Ilona zog Lapin mit sich.
An einem groben Holztisch in der Ecke gab es Platz. Sie setzten sich. Lapin schenkte ein. Zwei Jungen und ein Mädchen saßen mit am Tisch.
»Und, Meister?« Ilona hob das Glas. »Worauf trinken wir?«
»Na … auf die Bekanntschaft?« Lapin stieß sein Glas gegen ihres.
»Oder auf Schnur?«
»Auf Schnur.«
Sie tranken.
»Hast du die zum ersten Mal gehört?«, fragte Ilona, während sie sich ein Zigarette anzündete.
»Live schon.«

»Auf Platte kommt das nicht halb so gut. Ist nur der halbe Spaß ... Wow!« Sie juchzte. »Das war megageil! Puh ... Jetzt müsste man sich ein Tütchen reinziehen.«
»Ist dir so?«, fragte Lapin und leerte sein Glas.
»Aber hallo. Immer, wenn ich gut drauf bin, krieg ich Lust auf Gras.«
»Und ... kriegt man hier keins?« Lapin blickte in die Runde.
»Ich bin hier erst zum zweiten Mal. Ich kenn hier kein Schwein.«
»Ich zum ersten.«
»Ach ja? Wohl extra wegen der Band?«
»Yo. Ich hab zufällig gehört von dem Auftritt. Bin ich gleich hergefahren.«
Lapin zündete sich eine Zigarette an.
»Kein übler Laden, was?«, meinte Ilona, sich fahrig umblickend. Der Sekt wirkte schon.
»Viel Platz«, sagte Lapin und rieb sich die Brust.
»Geil, nicht wahr? O Mann, wie gerne ich mir jetzt einen reinziehen würde! Hast du Geld, sag mal?«
»Denk schon.«
»Dann lass uns woanders hinfahren. Ich weiß, wo man immer was kriegt. Da hast du die Auswahl. Leider ziemlich weit.«
»Wo denn?«
»Sokolniki.«
»Und wo genau?«
»Das ist einfach bloß ’ne Wohnung. Von Bekannten.«
»Gut. Fahren wir hin.«
»Gute Nacht, lieber Teddybär!« Ilona stand auf und reckte sich. Lapin ergriff die halb leere Flasche. Sie drängten durch die tanzende Menge zum Ausgang.
An der Garderobe bekamen sie ihre Jacken. Liefen durch den

düsteren Gang, dessen Wände aus grob verschweißten Stahlplatten bestanden. Einzelne dunkle Gestalten hingen herum.
»Huhu-ah! Kalt hier …« Ilona fröstelte. Sie lief voraus.
Lapin legte den Arm um sie. Zerrte sie grob und ungeschickt zu sich heran.
»Sind das Zärtlichkeiten?«, fragte Ilona.
Lapin küsste ihre dünnen, kalten Lippen. Sie erwiderte den Kuss. Mit der einen Hand drückte er ihre Brust. Derweil entglitt die Flasche der anderen. Zerschellte zu ihren Füßen. Lapin zuckte zusammen.
»Mist!«
»Autsch!«, entfuhr es Ilona. Sie starrte auf die Bescherung.
Lapin lachte.
»Bilden Sie die Mehrzahl von Glas!«
»Jubel, Trubel, Heiterkeit?«, fragte ein Junge, der an der Wand hockte und rauchte.
»Soll ich 'ne neue holen?«, hauchte Lapin in Ilonas Ohr.
»Lass mal!« Ilona trampelte mit ihren dunkelblauen Plateaus kräftig auf den Scherben herum. Es knirschte.
Sie nahm Lapin bei der Hand. Zog ihn durch das Foyer zum Ausgang.
»Schampus ist was Feines. Aber ich weiß was noch Bessres.«
Lapin hielt sie zurück.
»Warte …«
»Was ist?« Sie blieb stehen.
Er umarmte sie. Drückte sich an sie und hielt still. So standen sie eine Minute.
»Mir ist kalt«, flüsterte Ilona mit einem Lächeln.
»Wart noch …« Lapins Stimme zitterte.
Sie schwieg. Lapin drückte sich an sie, zuckte mehrmals.
»Was hast du denn?«, fragte sie und leckte ihm eine Träne von der Wange.

»Nur so«, flüsterte er.
»Hast du 'nen Hänger?«
Er schüttelte verneinend den Kopf. Zog den Rotz hoch.
»Mir ist nur … irgendwie blöd.«
»Dann komm.« Sie nahm ihn entschlossen bei der Hand.

LJUBA

23:59
Kutusowski prospekt 17. Wohnung von Andrej.

Ein Schlafzimmer mit blasslila Wänden. Breites, niedriges Bett. Gedämpfte Musik. Schummrige Beleuchtung.
Die Nikolajewa, nackt, auf einem nackten Mann sitzend. Rhythmisch auf und nieder schwingend. Der Brustkorb umwunden mit einem Seidentuch. Brüste entblößt.
Andrej (52), schmerbäuchig, feistes Gesicht, Geheimratsecken, behaarte Brust, Tattoo auf der Schulter, kurze, dicke Finger. Zigarette rauchend.
»Nicht so schnell, nicht so schnell«, murmelte Andrej.
»Wie der Herr befehlen.« Nikolajewa bremste ihr Tempo.
»Super Brüste hast du.«
»Findest du?«
»Hast du da irgendwie … nachgeholfen?«
»Das fehlte noch! Alles eigne Produktion. Ooh … Und du hast einen geilen Schwanz …«
»Stößt er dir an die Därme?« Er blies ihr den Zigarettenrauch ins Gesicht.
»Hoho! Und wie! Ooh! … Schade, dass der Hintereingang heute … zubleiben muss …«
»Wieso eigentlich?«

»Wehwehchen!«

»Hämorrhoiden?«

»Nein, nein. Eher ... Oh! ... Noch von ... hoho! ... von dem Unfall.«

»Ja, Mensch! Wie konntest du nur! Einfach so vors Auto laufen ... Oo-boah ... Das ist doch ... selten blöd ... Bevor ich über die Straße gehe, guck ich erst viermal nach jeder Seite. Puh, nicht so schnell ...«

»Oh, hoho! ... Großartig, wunderbar ... oh ... Andrej, mein Lieber, oh! Ah!«

»He, du sollst nicht so treiben, sag ich!«

Nikolajewa griff sich unter die Schenkel. Ließ den Kopf hängen. Schüttelte die Haare. Bewegte behutsam den Hintern. Einmal und noch einmal.

Andrej schnitt eine Grimasse.

»Uff, Scheiße, ich bin schon ... Alla, du gemeines Stück ... Hab ich dir nicht gesagt, du sollst langsam machen! Gleich spritz ich ab! Ich will noch nicht! Drück zu, drück zu! Scheiße! Runter mit dir! Wie kann eine nur so gemein sein und ...«

Blitzartig sprang Nikolajewa von ihm ab. Ergriff mit einer Hand das im Kondom steckende Glied, drückte mit der anderen kräftig auf die Stelle zwischen Anus und Hoden.

»Tut mir Leid, Sasch..., äh, Quatsch, Andrej!«

»Fester drücken! Fester!«

Sie drückte fester. Er stöhnte. Riss den Kopf hin und her.

»Lenk mich ab jetzt, verdammt noch mal ...«

»Wie denn, Andrej?«

»Ist doch egal, erzähl irgendwas, los! ...«

»Was denn?«

»Was Lustiges, mach schon, mach, mach, mach!«

»'nen Witz?«

»Ja doch, oh Scheiße, komm!«

»Ich kann mir keine Witze merken …« Nikolajewa kratzte sich den rasierten Schamhügel. »Ah, ich weiß was! Was zum Totlachen. Hat Sula mir erzählt. Ein Typ hat sie mal abgeschleppt zu sich nach Hause, da war sie fünfzehn, er wollte sie ficken, aber sie wollte nicht, von wegen noch Jungfrau und so. Er hat mit ihr rumgemacht im Bett, wollte sie rumkriegen, das ging zwei Stunden so, sein Schwanz war schon am Dampfen, aber sie hat die Beine nicht breit gemacht. Sagt der zu ihr: Lass mich wenigstens in den Arsch ficken. Na, von mir aus. Hat sie ihm den Arsch hingehalten. Kaum dass er drin war, isser gekommen – konnt's nich mehr halten. Literweise Sperma! Hat bei ihr gewirkt wie'n Einlauf. Sowie er von ihr runter war, ist Sula, stell dir vor, aufgesprungen, hat sich vors Bett gehockt und ihm auf den teuren Perserteppich geschissen! Der hat dumm gelabert, sie ist in ihre Kleider gestiegen und verduftet!«
»Oh Mann, Scheiße, komm her, Alla, jetzt ist schon alles egal …«
»Liebster, ich komme!«
Sie sprang wieder hinauf. Führte sein Glied in ihre Scheide ein. Fing an zu wackeln. Nahm seine Eier in die Hand.
»Ja … ja … gut …«, murmelte Andrej. Dann hielt er plötzlich inne. Ballte die Fäuste. Brüllte. Fing an, Alla die Fäuste in die Hüften zu schlagen. »Ja! Ja! Ja!«
Sie versuchte die Hiebe mit den Händen abzuwehren, bewegte sich dabei immer weiter. Juchzte.
Andrej hörte zu boxen auf. Seine Arme fielen matt auf das Bett.
»Scheiße, boah …« Er langte in Richtung Aschenbecher, griff nach der noch brennenden Zigarette.
»Und?«, fragte Nikolajewa, an seiner behaarten rosa Brustwarze züngelnd.

»Boah!« Er räkelte sich. »Da hebst du ab …«
»Bist ein toller Hecht«, lobte sie und streichelte ihm die Schulter, »Muskeln wie Pu der Bär. Und ein Mordsding. Da komm ich immer gleich.«
»Erzähl keinen Scheiß.« Er grinste. »Gieß lieber Wein ein.«
»Sil wu ple.« Sie streckte die Hand aus, zog die Flasche Pinot Grigio aus dem gläsernen Eiskübel und schenkte ein. Andrej nahm sein Glas. Hob den verschwitzten Kopf. Leerte das Glas in einem Zug. Ließ den Kopf zurück aufs Bett fallen.
»Boah, Mann. Klasse Weib, du!«
»Das hört man gern.«
Er schaute in die leere Zigarettenschachtel.
»Lauf mal in die Küche, da liegen Zigaretten im Regal.«
»Wo?«
»Neben dem Abzug. Im Glasregal.«
»Du … Dürfte ich erst mal unter die Dusche?«
»Na gut. Ich geh selber.«
Nikolajewa stand auf. Die Hand vor die Scheide gepresst, lief sie ins Bad. Betrat die Duschkabine. Drehte das Wasser auf. Sprang unter den Strahl. Wusch sich ausgiebig die Scheide. Schloss den Hahn.
»Pet… hach Gott … Andrej?!«, rief sie nach drüben. »Darf ich vielleicht auch in die Wanne?«
»Ja«, ertönte die Antwort aus dem Schlafzimmer.
Nikolajewa nahm Platz in der kalten Wanne. Drehte das Wasser auf. Nahm sich Shampoo vom Regal. Ließ es in den Strahl laufen. Es schäumte heftig. Nikolajewa summte ein Lied. Das Wasser stieg ihr bis zu den Achseln. Sie stellte es ab. Zog die Knie an. Schlummerte ein.

Sie träumte: von Ljuba Kobsewa, die im Motel »Sonnenschein« ermordet worden war. Sie sitzen zusammen in der

Küche jener Wohnung auf der Sretenka, die sich Ljuba damals mit Geißlein teilte. Nikolajewa sitzt am Fenster und raucht. Draußen ist Winter, es schneit. In der Küche ist es kalt. Nikolajewa ist sommerlich leicht bekleidet, aber in hohen grauen Filzstiefeln. Ljuba ist barfuß, im blauen Bademantel. Sie macht sich am Herd zu schaffen, fabriziert ihre geliebten Maultaschen.

»Eigentlich bin ich ganz schön blöd«, brummt sie beim Teigeinrühren. »Dass ich mich einfach so abstechen lasse! So was!«

»Hat's wehgetan?«, fragt Nikolajewa.

»Gar nicht mal sehr. Schiss hatte ich, wie dieses Arschloch mit dem Messer auf mich losgegangen ist. Konnte mich nicht rühren vor Schreck. Ich hätt aus dem Fenster springen sollen, aber nein, ich steh da und gucke zu. Und er: zack! – mir in den Bauch, ich hab's nicht gleich gemerkt, und dann noch mal in den Hals, das hat geblutet, geblutet wie Sau, hast du eine Ahnung, wo ich den Pfeffer hingetan habe, Alla?«

Nikolajewa schaut über den Tisch. Alles gut zu sehen: zwei Teller, zwei Gabeln, ein Messer mit gespaltenem Griff, Käsereibe, Salznapf, Nudelholz, Mehltüte, neun Teigkugeln. Nur kein Pfefferstreuer.

»So ist das immer. Ein Griff, und schon geht die Suche los«, sagt Ljuba, ihre Augen wandern umher. Sie beugt sich nach unten. Späht unter den Tisch.

Im sich aufsperrenden Ausschnitt des Bademantels sieht Nikolajewa den grob vernähten Schnitt: längs vom Hals bis zur Scham.

»Da ist er!«, ruft Ljuba.

Nikolajewa sieht den Pfefferstreuer unter dem Tisch liegen. Beugt sich nieder, greift danach, reicht ihn Ljuba. Und spürt es im selben Moment wie einen Stich: In Ljubas Brust SCHLÄGT KEIN HERZ. Ljuba redet, murmelt vor sich hin, bewegt sich, doch ihr Herz steht still. Wie ein kaputter Wecker. Augenblicklich wird Nikolajewa von tiefer Trauer gepackt. Nicht um die tote Ljuba an sich, nur um ihr stehen gebliebenes Herz. Dass Ljubas Herz tot ist, NIE MEHR schlagen wird, tut ihr schrecklich Leid. Sie ist nahe daran loszuheulen, das merkt sie.

»Ljuba … sag mal … Kommt bei dir keine Zwiebel in die Füllung?«, stößt sie mit Mühe hervor, während sie sich wieder aufrichtet.

»Wozu denn Zwiebel, wenn schon Knoblauch drin ist?«, fragt Ljuba und sieht sie aus toten Augen fragend an.

Nikolajewa schluchzt los.

»Was hast du?«, fragt Ljuba.

»Ich muss pissen!«, stammeln Nikolajewas Lippen, ohne dass sie es will.

»Dann piss doch hier!«, sagt Ljuba lächelnd.

Das Schluchzen übermannt Nikolajewa. Sie beweint einen UNSÄGLICHEN VERLUST.

»Lju-ba … Lju-hu-ba!«, bricht es aus ihr hervor.

Sie packt Ljuba, zieht sie an ihre Brust. Ljuba streckt die kalten, mit Mehl und Teig beschmierten Hände zur Seite.

»Was ist denn in dich gefahren?«

Ljubas eisige Brust ist HERZLOS. Nikolajewa heult, da sie begreift, dass dies UNABÄNDERLICH ist. Sie hört ihr eigenes Herz schlagen. Es ist lebendig, warm und SEHR, SEHR kostbar. Aber das macht alles nur noch ärger und bitterer. Sie begreift plötzlich, wie EINFACH es ist, tot zu sein. Schrecken und Schmerz fließen über in ihr. Der Urin läuft heiß die Beine hinab.

Die Nikolajewa erwachte.
Ihr Gesicht war tränenüberströmt. Die Wimperntusche verlaufen.
Vor der Wanne stand Andrej im rot-weißen Bademantel.
»Was hast du?«, fragte er unzufrieden.
»Was?«, schluchzte sie und musste schon wieder heulen.
»Ist was passiert?«, brummte er und blinzelte verschlafen.
»Ach, ich hab«, schluchzte sie, »von einer Freundin geträumt, die ist … vor einem halben Jahr … erstochen worden.«
»Von wem?«
»Irgendwelchen Händlern … vom Basar … Aserbaidshaner oder so was …«
»Aha.« Er kratzte sich die Brust. »Du, hör mal, ich muss jetzt schlafen. Ich hab morgen früh ein wichtiges Date. Das Geld liegt auf dem Küchentisch.«
Er ging raus.
Nikolajewa wischte sich die Tränen ab. Stieg aus der Wanne. Schaute in den Spiegel.
»Ogott!«
Sie wusch sich gründlich. Trocknete sich ab. Wickelte sich in ein großes Badetuch. Verließ das Badezimmer.
In der Wohnung war es duster. Aus dem Schlafzimmer drang Andrejs Schnarchen.
Auf Zehenspitzen schlich sie dorthin. Suchte ihre Sachen zusammen. Ging hinüber in die Küche. Hier brannte nur das Lämpchen im Abzug über dem Herd. Auf dem Tisch lagen zweihundert Dollar.
Nikolejewa zog sich an. Steckte das Geld ins Portemonnaie. Ging in den Flur. Schlüpfte in den Mantel. Verließ die Wohnung. Zog die Tür vorsichtig zu.

OBERLIPPE

02:02

Oleni wal 1. Wohnung von Komar und Vika.

»Mach die Faust bisschen auf und zu.«
Komar band Lapin mit einer Kordel den Oberarm ab.
»Wozu, ist doch auch so alles bestens zu sehen«, grinste Vika. »Wenn ich solche Venen hätte!«
»Komar, du Hund, wieso werd ich nicht als Erste bedient!«, sagte Ilona und schien sauer.
»Das erste Quadrat geht verdammt noch mal an den Gast. Erst recht, wenn er der Bezahler ist.« Komar schob die Nadel in die Vene. »Mensch, solche blitzblanken Stränge hab ich schon hundert Jahre nicht mehr gesehen!«
»Ilona, sag mal, warst du tatsächlich beim Leningrad-Konzert?«, fragte Vika.
»Hm …«, machte Ilona. Ihre Augen hingen an Lapins Arm.
»Und? War doch bestimmt Spitze, oder?«
»Hm.«
»Was haben sie denn gespielt? Die alten Nummern?«
»Ja doch! Die alten! Die alten! Die alten!« Ilona wedelte gereizt mit den Händen.
Komar (27), kahl rasiert, große Ohren, krummer Rücken, dürr, lange Arme, auffällig spitze Gesichtszüge, abgerissenes blaues T-Shirt, weite schwarze Hose.
Er zog den Kolben zurück.
In der Spritze erschien Blut. Komar löste das Ende der verknoteten Kordel. Dann drückte er den Inhalt der Spritze zügig in Lapins Vene.
»Wir sind drin.«
Vika (18), brauner Typ, klein, pummelig, langhaarig, lila

Polyesterhose, hellblaues Sweatshirt. Sie reichte Lapin einen Fetzen Watte.

Er presste sich die Watte auf die Vene. Beugte den Arm. Ließ sich auf das versiffte Kissen zurückfallen.

»Au Mann! …«

Komar lächelte ihn an. »Na?«

»Oh ja! …« Lapin bekam die Lippen kaum auseinander. Er lächelte zurück. Dann wanderten seine Augen zur Decke mit den rostigen Wasserflecken.

»Komar, du Hund, komm ich vielleicht bald mal dran?«, brüllte Ilona.

»Kein Problem, Madame!«, sagte Komar und nahm eine neue Spritze aus der Packung.

Vika ließ das weiße Pulver aus dem Pack auf den Teelöffel rieseln, tat Wasser hinzu und brachte das Ganze über der Kerze in Wallung. Komar zog die trübe Flüssigkeit vom Löffel in die Spritze.

Ilona hatte sich bereits selbst die Kordel um den Oberarm geschnürt, saß Komar gegenüber. Streckte den Arm aus. In der Beuge waren einzelne frühere Injektionsstellen zu erkennen.

»Ilona, ich hab immer noch nicht begriffen, ob sie nur die alten Sachen gespielt haben oder auch was Neues?«, fragte Vika, die sich eine Zigarette anzündete.

»Ja. Nein. Nicht nur«, erwiderte Ilona gereizt, während sie die Faust in einem fort ballte und wieder entspannte.

»›Und kommt erst der Sommer, dann fahr'n wir auf Datsche. Dort fangen wir Fliegen. Den Spaten als Klatsche‹«, trällerte Vika. »So ging das doch, oder?«

»Ja, ja«, brummte Ilona bissig.

»Noch besser gefällt mir das andere«, fuhr Vika fort. »Wie ging das gleich? … ›Einer drückt, der andre säuft. Besser, als wenn gar nichts läuft‹ …«

Bedächtig wählte Komar die passende Stelle für die Nadel.
»Man sieht, dass du nicht übertreibst, Kätzchen.«
»Bin ich blöd, oder was?« Ilona lachte nervös.
»Bei euch Frauen weiß man nie!« Glatt fuhr die Nadel in die Vene.
Lapin griente. Streckte sich. Zog die Schultern nach oben.
»Trotzdem … Ist ganz was andres«, sagte er.
»Was ist was andres?«, erkundigte sich Vika. »Speedball? Klaro! Kommt besser als normales Äitsch.«
»Viel besser. Wie mir das auf den Sack geht, wenn die Leute labern: Speedball, bäh, Speedball, und selber haben sie's einen Scheißdreck probiert. Das kommt, weil … Bei uns gibt's einfach viel zu viel … wie soll ich sagen … Mainstream. Graue Typen …«
»Meinst du?«, fragte Vika und lächelte stolz.
»Und jeder Arsch will klüger sein, als er in Wirklichkeit ist. Der absolute Auskenner. Alle sonnen sich in ihrer Autorität, nur darauf kommt's an. Als bestünde die Hauptaufgabe des Menschen auf Erden nur darin, vor den Leuten was herzumachen. Um jeden Preis. Auch wenn andere die Suppe auslöffeln müssen.«
Vika und Komar blickten einander an.
»Stimmt. Im Auslöffeln sind wir groß.« Lächelnd drückte Komar die Dosis in Ilonas Vene.
»Wow!« Sie schloss die Augen. Knickte den Arm ein. Hustete.
Vika hielt Komar ihren zerstochenen Arm hin.
»Schau. Hier gibt's noch ein gutes Fleckchen.«
»Nur wenn du mir nicht so ins Gesicht bläst.«
»Entschuldige, Komar.«
Ilona räkelte sich.
»Phantastisch!«

Sie gab Lapin einen Kuss. Der umarmte sie ungeschickt.

»Bloß nicht zu hastig, Komar«, sagte Vika, auf die Nadel blickend.

»Sind meine Pupillen geweitet?«, fragte Ilona Lapin, sich über ihn beugend.

»Ja«, erwiderte er in großem Ernst.

»Sind sie schön? Welche Farbe haben sie?«

»Ja, die sind … so … weißt du«, fing Lapin an, während er ihr konzentriert in die Augen starrte und schwitzte, »das sind nämlich … das sind so Kugeln, wie die chinesischen, die man in einer Hand drehen muss, die sind aus verschiedenen Edelsteinen gemacht, Jaspis zum Beispiel, und wenn eine von denen, nehmen wir an, die Yin-Kugel … könnte auch die Yang-Kugel sein, aber ich denke, die Yin … wenn die vor einem liegt, dann kommt da so eine Energie geflossen, Bioenergie, und dann sind da noch elektrische Aufladungen, das alles zusammen … und noch die Energie von dem Stein, darüber wissen wir nur sehr wenig, Steine sind ja … na eben steinalt, erst waren sie weich wie Schwämme, dann sind sie mit der Zeit versteinert, und am Ende waren es richtige Steine, in denen haben sich massenweise Daten angesammelt, so viel wie auf einer Supercartridge, alles gespeichert, alles von allem, Ereignisse, Menschen, alles, was wo passiert ist, steckt in den Steinen drin, Computer sind gar nicht mehr nötig, man muss bloß wissen, wie man rankommt, man braucht einen Zugang, einen normalen, kompetenten Zugang, dann ist alles geritzt, dann wird der Mensch zum Herrscher über die Welt …«

»Deine Oberlippe ist toll«, sagte Ilona und strich glücklich mit dem Finger darüber.

SAND

12:09
Nowojassenewski prospekt 2. Lagerhaus der Firma Cargo.

Großer halbrunder Hangar. Eine Menge Kisten und Kartons mit Lebensmitteln. Quer über vier Kartons mit Gemüsekonserven eine dicke Sperrholzplatte. Um sie herum drei Männer, auf Kisten sitzend und rauchend.
Wolodja Soloma (32), mittelgroß, stämmig, dunkelblond, mürrisches, ausdrucksloses Gesicht, kleine Nase mit gebrochenem Nasenbein, kurze Lederjacke.
Dato (52), klein, dicklich, Glatze, vergnügtes rundes Gesicht, heller, offen stehender Mantel, feingerippter weißer Pullover, beiges Seidenhemd mit Stehkragen, weiße Lederhosen, goldene Uhr (Tissot), goldenes Armband, goldener Ring mit Rubin.
Chmeljow (42), mittelgroß, hager, braunhaarig, schmales, nachdenkliches Gesicht, stahlgraue Jacke, blauer Anzug mit Weste, weißes Hemd, blau-rot gestreifte Krawatte.
Chmeljows Handy klingelte. Er hob es ans Ohr.
»Ja?«
»Sie sind da«, teilte eine Stimme mit.
»Wie viele?«
»Sechs oder sieben. Zwei Autos.«
»Aha. Dann lass nur Slepoi mit zwei Wächtern rein.«
»Verstanden.«
Dato warf seine Kippe auf den Betonfußboden. Trat mit dem schwarzen Lackschuh darauf.
»Zu zweit kriegen die das nicht reingetragen«, sagte er.
»Ihr Problem«, brummte Chmeljow.
Soloma stand auf.

»Wie verfahren wir? Die normale Tour?«, fragte er schniefend.
»Die normale Tour, Wolodja«, sagte Dato und klatschte sich mit den flachen Händen auf die rundlichen Knie.
Die Tür ging auf.
Hassan Slepoi (43), klein, schmächtig, dunkler Teint, spärliches Haar, Hakennase, schwarzer Ledermantel.
Hinter ihm zwei breitschultrige Typen, die sich mit einem schweren Metallkoffer abschleppten.
Dato stand auf. Trat Hassan einen Schritt entgegen. Sie umarmten sich. Legten zweimal flüchtig die Wangen aneinander.
»Grüß dich, Dato.«
»Grüß dich, mein Bester.«
Die beiden Hünen stellten den Koffer ab.
»Stellt ihn dort drauf.« Datos schwammige Hand deutete auf die Sperrholzplatte.
Die beiden hoben den Koffer wieder an. Trugen ihn zu der Platte. Stellten ihn darauf ab. Das Holz knackte, hielt aber.
»Nimm Platz, mein Bester!«
Soloma schob einen Karton Makkaroni vor Slepois Füße.
»Schick die anderen raus, Dato.« Slepoi knöpfte sich den Mantel auf.
»Wozu das denn, mein Bester?«
»Gibt was zu bereden.«
»Aber das sind meine Leute, Hassan. Die kennst du doch.«
»Ich kenne sie, Dato. Schick sie trotzdem raus.«
Dato wechselte einen Blick mit Chmeljow. Der nickte.
»Na gut, mein Bester. Ganz wie du möchtest. Geht ihr mal Luft schnappen.«
Chmeljow, Soloma und die beiden anderen gingen hinaus. Hassan ließ sich auf dem Karton nieder. Rieb sich müde die Schläfen. Dato stand schweigend vor ihm.

»Ich hab's mir anders überlegt, Dato«, begann Hassan.
»Ich verstehe nicht. Was hast du dir anders überlegt?«
»Ich verkaufe nicht.«
»Wieso nicht?«
Hassan verschränkte die Hände. Mit den abgespreizten Daumen berührte er die Spitze seiner Hakennase.
»Einfach so. Ich verkaufe nicht, und fertig.«
Dato lachte. Lauter, als es sich gehörte.
»Ich verstehe dich nicht, Hassan. Wieso willst du nicht verkaufen? Bist du mit dem Preis unzufrieden? Willst du mehr haben?«
»Nein. Der Preis ist der übliche. Mit dem war ich immer zufrieden.«
»Was dann?«
»Nichts. Ich will einfach nicht.«
Dato sah ihm forschend ins Gesicht.
»Was hast du, Alter? Geht's dir nicht gut? Hast du Probleme?«
»Mir geht's blendend, Bruder. Keinerlei Probleme. Aber das Produkt verkaufe ich nicht.«
Dato schwieg. Zog sein goldenes Zigarettenetui aus der Tasche. Nahm eine Zigarette heraus. Zündete sie umständlich an. Begann auf und ab zu laufen. Drehte sich abrupt zu Hassan um.
»Und wozu hast du das Produkt mitgebracht, wenn du es gar nicht verkaufen willst?«
»Um es dir zu zeigen, Bruder.«
»Ich weiß, wie es aussieht. Ich sehe es nicht zum ersten Mal.«
»Dann sieh es dir noch mal an. Und zwar gut.«
Hassan erhob sich. Ließ die Schlösser des Koffers aufschnappen. Klappte den metallenen Deckel hoch. Darunter war eine

weiße Plastikhaube. Hassan zog daran. Sie öffnete sich. Darunter lag das Kühlfach. Bis obenhin mit Sand gefüllt.
Dato stutzte. Die Zigarette hing ihm zwischen den Lippen.
»Verstehst du jetzt, Dato, wieso dir Hassan das Produkt nicht verkaufen mag?«
Dato starrte auf den Sand.
»Jetzt verstehe ich es«, sagte er.
Hassan stand auf, trat dicht an ihn heran.
»In unserem Geschäft haben sich Ratten eingenistet, Bruderherz. Fette Ratten.«
»Weiß Traktor davon?«, fragte Dato.
»Vorläufig nicht. Er muss nicht alles wissen.«
Dato grub seine Hand in den Sand. Wühlte. Schaufelte eine Hand voll heraus. Schleuderte den Sand auf den Fußboden.
»Der Plebs wieder mal!«
»Aber den hier hat kein Fremder angebohrt, so viel steht fest.«
»Wer sonst? Etwa deine Leute?«
»Meine Leute kenne ich. Und sie kennen mich. Für die leg ich die Hand ins Feuer.«
»Ach was!« Dato spuckte wütend aus. »Ratten hecken überall. Schnüffler! Plebs! Hassan, die musst du selber finden. Ich hab keine Lust, deswegen zu den Blonden zu schleichen. Die kriegen ihr Geld zurück, und fertig.«
»Mal langsam, Bruder.«
»Wieso? Das Leck ist auf deiner Seite, also ist es dein Problem. Fahr du hin und erklär's ihnen.«
»Nicht so voreilig, Bruder. Es ist nicht mein Problem. Es ist mein und dein Problem.«
»Nichts da! Deine Leute haben gezinkt, was geht's mich an?«
»Es geht dich an, weil die Ratte in deinem Haus sitzt.«

»Was? Wovon redest du?«
»Von einer fetten Ratte. In deinem Bett. An deinem Tisch.«
Dato starrte ihn an.
Hassan kramte in den Taschen. Holte ein hölzernes rundes Tabakdöschen hervor. Schloss den Deckel der Kühlbox. Schraubte die Dose auf. In ihr war Kokain. Er streute eine Portion auf den Deckel der Box. Holte ein Elfenbeinröhrchen und eine Plastikchipkarte hervor.
»Lass uns erst ein bisschen Staub saugen, Bruder. Ich hab seit über achtundvierzig Stunden kein Auge zugetan.«
»Was soll das heißen: eine Ratte in meinem Bett? Weißt du, was du da sagst?«
»Das weiß ich sehr gut, Dato.«
»Und wer soll das sein?«
»Immer mit der Ruhe.«
»Zum Teufel mit deiner gottverdammten Ruhe! Wer?!«
Mit Hilfe der Chipkarte zerrieb Hassan das Kokain. Trennte von dem entstandenen Häufchen zwei fette Linien ab. Dann reichte er Dato das Röhrchen.
»Bedien dich, Bruder.«
Dato nahm das Röhrchen. Beugte sich vor. Sog seine Linie zügig auf. Gab Hassan das Röhrchen zurück, der es sich nun in die eigene krumme Nase steckte. Bedächtig zog er sich die Hälfte der Linie ins eine Nasenloch, den Rest ins andere.
»Woher willst du das überhaupt wissen?«, fragte Dato schniefend. »Du hast doch mit meinen Leuten nie geredet. Woher also? Soll das heißen, dass du bei mir eine Quelle sitzen hast?«
»Nein, nein, keine Angst. Deine Jungs sind echt, Dato.«
»Wer dann, verdammt noch mal?«
»Moment noch.« Hassan legte zwei weitere Linien. »Lass uns noch eine ziehen, dann sag ich dir, was zu tun ist.«

»Aha. Dann sagst du mir, was zu tun ist. Puh!« Dato versetzte dem vor ihm stehenden Karton einen Fußtritt. Aus dem Loch rieselten Graupen.

Hassan hatte seine Linie geschnupft. Dato winkte ab.

»Ich will nicht.«

Also übernahm Hassan auch die zweite Linie. Dann steckte er die Dose mitsamt dem Röhrchen ein. Putzte sich mit dem Taschentuch die Nase.

»Also pass auf. Die Kiste hier machen wir fein wieder zu, und du nimmst sie mit.«

»Was soll ich mit dem Sand?«

»Deine Leute sollen denken, alles wäre normal.«

»Und die Knete?«

»Du übergibst mir den Koffer. Die Scheine nimmst du vorher raus.«

»Und weiter?«

»Du nimmst die Kiste mit. Und dann gehen wir auf Rattenjagd.«

»Jetzt sag mir endlich, ob du weißt, wer es ist, oder nicht.«

Hassan kam ganz nahe heran und flüsterte ihm etwas ins Ohr.

»Ach. Hat er das Eis noch?«

»Nein.«

»Wo ist es? Schon bei den Blonden?«

»Nein, nein. Es liegt bei dir zu Hause, Dato.«

Dato starrte ihn an.

»Wie bitte? Wo bitte?«

»In deinem Kühlschrank.«

»In meinem …?«

»In deinem Kühlschrank, Dato.«

»Und wer hat es da reingetan?«

»Deine Natascha.«

BOSCH

21:00
Malaja Bronnaja 7. Datos Wohnung.

Geräumige Küche. Weißes Mobiliar. Teure Gerätschaften. Ein vergoldeter Kochtopf mit Wasser auf der Herdflamme. Auf dem Marmorfußboden lag ein gefesselter Mann. Eine Frau hockte, die eine Hand mit Handschellen an den Heizungskörper gekettet, in der Ecke.
Apfelsine (29), rote Haare, kräftiger Körper eines Exathleten.
Natascha (26), hübsch, langhaarig, zerfetztes rosa Kleid.
Dato und Hassan Slepoi saßen am Tisch. **Lom** und **Peka**, zwei breitschultrige, muskelbepackte Typen mit kleinen Köpfen und Stiernacken, standen daneben.
Vor Dato stand eine halb leere Flascha Wodka, Marke Juri Dolgoruki. Hassan war dabei, auf einem Teller die nächste Portion Kokain zu reiben.
Dato goss sich einen Wodka ein. Kippte ihn hinter. Zündete sich umständlich eine Zigarette an. Dann richtete er den Blick auf Natascha.
»Das eine raff ich nicht. Du kannst mich prügeln, du kannst mich totschlagen, ich raff es einfach nicht. An was hat es dir gefehlt bei mir?«
Natascha schwieg. Starrte vor sich hin auf ein Stuhlbein.
»Ich hab dich aus der Scheiße geholt. Ich hab deinem Bruder geholfen. Deiner Mutter. Ich bin mit dir in die Karibik gedüst, Mann, ich hab dich eingekleidet wie Prinzessin Diana. Ich hab dich jeden Tag gefickt. Was wolltest du noch?«
Natascha schwieg.
»Hm. Das Weib ist und bleibt ein ewiges Rätsel«, sagte Dato

und blies Rauch in die Luft. »Hassan, was sagst du dazu? Das ist jetzt das dritte Mal, dass ich an eine Ratte geraten bin. Scheiße, wie kann das sein? Ist das mein Verhängnis?«

»Keine Ahnung, Bruderherz«, sagte Hassan, schon wieder am Schnupfen. »Vorsehung vielleicht.«

»Und noch eins ist mir nicht klar, verflucht noch mal. Angenommen, du hättest das Zeug losgeschlagen. Sagen wir, fünfzigtausend kassiert. Was hättest du dann gemacht? Was, frag ich dich? Wo wolltest du hin damit? Hättest du dich irgendwo eingegraben oder wie? Für mickrige fünfzigtausend?«

Natascha schwieg.

»Vergiss es, Dato«, sagte Hassan, während er sich die Nase putzte. »Weiber spielen immer bloß die Nebenrollen.«

»Man lernt nie aus im Leben«, verkündete Dato und stippte die Asche von seiner Zigarette. Dann wandte er sich nach dem Herd um. »Was ist, kocht das endlich mal?«

Peka schaute in den Topf.

»Kocht!«

Apfelsine am Boden wurde unruhig. Lom drückte ihn mit dem Fuß nieder.

»Lieg still!«

»Dato, Ehrenwort, das war nicht meine Idee! Ehrenwort!«, begann Apfelsine zu stammeln.

»Dein Ehrenwort«, sagte Dato, während er auf den verschwitzten Rotschopf hinabsah, »kannst du dir an den Arsch wischen.«

»Schakro hat mir zweimal die Kanone an den Schädel gehalten! Auf der Krim damals und dann nach der Hochzeit. Awera hat ihm was gesteckt über die Blonden.«

»Awera?« Hassan lachte. »Der ist doch längst unter der Erde.«

»Er hat Schakro angezählt, weil der noch Schulden bei ihm hatte wegen Tibet und so«, versuchte Apfelsine zu erklären und hob den Kopf. »Bei der Gelegenheit hat er's ihm gesteckt. Von den Blonden und dem Eis. Das ist ein heißes Ding, hat er gesagt. Greif da mal zu. Wenn du mir das an Land ziehst, sind wir quitt.«

»Hör ich richtig? Schakro hat von dir gewollt, dass du bei Hassan anzapfst?«, fragte Hassan.

»Ja. Schakro will beim Eis groß einsteigen.«

»Was quatschst du da von wegen Schulden und Tibet, du Clown!« Dato lachte. »Awera haben sie kaltgemacht, Mann!«

»Er will es immer noch, auch ohne Awera. Kein Scheiß, Dato. Das haben mir seine Jungs gesteckt. Er ist grad blank, er und der Fisch sind in den Miesen, da will er dir in die Parade fahren.«

»Und groß einsteigen?«, lächelte Dato.

»Nach Möglichkeit ja.«

»Auf die kalte Tour? Ohne Absprachen?«

»Reiß dir eine Partie untern Nagel, hat er gesagt, dann sehen wir weiter. Und wenn du nicht parierst, legen wir dich um.«

»Was will er weiter sehen?«

»Na, wie du dich aufführst.«

Dato drückte seine Kippe aus. Stand auf. Trat vor Apfelsine hin. Schob die Hände in die Hosentaschen. Wippte auf den Zehenspitzen.

»Soso ... Du räudiger Hund bist ja vollkommen durchgeknallt. Vollkommen meschugge.«

Er nickte Peka zu. Der nahm den Topf vom Herd. Lom stellte den Schuh auf Apfelsines Kopf und drückte ihn gegen den bläulichen Marmorfußboden.

»Das ist kein Scheiß, Dato ... Hassan ... Ich schwör's dir«, stammelte Apfelsine.

Peka stemmte sich auf seine Beine. Und begann ihm das kochend heiße Wasser über den Rücken zu kippen.
Apfelsine brüllte, bäumte sich auf.
Lom und Peka hielten ihn in der Klemme.
»Die Wahrheit will ich wissen, du Hund, die Wahrheit!«, rief Dato und wippte.
»Ich schwör's! Ich schwör's!«, röhrte Apfelsine.
Ein neuer Schwall klatschte auf seinen Rücken. Apfelsine kämpfte.
»Die Wahrheit! Die Wahrheit!«
»Dato! Hör auf!«, schrie Natascha.
»Die Wahrheit, du Hund!«
»Es ist die Wahrheit! Ich schwör's!«
»Kipp ihm was in die Fresse!«, riet Hassan.
Peka ließ das Wasser über Apfelsines Kopf schwappen. Apfelsine jaulte auf.
»Hör auf, Dato! Lasst ihn!«, schrie Natascha.
»Du Ratte kommst auch noch dran!«, rief Dato und trat mit dem Fuß nach ihr.
»Pack aus! Sonst kochen wir dich wie einen Krebs«, sagte Hassan und beobachtete kaltblütig Apfelsines zuckenden Körper.
»Schakro will das Eisgeschäft überneeehmen!«, röhrte Apfelsine.
»Red keinen Stuss, du Laus! Red keinen Stuss! Du redest nichts als Stuss!« Bei jedem Wort knallte Dato dem Liegenden den Fuß ins Gesicht.
»Rattenkönig!« Hassan spuckte aus. »Kipp's ihm über die Eier!«
Peka und Lom versuchten Apfelsine die Hosen herunterzuziehen.
»Dato!«, brüllte Natascha. »Dato! Dato!«

»Halt's Maul, Ratte!«
»Hör auf, Dato, hör auf! Ich sag ja alles!«
»Maul halten, Ratte, hörst du nicht?«
»Lass sie reden, Dato.« Hassan ging zu Natascha hinüber. »Dann sag du uns die Wahrheit.«
»Ich sag sie, hört auf!«
Dato gab Peka ein Zeichen. Der hörte auf zu schütten.
»Erzähle, du Miststück.«
Natascha wischte sich mit der freien Hand schluchzend die Nase.
»Alles gelogen. Nicht Schakro. Ich war's.«
Dato sah sie ungläubig an.
»Spinnst du?«
»Du lässt mich ja sowieso bald sitzen. So wie vorher Shenka. Ich weiß doch Bescheid über deine … deine Ballerina. Und ich … ich hab gar nichts. Nur eine sterbenskranke Mutter.«
»Ja, und?«
»Ich wollte … Ich wollte halt Geld machen … schnelles Geld.«
»Und hast ihn angestiftet?«
Sie nickte.
»Für wie viel?«
»Halbe-halbe.«
Dato blickte Hassan an. Der sagte nichts. Natascha schluchzte. Apfelsine auf dem Fußboden stöhnte.
Dato schaute auf ihn hinunter.
»Dreht ihn um.«
Peka und Lom drehten Apfelsine auf den Rücken. Dato ging in die Hocke. Schaute Apfelsine in die grauen Augen.
»Es stimmt.«
Er richtete sich auf. Hassan hielt ihm die flache Hand hin. Dato schlug ein. Seufzte erleichtert.

»Lass uns rübergehen und reden«, sagte er.
Sie gingen ins Nachbarzimmer. Viel teures Mobiliar auch hier. Wenig Licht.
»Ich wusste gleich, dass es Schakro nicht war«, sagte Hassan und reckte sich fröstelnd. Verschränkte die mageren Finger, ließ sie knacken.
»Groß einsteigen, ha-ha, von wegen!«, sagte Dato und lachte nervös. Öffnete die Bar und holte eine Flasche Kognak hervor. Goss sich ein. Trank.
»Jeder kleine Arsch denkt, er könnte mich und Schakro auseinander bringen. Diese verdammten Schakale!«
»Er hat einfach irgendwo was aufgeschnappt. Vielleicht von Awera, vielleicht von dessen Leuten, oder vom Lochkäse …«
»Aber sag mal, Hassan, wieso wissen die alle Bescheid? Wieso weiß jede dreckige Laus von dem Eis?«
»Was fragst du mich das?«
»Wen soll ich sonst fragen? Awera? Shorik? Die sind alle Madenfutter. Du bist am Leben.«
»Genau wie du, Bruderherz«, erwiderte Hassan und sah Dato ernst ins Gesicht. »Wir beide leben noch.«
»Was heißt hier: noch?«
»Weil sich das ändern wird, wenn wir nicht bald einsehen, dass man ins Grab nichts mitnehmen kann.«
Dato wandte sich ab. Ging zum Fenster. Wippte auf den Zehenspitzen. Hassan trat hinter ihn. Legte ihm die Hand auf die Schulter.
»Du kennst mich, Bruder. Ich begehre kein fremdes Gut. Das, was ich habe, reicht fürs geliebte Pulverchen allemal.«
Dato blickte aus dem Fenster. Moskau im Abendlicht.
»Scheiße!«
»Etwas muss passieren, Bruder.«
»Etwas …« Dato wippte auf den Zehenspitzen. »Etwas …«

Er drehte sich schroff um und ging zurück in die Küche. Hassan folgte ihm gemächlich.
In einer Küchenecke stand ein überdimensionaler weißer Bosch-Kühlschrank. Dato klappte das große Kühlfach auf. Es war voll gestopft mit Lebensmitteln. Er schmiss alles heraus auf den Fußboden. Mit trockenem Gepolter fielen die Packungen auf den Marmor. Zuunterst lag ein großer Block Eis. Dato starrte ihn wütend an.
»Weil du Miststück genau weißt, dass ich keinen Gefrierkram fresse, was?«
Er näherte sich Natascha.
Sie schluchzte. Wandte sich ab.
»Sicheres Plätzchen!«, kam es von Hassan, der düster dreinsah.
»Scheiße, wie kann ein Weib auf so eine gescheite Idee kommen!« Dato klatschte sich auf die Schenkel. »Ich versteh die Welt nicht mehr!«
»Das ist die Emanzipation«, tat Peka überraschend kund.
»Hä?« Dato fuhr herum.
»Na, wenn Weiber und Kerle gleiche Rechte haben«, murmelte Peka wie ertappt.
Dato blickte ihn aufmerksam an. Dann wandte er sich zu Hassan um.
»Die Kiste muss her.«
Hassan holte sein Handy hervor. Wählte.
»Ihr könnt.«
Minuten später betraten zwei Männer mit dem Kühlkoffer die Wohnung. Sie trugen Gummihandschuhe. Verfrachteten den Eisblock aus dem Kühlfach in den Koffer. Trugen ihn vorsichtig hinaus.
Dato goss sich einen Wodka ein. Kippte ihn auf ex.
»So. Die Apfelsine kommt in den Müll.«

Apfelsine wehrte sich. Brüllte etwas, das nicht zu verstehen war. Peka und Lom fielen über ihn her. Lom schob die Schlinge um Apfelsines kräftigen sommersprossigen Hals.
Natascha kotzte. Ihr Kopf hing schlaff auf der Brust.
Apfelsine röchelte und zappelte noch lange. Furzte.
Schließlich war er still.
Peka kam mit einem großen blauen Müllsack aus der Ankleide. Sie schoben Apfelsines Leiche hinein. Schleppten ihn aus der Küche. Aus der Wohnung.
Die Tür fiel hinter ihnen ins Schloss.
Hassan setzte sich an den Tisch. Holte seine Tabaksdose hervor. Streute Kokain auf den Teller. Fing an, es mit der Chipkarte zu zerreiben.
Dato zog einen Schlüssel aus der Tasche. Schloss Nataschas Hand vom Heizungskörper. Natascha rutschte schlaff zu Boden. Heftiges Atmen. Schüttelfrost.
Dato öffnete die Kühlschranktür.
»Rein.«
Natascha hob den Kopf.
»Rein mit dir, du Ratte!«
Sie kletterte gehorsam in das Kühlfach. Dato schlug die Tür zu. Lehnte sich mit dem Rücken dagegen.
»Die frier ich ein. Das kannst du glauben.«
Hassan grinste. Zog eine Linie Kokain. Gleich noch eine.
Dato holte die Zigaretten hervor und rauchte.
Nataschas Wimmern aus dem Kühlschrank war kaum zu hören.
Dato rauchte. Hassan rieb sich das Zahnfleisch mit Kokain ein.
»Ich such mir halt 'ne Neue«, sagte Dato.
Hassan stand auf. Trat vor ihn hin.
»Schick sie in die Türkei. Zu Rustam.«

»Scheiße! Wieso zu Rustam?«, fuhr Dato auf und schüttelte heftig den Kopf. »Ins Krematorium, Mann! Nicht in die Türkei.«
»Tu's nicht, Bruder.«
»Lass mich. Das ist meine Kirsche.«
»Deine Kirsche. Aber unser Geschäft.«
Natascha heulte in Abständen auf, hämmerte gegen die Tür.
»Die mach ich kalt.« Dato schüttelte hartnäckig den Kopf. »Die blöde Fotze!«
»Tu's nicht, Dato!«
»Hau ab!«
»Lass sein, Bruder.«
»Geh mir von der Pelle, Hassan, reiz mich nicht, verdammt noch mal!«
»Lass es sein! Du Hammel reißt uns alle mit rein!« Hassan packte Dato am Kragen.
»He-he! Pfoten weg!«, rief Dato und versuchte freizukommen.
»Sturschädel!«
»Pfoten … weg, du … Sack!«
Sie kämpften vor dem großen weißen Kühlschrank.
»Ich bin schwanger!«, tönte es aus dem Kühlfach.
Die Kämpfenden hielten inne.
Dato stieß Hassan von sich. Riss die Kühlschranktür auf.
»Was?«
Zusammengekauert saß Natascha da.
»Was sagst du da?«
»Ich bin schwanger«, sagte sie leise.
»Von wem?«, polterte Dato.
»Von dir.«
Dato glotzte sie blöd an. Ihre nackten Knie. Ihre dunkelblau

lackierten Zehennägel. Neben ihrem Fuß lag ein reifüberzogener Tortellino.
Dato starrte darauf.
Natascha plumpste aus dem Kühlfach auf den Fußboden. Kroch über den Marmor.
»Wieso ... seit wann?«
»Zweiter Monat.«
Sie kroch aus der Küche. Hinüber ins Bad.
Dato rieb sich müde die Nasenwurzel. Hassan klopfte ihm auf die Schulter.
»Sieh an, Bruder, was du da Schönes einfrieren wolltest!«

BLOCKADE

04:15
Wohnung von Komar und Vika.

Badezimmer. Verschrammte Tür, hellblaue Fliesen mit abgesprungenen Ecken, Rostspuren in Wanne und Waschbecken, altersschwache Glühbirne, Waschschüssel mit eingeweichter Schmutzwäsche.
Lapin und Ilona, beide nackt, in der fast randvollen Wanne. Ilona auf Lapin sitzend, rauchend. Sein Glied in ihrer Scheide. Sie bewegte sich langsam. Lapin, im Halbdämmer, klappte die Augen abwechselnd auf und wieder zu.
»Vor allem, der hat keine richtige Ahnung, was einen guten Schauspieler ausmacht«, redete Ilona hastig und mit trockenen Lippen vor sich hin, »Keanu Reeves zum Beispiel, den find ich super, weil, der spielt Liebe richtig echt, wogegen der andere, der angeblich wer weiß wie toll und wunderbar sein soll, bei dem weiß ich's einfach nicht ... ich nehm's

ihm nicht ab … und wozu soll ich Geld dafür ausgeben, wenn ich's dem Schauspieler nicht abnehmen kann … Mann, hast du aber stramme Eier!«
Ihre Bewegungen wurden heftiger. Das Wasser schwappte über den Wannenrand.
Die Tür mit dem blätternden Anstrich ging auf. Komar kam herein. Nackt, mit steifem Glied.
»Hi, Walkers! Habt ihr Lust zu tauschen?«
»Au ja.« Ilona stieg aus der Wanne.
»Oh Scheiße, hier schwimmt ja alles.« Komar sah zu Boden. »Da werden die von unten wieder angeschissen kommen.«
Ilona packte Komar am Glied.
»Eure sind fast gleich groß.«
»Spielt die Größe eine Rolle?«, fragte Komar grinsend, mit kratziger Stimme.
»Aber hallo!«
»Na, dann komm.«
»Und wie schaut's aus mit noch 'nem Trip?«
»Erst wenn ich gekommen bin.«
Sie gingen hinaus. Lapin hob die Hand aus dem Wasser. Betrachtete seine Fingernägel. Sie waren blau. So blau wie die Fliesen.
Die nackte Vika kam herein.
»Direkt im Wasser, oder wie?«, fragte sie.
Lapin schlug die Augen auf. Vika kam zu ihm in die Wanne gestiegen. Packte sein Glied, schob es sich in die Scheide.
Lapins Lippen klebten aneinander.
»Kalt«, brummte er.
»Wir lassen das hier ab und neues ein!«, schlug Vika vor, während sie sich auf ihm zu bewegen begann.
»Yo …«

Sie langte nach dem Stöpsel. Zog an der Kette. Das Wasser fing an abzulaufen.
»Ich hatte mal 'nen Typen, hing auch an der Nadel, der war scharf drauf, seine Eier in den Abfluss zu stecken, beim Wasserablassen. Als er noch kleiner war.«
»Wie jetzt?«
»Na, wir haben uns gegenseitig erzählt, wie wir früher gewichst haben. Ich hab … hmm, dein Schwanz ist geil … Ich hab mich am liebsten auf die Ecke vom Tisch gesetzt, die Beine so über Kreuz … Und er hat sich in die Wanne gehockt, Wasser eingelassen, den Stöpsel gezogen und die Eier da reingehängt. Sich dabei einen runtergeholt. Und an den Kommunismus gedacht.«
»Wieso an den Kommunismus?«
»Na ja, nich direkt an den Kommunismus, der Kommunismus ging ihm am Arsch vorbei … Zu heiß?« Sie hatte das heiße Wasser aufgedreht.
»Nö.«
»Ihm ging's nur darum, dass die Frauen im Kommunismus, dass die Volkseigentum sind, und er … hoho! … er … Ho! Hoho! Hojoi! …«
»Hat sie alle gefickt?«, fragte Lapin und griff Vika an die Brust.
»Hojojo!«, rief sie und verzog das Gesicht. »Ich … ich glaub, ich ko-homme … Hojooooh!«
»Schön für dich … Ich krieg's irgendwie nicht hin.«
»Hoi …« Sie hörte auf sich zu bewegen. »Nachher setzt Komar uns noch 'ne Spritze. Dann kommst du auch.«
»Ich will aber jetzt«, sagte Lapin und fing an zu stoßen.
»Wenn du willst, steck ihn mir in den Arsch. Komar tut das auch, wenn er Schwierigkeiten hat zu kommen. Dann geht es wie geschmiert. Willst du?«

»Weiß nicht … Hab ich noch nie probiert … Da ist doch Scheiße drin.«
»Blödmann! Wieso Scheiße! Willst du oder willst du nicht?«
Lapin brummelte etwas Unverständliches.
»Dann hol ich dir einen runter.«
»Du?«
»Ich kann prima wichsen, wirst sehen. Komm, dreh dich auf die Seite … Ich kuschle mich von hinten an … Heiß genug jetzt.«
Sie drehte den Hahn zu. Steckte den Stöpsel in den Abfluss. Lapin drehte sich auf die Seite. Vika legte sich hinter ihn. Fasste mit der rechten Hand sein Glied. Mit der linken fuhr sie ihm zwischen die Beine. Drückte seine Eier.
»Boah, sind die aber stramm … Du Armer.«
Sie begann sein Glied zu masturbieren.
Lapin klappten die Augen zu. Er fiel in einen Traum.

Er ist ein alter Mann. Zweiundachtzigjährig, dürr und klapprig. Er steigt die Treppe des großen Mietshauses hinunter. Der Treppenflur ist frostig und düster. Putzbrocken und Glasscherben auf den Stufen. Er trägt einen schweren Wintermantel, Filzstiefel, gestrickte Fausthandschuhe. Es ist bitterkalt. Die Kälte kriecht ihm bis an die Knochen. Seinen trockenen Lippen entsteigt spärlicher Dampf. Sein rechter Arm ist leicht angewinkelt. Der Henkel eines kupfernen Teekessels hängt in der Armbeuge. Der leere Kessel pendelt ihm gegen den Oberschenkel. Er hält sich beim Hinabsteigen am hölzernen Geländer fest. Jeder Schritt bereitet Mühe. Sein Herz klopft wie ein alter Motor – schwerfällig und gehetzt. Die Luft wird ihm knapp. Keuchend atmet er ein. Die kalte Luft schmerzt in der Kehle. Der Kopf zittert ein bisschen, wovon alles, was er sieht, gleichfalls zittert und schwankt.

Auf dem Treppenabsatz im ersten Stock bleibt er stehen, lehnt sich mit dem Rücken gegen die rissige graue Wand. Den Teekessel in der Linken. Schwer atmend steht er da. Schaut auf den Streifen Wand zwischen den zwei Wohnungstüren. *Kusowlews sind Kulaken!* steht da eingeritzt, und: *Jumbo, du Zecke!* Eine der Türen ist aus den Angeln geschlagen. Dahinter ein schwarz gähnendes Loch: Die Wohnung ist ausgebrannt. An die andere Tür hat wer mit Tintenstift das Emblem des Fußballvereins »Zenit« gemalt. Er steht da, die Augen halb geschlossen. Keuchend. Jemand kommt die Treppe herauf. Er öffnet die Augen. Eine gebeugte Gestalt in grauer Wattejacke taucht auf. Der Mann stellt einen vereisten Eimer mit Wasser auf dem Betonfußboden ab. Richtet sich leise ächzend auf. Er trägt eine schwarze Flottenpelzmütze und viel zu große, mit einem grauen Stofffetzen umwickelte Handschuhe; die Beine seiner schmierigen Wattehosen stecken unten in den Filzstiefeln. Jetzt kann er ihm ins Gesicht sehen: gräulich gelb, hager, von einem filzigen Bart umwuchert, alterslos. Trübe weiße Augäpfel, die ihn anblicken.
»Die Zwei hat es erwischt. Das halbe Haus wie wegrasiert.«
»Und was wird ... mit uns?«, fragt er.
»Wir müssen durch die Nummer zwölf jetzt.«
Der bärtige Mann lugt durch den Türrahmen der ausgebrannten Wohnung.
»Alles haben die leer geräumt, der Heizer und Janko, und wir gucken bloß dumm. Ich bin gestern früh rein, da war schon kein Span mehr da. Die Schweine. Wenigstens halbehalbe hätten sie mit uns machen können. Die sind damit in den Heizungskeller, Schlüssel rum und fertig. Da kannst du lange klopfen. Erschießen müsste man die. Schlimmer als die Faschisten.«
Der Bärtige greift nach seinem Eimer, nimmt ihn ächzend

auf. Er hat plötzlich das Gefühl, den Bärtigen unbedingt etwas Wichtiges fragen zu müssen. Er weiß nur schon nicht mehr, was. Aufgeregt stößt er sich von der Wand ab, an der er gelehnt hat, und sagt:
»Äh, Andrej Samoilowitsch, sagen Sie ... Ich bin doch parteilos ... Sie hätten nicht zufällig ein bisschen Sperrholz übrig?«
Doch der Bärtige ist schon wieder dabei, seinen Eimer hinaufzuschleppen, den linken Arm weit nach vorn gereckt.
Er sieht ihm lange nach, bevor er seinen Weg nach unten fortsetzt. Aus dem düsteren Hausflur tretend, ist er erst einmal blind: Alles ringsumher ist sonnenüberflutet. Er wartet ein wenig, bevor er die Augen wieder öffnet. Auf dem Hof ist alles wie immer: Riesige Schneewehen, die Stümpfe der beiden abgesägten Pappeln, das Gerippe des ausgebrannten Lkws. Quer durch die Schneewehen führt ein schmaler Pfad vom Hof auf die Straße. Er tappt ihn ängstlich entlang. Jetzt schwebt ein schwarzer Mauerbogen über seinem Kopf. Das ist die Einfahrt. Die ist gefährlich. Sehr gefährlich! Er geht längs der Wand, stützt sich ab mit der linken Hand. Vorn ist es hell. Dort ist die Straße. Das Licht nimmt zu, noch ein Schritt, dann steht er draußen auf dem Bürgersteig. Die Straße ist breit. In der Mitte ist sie geräumt. Längs der Hauswände türmt sich der Schnee. Die Straße entlang gehen Menschen. Nicht viele. Sie gehen langsam. Einer zieht was auf dem Schlitten hinter sich her. Ha! Einen Schlitten hatte er auch. Aber den haben ihm die Borissows geklaut. Den Sitz aus Holz haben sie in ihrem Kanonenofen verheizt. Das eiserne Skelett nehmen sie zum Wasserholen. Er muss mit dem Teekessel losgehen. Bis zur Newa ist es weit. Man könnte Schnee schmelzen, klar. Aber dazu brauchte man viel. Und der Schnee hat auch sein Gewicht ...

Er strebt auf die Straßenmitte zu. Ein Stück weiter steht die Hausmeisterin und redet mit Lidija Konstantinowna aus No. 8. Sie stehen vor einer Leiche, die bäuchlings im Schnee liegt. Der Leiche fehlen beide Gesäßbacken.
»Dort vorne sind den Toten auch allen die Ärsche abgeschnitten!«, krächzt die in ein Knäuel von Lappen gemummte Hausmeisterin. »Da fragt man sich doch, wieso! Bestimmt steckt eine Bande dahinter! Von der Prjashka unten! Sie machen Hackfleisch aus den Toten und braten es in Schmierfett! Frikadellen! Die tauschen sie auf dem Schwarzmarkt gegen Brot!«
»Das muss man aber doch der Streife anzeigen«, sagt Lidija Konstantinowna und bekreuzigt sich.
Er geht zu ihnen hin.
»Habt ihr nicht ein bisschen Brennholz für mich?«
Sie wenden sich ab, schlendern davon.
»Dass dieses Weißgardistenschwein immer noch krauchen kann«, hört er sie sagen. »Unkraut vergeht nicht.«
Seine Kinnladen malmen. Er läuft nun in der Straßenmitte. Wovon hatten die eben geredet? Von Frikadellen! Er entsinnt sich, was es für köstliche Frikadellen im Restaurant »Wien« auf der Bolschaja Morskaja gab und im Moskauer Wirtshaus Testow. Und erst im vornehmen »Jar«! Oh, die Frikadellen im »Jar«! Die wurden serviert mit Röstkartoffeln, Rotkraut und grünen Erbsen. Außerdem gab es dort Trüffel. Und eine wunderbare Fleischpastete, aus sechs Schichten bestehend. Und eine Sterletsuppe! Und Crème brûlée. Und seine liebe Lisa hat gebockt, weil sie unbedingt noch zu diesen Leuten wollte, zu diesem ... na, wie hieß der doch gleich ... mit Schnurrbart und ukrainischem Akzent ... Meine Herren, alles alte Kamellen, eine Hundskälte ist das ... Frikadellen. Frikadellen!

Plötzlich fährt ein Lkw im Schritttempo an ihm vorüber. So nahe, dass er ihn fast streift. Auf der Ladefläche sitzen Rotarmisten mit Gewehren, in ihre Mäntel vergraben. An den Rädern klirren Schneeketten. Er bleibt stehen. Sieht dem Laster mit tränenden Augen hinterher. Aber was ist das? An der Bordrückwand steht anstelle der Autonummer in weißer Schrift das Wort FRIKADELLEN. Frikadellen! Ihm geht ein Licht auf. Hell und klar. Er spürt es mit jeder Faser seines geschwächten Körpers. Die haben Frikadellen an Bord!

Er wirft den Teekessel in den Schnee und läuft dem Laster armeschwenkend hinterher. Seine kantigen Knie fliegen, die Handschuhe rutschen ihm von den knochigen schwarzen Händen, baumeln an den Gummibändern. Er rennt. Der Laster fährt langsam. Man könnte ihn einholen. Frikadellen! Er sieht sie schon vor sich, die Rotarmisten haben sie auf ihre Bajonette gespießt! Frikadellen! Zu Hunderten, Tausenden!

»Ich will auch eine!«, kräht er.

»Eine Fri… Frikadelle!«

»Fri-fri… Frika… Fri!Ka!Ka!Del-le-le!«

Sein Herz pocht und pocht. Es wird weit, es wird groß. So wie das Haus No. 6. Wie der Irtysch im Mai 1918. Wie die Dicke Berta. Wie die Blockade. Wie Gott.

Seine Beine verheddern sich. Er schlingert. Knirscht. Kracht um und zerfällt wie ein morscher Baum, in die von Autos gewalzte Spur hinein. Den Laster schluckt der weißliche Nebel. Sein Herz pumpt:

Padumm.

    Pahdumm.

        Paah…

Und bleibt stehen. Für immer.

Lapin schlug die Augen auf. Er weinte. Aus seinem Glied kamen Flocken von Sperma ins Wasser gekrochen. Vikas Hand war immer noch am Helfen. Lapins Beine zuckten wie im Krampf.
»Wie dicke Sahne!«, wisperten Vikas dicke feuchte Lippen dicht neben Lapins Ohr. »Du fickst wohl nicht oft?«

HIER WEINT EIN MÄDCHEN

14:11
Trjochprudny pereulok 10. Restaurant Balagantschik

Das Restaurant war nur mäßig gefüllt. Von der Toilette kommend, ging Nikolajewa zurück zu ihrem Tisch. Die Freundin saß da und rauchte.
Lida (23), schlanke Modelfigur im Lederbody, Brüste mittlerer Größe, Schwanenhals, kleiner Kopf mit Igelfrisur, niedliches Gesicht.
»Das Klo ist hier im Keller«, sagte Nikolajewa, während sie sich Lida gegenübersetzte. »Ziemlich unpraktisch.«
»Dafür kochen sie Spitze!«, sagte Lida kauend.
»Der Koch ist Franzose.« Nikolajewa schenkte Rotwein nach. »Also, wo war ich stehen geblieben?«
»Cin-cin.« Lida hob ihr Glas. »Beim nackten Blonden mit den blauen Augen.«
»Cin-cin.« Nikolajewa stieß mit ihr an.
Sie tranken. Nikolajewa nahm eine Olive, kaute, spuckte den Kern aus.
»Das spielt eigentlich keine Rolle, ob nackt oder nicht nackt. Nie im Leben hab ich so was gespürt. So ein Feeling. Ich bin einfach … komplett abgehoben … und so ein süßes Gefühl

im Herzen … das war, als wenn … als wenn … hach, ich weiß nich. Wie bei Mama vielleicht, als ich klein war. Geheult hab ich hinterher wie blöde. Verstehst du das?«
»Und er hat dich wirklich nicht gefickt?«
»Nicht die Bohne.«
»Hm.« Lida schüttelte den Kopf. »Das können nur entweder irgendwelche Fixer sein oder Satanisten. Eins von beiden.«
»Gespritzt haben sie mir jedenfalls nichts.«
»Aber du sagst doch selber, dass du abgehoben bist.«
»Das schon. Aber nirgends sind Einstiche. Die Venen sind heil.«
»Man braucht dafür nicht unbedingt 'ne Vene. Ich hatte mal 'nen Kunden, der hat sich sein Kokain in den Arsch gesteckt. Und es hat gewirkt. Das schont die Nasenscheidewand, hat er gesagt.«
Nikolajewa schüttelte skeptisch den Kopf.
»Nein, Lida, mit Drogen hatten die nix am Hut. Da lief was anderes. Du hättest die Immobilie sehen müssen. Eine seriöse Firma. Das merkst du.«
»Dann eben Satanisten. Red mit Biruta drüber. Die hat mal mit welchen gevögelt.«
»Und wie war das? Triezereien?«
»Nein, gar nicht. Nur dass sie sie mit Hühnerblut eingeschmiert haben, das ging ganz schwer wieder runter.«
»Bei mir war's bestimmt kein Hühnerblut. Das war mein eigenes.«
Lida drückte ihre Kippe aus.
»Also, mir ist das ziemlich schleierhaft.«
»Mir doch auch.«
»Und sag mal, Alla … du warst bestimmt nicht besoffen?«
»Na, hör mal!«

»Ich frag ja nur … Aber was du da sagst, mit dem Gefühl im Herz … Ungefähr so, wie wenn du verknallt bist?«
»Stärker. Das ist … Ich weiß einfach nicht, wie ich's beschreiben soll. Sagen wir … Wenn dir jemand sehr, sehr Leid tut, ein nahe stehender Mensch. So nahe stehend, dass du alles unternehmen würdest, nur damit … damit …«
Nikolajewa schluchzte auf. Ihre Lippen bebten. Und plötzlich brach sie in Tränen aus – mir nichts, dir nichts, so heftig wie ein Würgen im Hals. Sie konnte nichts dagegen tun.
Lida nahm sie bei den Schultern.
»Alla, nun sag mal … Mein Kätzchen, beruhige dich …«
Die wenigen Restaurantgäste schauten herüber. Allas Kopf zitterte. Ihre Finger verkrallten sich hinter den unteren Zähnen. Ganz langsam rutschte sie vom Stuhl.
»Alla! Allilein!« Lida versuchte sie zu halten.
Nikolajewas Körper krümmte sich und schlotterte. Ihr Gesicht war puterrot. Der Kellner kam geeilt.
Schluchzer platzten ihr aus dem Mund, Speichel sprühte, ihr Kopf wackelte hin und her, die Tränen flogen nach allen Seiten. Hilflos sackte sie zu Boden. Lida beugte sich über sie, tätschelte ihr die Wangen. Nahm einen Schluck aus der Mineralwasserflasche, ließ einen Sprudelregen auf das hässlich rote Gesicht mit den verzerrten Zügen niedergehen.
Nikolajewa heulte. Röchelte. Hickste. Krümmte sich auf dem Boden, schlackerte wie eine Epileptikerin.
»Mein Gott, was hat sie?«, fragte Lida, die sie immer noch zu halten bemüht war, verstört.
»Gebt ihr Salmiak!«, rief ein beleibter Herr. »Typischer Fall von Hysterie.«
Der Kellner beugte sich nieder, begann die Liegende zu streicheln. Sie antwortete mit einem grimmigen Furz. Und heulte los mit neuer Kraft.

Eine Frau kam herüber.
»Ist ihr was Schlimmes passiert?«
»Sie ist schlecht behandelt worden«, sagte Lida mit erschrockenen Augen. »Mein Gott. So hab ich sie noch nie erlebt … Alla, Kätzchen. Hör doch mal! … Nein, ich finde, wir sollten einen Arzt rufen.«
Die Frau holte ihr Handy hervor. Tippte den Notruf.
»Was soll ich denen denn sagen?«
»Ist doch egal!«, erwiderte Lida und winkte ab. »Man kann es einfach nicht mit ansehen!«
»Aber ich muss doch irgendwas sagen …«
Der Kellner schürzte besorgt die kleinen Lippen.
»Sagen Sie einfach … Hier weint ein Mädchen.«

WEISSKÖPPE

21:40
Nähe Projesd Karamsina, Brache.

Ein silberner Audi A8 parkte mit ausgeschalteten Scheinwerfern. In ihm saßen Dato, Wolodja Soloma und Lom. Jetzt kam ein dunkelblauer Jeep, Marke Lincoln Navigator, von der Fahrbahn gebogen. Hielt in zwanzig Metern Abstand. Uranow und Frop stiegen aus. Uranow mit dem Geldkoffer. Hierauf verließen auch Dato, Soloma und Lom ihr Auto. Dato hob grüßend die Hand, Uranow die seine. Uranow und Frop kamen auf Dato zu.
»Guten Tag, mein Bester«, sagte Dato und hielt Uranow seine Hand mit den dicken Fingern zum Gruß hin.
»Grüß dich, Dato!« Uranow schlug mit seiner dünnen, mageren ein.

Kurzes Händeschütteln.
»Wie kam es zu der Verzögerung?«, fragte Uranow. »Irgendwas nicht in Ordnung?«
»Wir hatten ein kleines Problem, mein Bester. Das ist jetzt gelöst. Alles paletti.«
»Schwierigkeiten mit den Lieferanten?«
»Nein, nein. Interne Angelegenheiten.«
»Gut.« Uranow nickte. Blickte sich um.
»Dann wollen wir die Sache mal in die Hand nehmen.«
»Nur zu, mein Bester.«
Uranow hob die Hand. Frop hatte die hintere Tür des Jeeps geöffnet. Eine Frau stieg nun aus. Mer. Kam herüber zu Datos Wagen.
Lom klappte den Kofferraum auf. Dort stand eine Kühlbox. Lom öffnete sie. In ihr blinkte das Eis.
Mer zog die blauen Lederhandschuhe aus und steckte sie in ihre Tasche. Einen Moment stand sie reglos vor der Kühlbox, den Blick auf das Eis gerichtet. Dann legte sie die Hände darauf. Ihre Augen schlossen sich.
Keiner wagte sich zu rühren.
Es vergingen 2 Minuten, 16 Sekunden.
Mers Lippen öffneten sich. Sie atmete geräuschvoll aus. Nahm die Hände vom Eis, presste sie sich an die geröteten Wangen.
»In Ordnung.«
Die Männer lösten sich aus ihrer Starre. Erleichtertes Aufatmen. Uranow reichte Dato den Geldkoffer. Dato klappte ihn auf, warf einen Blick auf die Dollarbündel. Nickte, klappte ihn wieder zu. Mer drehte sich um und ging zurück zum Jeep. Lom verschloss die Kühlbox, hob sie aus dem Kofferraum, übergab sie an Frop. Frop trug sie zum Jeep. Lom warf den Kofferraum zu.

»Wann die nächste?«, fragte Dato.
»In zwei Wochen ungefähr. Ich rufe an«, sagte Uranow und versenkte die Hände in die Taschen seines beigen Regenmantels.
»Ist gut, mein Bester.«
Uranow drückte ihm eilig die Hand, machte kehrt und schritt breitbeinig zu seinem Auto.
Dato, Lom und Soloma stiegen in ihres ein.
Dato reichte Soloma den Koffer.
»Zähl nach!«
Soloma öffnete ihn, fing an zu zählen.
Der Jeep bog scharf auf die Straße ein und brauste davon.
Lom sah ihm lange nach.
»Ich werd das nie kapieren, Dato.«
»Was denn?«, fragte Dato, der sich eine Zigarette anzündete.
»Na, mit diesen Blonden … Was ist das für Eis?«
»Was geht's dich an. Die Ware ist geliefert. Finito. Lass uns losfahren.«
Lom startete den Wagen, lenkte ihn auf die Chaussee.
»Ist schon klar. Aber wie wär's, wenn man denen zum Beispiel normales Eis andrehte? Ist doch schade um das Zeug. Ein Klumpen Eis, und so viel Gewese drum: Ljod, Ljod, Ljod. Was soll das sein? Keiner weiß es. Und kostet hunderttausend. Das ist doch der Hammer.«
»Ich für mein Teil will's gar nicht wissen«, sagte Dato und stieß den Rauch aus. »Jeder wichst, wie's ihm beliebt. Solange es nicht radioaktiv ist oder toxisch …«
»Hast du's gecheckt?«
»Was dachtest du.«
»Na, dann wär's erst recht kein Problem, 'ne Attrappe unterzuschieben. Wir lassen zwei Eimer Wasser gefrieren, und fertig ist die Laube!« Lom kicherte.

»Du bist und bleibst ein Amateur. Der Knast hat nicht geholfen.« Dato gähnte.
»Hat außerdem schon vor dir einer versucht«, brummte Soloma, der noch am Zählen war.
»Wer? Was?«
»Wowik Schaturski. Den haben sie später auf der Müllkippe gefunden. Mit aufgeschlitzter Kehle.«
»Ach du Scheiße!«, staunte Lom. »Sag mal … Soll das heißen, der hat auch Eisfuhren realisiert?«
»Hat er.« Dato nickte. »Vor Hassan und mir haben Shorik und er das zusammen gemacht.«
»Und jetzt machen sie auf Tiefbau«, sagte Soloma, klappte den Koffer zu und reichte ihn Dato.
»Genau! Aktiengesellschaft ›Kühle Erde‹. Schon mal was gehört davon?«, grinste Dato. »Ein Unternehmen in der Gewinnzone. Soll ich dir die Telefonnummer geben?«
Dato und Soloma lachten.
»Scheiße!« Lom schüttelte verwundert den Kopf, ohne den Blick von der Straße zu wenden. »Ich dachte, den Schaturski haben die Schwarzärsche kaltgemacht.«
»Nicht die Schwarzärsche, die Weißköppe.«
»Aber wieso? Das ist doch … Sag mal, Dato, ist denn dieses Eis, dieses Ljod, ist das überhaupt …«
Dato schnitt Lom harsch das Wort ab.
»Hör jetzt auf mit dem Scheißeis! Was kaust du mir das Ohr ab, Junge! Ljod! Schwarzärsche! Shorik! Ich hab weiß Gott andere Sorgen im Kopf!«
»Was ist denn?«, fragte Lom erschrocken. »Etwa wieder die Stadtverwaltung?«
»Hach, die!«
»Oder hat Schischka wieder Mist gebaut?«
»Der erst noch!«

»Also Taras!«
»So weit kommt's noch!« Datos Augen funkelten in Rage.
»Kindernahrung, Mann! Das ist jetzt das heiße Ding!«
Einen Moment lang fuhren sie schweigend. Dann fing Soloma an zu prusten. Lom starrte verständnislos in den Rückspiegel, auf Dato.
Der ließ sich in den Sitz zurückfallen und brach in das helltönende, meckernde Gelächter eines Asiaten aus.
Sie passierten die Metrostation »Tjoply Stan«.
Dann »Konkowo«.
Hier zog Lom es vor, ebenfalls loszuwiehern.

DANEBEN

10:02
Mosfilmowskaja uliza 18. Tako-Bank. Büro des Vizepräsidenten.

Schlauchartiger Raum, anthrazitfarbene Wände, italienische Büromöbel. Hinter dem wellenförmig geschwungenen Schreibtisch aus spanischem Kirschbaum: der Vizepräsident. **Matwej Winogradow** (50), klein, schwarzes Haar, schmale Schultern, spitze Nase, drahtige Figur, gut sitzender Anzug aus violettschimmernder grauer Seide.
Ihm gegenüber saß Borenboim.
»Entschuldige, Matti, dass ich dich in aller Herrgottsfrühe behelligt habe.« Borenboim straffte den Rücken. »Aber du wirst verstehen, dass …«
»Vergiss es!« Winogradow nippte am Kaffee. Er griff nach der VISA-Electron-Karte, die vor ihm auf dem Tisch lag.
»Neunundsechzigtausend, sagst du?«
»Neunundsechzig«, nickte Borenboim.

»Und das mit aufgepinseltem PIN-Code. Ist schon irre! Da ist was faul, Boris. Solche Geschenke riechen nicht gut.«
»Kann man wohl sagen.«
»Und keiner hat von dir was gewollt? Keine Anrufe, keine Besuche, nichts?«
»Absolut nichts.«
Winogradow nickte.
Eine Frau betrat den Raum, mit einem Schriftstück in der Hand.
Sokolowa (24), schlank, pastellgrünes Kostüm, unauffälliges Gesicht.
Sie reichte Winogradow das Papier. Der Chef nahm es, fing an zu lesen.
»Das hab ich mir gedacht … Du kannst gehen, Tanja.«
Sie ging hinaus.
»Was ist?«, fragte Borenboim mit gerunzelter Stirn.
»Sie sind ganz einfach vorgegangen. Völlig legal, gemäß Zentralbankverordnung und StGB. Das geht so: Der Schenkende beantragt die Basiskarte auf den Ausweis von irgendeinem Strohmann ohne festen Wohnsitz und gibt an, dass er auch eine Zweitkarte haben möchte. Auf deinen Namen. Nach Erhalt der Karten wird die Basiskarte des Strohmanns vernichtet. Übrig bleibt deine. So einen Strohmann ausfindig zu machen ist praktisch unmöglich. Deiner heißt übrigens Kurbaschach, Radi Awtandilowitsch, geboren am 07.08.1953 in Tuimasy. In welchen Gegenden sich unser Herr Kurbaschach derzeit aufhält, das weiß Allah allein. Geschickt gemacht, muss man sagen. Obwohl …«
»Was?«
»Ich an ihrer Stelle würde es noch simpler machen. Es gibt da inzwischen ein Produkt, das vollkommen anonym funktioniert: VISA Travel Money. Da kommt der Name des In-

habers überhaupt nicht mehr vor. Schon mal damit zu tun gehabt?«

»Nein.« Missmutig ließ Borenboim den Blick durch das Zimmer schweifen.

»Hinz und Kunz kann die Karte erwerben und anschließend jedem in die Hand geben. Ich hatte so einen Fall. Da hat eine in Kiew sechs Wohnungen verkauft, und um das Geld am ukrainischen Zoll vorbeizukriegen, hat sie sich so eine VISA-Travel-Money-Karte ausstellen lassen. Das Ganze hat nur einen Haken: Die Obergrenze für Auszahlungen über die russischen Geldautomaten liegt bei 340 Dollar am Tag. Also hätte das Tantchen fast fünf Monate lang die Automaten melken müssen, um an ihr Geld zu kommen, und geendet hat es damit, dass ein Automat ihre Karte geschluckt hat und ...«

»Matti, sag mir, was ich tun soll«, unterbrach ihn Borenboim, der die Geduld verlor.

»Weißt du, Boris«, sagte Winogradow und kratzte sich mit dem Elfenbeinmesser die Stirn, »ich denke, du solltest mit Anatoli reden.«

»Ist er denn da?« Borenboim rutschte nervös in seinem Sessel umher.

»Nein. Jetzt ist er schwimmen.«

»Schwimmen? Wo?«

»Im Olympiastadion.«

»So früh am Morgen? Alle Achtung.«

»Anatoli ist ein Mensch mit Prinzipien. Im Unterschied zu dir und mir!«, lachte Winogradow. »Frühmorgens schwimmen, tagsüber arbeiten, abends koksen und vögeln, nachts schlafen. Bei mir gerät das immer alles durcheinander ... Fahr zu ihm hin. Tagsüber erwischst du ihn nicht. Das ist so gut wie ausgeschlossen.«

»Ich weiß nicht ... Ob ihm das recht ist? Wir haben uns bloß zwei-, dreimal gesehen. So gut kennen wir uns nicht.«

»Spielt keine Rolle. Er ist Geschäftsmann. Wenn du willst, kannst du dich auf mich oder Sawwa berufen.«

»Meinst du wirklich?«

»Fahr hin, unbedingt, am besten gleich. Nur keine Zeit verlieren. Deine FSB-Typen haben ja doch keine Ahnung. Von ihm erfährst du alles.«

Borenboim stand entschlossen auf. Sein Gesicht verzerrte sich, er griff sich an die Brust.

»Was hast du?« Winogradow runzelte die schönen Brauen.

»Ach, das ist ... die Bandscheibe, glaub ich.« Borenboim straffte die mageren Schultern.

»Da hilft nur Schwimmen, Boris«, gab Winogradow den ernsten Rat. »Mindestens zweimal die Woche. Du weißt, was ich früher für ein Wrack gewesen bin. Jetzt hab ich sogar mit Rauchen aufgehört.«

»Du hast einen starken Willen.«

»Nicht mehr als du.« Winogradow stand auf, gab ihm die Hand. »Ruf mich hinterher an, ja?«

»Natürlich.« Borenboim drückte Winogradows schmale, aber feste Hand.

»Und überhaupt, Boris. Ich finde, wir sehen uns in letzter Zeit zu selten. Als hätten wir kein Herz mehr füreinander.«

»Wie meinst du das?«, fragte Borenboim misstrauisch.

»Na, zum Beispiel gehen wir kaum mehr zusammen saufen. Das nenne ich herzlos, Boris!«

Borenboim verlor rapide die Farbe aus seinem Gesicht. Seine Lippen begannen zu zittern. Er fasste sich an die Brust.

»Nein, das ... Das solltest du nicht sagen!«, stieß er hervor. Und brach in Tränen aus.

»Boris! Boris, he!« Winogradow beugte sich über den Tisch.

»Ich … ha-hab näm-m-lich … ein Hee-heerzzz!«, schluchzte Borenboim und fiel auf die Knie. »Ich ha-ha … ich ha-ha-aaa …«

Das Schluchzen wurde so stark, dass er die Gewalt über sich verlor. Tränen sprühten ihm aus den Augen. Er klappte zusammen. Fiel auf den Teppich. Zuckte in Krämpfen. Totale Hysterie.

Winogradow drückte den Knopf seiner Wechselsprechanlage.

»Tanja, komm rüber! Schnell!«

Er sprang hinter seinem verschnörkelten Tisch hervor und beugte sich zu Borenboim hinunter.

»Boris, mein Lieber, was hast du … Wir finden die Schweine, verlass dich drauf! Du musst keine Angst haben …«

Borenboim hörte nicht auf zu weinen. Das abgehackte Schluchzen ging über in ein raues, röchelndes Geheul. Sein Gesicht färbte sich tiefrot. Er schlug mit den Beinen.

Die Sekretärin kam herein.

»Bring Wasser!«, herrschte Winogradow sie an.

Sie rannte hinaus. Kam wieder mit einer Flasche Mineralwasser. Winogradow nahm einen großen Schluck in den Mund, sprühte ihn über den heulenden Borenboim. Der reagierte nicht.

»Haben wir irgendwelche Beruhigungsmittel im Haus?« Winogradow hielt dem Weinenden den Kopf.

»Höchstens Analgin«, murmelte die Sekretärin.

»Kein Baldrian?«

»Ich glaube nicht, Herr Winogradow.«

»Nie hast du irgendwas …« Winogradow tränkte sein Taschentuch, versuchte es Borenboim auf die Stirn zu legen. Der heulte und krümmte sich.

»Verdammt noch mal, was macht der hier für eine …«

Winogradow kniete vor Borenboim, schnalzte ratlos mit den Lippen.
Dann goss er das Wasser direkt aus der Flasche über Borenboims rotes Gesicht.
Es half alles nichts. Krämpfe schüttelten den mageren Körper.
»Irgendwas stimmt hier nicht.« Winogradow schüttelte den Kopf.
»Ist ihm was Schlimmes passiert?«
»O ja! Etwas sehr Schlimmes. Er hat neunundsechzigtausend auf seinem Konto gefunden und weiß nicht, von wem! Was Schlimmeres kann man sich gar nicht vorstellen!« Winogradow lachte gehässig, er verlor allmählich die Geduld. »Boris! Es langt jetzt, hörst du? Schluss damit! Boris! Hör auf! Sei still!«
Er begann Borenboim zu ohrfeigen. Davon wurde das Heulen nur noch stärker.
»Was zum Teufel ist los mit dem!« Winogradow stand auf, steckte die Hände in die Hosentaschen.
»Vielleicht einen Kognak?«, schlug die Sekretärin vor.
»Wenn der so weitermacht, gibt es hier gleich einen Auflauf! Ruf den Notarzt, Tanja. Die sollen ihm eine Spritze in den Arsch geben, damit das aufhört. Ich kann das nicht mehr hören! Ich kann das nicht mehr hören!«
Er setzte sich auf den Schreibtisch. Sein Blick suchte nach Zigaretten. Ihm fiel ein, dass er nicht mehr rauchte. Er winkte wütend ab.
»Scheiße, der Tag fängt ja gut an!«
Die Sekretärin nahm den Telefonhörer in die Hand.
»Was soll ich denn sagen, was er hat, Herr Winogradow?«
»Sag von mir aus … Hier ist einer …«
»Ja?«
»Ja, was! Daneben!«, brüllte Winogradow entnervt.

BOY IS CRYING

14:55

Mochowaja uliza.

Lapin, Rucksack über der Schulter, von der Metrostation »Leninbibliothek« zum alten Universitätsgebäude trottend. Vom trüben Himmel fiel feiner, graupeliger Schnee.

Lapin schritt durch das große Gittertor und sah zum »Psychodrom« hinüber. Dort stand ein Grüppchen Studenten mit Bierflaschen. Zwei von ihnen hatten Lapin bemerkt.

Tworogow, schmal, krummer Rücken.

Filschtejn, klein, langhaarig.

»He, Lappa!«, rief Filschtejn und winkte.

Lapin ging hin.

»Kommst du auch schon?«, fragte Tworogow.

Filschtejn lachte.

»Lass doch, Lapin lebt nach New Yorker Zeit! Du, der Radlow hat nach dir gefragt.«

»Stimmt!«, sagte Tworogow. »Wo steckt bloß mein Liebling?, hat er gefragt.«

»Hä?«, fragte Lapin mürrisch.

»Verkatert, wie? Hast du die Jahresarbeit mit?«

»Nö.«

»Wir auch nicht!«

Filschtejn und Tworogow lachten.

»Gib mal 'nen Schluck.« Lapin nahm Tworogow die Flasche aus der Hand und setzte sie an. »Ist Rudik in der Nähe?«

»Keine Ahnung«, sagte Tworogow, der sich eine Zigarette anzündete. »Probier's in Santa Barbara*.«

* Santa Barbara: Herrentoilette im ersten Stock des Universitätshochhauses

»Sag mal, stimmt es, dass seine Alten bei irgendeiner Sekte sind?«

»Krishnas, glaub ich«, behauptete Tworogow.

»Nein, keine Krishnas.« Filschtejn schüttelte den Lockenkopf. »Brahma Kumaris.«

»Was soll das sein?« Lapin gab Tworogow die Flasche zurück.

»Brahma ist ein Gott aus dem indischen Pantheon«, erklärte Filschtejn. »Und was Kumaris ist – da musst du Rudik fragen. Die fahren jedes Jahr in den Himalaya.«

»Er auch?«

»Ach wo! Dem ist das scheißegal. Der steht auf Metal. Gluckt immerzu mit Spinne zusammen. Wozu interessiert dich das?«

»Nur so.«

»Was hast du, Lapin? Zu viel gesoffen gestern oder zu viel gehurt?«

»Gefixt außerdem, vergiss das nicht.« Lapin ließ sie stehen und steuerte auf den Universitätseingang zu.

Er ging hinauf in den zweiten Stock. In der Raucherecke war niemand. Die Tür der Herrentoilette stand weit offen. Er ging hinein. Hier war keiner außer der buckligen Putzfrau, deren Alter nicht zu schätzen war. In einer Lache Urin auf dem dreckigen Kachelboden lag ein umgekippter Aschenbecher mit Ständer. Kippen, Bierdosen und anderer Abfall lagen verstreut. Die Frau schob den Abfall mit ihrem Schrubber in Richtung Mülleimer. Lapin schnalzte vor Ekel instinktiv mit der Zunge. Die Bucklige hörte es und fuhr herum. Schüttelte vorwurfsvoll den Kopf.

»Was seid ihr nur für Schweinigel. Dreck machen, das könnt ihr. Kein Herz im Leib …«

Lapin zuckte zusammen. Die Hand, die den Rucksack am Riemen hielt, löste ihren Griff. Der Rucksack glitt von der

Schulter, polterte zu Boden. Lapin schluchzte auf. Seine Augen füllten sich unversehens mit Tränen.
»Nein!«, stöhnte er.
Sein Mund klappte auf, ein lang gezogener Klageton drang daraus hervor, der im leeren Toilettenraum widerhallte und bis auf den Korridor hinausdrang. Lapins Beine knickten ein. Er fasste sich an die Brust und sackte zusammen.
»Ooooh! Ooooh! Oooooh!«, jaulte er gedehnt und strampelte mit den Beinen.
Die Putzfrau starrte erbost auf ihn hinab. Lehnte den Schrubber in die Ecke. Ging um Lapin herum, versuchte ihn auf den Korridor hinauszuschleifen. Drei Studenten, durch das Geschrei aufmerksam geworden, kamen gerannt.
»Tantchen, was ist denn mit dem?«
»Wieder so ein Drogensüchtiger!«, polterte die Alte und sah ihnen entrüstet entgegen. »Wer studiert denn hier heutzutage noch? Nur Homos und Drogensüchtige!«
Die Studenten umringten den am Boden liegenden Lapin. Der stöhnte, greinte, stieß in Abständen Schreie aus.
»Scheiße. Der ist auf Entzug«, meinte einer der Studenten. »Wowa, ruf die 03 an.«
»Ich hab das Handy nicht mit«, sagte der Angesprochene kaugummikauend. »He, hallo, hat einer ein Handy dabei?«
»Du liebe Güte, was hat er denn?«, fragte erschrocken ein Mädchen, das aus der Damentoilette kam.
»Hast du ein Handy?«
»Ja.«
»Wähl mal schnell die 03. Der ist voll am Krachen.«
»Warte, Shenja, vielleicht lassen wir das lieber?«, zweifelte einer der Studenten.
»Nun mach schon, dummes Ding! Ruf an! Der verreckt uns noch!«, rief die Putzfrau grimmig.

»Leck mich am Arsch!«, sagte das Mädchen gelassen und wählte. »Was soll ich denn sagen?«
Der Student spuckte seinen Kaugummi aus.
»Boy is crying.«

ACHT TAGE SPÄTER

12:00
Nowolushnezki pereulok 7. Privatklinik.

Großes, helles Krankenzimmer mit breitem weißem Bett. Weiße Jalousien vor den Fenstern. Weiße Lilien auf dem niedrigen weißen Tisch. Weißer Fernseher. Weiße Stühle.
Im Bett liegend Lapin, Borenboim und Nikolajewa. Schlafend. Ihre Gesichter deutlich ausgezehrt: blaue Höfe um die Augen, eingefallene, gelbliche Wangen.
Die Tür ging lautlos auf. Derselbe füllige, etwas gebeugte Arzt erschien. Zog die Jalousien einen Spalt nach oben. Hinter ihm betraten Mer und Uranow den Raum. Stellten sich ans Bettende.
Tageslicht flutete herein.
»Aber sie schlafen ja noch fest«, sagte Mer.
»Gleich wachen sie auf«, erwiderte der Arzt überzeugt. »So ist nun mal der Kreislauf. Tränen und Traum. Traum und Tränen.«
»Gab's Schwierigkeiten mit dem Jungen?«, fragte Uranow.
»Ja.« Der Arzt nahm die Hände aus den Taschen seines hellblauen Kittels. »Die beiden anderen haben sie in der Fünfzehnten eingeliefert wie üblich. Ihn haben sie zuerst für einen Drogenabhängigen gehalten. Da gab es Scherereien mit der Überführung.«

»Hat er sich tatsächlich was gespritzt?«
»Am linken Arm gibt es einen Einstich. Aber er ist kein Narkomane.«
Sie schwiegen.
»Tränen …«, sagte Mer und sprach nicht weiter.
»Was meinen Sie?« Der Arzt richtete die Decke auf Borenboims Brust.
»Sie verändern die Gesichter.«
»Na, wer eine Woche durchweint!«, sagte der Arzt lächelnd.
»Ich kann bis heute nicht begreifen«, sprach Uranow gedankenverloren, »warum die Leute immer gleich den Rettungswagen rufen, wenn einer anfängt zu heulen und nicht gleich wieder aufhört. Anstatt ihn zu trösten …«
»Es macht ihnen Angst«, erklärte der Arzt.
»Und dabei gibt es nichts Herrlicheres«, sagte Mer mit verträumtem Lächeln, »als ein Weinen, das zum ersten Mal von Herzen kommt. Das ist wie … ein erster Frühlingsbote …«
»Denken Sie dabei an sich?« Der Arzt wiegte skeptisch den kräftigen Schädel. »Sie haben damals Zeter und Mordio geschrien.«
»Das wissen Sie noch?«
»Na, meine Liebe, so lange ist es ja nun auch wieder nicht her. Neun Jahre vielleicht. Ich kann mich gut erinnern. An Sie und Ihren bärtigen Gefährten. Und das Mädchen mit der verdorrten Hand. Und die Zwillinge aus Noginsk. Ein Arzt sollte ein gutes Gedächtnis haben, nicht wahr?« Er lächelte augenzwinkernd.
Mer schloss ihn in die Arme.
Jetzt bewegte sich Borenboim. Stöhnte.
Lapins blasser Arm zuckte. Die Finger ballten sich zur Faust. Öffneten sich wieder.
»Na wunderbar.« Der Arzt blickte auf die weiße Wanduhr.

»Wenn sie zusammen aufwachen, wird der Zyklus wenigstens synchronisiert. Also! Bitte um Beeilung, die Herrschaften!«

Mer und Uranow verließen hurtig das Zimmer.

Der Arzt verharrte noch einen Moment, bevor er sich umdrehte und ihnen folgte.

Krankenschwester Haro schob geräuschlos einen Krankenrollstuhl herein.

Darin saß ein hutzliges altes Weiblein.

Sie trug ein altmodisches hellblaues Kleid. Auf dem Kopf ein Hütchen aus blauer Seide mit ebensolchem Schleier. Zartblaue Strümpfe umspannten die unglaublich dürren Beine, die in blauen Lackstiefelchen endeten.

Die alte Dame löste die gefalteten runzligen Hände und hob den Schleier.

Ihr runzliges schmales Gesicht war erfüllt von tiefer Glückseligkeit. Die großen blauen Augen schienen jung und glänzten. Klugheit und Stärke lagen darin.

Haro ging hinaus.

Die alte Dame sah den drei Liegenden beim Erwachen zu.

Als alle drei wach waren und sie bemerkt hatten, begann sie mit leiser, sonorer Stimme zu sprechen.

»Ural, Diar und Moho! Mein Name ist Chram. Ich grüße euch.«

Ural, Diar und Moho schauten sie an.

»Eure Herzen haben sieben Tage geweint. Es waren Tränen der Trauer und der Scham über ein zurückliegendes totes Leben. Jetzt sind eure Herzen geläutert. Sie müssen nicht länger weinen. Sie sind bereit, in Liebe zu sprechen. Mein Herz wird den euren nun das erste Wort sagen – in der einzig wichtigen Sprache, die es gibt. Der Sprache des Herzens.«

Sie verstummte. Ihre großen Augen schlossen sich halb. In die eingefallenen Wangen stieg eine zarte Röte.
Die drei Liegenden fuhren zusammen. Ihre Lider senkten sich gleichfalls. Ein leichtes Zucken spielte in ihren ausgemergelten Gesichtern. Es brachte ihre Züge in Bewegung, ließ sie verschwimmen, rückte sie aus den Geleisen, welche die Erfahrung ihres bisherigen Lebens dort eingegraben hatte.
Ihre Gesichter entfalteten sich. Zögerlich.
Wie Knospen wundersamer Pflanzen, die Jahrzehnte in Kälte zugebracht hatten, ohne den Wechsel von Tag und Nacht.
Augenblicke der Verwandlung.
Dann schlugen Ural, Diar und Moho die Augen auf.
Ihre Gesichter erglänzten in triumphaler Gelassenheit.
In ihren Augen die Erleuchtung.
Ihre Lippen lächelten.
Sie waren geboren.

Wie der Krieg losging, war ich gerade zwölf geworden.
Ich wohnte mit Mama in dem kleinen Dorf Koljubakino – sechsundvierzig Häuser im Ganzen.
Unsere Familie war klein: Mama, Oma, Georgi und ich. Der Vater war in den Krieg gezogen, gleich am ersten Tag. Wo er steckte, ob er noch lebte oder schon tot war, wusste niemand. Briefe kamen keine von ihm.
Der Krieg ging seinen Gang, irgendwo. Manchmal nachts hat man es wummern gehört.
Aber wir wohnten ja auf dem Dorf.
Unser Haus stand am hintersten Ende. Eigentlich hießen wir Samsikow, aber im ganzen Dorf hießen wir die Hinterletzten, weil wir schon immer dort hinten wohnten, schon der Urgroßvater und der Großvater, alle bauten sie ihre Häuser ganz an den Rand.
Na, ich war damals ein ziemlich aufgewecktes Mädel, hab das Haus in Schuss gehalten, mich auch um die Alten gekümmert, Kochen, Saubermachen und so. Auf dem Dorf hat sowieso jeder gearbeitet – egal, ob groß oder klein. Das war so üblich damals, Drückeberger, so was gab's nicht.
Dass es für Mama nicht einfach war ohne den Vater, das wusste ich. Obwohl, mit ihm war es noch schlimmer: Er trank nämlich ziemlich viel. Das hatte schon vor dem Krieg angefangen, wie er beim Forst gearbeitet hat. Da hat er mit dem Förster zusammen Holz schwarz verhökert und das

Geld versoffen. So war er nun mal, immer in die Tollen und Vollen. Außerdem hatte er ein Liebchen im Nachbardorf. So eine Dicke, mit großem Mund. Polina.
Na, und dann kamen die Deutschen, September einundvierzig, und blieben bei uns im Dorf hocken. Bis Oktober dreiundvierzig ging das. Zwei Jahre Besatzung.
Die gehörten zum Tross, Nachschubkolonnen, keine kämpfenden Truppen. Die kämpfenden Truppen waren längst weitergezogen, Moskau einnehmen. Was ja dann nicht geklappt hat.
Die Deutschen bei uns waren meistens, na, sagen wir, so um die Vierzig, was für mich junges Ding natürlich alte Männer waren. Sie kampierten bei den Leuten, verteilt übers ganze Dorf. In der Gemeindeverwaltung waren die Offiziere einquartiert. Das Leben mit diesen Deutschen war ziemlich normal, in den ganzen zwei Jahren haben sie niemanden totgeschlagen, na gut, beim Rückzug haben sie unser Dorf dann in Brand gesteckt. Aber das war ein Befehl von oben, da konnten die nichts dafür.
An sich waren das patente Leute, mit Sinn fürs Wirtschaften. Kaum angekommen und bei uns einquartiert, gingen sie schon am übernächsten Tag daran, ein Klosett zu bauen. Klosetts, das hatte es bis dahin im Dorf nicht gegeben. Wer musste, ging »verschwinden«, wie es hieß, kauerte sich irgendwo hin und machte sein Geschäft. Die Oma ging dazu immer in den Stall, wo die Kuh war. Die Mama in den Garten. Und wir Kinder, wie es gerade kam. Du hocktest dich unter irgendeinen Busch, und fertig. Keiner im Dorf hatte ein Klosett, und keinem wäre es eingefallen, eins zu bauen. Wie die Deutschen dann dabei waren, hat die Oma noch ihre Witzchen gemacht: Wozu die viele Mühe, wenn die Scheiße auch bloß in die Erde sickert!

Aber die Deutschen sind da anders: Die lieben die Ordnung. Haben die also gleich als Erstes ihre Klohäuschen hingebaut und ihre Sitzbänke vors Haus, so als gedächten sie länger zu bleiben.
Ansonsten kriegten wir von ihnen Lebensmittel zugeteilt, was hilfreich war. Sie hatten Mais, Mehl, Fleischkonserven. Ihr Brot haben sie selber gebacken, da trauten sie uns nicht. Vielleicht hatten die Angst, wir tun Gift rein?
Schnaps hatten sie auch. Den hab ich aber nicht gekostet, dazu war ich noch zu jung. Wohingegen Bier, das hab ich in dem Winter zum ersten Mal probiert.
Das war, wie sie in der Gemeindeverwaltung ihr Weihnachten feierten. Mama und noch andere Frauen hatten ihnen das Essen gekocht: Schwein, Huhn, Bratkartoffeln mit Speck, dazu Weißbrot aus Mehl von denen. Alles schön auf eine Tafel gepackt. Wir Mädchen kletterten auf den Ofen und guckten zu. Und auf einmal rollten die Deutschen ein Fässchen herein, steckten so einen Kupferhahn obenauf und fingen an, krüge- und gläserweise Bier auszuschenken. Gelb war das und schäumte. Das tranken die, und dann sangen sie und schunkelten. So ging das bis tief in die Nacht. Schnaps tranken sie auch. Ich guckte von oben zu. Und einer von den Deutschen kam und hielt mir einen Krug hin: trink! Da hab ich also Bier gekostet. Komischer Geschmack irgendwie. Ist aber in Erinnerung geblieben. Tja.
Überhaupt war es mit den Deutschen ziemlich lustig. Eigentlich wundert einen das: Deutsche immerhin! Aber die hier waren anders. Zum Lachen. Wir hatten drei bei uns wohnen: Erich, Otto und Peter. Sie zogen ins Haus, wir zogen ins Badehaus um. Das war damals ganz neu, Vater hatte es aus dicken Bohlen gezimmert, mit Rauchabzug.
Die Deutschen nahmen also das Haus in Beschlag. Komisch

waren die! Alle schon an die Vierzig. Otto war dick, Erich klein mit Hakennase und Peter dürr wie eine Bohnenstange, weißblond, mit Brille. Das größte Stinktier von den dreien war Erich: ewig unzufrieden. Mach dies, bring das. Kein Wort zu viel, nur immer Grummeln. Außerdem furzte er für sein Leben gern. Furzend und grummelnd marschierte der durchs Dorf.

Otto war der Netteste, Spaßigste. Morgens, wenn Mama und ich schon auf waren, Frühstück für alle machen, wachte der auf, räkelte sich, guckte mich an und sagte:

»*Nun, was gibt's Neues, Warka?*«*

Am Anfang hab ich immer nur still gelächelt. Aber dann hat Peter, der mit der Brille, mir was beigebracht, und ich konnte sagen:

»*Überhaupt nix!*«

Dann wieherte der und ging pinkeln.

Na, und der Peter war mehr so ein Nachdenklicher – schlafmützig, wie Oma immer sagte. Ging gerne vors Haus, setzte sich auf die neue Bank und steckte sich sein langes Pfeifchen an. Stunden konnte der so dasitzen, rauchen und mit dem Bein wippen. Mit sturem Blick geradeaus, wie ein Klotz. Bis er auf einmal tief seufzte und »*Scheiß der Hund drauf!*« sagte.

Außerdem schoss er gern Krähen. Stellte sich mit der Flinte in den Garten, und los ging's. Ein Geballer, dass die Scheiben zitterten.

Dreierlei stellten die Deutschen bei uns im Dorf her: Bastseile, Schlittenkufen und Holzkeile.

Das heißt, hergestellt haben das natürlich unsere Leute, die Deutschen waren nur für die Aufsicht und den Abtransport zuständig. Mama und die anderen Weiber gingen Bast rei-

* kursiv: im Original deutsch

ßen und Seile flechten, die Männer, die alten und die halbwüchsigen, bogen Kufen und schnitten Keile. Wozu die Deutschen diese Keile brauchten, war anfangs keinem im Dorf klar. Bis Ilja Kusnezow, der einarmige Deserteur, es uns erklärte: Die kamen unter die Bomben in den Kisten, damit sie nicht ruckelten und explodierten.

Milch mochten unsere drei Deutschen ganz besonders. Sie waren geradezu närrisch danach: Immer wenn Mama oder Oma die Kuh gemolken hatte und noch am Seihen war, kamen die Deutschen schon mit ihren Krüglein in den Stall gesprungen:

»Ein Schluck, Mascha!«

Mama hieß eigentlich Agafja oder kurz Gascha, so wie ich Warwara oder Warja hieß. Aber bei denen hießen alle Frauen im Dorf Mascha … Milch war für die jedenfalls das Höchste! Die mussten an sich halten, dass sie nicht unter die Kuh gekrochen kamen mit ihren Krügen. Dabei gab es doch keinen Grund zum Überstürzen: Sie soffen die Milch ja sowieso alleine! Aber sie wollten, dass die Milch nicht abkühlte, kuhwarm sollte sie sein. Deswegen der Eifer. Wir haben nur gelacht.

So verging auch das andere Jahr. Inzwischen war die Rote Armee auf dem Vormarsch, die Deutschen zogen eilig ab.

Zwei Befehle hatten sie auszuführen: erstens die Dörfer abfackeln und zweitens die jungen Leute nach Deutschland verschleppen, zur Zwangsarbeit. Aus unserem Dorf traf es dreiundzwanzig Mann. Die Übrigen flohen oder versteckten sich. Ich irgendwie nicht. Ich kann nicht sagen, warum, ich hatte einfach keine Lust wegzulaufen. Wohin auch? Die Deutschen waren überall. Partisanen gab es keine in der Gegend. Und im Wald war es zum Fürchten.

Mama hat auch nichts weiter dazu gesagt. Nicht mal geweint

hat sie: Es war ihr schon alles egal. Wie sie ihr das Haus angezündet haben, da hat sie gebrüllt. Aber um die Kinder hatte sie irgendwie wenig Angst. Wir waren ja auch alle ein bisschen hinterm Mond auf unserem Dorf, schwer von Begriff, konnten uns nicht vorstellen, wohin einer verschleppt wurde und wozu. Keiner hat geheult. Nur die Oma hat in einem fort gebetet. Dass nicht der Tod über uns kommen möge und so. Georgi blieb, er war ja noch keine sieben.
Wir mussten uns rasch zu einer Kolonne aufstellen. Von der Mutter bekam ich Vaters Wattejacke zugesteckt, außerdem ein Stück Speck. Den hab ich dann tatsächlich auf dem Marsch verloren. Dicker Hund! Einfach nicht zu kapieren, wie er mir aus der Tasche rutschen konnte. Ein Brocken von drei Pfund, immerhin!
Später hab ich von dem Speck geträumt. Ich hab geträumt, ich halte ihn in der Hand, und er rinnt mir durch die Finger wie Mehlbrei, den man so zur Fastenzeit kocht.
Zu Fuß sind wir mit den Deutschen bis Lompad marschiert, was die nächstgelegene Bahnstation war. Dort wurden wir in einem großen Stall einquartiert, wo die Kolchose früher ihr Vieh stehen hatte, das hatten die Deutschen auch schon nach Deutschland geschafft. Gut und gerne dreihundert Mann waren hier eingepfercht, die ganze Jugend aus dem Umkreis, Männlein und Weiblein. Wachen wurden aufgestellt, damit wir nicht abhauten. Nur zum Austreten durften wir raus. Das ging drei Tage so.
Die Deutschen warteten auf den Transport, in den wir verfrachtet werden sollten. Der kam von Juchnow und sammelte überall Leute auf, solche wie uns. Ein extra Transport für junges Gemüse.
In dem Stall war es ziemlich kalt: Spätherbst, schon nach dem ersten Schnee, das Dach hatte Löcher, die Fenster waren

mit Brettern vernagelt. Es gab keinen Ofen. Zu essen kriegten wir gedämpfte Kartoffeln. Ein Bottich voll wurde reingetragen und in die Mitte gestellt, wir schnappten uns die Kartoffeln, stopften sie, dreckig, wie wir waren, in uns rein und lachten uns krumm. Irgendwie waren alle guter Laune: junge Leute eben! Angst hatten wir nicht, kein Gedanke an den Tod.

Dabei war die Front schon ganz in der Nähe. Nachts lagen wir da und horchten auf das Geböllere: wumm! wumm! wumm!

Schließlich kam der Transport. Ein langer Zug, zweiunddreißig Waggons. Der hatte schon eine große Strecke hinter sich, war gerammelt voll. Und nun fingen sie an, uns in diese Waggons reinzustopfen, Mädel und Jungs getrennt. Drinnen ein einziges Gedränge. Da wurde uns zum ersten Mal bange, manche Mädels fingen an zu heulen: Was soll bloß mit uns werden? Womöglich werden wir alle totgeschlagen?

Auch ich kriegte das große Heulen. Obwohl ich sonst fast nie weinte.

Wir wurden also da reingestopft, dann wurde die Tür verriegelt. Und ab ging der Transport nach Westen. In unserem Waggon waren vielleicht fünfzig Mädchen. Keine Bänke, keine Pritschen. Auf dem Boden verpisstes Stroh, ein großer Scheißhaufen in der Ecke. Eine kleine vergitterte Luke. Mordsgestank. Bloß gut, dass es schon Frost gegeben hatte, die Scheiße in der Ecke war ein bisschen gefroren, im Sommer wären wir alle erstickt in dem Mief.

Der Zug kroch vor sich hin, hielt öfters. Manche saßen, manche standen, wir kamen uns vor wie Sardinen in der Büchse. Allmählich kamen Gespräche in Gang, so hielt man es besser aus. Die neben mir stehenden Mädchen fingen an, ihr Leben herzuerzählen. Sie waren aus Medyn, Städter also. Die Väter

allesamt gefallen, nur einer war desertiert, hatte unter den Deutschen als Polizist gearbeitet und sich selber mit einer Granate in die Luft gesprengt – einmal falsch angefasst, und schon war es passiert. Zwei andere hatten noch ein Auge eingebüßt dabei.

Und eins von den Mädchen, achtzehn war die, hatte zuletzt mit einem Deutschen zusammengelebt. Ihre Mutter hatte auch einen Deutschen, weswegen sie kein schlechtes Leben gehabt hatten. Diese Tanja war richtig verknallt in ihren Deutschen, und wie seine Einheit nach Weißrussland verlegt wurde und abzog, war sie noch sechs Kilometer neben dem Zug hergerannt und hatte in einem fort Martin! Martin! gebrüllt. Bis es einem Offizier zu bunt wurde, er zog die Pistole und hat geschossen, ihr vor die Füße, dreimal. Da hat sie es eingesehen.

Bei uns im Dorf waren auch zweie gewesen, die einen Deutschen hatten. Sie waren zufrieden damit. Die eine hatte immer genug Konserven und Maismehl. Später ist sie dann schwanger geworden.

Die Mädels im Waggon behaupteten, wir würden nach Polen oder Deutschland zur Arbeit verbracht. Die Hälfte der Mädels wären lieber nach Deutschland gegangen, die andere nach Polen. Die, die nach Deutschland wollten, nahmen an, dass es dort mehr zu essen gäbe, und die Front wäre weit. Und die nach Polen wollten, meinten, die Deutschen kriegten sowieso noch die Hucke voll, Krieg wäre überall, und dann schon lieber nach Polen, von wo man leichter fliehen konnte. Es wurde heftig gestritten.

Vier Mädchen aus Malojaroslawez waren darunter, überzeugte Komsomolzinnen, die wollten sich unbedingt zu den Partisanen durchschlagen und hatten es bis dahin nicht geschafft. Die hatten nur den einen Gedanken: wie man aus

ZWEITER TEIL

diesem Zug rauskam. Aber die Deutschen ließen einen nicht mal zum Austreten raus, und Essen gab es auch keins: Wie hätte man eine solche Meute auch füttern sollen!
Wir pinkelten direkt unter uns, ins Stroh. Das lief dann durch die Ritzen ab. Und zum Kacken mussten wir uns zu der Ecke durchkämpfen, wo der Haufen war. Dem wandten alle den Rücken zu und versuchten auf Abstand zu bleiben. Obendrauf kam möglichst viel Stroh. Nur ein Mädchen kauerte gleich neben dem Haufen, das war schwachsinnig. Sang in einem fort irgendwelche Lieder. Irgendein Dorftrottelchen, aber weil es vom Alter her stimmte, hatten sie es mitgeschleift. Der Gestank von dem Haufen machte ihr überhaupt nichts aus. Sie hockte daneben, kratzte sich die Läuse vom Kopf und sang.
Am schlimmsten war das lange Stehen auf den Bahnhöfen. Oder auch auf freiem Feld. Man fuhr und fuhr, auf einmal ein Ruck – und der Zug stand. Eine Stunde, zwei Stunden. Bis die Schneckentour weiterging.
So zuckelten wir durch ganz Weißrussland.
Man schlief im Sitzen. Gegeneinander gelehnt, nickte man ein …
Einmal wurde ich von den Mädels geweckt: Wir seien über die polnische Grenze, hieß es. Das war früh am Morgen. Ich schob mich zur Luke vor und sah: Nette Gegend, irgendwie sauberer, ansehnlicher. Wenig Militär. Adrette Häuschen. Ganz wenige Brandstellen.
Alle redeten davon, dass irgendwo bei Katowice ein großes Sammellager für Arbeitskräfte existieren sollte. Nur mit Russen, die von da über ganz Europa verteilt würden. So groß Europa auch war, die Deutschen schienen überall zu sein, in jedem Land. Damals hatte ich von Europa keinen blassen Schimmer: Zu mehr als vier Klassen Schule hatte es bei mir

nicht gereicht. Berlin war die Hauptstadt Deutschlands – das war das Einzige, was ich wusste.
Dagegen waren die Mädchen aus Medyn bestens über Deutschland informiert und konnten Städte aufzählen, in denen sie nie gewesen waren. Tanja, die hinter diesem Martin hergerannt war, meinte, Paris wäre am allerbesten. Ihr Martin war dort einmarschiert und hatte geschwärmt, wie schön es dort wäre und wie köstlich der Wein. Ihr hatte er Schnaps spendiert. Und einen Schal geschenkt. Aber den hatte sie zu Hause gelassen. Schön dumm!
Eines der Mädel meinte, man würde uns alle in eine riesengroße unterirdische Fabrik treiben, wo Kleider für die Deutschen genäht würden. Weil nämlich in Deutschland gerade ein geheimer Blitzbefehl ausgegeben worden sei: eine Million Wattejacken für die Ostfront. Man rüstete für den Sturm auf Moskau, und die Mäntel der Deutschen hielten die Wärme nicht. Dies sei der Grund für den momentanen Rückzug. Wäre die Million Wattejacken erst einmal hergestellt und den Eliteeinheiten übergezogen, setzten die sich schnurstracks in ihre neuen Panzer und düsten los, Richtung Moskau. So hatte es ihr ein Bekannter erzählt, der bei den Besatzern Polizist war.
Jetzt erhoben die Komsomolzinnen ein Geschrei: Was für ein Luder sie doch sei, was für eine üble Verräterin, und die Deutschen seien schon einundvierzig kurz vor Moskau gewesen und eingebrochen, festgefroren mit ihren dünnen Mänteln, das hatten sie nun davon! Und wenn die Deutschen von der Roten Armee erst mal in die Knie gezwungen wären, dann würde der Hitler nach Moskau auf den Roten Platz geschleppt und an den Füßen aufgehängt, genau gegenüber dem Lenin-Mausoleum, und gleich daneben Verräter und Verräterinnen von ihrem Schlage! Genosse Stalin würde

mit allen abrechnen: denen, die sich hatten gefangen nehmen lassen, und denen, die den Deutschen die Stiefel geleckt hatten. Und mit den Weibern, die vor den Deutschen die Beine breit gemacht hatten, auch.

Sie sollten bloß das Maul halten mit ihrem Stalin, brüllte Tanja zurück. Weil nämlich zwei ihrer Onkel entkulakisiert worden waren, und den Vater ließen sie wer weiß wo versauern, so dass sie mit der Mutter ewig alleine hatten verkommen müssen bei Wasser und Brot, und unter den Deutschen habe sie zum ersten Mal seit Ewigkeiten ordentlich zu essen gehabt, und verliebt sei sie außerdem, nicht zum Aushalten sei das.

»Faschistenflittchen!«, keiften die Komsomolzinnen.

»Stalinbestien!«, kam es zurück.

Und sie fielen übereinander her und wollten sich die Augen auskratzen. Andere Mädchen mischten sich ein: die einen für Tanja, die anderen für die Komsomolzinnen.

Was nun losging! Eine einzige große Keilerei! Ich wollte mich zur Wand hin in Sicherheit bringen, hatte jedoch nicht die Kraft dazu. Traubenweise standen sie ineinander verkrallt, und dabei fuhr der Zug gerade mit einem Affenzahn und schmiss einen hin und her. Diese Wut! Man fragte sich, wo sie die Kräfte hernahmen, nach zwei Tagen Fasten.

Ein paar Mal kriegte auch ich eins über die Nase, dass ich Sterne sah. Bei uns auf dem Dorf hatte es nur ganz selten Prügeleien gegeben. Höchstens im Frühjahr, während der Aussaat. Oder wenn Hochzeit war. Im Frühjahr ging es um die Ackergrenzen. Da kriegte schon mal einer mit dem Wagenbolzen den Schädel eingeschlagen. Und auf den Hochzeiten lag es am Schnaps. Der wurde aus Kartoffeln gebrannt, kam reichlich auf den Tisch, und wenn er alle war, konnte die Prügelei losgehen.

Mein seliger Großvater hat oft und gerne erzählt, wie sie einmal auf einer Hochzeit sittsam um den Tisch gesessen, gegessen und getrunken hatten, die Brautleute küssten sich, und alle hatten irgendwie Langeweile. Bis einer das Herumsitzen nicht mehr aushielt und seufzend meinte: »Na, einer muss ja doch anfangen!« Sprach's, holte aus und knallte seinem Tischnachbarn – zack! – eins in die Fresse. Der – hast du nicht gesehen – zahlte es ihm heim. Und die Klopperei nahm ihren Lauf.

Kurz und gut, ich weiß nicht, wie das alles noch geendet hätte, wäre nicht dieses schwachsinnige Mädchen gewesen. Die hatte friedlich neben ihrem Haufen gedöst und war, als die Prügelei losging, aufgewacht. Und fing wie ein Hund zu heulen an – aber wie! Wahrscheinlich hatte sie, schlaftrunken, wie sie war, einen Mordsschreck gekriegt. Jetzt krallte die sich einen Batzen Scheiße und feuerte ihn auf die Mädels. Und gleich noch einen! Und noch einen!

Großes Gekreische! Aber die Prügelei hat aufgehört.

Irgendwo vor Kraków blieb der Zug plötzlich stehen. Stand und ruckte nicht mehr. Fast die ganze Nacht durch. Es war grässlich. Manche weinten, manche schliefen. Manche lachten auch.

Wir aber hatten uns zu viert in eine Ecke verkrümelt und hockten da. Es war finster. Irgendwo draußen, ganz in der Ferne, spielte jemand Mundharmonika. Sofort musste ich an zu Hause denken, an Mama, Oma, Klein Georgi. Die Tränen kamen von ganz alleine gekullert. Laut zu heulen, hab ich mir allerdings verkniffen.

Wir hatten es wirklich nicht schlecht gehabt: Der Vater arbeitete im Forst, verdiente richtiges Geld, nicht bloß irgendwelche Abrechnungseinheiten wie die Bauern in der Kolchose. Was nicht daran lag, dass er von auswärts kam – er hatte einfach Glück gehabt. Den Revierförster, Matwej Fedotowitsch, hatte er nämlich mal aus einem Moorloch gezogen. Das kam, weil Vater während der Zeit als Feldhüter sein Herz für die Jagd entdeckt hatte. Wen wundert das? Die ganze Zeit zu Pferde, mit der Flinte in der Hand! Wenn ein Stück Wild gesprungen kam – peng! Und auch der Förster war ein leidenschaftlicher Jäger. So gingen sie also zu zweien auf Jagd. Und einmal, beim Entenjagen in den Sümpfen von Buttschino, fiel der Förster in ein Moorloch. Vater zog ihn da raus. Und als die Zigeuner den Wildhüter Kusma Kusmitsch erstochen hatten, die Stelle also frei war, hat der Förster den Vater prompt zum Nachfolger ernannt. So wurde Vater Wildhüter. Und bekam dafür monatlich 620 Rubel.

Mit dem Geld kam man gut über die Runden. Nicht wie die anderen Männer, die im Winter zum Geldverdienen in die Stadt mussten, nur um sich das Nötigste leisten zu können. Für ihre Arbeitseinheiten in der Kolchose kriegten sie rein gar nichts zu kaufen. Höchstens Kartoffeln und Korn. Hafer vielleicht noch. Der wurde den Winter über in Kesseln gedämpft und gegessen. Pferdefutter!

Wir hingegen hatten gut zu essen. Konnten uns ein Pferd halten und eine Kuh, zwei Schweine, Hühner und Gänse. Speck war immer da. Wenn Mama morgens in der großen Pfanne Eier briet, dann schwammen die nur so im Speck. Man nahm einen Kanten Brot, tunkte ihn ein – ein Gedicht war das! Und hinterher Hirseplinsen mit Quark. Wenn du genug hattest, schlürftest du ein Tässchen warme Milch. Wie die schmeckte! Honig hatten wir außerdem, vom Markt. Auch ein Paar Stiefel hatte Vater dort für mich eingekauft, und eine Prinzessinnenpuppe, und vier Büchlein zum Lesenlernen.

Die anderen Mädchen hatten alle bloß ihre Fibeln, ich hin-

gegen richtige Bilderbücher: »Das bucklige Pferdchen«, »Das Sowjetische Moskau«, »Kolobok, das Zauberbrot« und »Der Wolf und die sieben Geißlein«.
Auf dem Markt war es wunderschön! Meistens kam Vater morgens an und sagte:
»Was ist, Warja, wollen wir auf den Markt?«
Dann stürmte ich der Mutter voraus in den Pferdestall zum Anspannen. Pferde anspannen liebte ich über alles! Schon als kleines Kind hatte Vater es mir beigebracht: Es gab ja keine großen Jungs in der Familie. Reiten konnte ich auch nicht schlecht – was denn sonst! Wo ich doch mein Leben lang Pferde um mich hatte: erst den Wildfang, dann Soja, die später geklaut wurde, dann Maltschik.
Ich führte das Pferd vor die Tür, striegelte es und spannte es vor den Wagen mit der bunt bemalten Lehne. Derweil zog Vater die Chromledernen an, setzte die neue Schirmmütze auf, dann kletterte er auf den Bock, Mama und ich stiegen hinten ein. Peitschenknallen, und die Fuhre ging ab!
Der Markt fand in Shisdra statt. Bis dorthin waren es sechsunddreißig Werst. Aber was es da nicht alles zu kaufen gab! Sogar Geschirr, Teppiche, Kummete. Am meisten gefielen mir natürlich die Spielsachen. Ein alter Mann verkaufte Tonpfeifen. Und einer Spielzeug zum Aufziehen: Ein Mann und ein Bär in der Schmiede hämmern lustig vor sich hin. Verschiedenste Puppen. Eine hübscher als die andere.
Alles wäre gut gewesen, wenn Vater nicht getrunken hätte. Wie Mama sagte, kamen dadurch auch keine Kinder mehr … Aber was soll's. Wozu an früher zurückdenken. Die Deutschen haben das Dorf sowieso abgefackelt.
Jedenfalls heulte ich still in mich hinein.
Tja. Der Zug stand da also eine Ewigkeit. Gegen Morgen ruckte er an, fuhr ein Stück – und stand bald darauf wieder.

Kraków! Ruck, zuck waren die Mädel alle auf den Beinen: Wir sind da! Im selben Moment wurde die Tür aufgezogen, Deutsche standen draußen. Sie guckten herein, sagten irgendwas. Einer hielt sich die Nase zu, wandte das Gesicht ab. Gelacht haben sie: muss schon ein übler Gestank gewesen sein in unserem Waggon. Dann kam ein Pole mit einem Eimer Wasser.

»*Trinken!*«, hieß es.

Der Pole reichte uns den Eimer. Wir tranken der Reihe nach. Als der Eimer leer war, wurde noch einer gebracht. Den tranken wir auch leer. Es kam ein dritter! Erst hatte ich keine große Lust zu trinken, aber als der Eimer an mich kam, setzte ich an und konnte nicht wieder aufhören – wie weggetreten. Sie mussten ihn mir aus den Händen reißen.

Insgesamt trank unser Waggon vier Eimer Wasser leer.

Dann zogen zwei Polen einen Leiterwagen heran. Darauf rohes Pferdefleisch, gehackt. Der eine fing an, es zu uns hereinzuschaufeln. Mit Schwung.

»*Essen!*«, brüllte einer der Deutschen.

Und dann ging die Tür wieder zu. Wir standen dumm da. Was sollten wir machen? Wir beratschlagten: Wenn sie uns fütterten, hieß das, die Fahrt sollte weitergehen, direkt nach Deutschland. Wie weit war es bis dorthin? Keiner wusste es. Vierzehn Tage oder mehr? Vier Wochen? Europa schien groß. Größer als Russland womöglich.

Und der Hunger war auch groß. Also rissen wir das rohe Hackfleisch in kleine Fetzchen und fingen an zu kauen.

Währenddessen fuhr der Zug weiter. Von nun an gab es keine langen Aufenthalte mehr. Wahrscheinlich waren in Polen die Gleise besser, unser Transport kam gut in Fahrt.

Ich kaute mein Pferdefleisch und döste weg. Schlief und schlief, wie ein Stein. Kein Wunder, ich war einfach todmüde gewesen. Außerdem hatte ich Angst. Und das war bei mir schon immer so: Wenn ich Angst habe, werde ich müde. Wenn Vater Mutter zu verprügeln anfing, gähnte ich vor Angst. Der Kopf drehte sich, am liebsten hätte ich mich augenblicklich auf den Fußboden gelegt und geschlafen, bis alles vorüber war.

Ich weiß noch, einmal habe ich mich mit Awdotja Kuprijanowa im Wald verirrt. Wir waren Pilze suchen, und sie sagte: Komm, Warja, ich weiß eine geheime Pilzwiese, alles voll Steinpilze. Unbedingt wollte sie mich zu der Wiese führen. Sie lief und lief, am Ende steckten wir so tief in der Wildnis, dass uns das blanke Grausen ankam: Riesenbäume, keine Sonne zu sehen, alles finster wie die Nacht.

Wir hatten uns also verlaufen. O Schreck! Bei uns gibt es Wölfe, muss man wissen, und anno neununddreißig waren zwei Kühe von einem Bären gerissen worden. Und die Awdotja, dieses dumme Ding, kaum dass sie mitbekommen hatte, dass wir uns verlaufen hatten – hockt sich hin und heult los! Was sollte ich machen? Komm weiter!, sag ich und zerre die Freundin am Arm. Und mit einem Mal wurde mir dermaßen angst, dass ich mich unter einen Busch legte und einschlief. Awdotja legte sich daneben. Irgendwann bin ich aufgewacht, und siehe da, wir hatten Glück. In der Nähe war eine Straße, wo ein paar Männer zur Heuernte unterwegs waren, wir hörten sie. Fingen an zu rufen. Sie kamen uns holen. Es war ein Wunder, hat Mutter gesagt …

Jedenfalls wurde ich erst wieder wach, als die Tür aufging. Gebrüll: »*Stein auf! Aussteigen! Schnell! Schnell!*«

Wir sprangen auf und kletterten aus dem Waggon.

Da war so ein riesiger Umschlagplatz. Nicht was man sich unter einem Bahnhof vorstellt, nein: einfach ein großer

Platz, wo Züge herumstehen, ankommen und wegfahren. So was hatte ich noch nie gesehen: so viele Gleise, Güterzüge, wohin man guckte. Dazu Zisternen. Manche Züge waren mit Holz beladen, manche leer. Überall Soldaten.

Wir mussten längs des Zuges antreten. Vier waren unterwegs gestorben, keiner wusste, woran. Sie wurden als Erstes fortgebracht.

Dann stieg ein Deutscher auf eine Kiste und fing an, auf Russisch eine Rede zu halten. Er sagte, wir befänden uns jetzt in Großdeutschland. Was eine große Ehre für uns wäre. Darum wären wir alle verpflichtet, zu Großdeutschlands Ehren ordentlich zu arbeiten. Und dass wir jetzt in ein Durchgangslager kämen, wo wir verpflegt und ordentlich eingekleidet würden und die Aufenthaltspapiere für Deutschland bekämen. Anschließend würde man uns auf verschiedene Werke und Fabriken verteilen, wo wir dann wohnen und arbeiten sollten. Und dass wir es dort alle gut haben würden. Vor allem sollten wir wissen, Deutschland wäre eine Kulturnation, und alle Menschen führten hier ein glückliches Leben. Die jungen Leute vor allem, die wären am allerglücklichsten.

Dann wurden wir zu Marschzügen formiert und weggeführt.

So verließen wir also diesen Ort. Ungefähr sieben Werst weit mussten wir laufen, bis wir an ein großes Lager mit Stacheldraht und Wachtürmen kamen. Deutsche mit Schäferhunden patrouillierten, Autos standen da.

Wir wurden eingelassen und auf Baracken verteilt: Jungs und Mädel getrennt. Pritschen, nebeneinander und übereinander. Außer uns waren da noch welche aus Polen, Weißrussland und der Ukraine. Aber nur ganz wenige. Die sagten uns, länger als drei Tage würde man hier nicht festgehalten – es wäre nur ein Durchgangslager zum endgültigen Arbeitsort.

Wir fingen an, sie auszufragen, wohin es denn gehen würde? Ganz verschieden, sagten sie. Keiner wüsste etwas Genaues. Nur wer sich wagte, krank zu werden, der käme ins Arbeitslager. Dort wäre es am schlimmsten. Dort würde Schotter gebrochen.

Wir saßen noch ein bisschen herum, und dann holten sie uns zur Hygienebehandlung.

Was das für ein gewaltiges Badehaus war! So eines hatte ich auch noch nie gesehen. Kolossal große Baracke, nagelneu, das Holz duftete noch. Wie ich da reinkam und dieser Geruch mir in die Nase stieg, da fiel mir gleich unsere Sägemühle beim Forsthaus ein. Wie wir dort Holz holen waren, als Onkel Mischa am Bauen war. Er kriegte so ein hübsches Haus hingesetzt, Vater hatte die besten Bretter beschafft, die es gab. Und kurz darauf hat Onkel Mischa sich den Strick genommen. Wie es so geht im Leben.

Erst mal wurden wir in der Baracke in Dreierschlange aufgestellt. Immer drei wurden vorgelassen.

Also sind wir, ich und noch zwei Mädchen, zusammen da rein. Da standen Tische, hinter denen saßen deutsche Frauen in Uniform und schrieben. Und eine stand davor mit so einer Art Rohrstock in der Hand. Die sagte auf Russisch:

»Zieht euch aus.«

Wir also uns ausgezogen. Ganz und gar. Daraufhin guckte die uns genau an, von vorne und von hinten. Dann guckte sie in die Haare. Läuse hatten damals alle. Ich also auch – was denn sonst? Sie zeigte mit ihrem Stock auf ein paar Stühle, unter denen schon Haare lagen:

»Zum Scheren!«

Aber damit meinte sie nur die beiden anderen. Die eine fing an zu heulen. Gleich zog die Deutsche ihr mit dem Rohrstock eins über den Hintern. Und hat dabei noch gelacht. Sie setzten sich auf die Stühle, und Weiber mit Haarschneidemaschinen kamen gerannt. Aber von mir verlangte sie nicht, dass ich mich scheren lasse. Mir zeigte sie nur mit dem Rohrstock die Tür zum Bad:

»Du gehst nach da.«

Ich also da rein. Es schien ein Dampfbad zu sein. Aber Bottiche gab es keine, sondern einfach bloß Eisenrohre unter der Decke mit Löchern drin. Und aus den Löchern sprudelte angewärmtes Wasser. Ich guckte auf die Rohre und wusste nicht, was ich machen sollte. Nach einer Weile bin ich einfach nach hinten durchgegangen. Da musste der Ruheraum sein. Aber nein, wieder Deutsche in Uniform, hinter Tischen, darauf alle mögliche Wäsche.

Von einer bekam ich ein sauberes Leibchen und ein blaues Kopftuch. Dann deutete sie mit dem Kinn Richtung Ausgang. Ich ging hinaus. Noch so eine Art Vorraum. Da lagen auf einmal unsere Sachen. Die aber jetzt merkwürdig rochen. Und es stellte sich raus, das war der Raum, wo wir uns ausgezogen hatten. In der Baracke ging es im Kreis rum, wie auf einem Jahrmarktskarussell. Da war auch wieder die Deutsche mit dem Rohrstock.

»Zieh dich an«, hat sie gesagt.

Ich fuhr also in die neue Unterwäsche, zog die Wollstrümpfe an und mein grünes Kleid. Dann die Strickjacke. Dann die Wattejacke. Nur mein altes Kopftuch war nicht mehr da. Das hatten sie weggenommen. Genauso das alte Unterhemd. Ich band das neue Kopftuch um. Jetzt durften die anderen, inzwischen kahl geschorenen Mädchen sich waschen gehen. Und eine von den Deutschen sagt zu mir:

»Setz dich an den Tisch da.«

Ich setzte mich. Mir gegenüber eine Deutsche, die konnte auch Russisch.

»Wie heißt du?«, fragt sie.
»Samsikowa, Warja«, sag ich.
»Wie alt?«
»Vierzehn.«
Sie schrieb alles auf. Auf einmal sagt sie:
»Streck deine Hand aus.«
Ich begriff nicht gleich.
»Hand ausstrecken!«
Ich streckte sie nach vorn. Zack!, kriegte ich von ihr einen Stempel auf die Hand. Da stand nun eine Tintennummer: 32-126.
Dann hieß es: »Da geht's lang.«
Da war eine Tür. Ich ging hin, machte sie auf. Und war draußen. Vor der Tür ein Soldat mit Maschinenpistole. Er zeigte auf die Nachbarbaracke. Ich also dahin. Wie ich näher kam, merkte ich schon, dass es nach Essen roch. Lieber Gott im Himmel!, dachte ich, wir kriegen doch nicht wirklich was zu essen? Die Füße fingen von alleine an zu rennen. Hinter mir kamen neue Mädchen raus, die rannten genauso.
Wir also dorthin. Es war keine richtige Baracke, mehr so ein offener Schuppen. Unter dem Dach standen etliche große Kessel, an die zehn vielleicht, in denen köchelte Suppe. Drum herum Deutsche mit Henkeltöpfen und Schöpfkellen. Aber auch von uns welche – die, die schon vor mir rausgekommen waren. Die Deutschen teilten leere Schüsseln aus. Ich kriegte auch eine. Und ab in die Schlange. Wie ich dran war, kriegte ich – platsch! – eine Kelle voll in meine Schüssel. Erbsensuppe. Dick wie Brei. Nur Löffel gab es irgendwie keine. Alle schlürften ihre Suppe über den Schüsselrand.
Ich beeilte mich, meine Schüssel leer zu kriegen, wischte sie mit den Fingern aus, leckte die Finger ab.

Der Deutsche guckte zu.
»*Willst du noch?*«, fragt er.
Und ich sag:
»*Ja, ja. Bitte!*«
Also das Ganze noch mal: platsch! Bei der zweiten Schüssel ließ ich mir schon mehr Zeit. Blickte mich um. Leute von uns und Deutsche bunt durcheinander. Alles war anders. Ein völlig neues Leben hatte begonnen.
Als ich die zweite Portion verputzt hatte, war ich wie im Rausch. Ich schlich um den Kessel herum. Der war warm und glänzte. Der Deutsche lachte.
»*Also, noch einmal, Mädel?*«
Und mir fiel ein, was Otto immer gesagt hatte, wenn er genügend Milch gesüffelt hatte.
»*Ich bin satt, ich markt kein Blatt.*«
Der Deutsche wieherte los, wollte noch etwas wissen. Ich verstand kein Wort.
Und ging in meine Baracke.
Bis zum Abend waren alle aus unserem Transport behandelt und verpflegt. Geschoren die meisten, aber komischerweise nicht alle. In meiner Baracke waren außer mir noch drei Mädchen dem Scheren entronnen.
»Wahrscheinlich, weil ihr keine Läuse habt«, meinte Tanja.
»Von wegen! Sieh doch mal nach!«
Sie zog mir die Haare auseinander.
»Tatsächlich, da sind welche. Also haben sie euch bloß vergessen. Versteck die Haare am besten unter dem Kopftuch, sonst fällt's ihnen noch ein, und sie schnippeln dich kahl.«
Genau so machte ich es – band die Haare zu einem straffen Knoten und versteckte sie.
Als es dunkel geworden war, erschien die Deutsche mit dem Rohrstock wieder und sagte:

»Zeit zum Schlafen. Morgen werdet ihr an eure Arbeitsorte gefahren. Da bleibt ihr dann wohnen.«

Die Türen der Baracke wurden von außen verriegelt.

Manche schliefen gleich ein, manche nicht gleich. Tanja, ich und eine Natascha aus Brjansk, wir drei lagen nebeneinander und besprachen ausführlich, was da wohl auf uns zukam. Die beiden waren älter als ich und hatten schon manches zu Ohren bekommen. Über Europa, die Deutschen und überhaupt.

Natascha erzählte, bei ihr in Brjansk hätten die Deutschen für ihre eigenen Leute Filmvorführungen gemacht. Und einer von den Deutschen hatte sie und ihre Freundin zweimal eingeladen. So hatte sie Hitler im Kino gesehen und außerdem eine nackige Frau, die die ganze Zeit sang und tanzte und lachte. Umringt von deutschen Männern ganz in Weiß, die immerzu im Kreis gingen und sie anhimmelten. Der Hitler hätte einen Schnurrbart gehabt, sympathischer Typ, meinte sie. Kulturvoll, das hätte man gleich gesehen. Und mit sehr lauter Stimme.

Ich selber war insgesamt sechsmal im Kino gewesen. Ein Klubhaus gab es nur in Kirow, das war fünfundzwanzig Werst entfernt. Zweimal hatte der Vater den Maltschik angespannt und war hingefahren. Ansonsten immer Stepan Sotnikow mit seinen Kindern. Gesehen hatte ich zweimal »Tschapajew«, außerdem »Wolga-Wolga«, »Wir aus Kronstadt«, »Die glorreichen Sieben« und noch einen, wo ich vergessen habe, wie er hieß. Es ging um Lenin und wie eine Frau auf ihn geschossen hat. Er ist vor ihr weggerannt mit seiner Mütze. Und dann umgefallen. Tot war er aber nicht.

Währenddessen überlegten die Mädels auf den Pritschen unter uns die ganze Zeit, wer am Ende wohl gewinnen würde, unsere oder die Deutschen.

Tanja und Natascha war das egal – Hauptsache, es fielen keine Bomben.
Dreimal waren wir bombardiert worden. Aber alle Bomben gingen in den Gärten runter und nicht im Dorf. Nur die Scheiben sprangen aus den Fenstern, und ein paar Kühe hat es erwischt. Und einmal ist eine Frau aus dem Dorf auf eine Mine getreten und hochgegangen. Auf einer Plane haben sie sie ins Dorf geschleppt: ohne Beine, mit herausquellenden Gedärmen.
»Aua, Mama! Aua, Mama! Aua, Mama!«, hat sie nur gewimmert.
Und ist gestorben.
Ich schlief ein.

Als ich erwachte, waren die anderen schon auf. Wir rannten alle gemeinsam pinkeln. Es gab ein großes, sauberes Klo. Da pinkelten wir, manche kackten auch. Und dann liefen wir zu diesen Kesseln zum Essen. Es gab wieder Erbsensuppe. Die war schon dünner als gestern. Und Nachschlag gab es auch nicht. Ich schlürfte sie über den Rand. Kaum hatte ich die Schüssel ausgeleckt, da brüllten sie auch schon:
»Antreten!«
Alle liefen zum Lagerplatz.
Wir wurden aufgestellt – Jungs extra, Mädel extra.
Die Deutschen stehen gegenüber, gucken uns an. Stumm. Einer guckt immerzu auf die Uhr. So stehen wir da. Die Deutschen sagen immer noch nichts. So vergeht eine Stunde, die Füße fangen an wehzutun.
»Sie warten auf die Lastwagen, die uns wegbringen sollen«, sagt Natascha.
Und plötzlich hören wir die Autos kommen. Direkt ins Lager rein. Allerdings keine Lastwagen, sondern Limousinen. Drei

an der Zahl. Schwarz und schmuck. Sie kommen bis auf den Platz gefahren. Ein paar Deutsche steigen aus. Alle in Schwarz, wie die Autos. Einer, wohl der Oberste, so ein Großer, hat einen schwarzen Ledermantel an. Und Handschuhe. Die übrigen Deutschen salutieren vor ihm.
Er salutiert zurück, kommt zu uns rüber, legt die Hände vor dem Bauch übereinander und guckt. Er ist hübsch. Blonde Haare. Er guckt also und sagt: »*Gut. Sehr gut.*«
Und dann noch etwas, in Richtung der Deutschen. Darauf sagt die Deutsche, die Russisch kann:
»Kopfbedeckungen abnehmen.«
Ich wusste nicht gleich, was gemeint ist. Erst als die Jungs ihre Mützen abnahmen, verstand ich. Die Mädel waren auch schon dabei, die Kopftücher aufzubinden und abzunehmen. Ach!, dachte ich, jetzt merken sie es und scheren mich kahl. Und da sagte es diese Deutsche tatsächlich:
»Die mit langen Haaren vortreten!«
Was blieb mir anderes übrig, ich musste es tun. Ungefähr fünfzehn waren es, die nach vorn traten, Jungs und Mädel. Alle, die nicht geschoren waren. Und das Komische war: alle genauso hellblond wie ich! Das war fast ein bisschen zum Lachen.
»In einem Glied Aufstellung nehmen!«, rief die Deutsche.
Wir stellten uns in einer Reihe hin.
Der Oberdeutsche kam näher und guckte. Guckte … ich weiß nicht, wie ich es beschreiben soll. Lange jedenfalls und in aller Ruhe. Dann trat er vor jeden Einzelnen von uns hin. Hob das Kinn des Betreffenden mit zwei Fingern und guckte. Dann zum Nächsten. Alles ohne ein Wort.
Irgendwann war ich an der Reihe. Er hob mein Kinn und starrte mir in die Augen. Sein Gesicht war, wie ich noch nie eins gesehen hatte. Wie Jesus Christus auf der Ikone. Schmal,

blond, und die Augen so was von blau. Alles an ihm war pieksauber, kein Stäubchen, kein gar nichts. An der schwarzen Mütze ein Totenkopf.
Er guckte mich an, dann die restlichen. Schließlich zeigte er mit dem Finger auf drei in der Reihe:
»*Dieses, dieses, dieses.*«
Jetzt tippte er sich mit dem Handschuh an die Nase, so als überlegte er. Und zeigte auf mich.
»*Und dieses.*«
Er drehte sich um und ging zum Auto.
»Alle, die der Herr Oberführer ausgesucht hat – ihm nach, marsch, marsch!«
Wir vier setzten uns in Bewegung.
Der Deutsche ging zum vordersten Auto, ihm wurde die Tür aufgehalten, er stieg ein. Ein anderer Deutscher nickte uns zu und hielt die Tür zum dahinterstehenden Wagen auf. Wir gingen hin und krochen rein. Er schlug die Tür zu und setzte sich vorne neben den Fahrer.
Dann fuhren wir los.
Ich war bis dahin noch kein einziges Mal in einer Limousine gefahren. Nur in Lastautos. Beim Erntetransport. Und wie bei uns in Koljubakino das Rindersterben gewesen war, kamen zwei Autos voll mit Kälbern für die neue Zucht. Das Bezirkskomitee hatte die Autos geschickt, Mama und ich und Pjotr Abramytsch, was der Viehzüchter war, wir sind damit nach Lompad gefahren, die Kälber holen. Ein Personenauto hatte ich nur einmal in Kirow zu Gesicht bekommen. Als wir im Kino waren. Das stand da, weil es in den Schlamm gerutscht und stecken geblieben war. Die Leute standen drum herum und zerbrachen sich den Kopf, wie man es wieder flott bekam. Und der dicke Mann, der das Auto fuhr, schimpfte mit einem anderen aus dem Bezirkskomitee.

»Nur bei Frost fahren? Der Witz ist gut! Erzähl noch einen, Borissow!«
Aber Borissow sagte nichts mehr und guckte nur auf das Auto.
Ja nun. Hier bei den Deutschen im Auto konnte ich mich in Ruhe umsehen. Hübsch das alles! Vorne der Chauffeur mit dem Deutschen, wir hinten. Alles glänzt und funkelt und blitzt, Ledersitze, alle möglichen Griffe und Hebel. Es riecht nach Flugzeugen. Wie in der Stadt.
Und wie sachte so ein Auto dahinschwebt! Man merkt gar nicht, wie es fährt, höchstens, dass es in den Schlaglöchern ein bisschen schaukelt, wie in einer Luftschaukel.
Neben mir zwei Mädchen und ein Junge. Wir fahren Auto. Keine Ahnung, wohin.
Nach zwei Werst ungefähr sind wir in einen Wald abgebogen und hielten kurz darauf an. Der Deutsche sprang aus dem Auto, riss die Tür auf:
»*Aussteigen!*«
Wir krabbelten hinaus. Sahen, dass die zwei anderen Autos auch angehalten hatten. Rings um uns Wald, kein sehr hoher. Und dann kam auch dieser Oberdeutsche aus seinem Auto gestiegen. Sagte was zu den anderen Deutschen. Worauf die uns die Arme hinter dem Rücken fesselten. Das ging so geschwinde, dass ich gar nicht dazu kam, mich zu wundern, schon war's passiert. Dann wurden wir jeder an einen Baum geführt und dort angebunden.
Die Mädchen fingen gleich an zu flennen, ich auch. Sah ganz so aus, als sollten wir hier in dem Wald unser Leben aushauchen. Wir heulten wie blöde, die eine fing an zu beten, und der Junge, er war älter als wir, brüllte:
»Panowe!* Ich bin doch nicht der krumme Basti! Der krumme Basti bin ich nicht! So hörnse doch! Panowe!«

Aber die hörten nicht eher auf, bis dass wir alle an die Bäume gefesselt standen. Danach banden sie uns die Münder zu, damit wir nicht schrien. Und bauten sich vor uns auf. Der Oberste guckte von einem zum anderen und zeigte auf den Jungen. Zwei von den Deutschen gingen zum Auto.
Und mir war klar: Jetzt hat unser letztes Stündlein geschlagen. Nur wieso, fiel mir nicht ein. Bloß weil wir nicht geschoren waren? Mein Gott! Da konnten wir doch nichts dafür! Das hatte diese deutsche Vettel einfach vergessen! Und nicht, dass ich gezickt hätte! Mir war das piepegal! Meint ihr, ich hätte Lust, wegen der paar Haare die Radieschen von unten zu begucken?! Mamma mia! Da waren wir schön reingerasselt. In dieser Einöde verscharrt zu werden. Und niemand würde erfahren, wo die arme Warja Samsikowa begraben liegt!
So gingen meine Gedanken. Die Tränen nahmen mir das Augenlicht.
Derweil kamen die Deutschen zurück und brachten einen eisernen Kasten angeschleppt. Stellten ihn ab, klappten ihn auf. Was sie hervorholten, war so ein Zwischending zwischen Beil und Schmiedehammer, man sah nicht gleich, was es war. Wir sollten also nicht erschossen werden, sondern erschlagen, so wie wir da standen. Oje, oje!
Sie gingen zu dem Jungen. Der Ärmste zappelte wie ein Geflügel vor dem Schlachten. Ein Deutscher zog ihm barsch den Mantel von der Brust, dann – ratsch! – zerfetzte er das Hemd und auch das Unterhemd. Nun lag die Brust blank.
Der Oberste nickte.
»Gut.«
Er streckte die Hand im Handschuh aus. Einer der Deutschen

* Panowe (ukrain.): Meine Herren!

legte ihm den Hammer hinein. Ich schaute genauer hin – das war überhaupt kein Hammer, aber ich wusste nicht, was es war. Man hätte denken können, aus Eis. Oder aus Salz – solchem, wie sie den Kühen im Stall zum Lecken geben. Jedenfalls nicht aus Eisen. Und der Oberste holte aus und knallte dem Burschen das Ding mit voller Wucht vor die Brust. Rrumms! Der ganze Körper bäumte sich auf davon.
Und der andere Deutsche hielt jetzt ein Hörrohr an die Brust von dem Jungen, so eins wie beim Onkel Doktor, und horchte. Der Oberste stand da mit seinem Hammer und wartete. Der andere schüttelte den Kopf.
»Nix«, sagte er.
Und der Oberste holte schon wieder aus. Rrumms! Der andere horchte. Und wieder:
»Nix.«
Der Oberste machte weiter. Immer drauf auf die Brust. So lange, bis der Junge tot in den Seilen hing. Die Deutschen schmissen den Hammer weg und holten einen neuen aus der Kiste, mit dem kamen sie zu meiner Nachbarin rüber, die wie ich an eine Birke gefesselt stand. Sie schrie, grässliche Töne, keine Worte, und schlotterte. Sie knöpften ihr die Plüschjacke auf, zerschnitten mit dem Messer das Wollhemd, zerfetzten das Leibchen. Ich sah, sie hatte ein Kreuzchen um den Hals. Genau so eins hatte Großmutter mir umgehängt, aber Nina Sergejewna, die Lehrerin, hat es mir abgenommen. Ihr seid doch Pioniere, hat sie gesagt, und außerdem gibt es keinen Gott. Die religiösen Vorurteile rotten wir aus mit Stumpf und Stiel. Allen, die ein Kreuz um den Hals hatten, hat sie es abgerissen und in die Klettenbüsche geschmissen.
»Die Gottlosen sterben niemals aus« – das war alles, was Großmutter dazu zu sagen hatte. Wahrscheinlich hatte sie Recht.

Der Oberste hielt schon wieder den seltsamen Hammer in der Hand und donnerte ihn dem Mädchen gegen die Brust. Man hörte die Knochen knacken. Dann trat der Schuft einen Schritt zurück und ließ den anderen sein Rohr ansetzen und horchen. Er horchte zu, wie das Mädchen starb. Gleich nach dem ersten Hieb hing es besinnungslos, mit baumelndem Kopf an den Stricken. Da hielt ein Dritter ihm extra den Kopf oben, damit er beim nächsten Schlag nicht hinderlich war. Rums! und rums! und noch mal: rrumms! So hart schlugen sie zu, dass mir das Blut des Mädchens an die Wange spritzte.
Die verfluchten Schweine.
Danach schlugen sie das andere Mädchen. Das war bestimmt nicht älter als ich, an die fünfzehn vielleicht. Genauso groß. Hatte aber schon viel größere Brüste, da war bei mir noch nicht dran zu denken. Sie schlugen und schlugen, bis das Blut aus der Nase schoss. Der Mund war ja zugebunden.
Übrig blieb ich.
Als sie von dem Mädchen mit dem großen Busen abließen, warfen sie den Hammer weg. Kramten Zigaretten hervor, stellten sich im Kreis auf und machten Rauchpause. Dabei schwatzten sie miteinander. Der Oberste, anscheinend unzufrieden, sprach lange nicht. Bis er den Kopf schüttelte und sagte:
»*Schon wieder taube Nuss ...*«
Die anderen Deutschen nickten.
Und ich stehe da, sehe sie rauchen und denke: gleich. Gleich bist du dran. Wenn die Hunde aufgeraucht haben. Ein Gefühl überkam mich, dass mit Angst oder Traurigkeit nichts zu tun hatte. Es war eine große Klarheit, wie ein Himmel ohne Wolken so klar. Wie manchmal im Traum. Als wäre ich gar nicht mehr am Leben. Oder nie gewesen. Alles nur

ein Traum: Mama, das Dorf, der Krieg. Und diese Deutschen.

Sie hatten aufgeraucht, warfen die Kippen weg. Bauten sich rings um mich auf.

Meine Jacke wurde aufgeknöpft. Die Weste aus Ziegenwolle, von Großmutter gestrickt – ein Schnitt mit dem Messer, und sie rutschte nach unten. Darunter trug ich das grüne Kleid. Vater hatte es für mich im Lompader Handelskontor gekauft. Das zerschnitten sie auch. Und das deutsche Unterhemd, das ich neu im Lager bekommen hatte. Die losen Zipfel von Kleid und Unterhemd rollte der Deutsche zur Seite und klemmte sie unter den Strick, damit die Brust frei lag.

Der Oberste nahm den Hammer, blickte mich an. Murmelte etwas. Und reichte den Hammer an den anderen Deutschen weiter. Nahm auch gleich noch seine Mütze mit dem Totenschädel ab und gab sie dem Deutschen, der hinter ihm stand. Stellte sich rechts von mir hin.

Der andere holte aus, ächzend wie beim Holzhacken, und knallte mir den Hammer mitten auf das Brustbein. Ich sah nur noch Blitze. Der Atem stockte.

Und plötzlich ging der Oberste vor mir auf die Knie und legte sein Ohr an meine Brust.

Das Ohr war kalt. Die Wange warm. Und der Kopf ganz nahe vor mir, so blond und glatt, wie mit Leinöl eingeschmiert. Die Haare fein säuberlich gelegt, eins am anderen. Außerdem roch er nach Parfüm.

Und ich stehe da und gucke von oben auf seinen Kopf hinunter, gucke und gucke. Wie im Traum. Dabei sterbe ich doch, aber es ist ganz leicht. Ich heule nicht mal mehr.

Da sagte er zu dem Deutschen mit dem Hammer:

»*Noch einmal, Willi!*«

Und Willi gehorchte. Rrumms!

Der Oberste legte sein Ohr an, horchte:
»*Noch einmal!*«
Rrumms! Er schlug so kräftig zu, dass Splitter von dem Hammer wegflogen. Daran sah ich, dass der aus Eis war.
Mir wurde neblig vor den Augen.
Der Oberste presste sein Ohr wieder an. Das war schon voll mit meinem Blut. Und plötzlich schrie er:
»*Ja! Ja! Herr Laube, sofort!*«
Der Deutsche mit dem Hörrohr kam gesprungen. Stemmte mir das Rohr gegen die Brust, horchte. Und murmelte etwas, zog ein griesgrämiges Gesicht.
Der Oberste stieß ihn weg.
»*Noch einmal!*«
Sie hauten mir noch eins drauf. Es war wie ein plötzliches Absterben: Die Lippen füllten sich mit Blei, der Mund wurde taub und irgendwie rau und schwer, so als gehörte er nicht mehr zu mir. Ein Backofen. Und ich selber war leicht, federleicht. Und in der Brust hatte ich nur ein Herz und sonst gar nichts. Ich hatte keinen Bauch mehr, atmete nicht mehr, schluckte nicht. Das Herz aber, das regte sich. Wie … ich wüsste nicht zu sagen, wie. Wie ein kleines Tier vielleicht. Es regte sich, zuckte irgendwie. Und dabei rumorte es vor lauter Wonne und Behagen: chrr, chrr, chrr! Nicht wie früher, wenn Angst oder Freude es zum Hüpfen gebracht hatten. Das hier war anders. So als wäre es eben aufgewacht aus einem langen, langen Schlaf. Mich haben sie getötet, und das Herz ist erwacht. Und es fühlt keine Angst und keinen Schrecken. Da ist nur dieses wohlige Brummen. Alles ist gut, alles ist echt, alles ist wohl, so wohl – mir schauderte von alledem. Die Haare auf dem Kopf stellten sich auf, so pudelwohl war mir mit einem Mal zumute. Alle Angst wie weggeblasen: Wovor Angst haben, wenn das Herz bei einem ist!

So hatte ich mich noch nie gefühlt.
Ich hielt still, atmete nicht.
Der mit dem Hörrohr hatte wieder zu lauschen begonnen.
»Chra. Chra. Chram!«, sagte er laut.
Dabei hatte er auf einmal eine ganz widerwärtige Stimme, röchelnd irgendwie.
Der Oberste riss ihm das Rohr aus der Hand, setzte es selber auf meine Brust.
»*Chram!*«, jubelte er. »*Genau! Chram!*«
Er wurde ganz zappelig vor Freude.
»*Herrschaften! Chram! Chram! Sie ist Chram! Hören Sie! Hören Sie!*«
Die Männer redeten wild durcheinander, ein großes Gewusel begann. Sie fingen an, die Fesseln zu durchschneiden. Alles an ihnen war mir auf einmal zuwider: diese ekligen Stimmen, die Hände, die Visagen, und diese Autos, dieser mickrige Wald, überhaupt alles. Ich hielt still, um mein Herz nicht zu erschrecken, damit dieses Brummen nur ja nicht aufhörte, dieser süße Ton. Ich wollte von dieser Süße ganz, ganz durchdrungen sein. Doch sie hoben mich aus den Stricken wie eine Puppe, trugen mich weg, und das Herz verstummte sogleich.
Im nächsten Augenblick fiel ich in Ohnmacht.

Wie viel Zeit vergangen war, weiß ich nicht.
Ich kam zu mir.
Meine Lider klebten noch zusammen, als ich schon merkte, dass alles schaukelte. Man fuhr. Irgendwohin.
Ich schlage die Augen auf: ein kleines Zimmer. Das schaukelt sanft. Ich drehe den Kopf – neben mir ein Fenster, ein Vorhang davor. In ihm ist ein Spalt, dahinter wischen Bäume vorüber.
Aha. Ich liege in einem fahrenden Zug.

Und kaum habe ich dieses begriffen, da leert sich mir schlagartig der Kopf. Als wäre es kein Kopf mehr, sondern eine Scheune im Frühling: kein bisschen Heu, kein bisschen Stroh, alles den Winter über von hungrigen Mäulern leer gefressen.
Die Leere im Kopf ist riesig, sie reicht bis ans Ende der Welt. Und das nach allen Seiten. Aber es ist eine wohltuende Leere, keine, die einen sonstwie erschreckt. Nur dass sie so plötzlich eingetreten ist. Wie über eine vereiste Schlittenbahn bin ich da hineingerasselt: Schwupp!, schon bin ich drin – und alles ist leer.
Und was das Komische war: Es kam mir ganz normal vor. Ich wusste, was zu tun war.
Kurz entschlossen strecke ich den Arm unter der Decke hervor. Schaue hin: mein linker Arm. Tausendmal gesehen. Ich aber gucke ihn an, als sähe ich ihn zum ersten Mal. Dabei weiß ich alles über ihn! Jede kleinste Schramme kenne ich, weiß noch genau, wie ich mich an der Sichel geschnitten habe und wie am Nagel aufgespießt. Es ist mir so gegenwärtig, als liefe ein Film in mir ab. Dieses blaue Pünktchen am kleinen Finger zum Beispiel. Woher kommt das? Es kommt daher, dass Onkel Semjon mit einer Tätowierung auf der Brust vom Armeedienst heimkehrte: Herz mit Pfeil, als Andenken. Und er hat den Dorfjungen gezeigt, wie man tätowiert. Erst muss man das Bild aus Nägeln zusammensetzen, indem man sie durch ein Brett schlägt, dann erhitzt man einen Stiefelabsatz und schmiert mit dem Ruß die Nägel ein. Und dann das Ganze – zack! – drauf auf die Brust. Der Nachbarjunge Kolja hat es gleich probiert, weswegen sein Vater ihn ausgeschimpft hat und das Brett aus dem Fenster geschmissen, und ich hab mir dann den kleinen Finger dran aufgespießt. Nicht am ganzen Brett, nur an einem Nagel.

So war das.
Dieses Zimmerchen hier ist übrigens großartig, ganz aus Holz. Die Schraubenköpfe an den Wänden funkeln. Zwei Betten gibt es, einen kleinen Tisch in der Mitte, die Decke ist gelb. Es ist warm. Und riecht nach Reinlichkeit, wie im Krankenhaus.
Aber auf dem anderen Bett liegt wer. In Uniform. Zur Wand gedreht.
Ich hole beide Arme unter der Decke hervor, stütze mich auf. Und sehe, dass ich im Unterhemd bin. Um die Brust habe ich einen Verband.
In dem Moment fiel mir alles wieder ein. Bis hierhin hatte das Gedächtnis vollkommen ausgesetzt. Ich wusste nicht, wer ich bin und wo ich bin, wusste gar nichts, dachte nur: Wir fahren.
Jetzt sah ich: Auf dem Tisch lag eine Blechschachtel. Daneben ein Buch.
Ich hob den Vorhang an. Wald und nichts als Wald. Außer dahinhuschenden Bäumen nichts zu erkennen.
Ich setzte mich auf, ließ die Beine vom Bett hängen. Schaute zu Boden: Meine Fellstiefel waren nicht da. Auch die Kleider nicht zu entdecken. Ich senkte den Kopf, um in den Winkeln nachzusehen. Davon kitzelte es gleich im Hals. Ich musste husten. In der Brust ein heftiges Stechen.
Ich stöhnte, griff mir an die Brust.
Der Schlafende mir gegenüber fuhr hoch. Es war der Deutsche, der die Eishämmer angeschleppt hatte. Er war gleich ganz aufgeregt, fasste mich bei den Schultern.
»Ruhe, ganz Ruhe, Schwesterchen ...«
Er legte mich zurück auf das Bett, deckte mich zu. Dann sprang er wieder auf, knöpfte sich den Kragen zu, rückte die Uniformjacke zurecht, riss die Tür auf, lief hinaus. Die

Tür schob er hinter sich zu. Doch bevor ich einen Gedanken fassen konnte, ging sie wieder auf, und der Oberdeutsche kam herein.
Groß und blond wie zuvor. Nur nicht mehr in Schwarz, sondern im blauen Morgenmantel.
Er setzte sich auf die Bettkante. Lächelte mich an. Nahm meine Hand, führte sie zu seinen Lippen. Küsste sie.
Dann legte er seinen Morgenmantel ab. Darunter trug er Hemd und Hosen. Das Hemd zog er aus. Sein Bauch war ganz weiß. Und jetzt zog er auch noch die Hosen aus. Ich wandte den Blick ab.
Aha, denke ich. Jetzt werde ich also zur Frau gemacht. Ich liege da, höre seine Hose rascheln und spüre überhaupt keine Angst. Wie besinnungslos. Was soll ich auch machen? Nach all dem, was in dem Wald passiert ist, kann mir das schon egal sein.
Jetzt war er ganz ausgezogen. Nahm die Decke von mir herunter, streifte mir das Unterhemd über den Kopf.
Ich lag da und starrte zur Wand, auf die neuen Schraubenköpfe.
Er zog mich also nackig aus. Und machte sich neben mir lang. Streichelte meinen Kopf. Versuchte mich zu sich herumzudrehen. Ich schloss die Augen.
Mit sanfter Gewalt drehte er mich zu sich herum, seine langen Arme wanderten um meine Hüften. Dann presste er sich an mich. Brust an Brust.
Mehr erst mal nicht. Er lag so da und rührte sich nicht. Anscheinend ist das bei den Deutschen so Sitte, hab ich noch gedacht, dass sie mit den Mädchen vorsichtig sind. Erst mal beruhigen, bevor es losgeht. Bei uns auf dem Dorf, da gehen sie anders zur Sache, hatte ich gehört.
Ich lag da, und auf einmal durchzuckte es mich wie ein Blitz.

Das Herz rührte sich wieder. Zappelte wie ein kleines wildes Tier. Erst packte mich Unruhe, ich wusste ja nicht, was los war, fühlte mich ausgeliefert, hilflos wie ein Rohr im Wind. Doch schnell wurde alles gut. Mir war, als schwämme ich in einem Fluss. Trieb dahin, von einer Welle getragen. Und spürte plötzlich sein Herz – so wie meines.
Sein Herz begann mein Herz zu zwacken. Das tat so gut! Zwei Herzen, eine Seele.
Ich war hin und weg.
Keiner war mir je so nah und vertraut gewesen wie er in dem Moment. Nicht mal Mama.
Ich hatte zu atmen aufgehört. War versunken wie in einem tiefen Brunnen.
Und er hört nicht auf, mein Herz mit seinem zu zwacken. Wie mit zwei spitzen Fingern. Zwackt, lässt locker, zwackt wieder. Und ich bin im siebten Himmel. Habe aufgehört zu denken. Möchte nur, dass es nie aufhört.
Herr im Himmel, welche Lust! Wie er anfing damit, ich hätte vergehen können, sterben hätte ich können vor Entzücken! Und mein Herz hüpft noch ein Weilchen weiter, bis es sich wieder eingekriegt hat. Stillsteht wie ein schlafendes Pferd. Und dann wieder: poch! Es regt sich, hüpft, und er zwackt es. Doch alles hat ein Ende auf Erden.
Er hörte auf. Und wir lagen da wie tot. Wie zwei Feldsteine. Nicht imstande, ein Glied zu rühren.
Nur der Zug machte immerzu tucketuck, tucketuck.
Als Nächstes löste er seinen Griff. Und polterte zu Boden wie ein Brett.
Lange lag ich so, bevor ich mich schließlich aufsetzte. Ihn am Boden liegen sah wie tot. Doch da berappelte er sich schon. Schlang die Arme um meine Füße. Zärtlich, wie Bruder und Schwester!

Ich hatte nicht mal die Kraft zu weinen.

Er stand auf, zog sich an. Rückte mich auf meinem Lager zurecht, breitete die Decke über mich. Und ging.

Mich hielt es nicht mehr auf dieser Liege. Ich stand auf. Zog die Gardine zurück, sah hinaus. Wälder, Felder, Dörfer zogen vorbei. Ich schaute mir das an, als hätte ich es nie zuvor gesehen. Von Angst keine Spur. In meiner Brust ein friedliches, freudiges Gefühl. Alles war einfach und klar!

Kurz darauf kam er zurück. Fertig angezogen, in seiner schwarzen Uniform. Für mich hatte er ein hübsches Kleid dabei, Unterwäsche, Schuhe, einen Mantel, Schal und Mütze. Und er begann mich anzuziehen. Ich sah ihm bloß dabei zu. Das war mir einerseits peinlich, andererseits angenehm. In meiner Seele ein großes Klingen!

Er machte weiter, bis auch ich fertig angezogen war. Dann setzte er sich zu mir. Blickte mich an mit seinen himmelblauen Augen. Und ich ihn.

Es war wunderbar!

Nicht, dass ich dabei gewesen wäre, mich in ihn zu verlieben. Der Zauber war von ganz anderer Art. Mit Worten schwer auszudrücken. Ich fühlte mich unter die Haube gekommen, das ja. Doch es war nicht dieser Mann, es war etwas viel Größeres, Besseres. Zu mir gehörig seit je und bis in alle Ewigkeit.

Es war keine Liebe wie die zwischen Junge und Mädchen, so viel wusste ich. Die hatte ich nämlich schon kennen gelernt. Zweimal war ich bis dahin verliebt gewesen. Erst in den Hütejungen Goschka. Dann in Kolja Malachow, der aber schon verheiratet war. Mit Goschka hatte ich mich geküsst, außerdem hatte er mir die Brüste gewalkt. Wir verkrochen uns im Heuschober, und los ging's. Weiter unten wollte er mich auch begrapschen, aber das ließ ich nicht mit mir machen.

Auf Kolja Malachow war ich selber gekommen. Er wusste nichts davon und weiß es bis heute nicht, falls er noch am Leben ist; er und sein Vater sind gleich zu Kriegsbeginn eingezogen worden.

Vor dem Krieg musste er Nastja Polujanowa heiraten. Er siebzehn, sie sechzehn. Er und ich, wir waren zusammen auf Heumahd gewesen. Er mähte, ich wendete und harkte. Dabei hab ich mich in ihn verschossen. So ein hübscher Lockenkopf, immer fröhlich. Ich musste ihn nur sehen, schon hat sich mein Herz zusammengezogen. Und dabei schämte ich mich bis auf die Knochen. Bin immerzu rot geworden. Zwei Tage lang konnte ich nichts essen. Dann war es erst mal vorbei. Kam aber wieder. Ich konnte an keinen anderen denken. In einem fort hab ich geheult: Was hat die Nastja, dieses Schaf, für ein Glück! Aber später hat das irgendwie nachgelassen. Bloß gut. Wozu sich die Augen ausweinen nach einem, der einer anderen gehört. Das jedenfalls ist Liebe.

Und das hier war etwas ganz anderes.

Wir fuhren den ganzen Tag so dahin. Saßen beieinander, ohne ein Wort zu sagen.

Bis der Zug irgendwann hielt. Der Deutsche stand auf, hielt mir den Mantel. Nahm mich bei der Hand und geleitete mich durch den Waggon. Der war voller deutscher Offiziere. Und wir sind ausgestiegen. Ich staunte: Was das für ein Bahnhof war! So einen hatte ich noch nie gesehen. So kolossal riesig, ganz aus Eisen, ohne Anfang und Ende! Alles voll Züge! Alles voll Menschen! Jeder mit Gepäck und gut gekleidet. Und alles sauber wie geleckt! Das reinste Kino.

Quer über diesen Bahnhof werde ich nun geführt. Hinter uns laufen die Deutschen, die ich schon kenne. Noch dahinter einer mit Schnurrbart, der uns auf seinem Karren die Koffer fährt.

Ich laufe neben dem Obersten her. Alles um mich her ist anders, als ich es kenne. Alles riecht anders. Nach Stadt.

Und plötzlich ist der Bahnhof zu Ende, die Stadt tut sich vor uns auf. Was für eine Pracht! So hübsche Häuser. Und Krieg scheint es hier nicht zu geben – alle Häuser sind heil, die Leute gehen gemütlich spazieren. Mit kleinen Hunden sogar. Sitzen auf den Bänken, lesen Zeitung.

Wir laufen auf ein paar Autos zu. Die sind schwarz wie beim vorigen Mal und funkeln. Da setzen wir uns nun alle rein. Der Oberdeutsche und ich in das vorderste. Und dann geht die Fahrt los. Quer durch die ganze Stadt.

Ich gucke aus dem Fenster und höre mich plötzlich sagen:

»*Was ist das?*«

Er lacht.

»*Oh, du sprichst deutsch, Chram! Das ist schöne Wien.*«

Und er hat gleich drauflosgeredet. Leider verstand ich überhaupt nichts. Zwar hatte ich in den zwei Jahren, die die Deutschen bei uns gewesen waren, ein paar deutsche Wörter mitbekommen. Sogar Schimpfwörter. Aber in der Schule hatte ich nie Deutsch gelernt.

Also lächelte ich bloß. Vorne im Auto saß der Deutsche, der uns am Bahnhof abgeholt hatte, auch so ein Blonder, Blauäugiger, aber nicht in schwarzer Uniform, sondern in normalen Sachen, mit Hut. Dem gab der Oberdeutsche ein Zeichen.

Darauf fing der an, Russisch mit mir zu reden. Er klang wie ein Pole.

»Diese Stadt heißt Wien«, sagte er. »Eine der schönsten Städte der Welt.«

Und er fing an, mir etwas über die Stadt zu erzählen: wann sie gebaut wurde und was an ihr Besonderes war. Nichts davon behielt ich.

»*Stopp!*«, sagte der Oberste auf einmal zum Chauffeur.
Wir hielten an. Der Oberste sagte was, und die Deutschen nickten.
»*Eine gute Idee!*«
Der Oberste stieg aus, öffnete die Tür auf meiner Seite und gab mir ein Zeichen auszusteigen. Das tat ich. Und blickte mich um. Wir standen an einer Straße. Direkt vor unserer Nase ein Laden mit hübschem Ladenschild. Und ein Duft ging von dem Laden aus! Geradezu betörend!
Der Oberste und ich, wir gingen da rein. An allen Wänden Spiegel. Und Tausende von Bonbons! Außerdem verschiedenste Kuchensorten und allerlei Zuckerkram. Mädchen in weißen Schürzen hinter der Theke, wunderhübsch anzuschauen. Sagt der Pole hinter mir:
»Was möchtest du?«
»Keine Ahnung«, sage ich.
Da zeigte der Oberste auf etwas hinter der Glasscheibe. Ein Mädchen hantierte mit ihrem Schaufelchen, es sah aus, als rührte sie in Teig, und dann – schwupp! Schon streckte sie mir ein Tütchen entgegen, mit einer rosa Kugel drauf. Ich griff zu. Die Kugel roch süß. Ich probierte – die Kugel war kalt. So kalt, dass die Zähne wehtaten. Ich schaute zu dem Deutschen hin.
Er nickte. Iss nur!, hieß das.
Und ich fing an zu schlecken. Es war wie süßer Schnee, nur fester. Schmeckte gut, aber komisch.
Ich schleckte eine Weile. Dann hielt ich ein.
Nach allem, was passiert war, hatte ich nämlich noch keinen großen Appetit. Obwohl, die Düfte gefielen mir schon wieder.
»Ganz schön kalt«, sagte ich. »So kriegt man es schwer runter. Vielleicht warte ich lieber, bis es geschmolzen ist?«

Die Deutschen lachten.
»Das ist doch Eis«, sagte der Pole. »Das muss man kalt essen. Häppchenweise. Aber du musst dich nicht beeilen damit. Iss es im Auto auf, in aller Ruhe.«
Ich nickte. Wir setzten uns zurück ins Auto und fuhren weiter, die hübschen Straßen entlang. Ich schaute aus dem Fenster und aß still mein Eis.
Aber wenn ich ehrlich sein soll: Ich fand das Eis nicht so berühmt. Die Karamellhähnchen am Stiel, die Vater vom Jahrmarkt mitgebracht hatte, schmeckten besser. Die hätte ich Tag und Nacht lutschen können.
Wir fuhren hinaus aus der Stadt. Durch eine Hügellandschaft. Die Hügel wurden immer höher, am Ende wuchsen sie geradezu in den Himmel! Solche hatte ich noch nie gesehen. Bei uns zu Hause, zwischen Koljubakino und Pospelowka, gibt es zwei Hügel. Über die mussten wir gehen, wenn wir nach Pospelowka wollten, meine Freundinnen und ich. Wenn man dort ganz oben steht, kann man weit gucken. Und unser Haus ist so klein, dass es auf der flachen Hand Platz hätte. Sogar unseren Hahn habe ich von da oben sitzen gesehen.
Aber das hier verschlug einem die Sprache. Die Straße war jetzt schmaler und schlängelte sich im Kreis, und wenn man abwärts guckte, waren da kolossale Gruben! Alles mit Tannenbäumen zugewachsen.
»Was ist das denn?«, fragte ich.
»Das sind die Alpen«, gab der Pole zur Antwort.
Fuhren wir also durch die Alpen. Höher und immer höher hinauf.
Irgendwann waren wir so hoch, dass wir schon an die Wolken reichten. Und fuhren in die Wolken einfach hinein!
Ich wollte nach unten schauen, aber da war schon rein gar nichts mehr zu sehen – so hoch waren wir.

Und die Fahrt nahm immer noch kein Ende. Ich schaukelte von einer Seite auf die andere. Die Brust fing außerdem an wehzutun. Ich schlummerte ein.

Wie ich aus der Versenkung auftauche, dämmert es schon. Und was sehe ich? Man trägt mich auf Händen! Wer? Der Oberdeutsche. Das ist mir peinlich! Auf Händen hat mich schon lange keiner mehr getragen.
Ich sage nichts. Er schleppt mich einen Weg entlang. Ringsum Wald, im tiefen Schnee. Am Himmel funkeln die Sterne. Hinter uns her kommen die anderen Deutschen. Wo er mich nur hinträgt? Ich spähe voraus und staune: Was für ein Riesenhaus! Ganz aus Stein, die Fenster hell, Türmchen obenauf, eine Pracht ist das!
Und jetzt steigt er Stufen. Die führen wohl direkt bis vor das Haus. Scheint so, als würde er dort erwartet: Türen öffnen sich knarrend. Schwere, eisenbeschlagene Türen.
Er betritt das Haus, mit mir auf den Armen. Auch drinnen alles aus Stein, die Decke nur verschwommen zu sehen, Leuchter brennen. Und seine Stiefel machen tock, tock, tock. So geht er dahin.
Und plötzlich gehen neue Türen auf, weit auf, und plötzlich ist ganz viel Licht.
Der Deutsche bleibt stehen. Setzt mich vorsichtig ab, wie eine Puppe. Aber nicht auf den Fußboden, nein. Sondern auf einen großen weißen Stein, wie eine Truhe so groß. Bei uns in Shisdra hat auf so einem Stein der eiserne Lenin gestanden – vor dem Krieg. Bevor die Deutschen ihn runtergeholt haben.
Jetzt glucke ich auf diesem Stein. Und sehe ringsumher eine Menge Leute stehen – an die vierzig sind es bestimmt, Männer und Frauen. Alle gucken mich an und schweigen.

Jetzt sagt der Deutsche zu ihnen was auf Deutsch. Und von allen Seiten kommen sie heran, neugierig wie die Schafe. Freundlich lächelnd. Ich mittendrin! Das macht mich verlegen. Und wie sie alle um den Stein herumstehen, fallen sie plötzlich auf die Knie. Vor mir!

Ich halte Ausschau nach meinem Deutschen – wüsste gern, was ich machen soll. Aber der kniet genauso dort unten auf dem Fußboden in seiner schwarzen Uniform. Die Deutschen, die mit uns gekommen sind, auch. Und der Pole.

Ich bin der Mittelpunkt!

Endlich heben sie die Köpfe. Gucken mich an.

Und ich sehe – alle sind blond. Und alle haben blaue Augen.

Dann sind sie wieder aufgestanden. Ein alter Mann kam auf mich zu, streckte mir die Hand hin und sagte auf Russisch:

»Komm herab zu uns, Schwester.«

Ich kletterte von dem Stein.

»Chram! Wir sind froh, dich unter den Toten gefunden zu haben. Du bist unsere Schwester in Ewigkeit. Wir alle sind deine Geschwister. Jeder Einzelne wird dich nun von Herzen willkommen heißen.«

Er umarmte mich und sagte:

»Ich bin Bro.«

Und sein Herz machte, dass mein Herz einen Sprung machte. So als hätten sein Herz und mein Herz sich guten Tag gesagt. Gleich war mir wieder so angenehm zumute wie in dem Zug. Doch sehr schnell zog er seine Hände zurück und trat zur Seite.

Alle kamen sie nun zu mir. Einer nach dem anderen. Sie stellten sich vor und umarmten mich. Mein Herz hüpfte jedes Mal. Und zwar jedes Mal verschieden: beim einen so, beim nächsten anders.

Das tat so unglaublich wohl, ich bekam eine Gänsehaut. Als würden Gläser voll perlendem Wein über meinem Herzen ausgeschüttet! Schwupp! Und schwipp! Und schwapp!
Ich stehe da wie im Traum. Die Augen geschlossen. Möchte nur eins – es möge nicht aufhören.
Doch schon war der Letzte vor mich hingetreten, hatte seinen Namen genannt, mich umarmt, mein Herz angestoßen – und trat beiseite. Der Raum um mich her leerte sich – die Menschen, die warmen, gingen auf Abstand. So freundlich lächelnd.
Der alte Mann nahm mich bei der Hand und führte mich weg. Durch allerlei Zimmer mit allerlei teuren Sachen darin. Dann eine Treppe hinauf. Bis in ein großes Zimmer, ganz aus Holz. Mitten im Zimmer stand ein Bett. Strahlend weiß und rein und flauschig, das sah man. Er führte mich hin zu dem Bett, zog mich aus. Dabei strahlte er. Sein Lächeln war erstaunlich: so als hätte er sein Lebtag nur Gutes gesehen und mit guten Menschen zu tun gehabt.
Er zog mich ganz aus und legte mich in das Bett. Deckte mich zu. Setzte sich zu mir.
So saß er da und schaute mich an. Hielt meine Hand. Die Augen strahlend blau. Wie klares Wasser.
Nachdem er meine Hand eine Weile gehalten hatte, schob er sie unter die Decke und sagte:
»Chram, mein Schwesterlein. Du musst dich jetzt ausruhen.«
Mir war pudelwohl. Der ganze Körper ein einziges Klingen.
»Wieso denn!«, sagte ich. »Ich hab doch die ganze Fahrt geschlafen wie ein Murmeltier. Jetzt mag ich überhaupt nicht schlafen.«
»Du hast viel Kraft verbraucht. Und ein neues Leben steht dir bevor. Dafür musst du gerüstet sein.«
Ich wollte protestieren, von wegen, ich wäre nicht müde und

so weiter. Doch im selben Augenblick überkam mich eine Müdigkeit, als hätte ich schwere Säcke geschleppt. Ruck, zuck war ich eingeschlafen.

Ich erwachte. Wo war ich?
Es war noch dasselbe Zimmer, dasselbe Bett. Durch die Ritze zwischen den Vorhängen blinzelte die Sonne herein.
Ich stieg aus dem Bett und ging zum Fenster. Zog die Vorhänge zurück: Meine Güte, was für ein herrlicher Anblick! Überall diese Berge, die Alpen. Oben ganz nackig, ohne Bäume, dafür verschneit. Sie reichen bis in den Himmel. Blau sehen sie aus, irgendwie. Und der Himmel ist ganz nah.
Aber nirgends in diesen Bergen ein Mensch.
Auf einmal musste ich furchtbar dringend pinkeln. Und mir fiel ein, wovon ich eben aufgewacht war. Ich hatte geträumt, ich wäre noch ein Wickelkind. Irgendein fremder Mensch hält mich auf den Knien. Und ich muss dringend pinkeln. Müsste es ihm sagen, um ihn nicht vollzupinkeln. Kenne aber die Worte noch nicht! Also rutsche ich in meinen Windeln auf ihm herum und überlege, wie man »Ich muss pinkeln!« sagt. An der Stelle bin ich aufgewacht.
Der Drang ist so stark, als hätte ich die ganzen letzten Tage immer nur Wasser zu mir genommen. Aber wo man hier hingeht, um zu pinkeln, weiß ich nicht. Ich gehe zur Tür, öffne sie. Dahinter ist ein Flur. Den laufe ich lang, denke, vielleicht steht irgendwo ein Eimer. Dann sehe ich eine Treppe nach unten gehen, eine schöne Treppe aus Holz, mit geschnitzten Zapfen im Geländer. Ich gehe ein Stück hinunter, sehe verschiedene Türen. Stoße eine an – sie ist nicht verschlossen. Ich gehe rein.
Drei Pärchen hocken dort auf den Knien und halten einander umarmt. Sie sind nackt. Es wird nicht gesprochen.

Auf mich achtet keiner.
Der Anblick genügte, dass mir alles wieder einfiel, was unterwegs im Zug gewesen war. Und davon wurde mir gleich wieder so warm ums Herz, dass ich nicht länger an mich halten konnte und unter mich pinkelte. Es lief einfach an mir hinab auf den Fußboden. Es lief und lief und hörte nicht wieder auf! Ich stand da und stierte auf die Leute, bis mir alles vor den Augen schwamm. Die Pfütze bewegte sich gerade auf sie zu, was mir kein bisschen peinlich war – ich stand da wie aus Erz gegossen, mir war so wohl, das lässt sich nicht beschreiben. Man muss sich das vorstellen: Ich stehe da, strahle wie ein Honigkuchenpferd, und sie hocken in meiner Pisse! Ohne sich zu rühren!
Doch da wurde nach mir gerufen.
»Chram!«
Ich drehte mich um: Da stand eine Frau in der Tür. Sie sprach mich an in einer seltsamen Sprache. Die einzelnen Wörter kamen mir bekannt vor, aber zusammen ergaben sie keinen Sinn. Russisch war es nicht, aber auch nicht Ukrainisch oder Weißrussisch. Polnisch schon gar nicht. Das Polnische hatte ich ja im Lager mitbekommen.
Die Frau nahm mich bei der Hand und führte mich fort. Nackig, wie ich war, auf nassen Sohlen, patschte ich ihr hinterher.
Sie führte mich in ein großes Zimmer, das ganz mit glänzendem Stein ausgelegt war. In der Mitte stand eine Art großer weißer Bottich mit Wasser. Die Frau wickelte die Binde von meiner Brust, riss die Watte von der abgetrockneten Wunde und zog mich hin zu dem Bottich. Ich stieg hinein, machte mich lang. Das Wasser war warm. Es tat gut.
Und jetzt kam noch eine Frau herein. Sie fingen an, mich zu waschen wie ein kleines Kind. Als ich ganz eingeseift war,

befahlen sie mir aufzustehen. Das tat ich. Über mir war so ein Blechding. Und aus dem kam plötzlich Wasser auf mich runtergeströmt, wie ein warmer Regen! War das schön! Ich stand da und lachte.

Dann wurde ich abgetrocknet. Um die Wunde machten sie einen neuen Verband. Setzten mich auf einen weich gepolsterten Schemel und fingen an, mich mit etwas Wohlriechendem einzuschmieren. Von Kopf bis Fuß. Anschließend wurde ich gekämmt und in einen weichen Mantel gehüllt. Angehoben wie ein Sack und weggetragen.

Nun ging es in ein anderes großes Zimmer. Dort gab es mehrere Schränke, in der Mitte standen drei Spiegel und davor ein kleiner Tisch mit einer Unmenge von Fläschchen drauf. Es roch nach Parfüm. Ich wurde vor diesen Tisch gesetzt und konnte mich nun in allen drei Spiegeln auf einmal sehen. Du lieber Gott! War ich das? Ich hatte mich vollkommen verändert in der kurzen Zeit. Ich weiß nicht, wie es kam: Ob ich auf einen Schlag älter geworden war oder reifer und gesetzter, jedenfalls waren von der, die ich früher gewesen war, anscheinend bloß Augen und Haare übrig geblieben, man konnte es glatt mit der Angst kriegen … Aber was war da zu machen? In solchen Fällen pflegte mein seliger Großvater zu sagen: »Leb draufzu und fürchte gar nichts!«

Jetzt wurden mir erst mal die Haare geschnitten. Hübsch frisiert und mit etwas Duftendem eingerieben. Als Nächstes kamen die Finger- und Fußnägel dran. Sie hatten eine kleine Raspel, mit der sie die Nägel bearbeiteten. So wie man die Hufe beim Pferd abraspelt vorm Beschlagen, so raspelten sie mir die Nägel glatt. Ich hätte mich totlachen können darüber, aber so ist das nun mal in Deutschland!

Und dann gingen diese Frauen daran, mich anzuputzen: Ich musste den Mantel wieder ausziehen, derweil holten sie aus den Schränken und Kommoden alle möglichen Gewänder hervor, Kleider, Unterröcke, Höschen und Mieder. Das wurde nun alles vor mir ausgelegt. Ein Anblick war das, so schmuck und schön!

Als Erstes haben sie mir ein Mieder für obenrum angepasst. Meine Brüste waren ja noch ganz klein. Sie haben die kleinste Größe ausgesucht und anprobiert. Himmel! Ausgewachsene Weiber haben bei uns im Dorf keine Mieder getragen, geschweige halbwüchsige! Zu Gesicht bekommen hatte ich diese Dinger bis dahin überhaupt bloß in Shisdra und in Chljupino, bei der Landeinkaufsgenossenschaft, wo es Kleider und andere Textilwaren zu kaufen gab.

Dann bekam ich ein Unterhöschen angezogen. Hübsch klein und weiß, wie für Puppen gemacht. Die Strümpfe ließen sich dort anknöpfen. Darüber kam ein kurzer weißer Unterrock. Und was für einer! Ganz in Spitze, duftend nach feinem Parfüm! Alles so hübsch, dass man keine Worte fand. Zuoberst zogen sie mir ein Kleid, himmelblau mit weißem Kragen. Und dann kamen die Schuhe an die Reihe. Was da beim Aufklappen der Schachteln zum Vorschein kam: halt dich fest! Keine plumpen Botten, keine Stiefel, nein, richtige Lackschuhchen, zierlich und glänzend! Drei Schachteln zur Auswahl schleppten sie davon an. Mir wurde beinahe schwindlig. Ich tippte mit dem Finger auf ein Paar – und trug es im nächsten Moment an den Füßen. Schuhe mit Absätzen!

Ich bekam die Lippen geschminkt und die Wangen gepudert. Und um den Hals einen Faden mit Perlen. Ich stellte mich vor den Spiegel, schaute hinein – die Augen gingen mir über. Eine Prinzessin stand da vor mir, bestimmt keine Warja Samsikowa!

Und schon wieder griffen sie nach meiner Hand, zogen mich mit sich fort. Es ging die Treppe nach unten.

Dort gab es ein kolossal großes Zimmer, ganz aus Stein. Darin ein Riesentisch. Und an dem Tisch saßen alle, die mich gestern begrüßt hatten. Dazu die Deutschen, mit denen ich gekommen war. Aber nicht in Uniform, normale Anziehsachen. Alle waren beim Essen. Was sie aßen, sah bunt aus und schön. Und der alte Mann, Bro mit Namen, sagte zu mir:

»Chram, Schwester, setz dich mit uns zu Tisch. Du musst wissen, es ist in unserer Gemeinschaft Sitte, nichts von dem zu essen, was lebt. Auch nichts zu kochen und zu braten, zu schneiden und zu stechen. Weil all dies den Kosmos unserer Nahrung verletzt.«

Er griff nach einer Birne und reichte sie mir. Ich nahm sie und biss hinein. Und alle am Tisch aßen fröhlich weiter.

Ich betrachtete die Tafel genauer. Kein Fleisch, kein Fisch, keine Eier, keine Milch. Auch kein Brot. Dafür Mengen von Früchten jeder Art. Nicht etwa bloß Birnen – Melonen, Tomaten, mehrerlei Gurken, Äpfel, sogar Kirschen! Und noch viele, viele andere Arten und Sorten. Auch solche, die ich niemals zuvor gesehen hatte.

Alle aßen mit den Händen. Es gab weder Messer noch Gabeln, noch Löffel.

Ich blickte auf eine vor mir liegende Honigmelone – so eine hatte ich noch nie gekostet, nur auf dem Markt gesehen. Einer der Männer bemerkte, woran meine Augen hingen, packte die größte aller dieser Melonen, rückte einen scharfkantigen Stein zu sich heran, holte aus und ließ die Melone auf den Stein niedersausen! Sie zerfiel, es spritzte nach allen Seiten! Alle freuten sich. Er suchte ein Stück aus und reichte es mir, die übrigen verteilte er. So kam ich zu meinem ersten Stück Honigmelone. Ein Hochgenuss!

Anschließend futterte ich eine Paprikaschote, Erdbeeren und

noch drei andere Obstsorten. Kirschen stopfte ich in mich hinein, bis ich nicht mehr konnte.
Der alte Bro kam zu mir herüber. Nahm mich beim Arm und führte mich nach nebenan, in ein kleines Zimmer. Dort war alles voller Bücher. Er ließ mich an einem kleinen Tisch Platz nehmen, setzte sich gegenüber.
»Was sagen dir deine Gefühle, Chram?«, fragte er.
»Die Brust tut ein bisschen weh«, sagte ich.
»Und sonst?«
»Na ja«, sagte ich, »ich weiß nicht … Ist alles neu für mich.«
»Hast du dich wohl gefühlt bei uns?«
»Ja«, sagte ich.
»War es deinem Herzen angenehm?«
»Und wie. Ich hab mich noch nie so wohl gefühlt wie bei euch.«
Darauf sah er mich mit einem sonderbaren Lächeln an und sagte:
»Solche wie uns gibt es nur wenige. Nur einhundertdreiundfünfzig auf der ganzen Erde, um genau zu sein.«
»Wieso denn das?«, fragte ich.
»Weil«, sagte er bedeutungsvoll, »wir anders sind als alle. Wir vermögen nicht nur mit den Lippen zu sprechen, sondern ebenso mit dem Herzen. Andere Leute sprechen ausschließlich mit den Lippen. Nie mit dem Herzen.«
»Wieso?«
»Weil sie tot sind. Tot bei lebendigem Leibe. Der allergrößte Teil der Menschen auf Erden sind wandelnde Tote. Sie kommen tot zur Welt, heiraten einen Toten, zeugen und gebären Tote, und dann sterben sie; ihre toten Kinder bringen wieder neue Tote zur Welt, und so immer fort bis in alle Ewigkeit. Das ist der Kreislauf ihres toten Lebens. Aus ihm ist

kein Entkommen. Wir aber leben. Wir sind erwählt dazu. Wir kennen die Sprache des Herzens, in der wir uns mit dir schon unterhalten haben. Wir wissen, was Liebe ist. Die wahre Göttliche Liebe.«

»Und was ist Liebe?«

»Für Hunderte Millionen toter Menschen ist die Liebe nichts als ein Laster. Die Gier, sich eines fremden Körpers zu bemächtigen. Alles läuft nur auf das eine hinaus: Ein Mann sieht eine Frau, sie gefällt ihm. Er weiß überhaupt nichts von ihrem Herzen, doch ihr Gesicht, ihre Figur, ihr Gang, ihr Lachen ziehen ihn an. Er möchte die Frau immer vor sich haben, mit ihr zusammen sein, sie berühren. Und es bricht eine Krankheit aus, die man die irdische Liebe nennt: Der Mann bemüht sich um die Frau, schleppt Geschenke an, macht ihr den Hof, schwört ihr seine Liebe, verspricht, keine andere zu lieben als sie. Sie beginnt, für ihn Interesse zu zeigen, später Sympathie, noch später scheint es ihr, dies wäre der Mann, auf den sie gewartet hatte. Am Ende kommen sie einander so nahe, dass sie sich zum so genannten Liebesakt rüsten. Sie schließen sich im Schlafzimmer ein, entledigen sich ihrer Kleidung, legen sich ins Bett. Der Mann küsst die Frau, knetet ihre Brüste, wälzt sich über sie, stößt sein Gemächt in sie hinein, schnauft und ächzt. Anfangs stöhnt sie vor Schmerz, dann vor Wollust. Der Mann ergießt in den Schoß der Frau seinen Samen. Und sie schlafen ein in ihrem Schweiß, ermattet und entleert. Sie einigen sich auf ein gemeinsames Leben, ziehen Kinder groß. Nach und nach verlässt sie die Leidenschaft. Sie verwandeln sich in Maschinen: Er verdient das Geld, sie kocht und wäscht. In diesem Zustand verbringen sie den Rest ihres Lebens bis zum Tode. Falls sie sich nicht noch in jemand anders verlieben. Dann scheiden sie voneinander und erinnern sich ihrer

Vergangenheit mit Abscheu. Ihren neu erwählten Partnern schwören sie ewige Treue. Sie gründen eine neue Familie, bringen neue Kinder zur Welt. Um anschließend wieder zu Maschinen zu verkommen. Dies ist die Krankheit, die sich irdische Liebe nennt. Das größte Übel auf Erden, unserer Ansicht nach. Denn die Liebe, die uns Erwählte eint, ist von ganz anderer Art. Sie ist wie der Himmel so weit und so herrlich wie das Ursprüngliche Licht. Sie gründet nicht auf äußerliche Sympathien. Sie ist tief verwurzelt und stark. Du, Chram, hast schon ein Quäntchen dieser Liebe verspürt. Sie hat dich gestreift. Es war nur der erste Strahl einer großen Sonne, welcher dein Herz berührt hat. Jener Sonne, die die Göttliche Liebe des Lichtes heißt.«

Ich wollte etwas fragen, doch er streckte mir auf einmal seine Arme entgegen. Nahm meine Hände in die seinen. Bevor ich etwas sagen konnte, hatte er schon die Augen geschlossen. Es sah aus, als wäre er eingenickt.

Und plötzlich machte es poch! an meinem Herzen.

Alles geschah genauso wie in dem Zugabteil. Nur noch heftiger. Blitze vor den Augen. Als stürzte ich kopfüber in einen Strudel. Als hätte sich ein winziger Pfeil in mein Herz gebohrt.

Dann aber begann etwas ganz Neues. Es war, als zerrte er mein Herz eine Treppe hinauf. So dass es gegen jede einzelne Stufe prallte. Der Aufprall fühlte sich jedes Mal anders an, weil die Stufe immer anders war, aus anderem Holz.

Das Gefühl war so stark und so angenehm, ich hätte sterben können vor Glück.

Er aber zerrte mein Herz weiter, immer weiter.

Höher und immer höher.

Es wurde himmlischer und immer noch himmlischer.

Und plötzlich: hops! Die letzte Stufe. Die himmlischste.

Im selben Moment hatte ich mit dem Herzen erkannt, dass es 23 Stufen gewesen waren.
Ich hatte sie nicht gezählt. Mein Herz wusste es.
Und damit hörte er auf. Ich saß immer noch da wie vorher. Sah meine Umgebung nur verschwommen, mit lichterloh brennendem Herzen. Ich brachte keinen Ton heraus.
Er aber sagte:
»Soeben habe ich in der Sprache des Herzens mit dir gesprochen. Bisher haben die anderen immer nur ein paar Wörter in dieser Sprache zu dir gesagt. Es sind aber insgesamt dreiundzwanzig. Die habe ich dir eben aufgezählt. Jetzt kennst du sie alle.«
Ich saß da und konnte mich nicht rühren vor Behagen. Nie hatte ich mich besser gefühlt als in diesem Moment. Und wusste schlagartig Bescheid. Heulte los. Aber wie. Von Krämpfen geschüttelt, stürzte ich zu Boden, wand mich und heulte wie ein Schlosshund. Der alte Mann stand auf, strich mir über den Kopf.
»Weine nur, Schwester!«, sagte er.
Und ich heulte, wie ich nie im Leben geheult hatte. Heulte mir die Seele aus dem Leibe.
Währenddessen rief er ein paar Leute zu Hilfe, die mich ins Schlafzimmer trugen. Ich konnte mich nicht beruhigen, nicht still halten auf ihren Armen, die Tränen flossen in Strömen!
Sie trugen mich hinauf, entkleideten mich, brachten mich zu Bett. Ich aber heulte und konnte nicht aufhören. Fix und fertig lag ich da, der Ohnmacht nahe, mir war, als müsste ich sterben. Zwischendurch schreckte ich auf: Wo war ich? Im Bett, wie angenagelt. Ich brauchte nur aufzustehen, ein paar Schritte zu gehen, schon fingen die Heulkrämpfe wieder an. Bis an den Rand der Besinnungslosigkeit.

So ging das sieben Tage lang.
Ganz allmählich kam ich zu mir. Lag da und mochte nicht mehr weinen. Ruhe war im Herzen eingekehrt. Süße Ruhe! Sie tat wunderbar wohl. Dabei war ich so schwach, dass ich den Arm nicht hätte heben können. Ich lag da und schaute zum Fenster hinaus. Tannenbäume im Schnee. Mächtige, kerzengerade Bäume, tief verschneit. Funkelnd in der Sonne.
Ich weiß nicht, wie lange ich so dalag.
Schließlich betrat eine Frau das Zimmer. Brachte mir zu trinken. Ich trank.
Dann kam Bro, der alte Mann. Setzte sich auf die Bettkante, nahm meine Hand. Und sagte:
»Du hast es hinter dir, Chram. Dein Herz hat geweint vor Scham ob deines früheren Lebens. Das ist normal. So ist es jedem von uns gegangen. Von heute an wirst du nie wieder weinen müssen. Du wirst nichts als Freude haben. Freude am Leben.«
So fing mein neues Leben an.
Ob es sich hererzählen lässt? Natürlich nicht. Das Gedächtnis greift sich nur das heraus, was hervorsticht, was ihm kostbar genug erscheint. Was aber, wenn dein neues Leben aus nichts anderem besteht?
Drei Jahre verbrachte ich in unserem Hort in den österreichischen Alpen. Dann, als der Krieg auch diese Bergeshöhen erreicht hatte, verließen wir es und zogen nach Finnland um. Tief im Wald, am Ufer eines Sees erwartete uns ein neuer Hort. Dort brachte ich noch einmal vier Jahre zu.
Alles ist mir noch in Erinnerung: die Gesichter der Schwestern und Brüder, ihre Stimmen, ihre Augen, ihre Herzen, die meines ihre heimlichen Worte lehrten.
Ich weiß es noch genau …
Neue Menschen tauchten auf, blauäugig, aschblond, deren

Herzen vom Eishammer geweckt worden waren, sie reihten sich ein in unsere Bruderschaft, erfuhren die Freuden des Erwachens, weinten die Tränen der tiefsten Reue, entdeckten die göttliche Sprache der Herzen, traten an die Seite jener Reifen und Erfahrenen, die alle 23 Wörter beherrschten.

Schließlich kam der 6. Juli 1950, ein für mich schicksalsträchtiger Tag.

Ich war mit der Sonne aufgestanden, wie alle meine Brüder und Schwestern es taten. Wir waren hinausgetreten auf die Wiese vor dem Haus, waren wie üblich zu Paaren zusammengetreten, einander um den Hals gefallen und auf die Knie gesunken. Unsere Herzen fanden zueinander, unterhielten sich in ihrer geheimen Sprache. Dies währte einige Stunden. Sodann lösten wir uns aus der Umarmung, kehrten ins Haus zurück, absolvierten die Morgentoilette und begingen das gemeinsame Mahl.

Anschließend nahm Bro mich beiseite und sprach:

»Chram, heute ist der Tag, an dem du unsere Bruderschaft verlassen wirst. Du wirst nach Russland gehen. Wirst dort nach den Lebenden unter den Toten suchen. Sie wecken und ins Leben zurückholen. Du bist ein langes Stück Weg mit uns gemeinsam gegangen. Du hast die Sprache des Herzens erlernt. Hast alle ihre 23 Wörter erfahren. Du bist bereit, dem großen Ziel zu dienen. Ich will dir nun noch berichten, was du wissen musst. Es ist die Überlieferung, die nur von Mund zu Mund weitergetragen wird und nicht auf dem Papier existiert. Höre also: Im Anfang war nur das Ursprüngliche Licht. Und dieses Licht leuchtete im Absoluten Nichts. Und es leuchtete um Seiner Selbst willen. Es bestand aus 23 000 Strahlen. Und diese Strahlen waren wir. Zeit existierte nicht für uns. Es gab nur die Ewigkeit. Und in diesem Ewigen

Nichts leuchteten wir. Und gebaren so Welten. Welten, die das Nichts füllten. So entstand das Universum. Jedes Mal, wenn uns danach war, eine neue Welt zu schöpfen, bildeten wir, die 23 000 Strahlen, einen Göttlichen Kreis des Lichts. Alle Strahlen richteten sich ins Innere des Kreises, und nach 23 Impulsen entstand im Zentrum des Kreises eine neue Welt. Es waren Sterne, Planeten, Galaxien. Und einmal begab es sich, dass wir eine neue Welt erschaffen hatten, deren einer von sieben Planeten rundum von Wasser bedeckt war. Es war der Planet mit Namen Erde. Solch einen Planeten hatten wir nie zuvor erschaffen. Es war dies der Große Fehler des Lichts. Denn der Planet Erde mit seiner Wasseroberfläche wirkte wie eine Spiegelkugel. Und in dem Augenblick, da wir dort auftrafen, von ihr zurückgeworfen wurden, hörten wir selbst auf, Lichtstrahlen zu sein, wurden zu körperlichen Wesen, Lebewesen. Primitive Amöben zunächst, die den endlosen Ozean besiedelten. Unsere winzigen, durchscheinenden Leiber wurden vom Wasser getragen, doch in uns wohnte, wie zuvor, das Ursprüngliche Licht. Und wie zuvor waren wir 23 000 an der Zahl. Nun aber verstreut über die Weiten des Ozeans. Milliarden von Erdjahren vergingen. Gemeinsam mit anderen die Erde besiedelnden Lebewesen durchschritten wir die Evolution. Wurden zu Menschen. Die Menschen vermehrten sich, verteilten sich über die ganze Erde. Sie begannen vom Verstand zu zehren und sich dem Fleisch zu unterwerfen. Ihre Münder artikulierten die Sprache des Verstandes. Diese Sprache überzog schon bald die ganze sichtbare Welt wie ein öliger Film. Die Menschen hörten auf, die Dinge zu sehen. Denn sie konnten sie sich nun denken. Blind und herzlos, wie sie waren, nahm ihre Grausamkeit zu. Sie begannen Waffen und Maschinen zu bauen. Sie töteten und gebaren und töteten, was sie geboren hatten. Und wurden allmählich zu wandelnden Toten. Denn die Menschen waren unser Fehler. Und mit ihnen alles Übrige, was auf der Erde kreucht und fleucht. So ist die Erde zur Hölle geworden. Und wir, jeder für sich, mussten in dieser Hölle leben. Starben und wurden wieder geboren, nicht imstande, uns von der Erde zu lösen, die wir selbst erschaffen hatten. Und immer noch waren wir 23 000 an der Zahl. Das Ursprüngliche Licht wohnte in unseren Herzen. Doch sie schliefen wie Milliarden anderer Menschenherzen auch. Die Frage war, was sie hätte wecken können, damit wir erfuhren, wer wir sind und was uns obliegt? Sämtliche Welten, die wir vor der Erde erschaffen hatten, waren tot. Sie hingen im leeren Raum wie Weihnachtsbaumkugeln, zur puren Ergötzung. In ihnen klang die Freude des Ursprünglichen Lichts. Einzig die Erde störte die Kosmische Harmonie. Denn sie führte ein Eigenleben, entwickelte sich fort. Entartete zu einem wuchernden Krebsgeschwür. Doch lange lässt sich die Kosmische Harmonie niemals stören. Eines Tages war es so weit: Ein Splitterchen von einer der durch uns erschaffenen Weihnachtsbaumkugeln fiel auf die Erde nieder. Das war einer der größten Meteoriten, den die Welt gesehen hat. Es geschah im Jahre 1908 in Sibirien, nahe einem Fluss mit Namen Podkamennaja Tunguska. Darum sprach man alsbald vom Tunguska-Meteoriten. Im Jahre 1927 rüsteten sich einige Verstandesmenschen zu einer Expedition in dieses Gebiet. Sie erreichten den Ort, fanden einen verwüsteten Wald vor, doch den Meteoriten fanden sie nicht. Fünfzehn Personen gehörten zur Expedition. Unter ihnen ein zwanzigjähriger Student, blond, mit blauen Augen, bis dahin fanatisch dem Fortschritt ergeben. Seit er sich an der Einschlagstelle aufhielt, beherrschte ihn ein merkwürdiges Gefühl, das er nie zuvor gespürt hatte: Sein Herz bebte. Das

brachte ihn jäh zum Verstummen. Er hörte auf, mit den übrigen Mitgliedern der Expedition zu sprechen. Er fühlte mit dem Herzen, dass der Meteorit nicht weit sein konnte. Von ihm ging eine Energie aus, die den jungen Mann aus dem Gleichgewicht brachte. Die binnen zwei Tagen sein Leben vollkommen umstülpte. Seine Kollegen hielten ihn für übergeschnappt. Die Expedition trat ergebnislos den Rückweg an. Er aber ließ sie ziehen. Kehrte zurück zur Einschlagstelle. Und fand den Meteoriten. Es war ein gigantischer Klumpen Eis. In den Sumpfboden gesackt, ganz vom Brackwasser bedeckt, lag er verborgen vor den Menschen. Der Junge war in den Sumpf hineingestiegen, ausgeglitten und mit der Brust gegen das Eis geprallt. Worauf sein Herz zu sprechen anhob. Und alles war klar. Er brach einen großen Brocken von dem Eis, packte ihn in seinen Rucksack und kehrte zu den Menschen zurück. Das Eis war schwer, das Gehen mühsam. Außerdem schmolz das Eis. Als er das nächstgelegene Dorf erreichte, war nur noch ein kleines Stück davon übrig, das auf den Handteller passte. Im Näherkommen sah er ein Mädchen im Gras liegen und schlafen. Es war blond und hatte die blauen Augen halb geschlossen. Er hob einen Knüppel vom Boden auf, band mit einem Stück Schnur sein Eis daran und schlug den so entstandenen Eishammer mit voller Wucht auf des Mädchens Brust. Das Mädchen schrie auf und fiel in Ohnmacht. Er streckte sich neben ihr aus und schlief ein. Als er erwachte, saß das Mädchen neben ihm, blickte ihn an wie einen Bruder. Sie umarmten sich. Und ihre Herzen begannen miteinander zu sprechen. Und alles war klar. Und sie begaben sich auf die Suche nach ihresgleichen … Dieser junge Mann war ich.«
Er hatte einen Moment gezögert, bevor er den letzten Satz anfügte.

»Du und ich, wir haben bisher noch nicht über die Ziele unserer Bruderschaft gesprochen. Wer die Sprache des Herzens vollständig beherrscht, weiß auch so darüber Bescheid. Und du bist kurz davor. Doch wir haben keine Zeit mehr zu warten, du musst so schnell wie möglich nach Russland reisen. Um unsere Brüder und Schwestern dort zu finden, jene, die nicht der Höllenwelt angehören. Jene, in deren Herzen die Erinnerung an das Licht lebendig ist.«
Er verstummte, blickte mich an.
»Was soll ich tun?«, fragte ich.
»Du sollst die menschliche Rasse sieben. Die Goldkörnchen finden. Wir sind 23 000. Keiner mehr und keiner weniger. Wir sind blauäugig und blond. Wenn alle 23 000 gefunden sind, und alle haben sie die Sprache des Herzens erlernt, werden wir uns im Kreis aufstellen, und unsere Herzen sprechen die 23 Herzenswörter im Chor. Dann entsteht in der Mitte des Kreises das Ursprüngliche Licht, das weltenschöpfende, neu. Und der Fehler wird ausgemerzt sein: Die Erdwelt wird verschwinden, sich auflösen im Licht. Und mit ihr unsere irdischen Leiber. Wir finden zurück in unsere Existenz als Strahlen des Ursprünglichen Lichts. Kehren zurück in die Ewigkeit.«
Kaum hatte Bro das gesagt, kam Bewegung in mein Herz. Ich FÜHLTE all das, was er mir eben in dürren irdischen Worten mitgeteilt hatte. Ich sah uns im Kreis stehen, einander bei den Händen halten und die Herzenswörter aussprechen.
Bro merkte es. Er lächelte.
»Jetzt, Chram, bist du ganz im Bilde.«
Ich war erschüttert. Nur eine Frage quälte mich noch.
»Was ist das für ein Eis?«
»Es ist Ljod, ein idealer kosmischer Stoff, den das Ursprüngliche Licht hervorbringt. Äußerlich gleicht er dem Eis auf

Erden. Doch tatsächlich ist die Struktur eine andere. Versetzt man es in Schwingung, erklingt in ihm die Musik des Lichts. Beim Aufprall auf unserem Brustbein beginnt das Ljod zu vibrieren. Durch diese Vibrationen erwachen unsere Herzen.«

Er sprach es aus, und im selben Moment fühlte ich es. Wusste, was dieses Ljod war.

»In Russland haben wir drei Geschwister«, fuhr Bro fort. »Sie werden dich unterstützen. Gemeinsam werdet ihr Großes vollbringen. Frisch ans Werk, Chram!«

So kam es, dass ich in mein Heimatland zurückkehrte.

Am nächsten Morgen überschritt ich nahe des Inari-Sees die Grenze zur UdSSR. Im Wald wartete ein Auto auf mich. Darin saßen zwei Männer in Uniform, Offiziere der Staatssicherheit. Einer öffnete schweigend die Tür, ich stieg ein. Wir fuhren zunächst einen Waldweg entlang, dann eine Landstraße. Die ganze Zeit fiel kein Wort. Dreimal wurden wir von Militärpatrouillen gestoppt. Die Dokumente, die meine Begleiter vorzuweisen hatten, ermöglichten die sofortige Weiterfahrt.

Nach vier Stunden erreichten wir Leningrad.

Vor einem Wohnhaus auf der Morskaja war die Fahrt zu Ende. Einer der Offiziere forderte mich auf, ihm zu folgen. Wir betraten das Haus und stiegen in die dritte Etage. Der Offizier klingelte an der Wohnung No. 15, machte kehrt und entfernte sich die Treppe hinunter.

Die Tür ging auf. Auf der Schwelle stand ein mittelgroßer blonder Mann in der Uniform eines Oberstleutnants der Staatssicherheit. Er wirkte aufgeregt, schien sich sehr zusammenzureißen. Den Blick nicht von mir wendend, lief er in die Wohnung hinein. Auch ich bebte innerlich: Mein Herz hatte den Bruder wahrgenommen. Ich schob die Tür hinter mir zu und folgte ihm. Der vorgezogenen Gardinen wegen war es in der ganzen Wohnung düster. Trotzdem konnte ich die Bläue in seinen angespannt blickenden Augen erkennen. Wir umarmten uns, fielen gemeinsam auf die Knie. Unsere Herzen begannen zu sprechen. Es währte bis in den Abend hinein. Sein Herz, lechzend nach den geheimen Worten, flatterte ungestüm. Es war indes noch recht unerfahren, kannte nicht mehr als sechs Herzenswörter.

Schließlich lösten wir uns voneinander.

Als er sich wieder in der Gewalt hatte, sagte er:

»Mein Name auf Erden ist Alexej Korobow.«

Sein Herzensname war Adr.

Dann sprach er wieder lange gar nicht mehr. Schaute mich nur an. Ich war das gewohnt. Die Brüder und Schwestern bei uns im Hort hatten in der Erdensprache stets nur das Nötigste miteinander gesprochen. Nach einer Weile griff er zum Telefon.

»Das Auto«, sagte er in den Hörer.

Wir gingen gemeinsam hinunter auf die Straße. Es war schon dunkel.

Vor dem Eingang wartete ein Auto mit Chauffeur und Wachposten, das uns zum Moskauer Bahnhof brachte. Wir stiegen in den Express Leningrad–Moskau, bezogen unser Coupé, schlossen uns dort ein. Adr packte Früchte aus, legte sie auf den kleinen Tisch. Doch zu essen vermochte er nicht, schaute mich immer bloß an.

Ich hingegen hatte ordentlich Hunger und langte mit Freuden zu. Dann erzählte er mir seine Geschichte. Er war Berufsoffizier beim MGB*. Im Jahr 1947 hatte ihn seine Dienststelle im Auftrag der Hauptverwaltung zum Schutze sowjetischen

* MGB: Ministerium für Staatssicherheit der UdSSR

Eigentums im Ausland (GUSIMS) nach Deutschland beordert.

In Dresden, zum Festbankett aus Anlass des zweiten Jahrestages des Sieges über Hitlerdeutschland, lernte er seinen unmittelbaren Vorgesetzten, Abteilungsleiter Generalleutnant Wlodsimirski, näher kennen. Zuvor waren sie sich nur in dienstlicher Angelegenheit begegnet. Wlodsimirski, ein in Lubjanka*-Kreisen als streng und wenig umgänglich geltender Mann, bekundete für Korobow unversehens Sympathie, stellte ihm seine Frau vor und lud ihn in die Villa ein, wo er zumeist residierte.

Dort angekommen, wurde Korobow vom Generalleutnant und seiner Frau an eine Säule gefesselt und mit einem Eishammer aufgeklopft. Er verlor das Bewusstsein. Anschließend wurde er in das örtliche Lazarett überführt, wo er in einem Einzelzimmer mit Bewachung zu sich kam. Am übernächsten Tag erschien Wlodsimirski, legte sich zu ihm ins Bett, umarmte ihn und sprach ihn mit dem Herzen an.

So war aus Korobow Adr geworden.

Er fragte mich aus nach meinen Erfahrungen mit der Bruderschaft, ich erzählte ihm, was ich wusste. Hin und wieder übermannte ihn die Rührung, und er brach in Tränen aus, umarmte mich, presste meine Hände gegen seine Brust. Ich zügelte mein Herz, um Adr nicht allzu sehr zu erschüttern. Ich bekam einen Eindruck von meiner Macht.

Am Morgen langten wir auf dem Leningrader Bahnhof in Moskau an. Dort wartete bereits wieder ein Auto auf uns. Wir fuhren aus der Stadt hinaus und trafen nach einiger Zeit in Wlodsimirskis Landhaus ein.

* Lubjanka: Platz mit MGB-Zentrale in Moskau

Es war ein warmer, sonniger Tag.
Adr nahm mich bei der Hand, an seiner Seite betrat ich das ansehnliche Holzhaus. Alle Vorhänge waren zugezogen. Wlodsimirski stand in der Mitte des Salons und erwartete uns. Auch er mittelgroß, kräftig gebaut, die gedrungene Figur in einem engen goldseidenen Pyjama, die wenigen dunkelblonden Haare nach hinten gekämmt. In den blaugrünen Augen standen Tränen des Entzückens. Schon aus der Distanz konnte ich sein großes, heißes Herz spüren. Und erschauerte im süßen Vorgefühl.
Ein wenig abseits stand Wlodsimirskis Gemahlin, eine magere Frau mit hübschem Gesicht. Sie gehörte nicht zu uns, weshalb ich sie nicht gleich bemerkt hatte.
Wlodsimirski kam auf mich zu. Sein Kopf zuckte, seine kräftigen Hände zitterten. Er stieß einen kehligen Laut hervor, fiel auf die Knie und drückte sich an mich.
Adr kam von hinten, schmiegte sich gleichfalls an.
Sie brachen beide in Tränen aus.
Auch Wlodsimirskis Frau fing an zu weinen.
Später nahm Wlodsimirski mich bei der Hand und führte mich nach oben in den ersten Stock. Im Schlafzimmer durfte ich mich auf sein breites Bett legen, und er begann mich zu entkleiden. Seine Frau und Adr waren behilflich. Dann zog er sich selbst aus. Wlodsimirskis Körperbau war ausgesprochen athletisch. Er presste seine breite weiße Brust gegen meine. Und unsere Herzen vereinten sich. Er war in der Herzenssprache kein Anfänger, kannte vierzehn Wörter.
In seinem kräftigen Herzen versank mein kleines Mädchenherz ganz und gar. Es hechelte und bebte, zuckte und brannte.
Mit keinem, nicht einmal dem alten Bro, war es bisher so gut gewesen.

Unsere Herzen hatten einander seit langem gesucht. Sie gebärdeten sich rasend.
Die Zeit blieb für uns stehen …

Achtundvierzig Stunden später lösten wir uns voneinander. Die Arme waren taub und gehorchten nicht, wir konnten uns kaum rühren vor Schwäche. Doch unsere Gesichter strahlten vor Glückseligkeit.
Mein neuer Bruder hieß Ha.
Adr und Wlodsimirskis Frau brachten uns ins Badezimmer und setzten uns in eine heiße Wanne.
»Ich heiße Nastja«, stellte die Frau sich vor, während sie mir die ertaubten Arme massierte. Ich antwortete ihr mit einem dankbaren Blick.
Als wir uns wieder bei vollem Bewusstsein fühlten, begann Ha zu berichten.
»Du musst wissen, Chram, wir sind in Russland jetzt zu viert: du, ich, Adr und Jus. Adr und ich sind hochrangige Offiziere beim MGB, was in Russland heute die mächtigste Organisation ist. Jus ist Sekretärin im Ministerium für Anlagenbau*. Aufgeklopft wurde ich 1931 in Baku von den Geschwistern, die später mit Bro das Land verließen. Jus haben wir selbst gefunden. Du weißt, dass es einzig und allein das Eis ist, welches uns zu unseren Brüdern und Schwestern verhilft. Alle unsere Anstrengungen sind darum auf die Absicherung kontinuierlicher Eislieferungen gerichtet. Und auf den geheimen Export, weil die Suche nach unseren Brüdern und Schwestern derzeit vor allem außerhalb Russlands er-

* Ministerium für Anlagenbau (wörtl.: mittleren Maschinenbau): bis 1989 offizielle »Tarn«bezeichnung eines für die Rüstung zuständigen Ministeriums

folgt. Am aktivsten in Skandinavien. Allein in Schweden leben in drei Horten einhundertneunzehn unserer Geschwister. In Norwegen circa fünfzig. In Finnland knapp siebzig. Und in Deutschland waren es vor dem Krieg vierundvierzig. Einige von ihnen bekleideten hohe Ämter bei der NSDAP und der SS. Leider ließ sich das Ganze in Russland weit schwieriger an. Vier Brüder, allesamt NKWD-Mitarbeiter, fielen Ende der dreißiger Jahre der ›großen Säuberung‹ zum Opfer. Eine Schwester im Moskauer Stadtparteikomitee wurde aufgrund einer Denunziation verhaftet und hingerichtet. Zwei weitere starben während der Leningrader Blockade, ich konnte ihnen nicht helfen. Und noch einer, mein vertrautester Bruder Ume, den wir im Jahr 1934 entdeckt hatten, ein Generaloberst der Panzertruppen, fiel an der Front. Dem Licht sei Dank, dass dies keine negativen Auswirkungen auf die Bereitstellung des Eises hatte. Doch neue Geschwister aufzuspüren fällt uns immer noch sehr schwer. Du musst uns dabei helfen.«

»Wie wird das Eis gefördert?«, fragte ich.

»Vor 1936 hatten wir einzelne Expeditionen auf die Beine gestellt. Ganz im Geheimen. Wir nahmen jedes Mal Leute vor Ort unter Vertrag, sibirische Jäger, die zu Fuß durch die Sümpfe bis zur Einschlagstelle vordrangen, das Eis unter schwierigsten Bedingungen mit Hilfe von Sägen zutage förderten und es an einen geheimen Ort brachten. Dort warteten Offiziere des NKWD auf sie. Das Eis wurde zur nächsten Bahnstation gefahren und im Kühlwagen, als Sondergut, nach Moskau expediert. Die Ausfuhr über die Grenze war dann schon das geringste Problem. Doch insgesamt war dieses Verfahren äußerst riskant und unzuverlässig. Zwei Expeditionen sind damals einfach verschollen, ein andermal drehten sie uns gewöhnliches Eis an. So dass ich die Verfahrensweise radikal zu ändern beschloss. Auf meine Initiative hin und mit Unterstützung unserer einflussreichen Geschwister beim sibirischen NKWD wurde eine eigene Behörde mit Sondervollmachten zur Bergung des Tunguska-Meteoriten gegründet. Die beiden in Leningrad gestorbenen Brüder waren einflussreiche Größen in der Akademie der Wissenschaften. Sie hatten den wissenschaftlichen Wert dieses Projekts nachgewiesen, indem sie behaupteten, das Meteoriteneis enthielte unbekannte chemische Verbindungen, die eine Revolution auf dem Gebiet chemischer Waffen versprächen. In sieben Kilometern Entfernung von der Einschlagstelle wurde ein Arbeitslager errichtet. Die Gefangenen dieses kleinen Lagers bauen unser Ljod ab. Allerdings nur im Winter, wenn man ohne Mühe durch die Sümpfe kommt.«

»Und wie können sie im Winter das Ljod von normalem Eis unterscheiden?«

»Das können sie nicht, das übernehmen wir«, antwortete Ha mit einem Lächeln. »Hier in Moskau. Sie stemmen das Eis mit Brechstangen aus dem Block, sägen es auf Festmetergröße und zerren es zu sich ins Lager. Dort werden die Brocken auf Schlitten gepackt und von Pferden durch die Tundra bis nach Ust-Ilimsk gezogen, wo sie in Waggons verladen und nach Moskau gebracht werden. Und hier klettern Adr und ich in die Waggons und prüfen das Eis durch Handauflegen. Die Ausbeute liegt unter vierzig Prozent.«

»Wie viel Eis hat der Meteorit?«

»Grob geschätzt, siebzigtausend Tonnen.«

»Dem Licht sei Dank!«, staunte ich und freute mich. »Und es taut nicht?«

»Beim Aufschlag ist der Koloss bis in den Dauerfrostboden gedrungen. Oben ist er von Sumpf bedeckt. Natürlich taut die Oberseite im Sommer ein bisschen an. Aber der sibirische Sommer ist kurz: Kaum ist er da, schon ist er wieder weg!«, erwiderte Ha freudestrahlend.

»Das Ljod reicht aus, um an unser großes Ziel zu gelangen. Dem Licht sei Dank!«, fügte Adr hinzu, während seine Hände uns massierten.

»Und wer produziert die Eishämmer?«, wollte ich noch wissen.

»Zuerst haben wir sie selbst gebaut, aber dann bin ich zu der Erkenntnis gekommen, dass jeder Schuster bei seinem Leisten bleiben sollte.« Genüsslich hielt Ha seinen schönen, kräftigen Kopf unter den Wasserstrahl. »In einer der so genannten ›Urwaldschmieden‹ – das sind die geheimen Laboratorien in den Lagern, wo verurteilte Wissenschaftler arbeiten – ist eine kleine Abteilung eingerichtet worden, die die Eishämmer fertigt. Bestehend aus drei Mann. Sie produzieren fünf, sechs Hämmer pro Tag. Mehr sind nicht nötig.«

»Und sie fragen nicht, wozu die Hämmer gut sind?«

»Liebste Chram, diese Ingenieure, die da ihre fünfundzwanzig Jahre wegen ›Schädlingstätigkeit‹ absitzen, haben keine Lust mehr, Fragen zu stellen, und wüssten auch gar nicht, wem. Sie haben ihre Instruktionen, wie die Hämmer zu basteln sind. Denen haben sie bedingungslos zu folgen, wenn sie ihre Verköstigung erhalten wollen. Der Chef der ›Schmiede‹ hat ihnen erzählt, die Eishämmer wären zur Erhöhung der Verteidigungskraft des Sowjetstaates da. Das muss genügen.«

Auf Has breiter weißer Brust konnte man die alten Narben vom Eishammer erkennen. Ich fuhr mit den Fingern behutsam darüber hinweg.

»Wir müssen, Chram«, sagte er seufzend, doch in entschiedenem Ton. »Du fährst mit mir.«

Wir stiegen aus der Wanne. Adr und Nastja trockneten uns

ab, halfen beim Anziehen. Ha zog seine Generalsuniform an, ich bekam die eines Leutnants der Staatssicherheit. Adr übergab mir die nötigen Dokumente.
»Dem Ausweis nach bist du Warwara Korobowa, meine Frau, wohnhaft in Leningrad, zurzeit auf Dienstreise in Moskau. Du bist Mitarbeiterin in der Auslandsabteilung der Leningrader Staatssicherheit.«
Vor dem Tor des Landhauses wartete ein schwarzes Auto. Wir stiegen zu dritt ein und fuhren nach Moskau. Nastja blieb zurück.
»Ist es schwer, mit einer Niete zu leben?«, fragte ich Ha.
»Ja«, sagte er ernst und nickte. »Aber es muss sein.«
»Weiß sie Bescheid?«
»Nicht über alles. Aber dass es um eine heroische Mission geht, ist ihr klar.«

In Moskau fuhren wir vor dem klotzigen Gebäude der MGB-Zentrale auf der Lubjanka vor. Beim Eintreten zeigten wir unsere Ausweise, begaben uns in die zweite Etage. Auf dem Korridor wurde Ha von mehreren entgegenkommenden Offizieren untertänigst gegrüßt. Er erwiderte lässig. Alsbald betraten wir sein riesiges Arbeitszimmer, in dessen Vorraum uns drei Sekretäre stehend empfingen. Ha lief an ihnen vorbei, riss die große Flügeltür seines Arbeitszimmers auf. Wir folgten ihm, Adr schloss die Tür hinter sich.
Ha warf die Ledermappe auf den großen Schreibtisch, kam zu mir herum, nahm mich in seine Arme.
»Hier gibt es keine Abhöranlagen … Wie glücklich ich bin, Schwester! Mit dir wird es endlich vorwärts gehen. Du als Einzige von uns kennst alle 23 Herzenswörter. Dein Herz ist jung, klug und stark. Wir werden dir sagen, was zu tun ist.«

»Und ich will es tun, Ha«, sagte ich und streichelte ihm die athletischen Schultern.
Von hinten trat Adr heran, umarmte mich gleichfalls, schmiegte sich an.
»Ich hätte schrecklich gern dein Herz«, flüsterte er mir mit bebender Stimme in den Nacken.
»Nimm es, es ist dein, Adr.« Ich griff nach hinten und berührte seine warme Wange.
»Meines auch, meines auch«, flüsterte Ha inbrünstig.
Eines der vier schwarzen Telefone schellte.
Missmutig brummend, löste Ha sich aus der Umarmung, trat zum Schreibtisch, nahm ab.
»Wlodsimirski. Was? Nein, Boris, ich hab zu tun. Ja. Na und? Was kannst du nicht? Sag mal, Boris, was soll die Fickfackerei? Er bricht zusammen? Blödsinn! Pass auf, wenn ich hier abhaue, was dann zusammenbricht! Gib einen Rapport an Serow. Ach so? Ja, und? … Das hat er gesagt? Ach, du Schei…« Ha brummte unzufrieden, kratzte sich am schweren Kinn, griente in sich hinein. »Ihr seid mir schon ein paar Brüder! Recht tut der alte Abakumow, dass er euch die Hölle heiß macht. Na gut, bring ihn her. Zwanzig Minuten hast du.«
Er warf den Hörer auf die Gabel und blickte mich mit seinen blaugrünen Augen an.
»Das ist nun mal meine Arbeit, Chram. Entschuldige.«
Ich nickte lächelnd.
Die Eichentür des Kabinetts öffnete sich zaghaft, ein Kahlkopf erschien im Spalt.
»Darf man, Genosse Generalleutnant?«
»Rein mit euch!« Ha setzte sich hinter seinen Schreibtisch.
Ein dürrer kleiner Oberst mit unschönem Gesicht und strichförmigem schwarzem Schnurrbart trat ein. Hinter ihm

schleiften zwei kräftige Leutnants einen dicken Mann in zerfetzter, blutbeschmierter Uniform herein. Die Schulterstücke waren abgerissen. Das Gesicht geschwollen, mit Blutergüssen. Kraftlos fiel er auf den Teppich.
»Seien Sie gegrüßt, Genosse Generalleutnant.« Mit der Andeutung eines Dieners trat der Kahlkopf vor den Schreibtisch.
»Grüß dich, Boris.« Träge reichte Ha ihm die Hand. »Was bringst du die Zuständigkeiten durcheinander? Willst du uns vor den Leningradern da blamieren?«
»Nicht doch, Genosse Generalleutnant!«, rief der Oberst mit reuigem Lächeln; Adr und mich bemerkte er erst jetzt. »Ah! Guten Tag, Genosse Korobow!«
Die beiden gaben einander die Hand.
»Sieh ihn dir an, den Genossen Korobow, und nimm dir ein Beispiel an ihm.« Ha zog eine Papirossa aus dem Etui und steckte sie sich in den Mund, zündete sie aber nicht an. »Er hat geheiratet. Während du dich immer nur mit Schauspielerinnen verlustierst.«
»Gratuliere!«
Nun streckte der Oberst auch mir seine kleine Hand entgegen. Ich überließ ihm die meine.
»Warwara Korobowa.«
»Schau, was für hübsche Weiber sie in unserer Leningrader Bastion haben. Nicht wie bei uns diese vertrockneten Schachteln.«
Has Blick wanderte zu dem verprügelten Dicken hinunter. Er faltete die kräftigen Hände.
»Was ist nun mit ihm?«
»Bei Schachnasarow sträubt er sich, der Hund.« Der Oberst warf einen feindseligen Blick auf den Dicken. »Zu Alexejew hat er ausgesagt, zu Furman auch. Bei Schachnasarow stellt er sich stur: Weiß ich nicht, und basta. Kann sich nicht er-

innern, der alte Sack, wie sie zusammen das Vaterland an die Japaner verhökern wollten.«

Ha nickte, legte die Papirossa auf dem Aschenbecher ab.

»Jemeljanow. Warum sträuben Sie sich?«

Der Dicke schwieg, schniefte nur durch die geschundene Nase.

»Antworte, du Verrätersau!«, brüllte der Oberst. »Sonst tret ich dir die Leber aus dem Wanst, du japanischer Spion!«

»Weißt du was, Boris«, versetzte Ha in ruhigem Ton, »du setzt dich mal am besten dort hinten in die Ecke und hältst den Mund.«

Der Oberst tat, wie ihm geheißen.

»Hebt den General auf und setzt ihn hier in den Sessel«, befahl Ha.

Die Leutnants hoben den Dicken auf und platzierten ihn im Sessel.

Has Gesicht hatte sich plötzlich verändert. Bekümmert schaute er auf seine Fingernägel. Dann aus dem Fenster. Schwarz hob sich vor dem sonnenüberfluteten Moskau das große Standbild Dzierżyńskis ab.

Im Arbeitszimmer war es still geworden.

»Erinnern Sie sich noch an den Juni vierzig auf der Krim? Das Sanatorium der Roten Armee in Jalta?« Has Frage kam leise.

Der Dicke hob den Kopf, sah ihn mit gläsernen Augen an.

»Ihre Frau – Alexandra hieß sie, oder? Sie ging gern in aller Herrgottsfrühe baden. Genau wie ich und Nastja. Einmal sind wir drei so weit hinausgeschwommen, dass Alexandra einen Krampf im rechten Bein bekam. Sie ist furchtbar erschrocken. Aber Nastja und ich, als alte Wasserratten, haben ihr geholfen. Ich hab Ihre Frau bei den Schultern gehalten, Nastja ist getaucht und hat sie in die Wade gebissen. Den

Weg zurück haben wir ihr ein bisschen geholfen. Und sie hat noch im Wasser angefangen, von Ihrem Sohn zu erzählen. Dem kleinen Pawlik, nicht wahr? Er hat den Samowar zu einer Dampflok umgebaut, ganz allein. Einer fahrenden Dampflok. Und geheizt hat er sie mit Buntstiften. Zwei Schachteln Buntstifte hat er verheizt, Ihr Mitbringsel aus Leningrad. So war es doch, oder?«

Der Dicke starrte dumpf und schwieg.

Ha steckte sich die Papirossa wieder zwischen die Zähne, ohne sie anzuzünden.

»Damals war ich ja noch ein einfacher NKWD-Major. Den Scheck fürs Sanatorium hatte ich als Prämie bekommen. Während Sie damals ein ganzes Heer unter sich hatten. Der legendäre Korpskommandeur Jemeljanow! Ich hab Sie im Speisesaal gesehen und gedacht: An den werd ich nie im Leben heranreichen … Und so einer wie Sie deckt den Schachnasarow. Diese Laus. Der nicht das Schwarze unterm Fingernagel wert ist.«

Das Kinn des Dicken begann zu zucken, der runde Kopf schwankte. Tränen rannen ihm aus den Augen. Auf einmal fasste er sich mit beiden Händen um den Kopf und heulte lauthals los.

»Bringen Sie den General in Zimmer 301. Dort soll er ausschlafen und was Richtiges essen. Und anschließend setzt er sich hin und schreibt. Alles, wie es sich gehört«, sagte Ha und sah dabei aus dem Fenster.

Der Oberst in seiner Ecke bedeutete den Leutnants mit einer Kopfbewegung, dem Befehl zu folgen. Sie packten den schluchzenden Jemeljanow und führten ihn aus dem Raum.

Das Telefon schellte erneut.

»Wlodsimirski. Ach, grüß dich, Bogdan. Hör mal, ich schlag gestern die Prawda auf und trau meinen Augen nicht! Ja! Du bist ein Filou! Berijas alte Schule, was soll man sagen! Man kennt doch seine Leute, nicht wahr … Der wievielte ist das für dich, sag? Ohoo! Gratuliere! Merkulow sollte jedem eine Bronzebüste gießen lassen, dir und Kobulow!«

Ha lachte schallend.

»Also dann, Korobow, lass dir's gut gehen!«, sagte der Oberst zu Adr, reichte ihm die Hand und fuhr, mit einem Seitenblick auf Ha, kopfschüttelnd fort: »So einen wie unseren Wlodsimirski findest du nicht noch mal!«

»Er hat eben das absolute Gedächtnis!«, gab Adr lächelnd zur Antwort.

»Wenn es nur das wäre. Er ist ein Genie«, seufzte der Oberst neiderfüllt und trat ab.

Ha beendete das Gespräch und legte auf.

»Ihr müsst euch noch die Dienstaufträge ausstellen lassen. Bei Radsewski, sechste Etage. Und dann fahren wir zu Schwester Jus.«

Adr und ich begaben uns in die sechste Etage, wir bekamen unsere Dienstaufträge nach Magadan, dazu Geld und Papiere. Gemeinsam mit Ha verließen wir sodann das Gebäude, stiegen ins Auto und fuhren in die Uliza Worowskowo. Hier hießen wir den Chauffeur auf uns warten, durchquerten ein paar Höfe, betraten einen heruntergekommenen Hausflur und stiegen drei Stockwerke nach oben. Adr klopfte an eine Tür. Die ging sogleich auf, und eine hoch gewachsene alte Dame mit Kneifer fiel uns heulend um den Hals. Es war ein Freudengeheul. Sie zitterte am ganzen Leib.

Adr hielt ihr den Mund zu. Wir gingen hinein. Eine große, aus fünf Zimmern bestehende Gemeinschaftswohnung. Vier davon waren jedoch versiegelt. Wie mir Ha später erklärte, hatte er die Verhaftung der Nachbarn selbst veranlasst. So ließen sich die Treffen mit Jus leichter arrangieren.

Sowie sie mich erblickt hatte, klammerten sich Jus' lange, gichtige Finger um meine Schultern, ihre große, schlaffe Brust drängte gegen meine, wir gingen gemeinsam zu Boden. Adr und Ha bildeten ihrerseits ein Paar und fielen, einander umarmend, auf die Knie.

Jus' Herz war, trotz ihres fortgeschrittenen Alters, auf geradezu kindliche Weise unerfahren. Es kannte nicht mehr als zwei Wörter. Doch in sie legte es so viel Kraft und Sehnsucht hinein, dass ich erschüttert war. Ihr Herz dürstete wie ein Wanderer, der lange durch die Wüste geirrt war. Gierig trank es aus meinem Herzen, konnte und konnte seinen Durst nicht stillen.

Es vergingen beinahe neun Stunden.

Dann lösten sich Jus' Hände, besinnungslos rutschte die Frau auf das alte Parkett.

Ich fühlte mich ausgelaugt, doch tief befriedigt: Ich hatte Jus' Herz ein paar neue Wörter gelehrt.

Jus sah allerdings besorgniserregend aus. Reglos, bleich und ausgezehrt, lag sie da, starrte mit glasigen lila Augen an die Decke; aus dem halb geöffneten Mund ragte das künstliche Gebiss.

Doch sie lebte. Ich konnte ihr hämmerndes Herz sehr gut spüren.

Ha brachte ein Sauerstoffkissen aus ihrem Zimmer und hielt den Gummischlauch mit Schnorchel an ihre fahl gewordenen Lippen. Adr öffnete das Ventil.

Der Sauerstoff brachte sie allmählich zur Besinnung. Tief und geräuschvoll atmete sie ein.

Wir hoben sie auf, trugen sie ins Zimmer. Adr spritzte ihr Wasser ins Gesicht.

»Grooooßartig!«, stieß sie schläfrig hervor und streckte ihre zitternde Hand nach mir aus.

Ich ergriff sie. Die greisen Finger waren weich und kühl. Jus zog meine Hand an ihre Brust.
»Kind. Was hast du mir die ganze Zeit gefehlt!«, sagte sie und lächelte gequält.
Adr brachte Mineralwasser und Aprikosen.
Wir begannen zu essen, spülten mit Wasser nach.
»Erzähl mir vom Hort«, bat Jus.
Ich tat es. Mit einer beinahe kindlich zu nennenden Begeisterung hörte sie zu. Als ich bei dem entscheidenden Gespräch mit Bro und bei seinen Geleitworten angelangt war, rannen Tränen über ihre runzligen Wangen.
»Was für ein Glück!«, sagte sie, meine Hand immer noch an ihrer Brust. »Was für ein Glück, ein lebendiges Herz für sich zu gewinnen!«
Wir umarmten uns alle vier.
Dann weihte uns Ha in die allernächsten Pläne ein. Ein schwieriges Unterfangen stand bevor. Atemlos hörten Adr und ich ihm zu. Nur Jus konnte nicht länger als zehn Sekunden folgen: Immerzu sprang sie auf, warf sich mir in die Arme, umklammerte meine Knie, schmiegte sich an, murmelte zärtliche Worte, rannte zwischendurch zum Fenster, stand da, schluchzend, mit wackelndem Kopf.
Im Zimmer herrschte ein heilloses Durcheinander von Büchern und anderen Dingen; eine alte deutsche Schreibmaschine mit eingespanntem Blatt thronte wie ein Fels in der Mitte. In ihrem früheren Leben hatte Jus zu Hause, nach ihrem tagtäglichen Dienst im Ministerium, mit Schreibarbeiten noch etwas hinzuverdienen müssen. Inzwischen fehlte es ihr materiell an nichts mehr. So ging es uns allen.
Jus bat Ha inständig, an der Dienstreise teilnehmen zu dürfen, doch der lehnte ab.
Sie brach in Tränen aus.

»Ich möchte bei dir sein«, schluchzte sie und küsste meine Knie.
»Du wirst hier gebraucht«, sagte Ha und nahm sie in die Arme.
Jus bekam Schüttelfrost. Ihr Gebiss klapperte, die Knie schlotterten. Wir beruhigten sie mit Baldriantropfen, legten sie aufs Bett, zogen das Federbett über sie, an die Füße kam eine Wärmflasche. Ihr Gesicht leuchtete vor Wonne.
»Ich hab euch gefunden, endlich hab ich euch gefunden«, flüsterten ihre greisen Lippen unentwegt. »Wenn es nur das Herz noch ein Weilchen aushält …«
Ich küsste ihre Hand.
Verzückt schaute sie mich an und fiel im nächsten Moment in tiefen Schlaf.
Wir gingen hinunter und stiegen ins Auto. Nach einer Stunde Fahrt langten wir auf dem Militärflugplatz in Shukowski an, wo eine Maschine auf uns wartete.
Wir richteten uns in der kleinen Kabine ein. Der Pilot meldete Flugbereitschaft, und wir starteten.
Bis Magadan brauchten wir fast vierundzwanzig Stunden. Zweimal wurde aufgetankt, in Krasnojarsk übernachteten wir.
Über Sibirien hinwegfliegend, hinabsehend auf die endlosen, von den Bändern gewaltiger Flüsse durchzogenen Wälder, musste ich an jene aschblonden, blauäugigen Brüder und Schwestern denken, die zu Tausenden in Russlands unermesslichen Weiten lebten und ihre tagtäglichen Rituale verrichteten, zu denen die Zivilisation sie nötigte, und die das Wunder nicht ahnen konnten, das in ihren Brustkästen verborgen lag. Ihre Herzen schliefen. Würden sie je erwachen? Oder, wie Millionen andere, einfach irgendwann aufhören zu schlagen und in der russischen Erde verwesen, ohne die

berauschende Macht der Zwiesprache des Herzens erfahren zu haben?
Ich stellte mir die Tausenden von Särgen vor, wie sie in den Gruben verschwanden und mit Erde zugeschaufelt wurden, ich spürte die höllische Starre der stehen gebliebenen Herzen, spürte, wie sich die Fäulnis in der Schwärze dieser göttlichen Muskeln einnistete, spürte die fleißigen Würmer das ohnmächtige Fleisch verzehren, und mein lebendiges Herz krampfte und bebte.
»Ich muss sie wecken!«, flüsterte ich, während mein Blick über den unter mir wogenden grünen Ozean hinwegging …

Als wir in Magadan landeten, war es früher Morgen.
Die Sonne war noch nicht aufgegangen. Auf dem Flugplatz standen zwei Autos für uns bereit, MGB-Offiziere am Steuer. In das eine kamen vier längliche Zinkkisten, ins andere stiegen wir.
Nach einer Fahrt quer durch die Stadt, die mir nicht besser und nicht schlechter als andere vorkam, bogen wir auf eine Landstraße und langten nach einer halben Stunde recht holprigen Weges vor den Toren eines großen Arbeits- und Erziehungslagers an.
Sie öffneten sich sogleich, wir fuhren auf das Gelände ein. Überall Holzbaracken, am Ende gab es einen Ziegelbau; dort fuhren wir vor. Die Lagerleitung, bestehend aus drei Offizieren des MGB, war zum Empfang angetreten. Major Gorbatsch, der Kommandant, begrüßte uns mit herzlichen Worten und lud ins Verwaltungsgebäude ein. Doch Ha bedeutete ihm, dass wir leider wenig Zeit hätten. Daraufhin wurde der Kommandant geschäftig und gab Anweisungen:
»Sotnikow, schaff sie her!«
Bald darauf wurde ein Zehnertrupp schmutziger, ausgemer-

gelter Häftlinge vorgeführt. Trotz des warmen Sommerwetters trugen sie zerfetzte Wattejacken, Filzstiefel und Pelzmützen mit Ohrenklappen.

»Laufen die Leute bei dir alle im Sommer in Filzstiefeln herum?«, wurde Gorbatsch von Ha gefragt.

»Das nun gerade nicht, Genosse General«, beeilte sich Gorbatsch zu erwidern. »Nur die hier sind in Sonderverwahrung. Darum hab ich ihnen Winterkleidung ausgeben lassen.«

»Wieso in Sonderverwahrung?«

»Na, ich dachte ... so ist es sicherer, Genosse General.«

»Du hast sie nicht alle, Gorbatsch«, sagte Ha ihm ins Gesicht und wandte sich dann den Gefangenen zu. »Kopfbedeckungen abnehmen!«

Die Männer nahmen ihre Mützen ab. Alle sahen sie aus wie Greise. Vier waren blond, einer ein Albino, zwei vollkommen grau. Blaue Augen hatten nur vier, darunter einer von den Grauhaarigen.

»Nein wirklich, Major, bist du noch ganz richtig im Kopf? Irgendein Kriegsleiden vielleicht?«

»Ich war nicht an der Front, Genosse General«, antwortete Gorbatsch und erbleichte.

»Was für Leute war dir herauszusuchen befohlen?«

»Blond und helläugig.«

»Und du bist nicht zufällig farbenblind?«

»Nein, Genosse General.«

»Und was soll dann das Ganze, verdammt noch mal?«, brüllte Ha und stieß einem der grauhaarigen Gefangenen den Finger an den Kopf. »Ist der hier deiner Meinung nach blond, oder was?«

»Er hat ausgesagt, vor 1944 blond gewesen zu sein, Genosse General«, antwortete Gorbatsch strammstehend.

»Du spielst mit dem Tode, Major, weißt du das?« Has Blick durchbohrte ihn. »Wo ist der betreffende Raum?«
»Da, dort entlang, wenn ich bitten darf ...« Gorbatsch wies eifrig auf eines der Gebäude.
Ha zog eine Papirossa aus seinem Etui, rollte sie zwischen den Fingern, roch daran.
»Diese vier führst du hin und bereitest alles vor. Nach Vorschrift.«
»Und die anderen?«, fragte Gorbatsch zaghaft nach.
»Weg!« Ha warf die Papirossa auf den Boden.
Minuten später betraten wir das Gebäude. Der größte Raum war für das Aufklopfen vorbereitet: Die Fenster mit Läden verschlossen, drei helle Lampen aufgestellt, Handschellen fest in der Wand verankert. Die vier Männer waren hineingeschlossen. Oberkörper nackt, Augen und Münder verbunden, standen sie längs der Wand.
Eine der Zinkkisten wurde hereingetragen. Dann ließ Ha das Gebäude von allem Personal räumen.
Adr klappte die Kiste auf. Sie war dickwandig und ganz mit körnigem Kunsteis gefüllt, wie man es zur Lagerung von Speiseeis benutzte. Unter dem rauchenden Grus schauten die Eishämmer hervor. Ich legte die Hände darauf. Sofort spürte ich die den Augen verborgene Vibration des kosmischen Eises. Dieser himmlische Stoff! Meine Hände zitterten, mein Herz pochte ungestüm. Ljod! Wie lange hatte ich es nicht zu Gesicht bekommen!
Adr streifte sich Handschuhe über, zog einen der Hämmer aus der Kiste und ging an die Arbeit. Als Erstes klopfte er den Grauhaarigen auf. Er erwies sich als hohl. Die Schläge hatten ihn sehr schnell ins Jenseits befördert. Dann griff sich Ha einen Hammer. Doch an diesem Tag hatten wir kein Glück: Auch die anderen waren Nieten.

Ha schleuderte den zerklopften Hammer beiseite, zog die Pistole und gab den geschundenen Männern den Gnadenschuss.
»Unseresgleichen zu finden ist wirklich nicht leicht«, sagte Adr mit müdem Lächeln und wischte sich den Schweiß von der Stirn.
»Macht nichts«, lächelte ich zurück. »Denk daran, was für ein Glück es ist, wenn man einmal fündig wird!«
Wir umarmten uns, die Eissplitter knirschten unter unseren Füßen. Mein Herz spürte jeden einzelnen Span.
Beim Verlassen des Gebäudes hörten wir Schüsse aus nächster Nähe.
»Was hat das zu bedeuten?«, fragte Ha den Major.
»Sie hatten doch befohlen, Genosse General, die Übrigen ... der Höchststrafe zuzuführen«, antwortete der Major.
»Ich sagte: weg! Das ist etwas anderes, du Kamel!«
»Tut mir Leid, Genosse General, das hab ich falsch verstanden«, sagte Gorbatsch und zwinkerte.
»Euch Nichtsnutze müsste man alle ...«
Ha winkte wütend ab und ging zum Auto.
In vierzehn Tagen fuhren wir acht Lager ab und klopften zweiundneunzig Männer auf. Unter ihnen fand sich ein einziger, der lebte. Es war der vierzigjährige Rückfalltäter Saweli Mamonow aus Naltschik, Spitzname »Ofen«. Den hatte er für eine Tätowierung auf seinen Gesäßbacken bekommen: zwei Teufelchen mit Kohleschaufeln in den Händen. Wenn er lief, sah es aus, als schaufelten sie ihm Kohle in den After. Aber das war nicht die einzige Tätowierung an Ofens stämmigem, kurzbeinigem, behaartem Körper: Brust und Schultern waren bedeckt mit Elfen, messerdurchbohrten Herzen, Spinnen und schnäbelnden Täubchen. In der Brustmitte war Stalin eintätowiert. Das Antlitz des Führers der Werktätigen blutete heftig von den Schlägen des Eisham-

mers. An diesen bluttriefenden Stalin hielt ich das Ohr gepresst und hörte:
»Schro … Schro … Schro …«
Mein Herz war Zeuge, wie ein anderes erwachte.
Dieses Erlebnis ist mit nichts zu vergleichen.
Tränen der Begeisterung sprühten mir aus den Augen, meine blutigen Lippen suchten das hässliche, grobe, von Narben verunstaltete Gesicht des gewonnenen Bruders.
»Schro, sei gegrüßt!«
Wir lösten ihm die Fesseln, entfernten die Binde vom Mund. Sein Körper rutschte kraftlos zu Boden, die Augen verdrehten sich, doch seine Lippen entließen ein leises, hasserfülltes Flüstern:
»Ihr elenden Schweine …«
Dann verlor er das Bewusstsein. Ha und Adr küssten ihm die Hände. Ich weinte, betastete seinen knochigen Körper, der so viele Jahrzehnte das Ursprüngliche Licht im versiegelten Gefäß in sich getragen hatte. Von diesem Tag an war ihm zu leben beschieden.
Einen Monat später saßen Schro und ich auf der Restaurant-Terrasse ganz oben im Hotel »Moskwa«. Es war ein warmer, trockener Augusttag. Ein leises Lüftchen blähte die gestreifte Jalousie. Wir aßen Trauben und Pfirsiche. Unter uns breitete sich Russlands Metropole. Doch wir sahen nicht hin. Schro hielt meine Hände in seinen – den klobigen, tätowierten. Unsere blauen Augen konnten keine Sekunde voneinander lassen. Auch wenn ich eine Weinbeere zwischen seine Lippen schob, blickte er mich an. Worte der Erdensprache wechselten wir wenig. Dafür bebten unsere Herzen. Am liebsten hätten wir immer und überall die Arme umeinander geschlungen und wären zu Boden gesunken: hier über der Stadt genauso wie unten – in der Metro, auf dem Trottoir,

im Hausflur oder bei den Müllkübeln. Zum Glück waren unsere Gefühle so erhabener Natur, dass sie den Instinkt der Selbsterhaltung in sich einschlossen.
Wir hüteten uns.
Hüteten unsere Herzen.
Darum ließen wir sie nur an verborgenen Orten zueinander finden. Dort, wo es keine wandelnden Toten gab.
»Kann's eigentlich passiern, dass wir abkratzen?«, fragte Schro plötzlich, nach stundenlangem Schweigen.
»Das tut nichts mehr zur Sache«, erwiderte ich.
»Wieso?«
»Weil wir uns gefunden haben.«
Er runzelte die Stirn. Dachte nach. Und begann zu lächeln. Seine Stahlzähne blitzten in der Sonne.
»Kapiert, Schwesterchen!« krächzte er froh. »Was ich in letzter Zeit alles kapiert hab, meine Fresse!«
Alle hatten wir es kapiert: Ich, die Junge, genauso wie der kantige Schro, der weise Ha, der strenge Adr und die greise Jus.
Wir vollbrachten ein großes Werk.
Und die Zeit trat zurück vor der Ewigkeit. Wir aber durchfuhren die Zeit wie Lichtstrahlen eine dicke Eisschicht. Und trafen auf Grund …

Im September und Oktober besuchten wir achtzehn Lager in Mordwinien, Kasachstan und Westsibirien. Knapp zweihundert Eishämmer verschlissen an mageren Häftlingsbrüsten, und am Ende waren es ganze zwei Herzen, die zu sprechen begonnen und ihre Namen genannt hatten.
»Mir.«
»Sofre.«
Nun waren wir sieben.

Wir setzten unsere Suche unter den niederen Bevölkerungsschichten fort. Has neue Strategie war in vielem ein Gebot der Stunde: Der Repressionsapparat war dabei, die sowjetische Elite zu vernichten, und er verfuhr hierin schnell und unberechenbar. Jegliche höher gestellte Persönlichkeit hatte Mühe, dem stalinschen Fleischwolf zu entgehen. Keiner durfte sich sicher wähnen, keiner war vor Repressionen gefeit. Nicht einmal, wer mit Stalin die Nächte durchzechte und georgische Lieder sang.

Darum versuchten wir gar nicht erst, unter den Partei- und Militärbonzen nach unseresgleichen zu suchen. Die Verluste der dreißiger und vierziger Jahre hatten Ha ein für alle Mal ernüchtert.

Die Lager allein konnten unser Problem allerdings auch nicht lösen. Die drei dort gefundenen Brüder waren ein allzu geringer Lohn für das ungeheure Risiko und die aufwendigen Vorbereitungen.

Ha und Adr entwickelten eine neue Vorgehensweise: Wir würden uns auf den Norden Russlands konzentrieren, Karelien, die Ostseeküste – Gegenden also, wo besonders viele Blonde und Blauäugige vorkamen.

Mit Unterstützung seines Patrons, des allmächtigen Lawrenti Berija, gründete Ha in seinem Ministerium eine Operativgruppe »Karelien« – vorgeblich, um Deserteure und Kollaborateure aufzuspüren, die sich in den karelischen Wäldern versteckt hielten. Es handelte sich um eine kleine, sehr mobile Formation, bestehend aus ehemaligen Aktivposten der Spionageabwehrgruppe SMERSCH. Der herkömmlichen NKWD-Praxis folgend, waren diese Genossen allerdings weit weniger mit der Entlarvung deutscher Spione und Diversanten befasst gewesen als mit der Fabrikation von Falschinformationen: Unschuldige Rotarmisten wurden dingfest gemacht und die Aussagen aus ihnen herausgeprügelt, die man brauchte, um die frisch gebackenen »deutschen Spione« hernach trefflich erschießen zu können.

Zweiundsechzig dieser tollkühnen SMERSCHianer hatte Ha für die Berija persönlich unterstellte Operativgruppe »Karelien« handverlesen. Sie waren bereit, jeden Befehl auszuführen. Diese Leute kannten wahrlich kein Pardon: Das Menschengeschlecht war für sie nichts als ein Haufen Schrott, ein durchschossener Nacken das höchste der Gefühle. Befehligt wurde die Gruppe von Adr.

Im April 1951 schritt die Gruppe zur Ausführung der Geheimoperation »Schleppnetz«, die im karelischen Städtchen Louchi begann. Systematisch nahmen die operativen Mitarbeiter Verhaftungen blonder, blauäugiger Männer und Frauen vor. Sie wurden nach Leningrad überführt und dort, in den Kellern des Großen Hauses*, von Ha, Schro und mir aufgeklopft.

Es war harte Arbeit. Manchmal bis zu vierzig Mann pro Tag. Abends konnten wir uns vor Müdigkeit kaum auf den Beinen halten. Das Labor, in dem drei inhaftierte Ingenieure die Hämmer fertigten, kam mit der Lieferung nicht mehr nach. Die Ingenieure bekamen fünf Helfer zur Seite gestellt, ihr Plansoll wurde auf das Dreifache erhöht, sie hatten einen Sechzehnstunden-Arbeitstag, dreißig Hämmer täglich. Die wurden nach Leningrad eingeflogen und zerschellten in den düsteren Verliesen der Staatssicherheit an weißhäutigen karelischen Brüsten.

Die Haut an unseren Händen und Gesichtern war ewig versehrt von den Splittern umherspritzenden Eises, die Armmuskeln wurden eisenhart und schmerzten, die Füße schwollen

* Großes Haus: MGB-Behörde in Leningrad

an von den vielen Stunden Arbeit im Stehen. Has Frau ging zur Hand, wischte uns das karelische Blut aus den Gesichtern, reichte warmes Wasser, massierte Arme und Beine.
Wir arbeiteten wie besessen. Die Eishämmer schwirrten, Knochen knackten, Menschen stöhnten und wehklagten. Ein Stockwerk tiefer knallten pausenlos Schüsse – dort wurden die Nieten zur Strecke gebracht. Es traf wie immer neunundneunzig Prozent. Nur einer von hundert war lebendig. Doch wie viel Freude uns dieser eine bereitete!
Jedes Mal, wenn ich, das Ohr an eine bebende, blutüberströmte Brust gelegt, das Zucken eines erwachenden Herzens vernahm, vergaß ich alles um mich her, weinte und schrie vor Freude, den Herzensnamen des Neuerwachten immer aufs Neue wiederholend:
»Su!«
»O!«
»Karf!«
»Yk!«
»Aub!«
»Jatsch!«
»Nom!«
Es waren wirklich nur wenige. Wie Goldnuggets in der Erde. Doch es gab sie! Und sie glänzten in unseren wunden, blutigen Händen.
Die zum Leben Erwachten kamen schleunigst ins Hospital des MGB-Gefängnisses, wo die von Ha speziell instruierten Ärzte ihnen die nötige Hilfe zukommen ließen.
Langsam, aber sicher wurden wir mehr.
Die Operativgruppe agierte zunächst in Louchi und rückte dann die Eisenbahnlinie in Richtung Süden vor: über Kem, Belomorsk und Segesha nach Petrosawodsk. Während die Mitarbeiter die Stadt durchkämmten, stand am jeweiligen

Bahnhof ein Sonderzug für den Transport der Verhafteten bereit. Nach Abschluss der Aktion war der Zug mit blonden Menschen voll und fuhr ab in Richtung Leningrad.
In zweieinhalb Monaten unermüdlicher Arbeit fanden wir so 22 Brüder und 17 Schwestern.
Das war der Durchbruch. Ein Sieg des Lichts! Russland vollzog seine Kehrtwendung hin zur Lichten Ewigkeit.
Schließlich näherte sich die Operativgruppe »Karelien« Petrosawodsk: altehrwürdiger russischer Hafen, karelische Hauptstadt mit einhundertfünfzigtausend Einwohnern, unter denen es von Blonden und Blauäugigen nur so wimmelte.
Zur Ausführung der Operation »Schleppnetz Petrosawodsk« bekam die Gruppe Verstärkung: zwanzig Offiziere im besonderen Einsatz sowie fünfzehn Wärter aus dem Lubjanka-Gefängnis.
Dutzende von Eishämmern warteten in Kühlschränken auf ihre Stunde.
Doch man schrieb bereits den unheilvollen Monat Juli 1951. Der in den Tiefen der Lubjanka fabrizierte Fall der so genannten »Kremlmörderärzte«, denen der Plan angehängt worden war, Stalin und andere Parteibonzen vergiften zu wollen, erwies sich als Bumerang: Abakumow, der Minister für Staatssicherheit, wurde verhaftet. Das Gespenst einer neuen Säuberungswelle hing über der Lubjanka.
Auf einmal wurden auch im ZK und im Verteidigungsministerium die alten Feinde Berijas wieder aktiv. Im Politbüro hagelte es Denunziationen, die sich allesamt gegen Abakumows Stellvertreter richteten, von denen Ha einer war.
So dass Ha die Operation »Karelien« abzubrechen beschloss. Die Operativgruppe wurde abberufen, der Sonderzug fuhr leer nach Leningrad zurück.

Uns blieb nichts weiter übrig als abzuwarten, »abzutauchen«, wie Ha es nannte. Adr und ich bekamen einen vierwöchigen Urlaub bewilligt und fuhren in eines der Sanatorien des MGB, an der Krimküste unweit von Jewpatorija gelegen. Ha und Frau flogen nach Ungarn an den Plattensee; Schro wohnte bei Jus; Mir und Sofre verbrachten den Sommer als Helfer in einem Pionierferienlager des MGB.
Da ich mich nun, so kurz nach den Kellergewölben des Großen Hauses, in der Hitze und Trägheit der Halbinsel Krim wieder fand, wo alle Zeichen auf Erholung standen, Erholung in ihrer primitiven, auf eine beinahe vegetative Existenz reduzierten sowjetischen Form, kam ich mir hier zunächst sehr fremd vor. Die neununddreißig neu gewonnenen Brüder und Schwestern ließen mir keine Ruhe. Über Hunderte von Kilometern hinweg spürte ich ihre Herzen, wusste noch jeden einzelnen Namen, hielt Zwiesprache mit ihnen.
Adr, der sich über meinen Zustand im Klaren war, versuchte mir zu helfen. Frühmorgens, noch vor Sonnenaufgang, schwammen wir hinaus zu den wilden Felsen, verknäulten uns dort ineinander und erstarrten, vorsintflutlichen Reptilien gleich, für viele Stunden.
Doch Adrs Herz war mir nicht genug. Ich sehnte mich in das Gefängnishospital, wo all meine Brüder und Schwestern lagen. Ich begehrte sie. Ich bettelte und weinte.
»Es geht nicht, Chram«, flüsterte Adr.
Und ich schlug meine nutzlosen Hände gegen den Fels.
Adr in seiner Ohnmacht knirschte mit den Zähnen.

Bald darauf merkte ich, dass etwas mit mir vorging. Es begann an einem Sonntagabend, als Adr – in jeder Weise bemüht, meine Melancholie zu bekämpfen – auf die Idee verfiel, mit mir ins Kino zu gehen. Die Filme wurden auf einer einfachen Freilichtbühne gezeigt, ausschließlich sonntags. Anstelle der versprochenen neuen Filmkomödie führten sie an diesem Abend den »Tschapajew« vor. Irgendwer protestierte: Er habe den »Tschapajew« schon zwanzigmal gesehen. »Na und, dann siehst du ihn eben heute zum einundzwanzigsten Mal!«, wurde ihm von einem der gesetzteren Toten im Publikum beschieden.

Ich hatte den »Tschapajew« zuletzt als junges Mädchen gesehen. Damals hatte der Film mich tief bewegt. Er war mir noch gut im Gedächtnis. Doch als die ersten Bilder liefen und die Figuren auf der Leinwand auftauchten, konnte ich sie nicht erkennen. Da waren nichts als irgendwelche grauen Flecken, ein huschendes Hin und Her, ein Aufzucken von Licht und Schatten. Erst dachte ich, der Filmvorführer hätte sich vertan. Doch die Zwischentitel, die die einzelnen Szenen trennten, konnte ich ganz normal lesen. Alles Übrige flimmerte und schwamm. Ich blickte mich im Zuschauerraum um: Alles schaute gebannt, keiner brüllte: »Schärfer!« oder »Zum Teufel mit dem Techniker!«

Adr schaute auch und sagte nichts.

»Siehst du gut?«, fragte ich ihn.

»Ja. Du nicht?«

»Ich sehe gar nichts.«

»Wahrscheinlich sitzen wir zu nahe dran«, fiel ihm ein. »Lass uns nach weiter hinten gehen.«

Wir standen auf, gingen in die letzte Reihe, nahmen dort Platz. Aber das änderte nichts: Wie zuvor konnte ich die Schrift lesen, der Rest war nicht zu erkennen. Adr meinte, meine Sehkraft lasse wohl nach. Als der nächste Zwischentitel auf der Leinwand erschien, fragte er mich:

»Was steht da?«

»Im Stab der Weißen«, las ich vor.

Er wurde nachdenklich. Neben uns saß ein angetrunkenes Pärchen, das sich unentwegt küsste. Ich begann auf sie Acht zu geben. Die Fleischeslust dieser Toten erschien mir auf einmal so wüst! Die Küssenden kamen mir vor wie zwei Marionetten. Die Frau bemerkte meinen Blick.

»Was glotzt du? Da vorn läuft die Musik!«, zischte sie. Der Mann, der ihren drallen Körper befingerte, lachte nur.

Ich richtete den Blick zur Leinwand. Petka war gerade dabei, Anka den Aufbau des Maschinengewehrs zu erklären. Ich sah nichts als zwei flackernde schwarze Schatten.

»Und was ist das da?«, fragte Anka.

»Das sind die Bäckchen!«, erwiderte ein unsichtbarer Petka.

Die zwei Flecken verschmolzen zu einem.

Das Publikum lachte.

»Lass uns gehen«, sagte ich und stand auf.

Adr und ich verließen das Kino. Rings um uns her die schwarze Nacht des Südens. Zikaden zirpten. An der Fassade des Sanatoriums, das im Laub von Akazien und Kastanien wie versunken stand, waren nur wenige Fenster erhellt. Wir betraten das Vestibül.

Zwei Frauen dösten hinter dem Tresen. Über ihnen an der Wand hing das große Stalinbild. Ich hatte nie besonders darauf geachtet. Irgendetwas bewog mich jetzt hinzusehen. Anstelle von Stalin im weißen Uniformrock prangte in dem Rahmen ein verschwommener weiß-brauner Fleck mit goldenen Einsprengseln.

Ich starrte auf das Bild. Trat näher. Der Fleck verschob sich, doch er blieb verschwommen.

Ich kniff die Augen zusammen, schüttelte heftig den Kopf, schaute wieder hin: alles wie zuvor.

»Was hast du?«, fragte Adr.

»Ich weiß nicht!«, sagte ich kopfschüttelnd.

Die Portiersfrauen waren aufgewacht und verfolgten mein Treiben mit Interesse.
»Sag mir, wer das ist«, forderte ich Adr auf, ohne den Blick von dem Bild zu wenden.
»Das ist Stalin«, erwiderte Adr mit angespannter Stimme.
Die Frauen blickten einander an.
»Komm, Warja, lass uns schlafen gehen, du bist müde.« Adr ergriff meinen Arm.
»Moment noch«, sagte ich. Die Arme auf den Tresen gestützt, starrte ich auf das Bild.
Dann senkte ich meinen Blick auf die beiden Angestellten. Neugierig sahen sie mich an. Ich bemerkte einen Stapel Postkarten auf dem Tresen. Nahm eine zur Hand. Am unteren Rand eine Aufschrift in Blau: GRÜSSE VON DER KRIM! Darüber eine formlose Zusammenballung von Blaugrün und Rot.
»Was ist da drauf?«, fragte ich Adr.
»Rosen.« Mit Gewalt zerrte Adr mich am Arm. »Gehen wir jetzt. Ich bitte dich.«
Ich fügte mich, legte die Postkarte zurück.
Während Adr und ich die Treppe hinaufgingen, hörte ich die Frauen hinter uns wispern.
»Die kommen bloß her, um sich zu besaufen!«
»Was sollen sie anders machen! Führungspersonal aus Moskau. Die haben hier niemanden, den sie herumkommandieren können …«
Im Zimmer angekommen, nahm Adr mich in den Arm.
»Sag mir, was ist los mit dir?«
Anstatt zu antworten, holte ich unsere Ausweise hervor. Klappte sie auf. Anstelle der Fotos ein graues Flimmern. Die Schrift hingegen normal zu lesen.
Ich holte den Handspiegel aus der Tasche. Meine Gesichts-

züge waren verwischt und verschleiert. Ich lenkte den Spiegel so, dass ich Adr darin sah. Derselbe Effekt. Ich konnte sein Gesicht im Spiegel nicht erkennen.
»Ich sehe keine Bilder. Auch keine Spiegelbilder«, verkündete ich, den Spiegel zur Seite legend. »Ich frage mich, was das zu bedeuten hat.«
»Du bist einfach erschöpft«, sagte Adr und umarmte mich erneut. »Die letzten acht Wochen waren äußerst hart für dich.«
»Sie waren großartig«, sagte ich und ließ mich aufs Bett fallen. »Das Warten und Nichtstun fällt mir viel schwerer.«
»Chram, versteh doch, wir dürfen kein Risiko eingehen.«
»Ich verstehe alles«, sagte ich und schloss die Augen. »Darum gedulde ich mich ja.«
Im Nu war ich eingeschlafen.
Seit jenem Tag, da mein Herz erwacht war, hatte ich nicht mehr geträumt. Meine letzten, sehr kurzen und klaren Träume hatte ich in dem Güterzug gehabt, in dem sie uns wie Vieh aus Russland herausschafften: Ich hatte von Mama und Papa geträumt, vom Dorf, von den fröhlichen Festen dort, da wir noch alle beisammen und glücklich waren – doch die Träume waren jedes Mal schnell wieder zu Ende gewesen, brachen ab an der schönsten und schmerzlichsten Stelle, und die Wirklichkeit in dem grässlichen Waggon hatte mich wieder.
Ein allerletzter Traum dann in der Nacht im Auffanglager: Ich träumte von einer großen, schrecklichen Feuersbrunst. Alles um mich her brannte, die Menschen huschten umher wie Schatten. Ich war auf der Suche nach unserem Hund Leska, den ich über alles liebte. Und je länger ich ihn suchte, desto klarer wurde mir, dass er verbrannt sein musste, weil keiner von den Erwachsenen auf die Idee gekommen war, ihn loszubinden. Nur irgendwelche Säcke und Truhen

und Geschirre hatten sie in Sicherheit gebracht. Das Furchtbarste an dem Traum war das Gefühl der Ohnmacht: dass nichts, gar nichts mehr daran zu ändern war. Im Erwachen hörte ich mich rufen: »Leska! Leska!«, und die Tränen rannen mir über das Gesicht.

Hier nun, im Sanatorium, geschah es nach acht Jahren zum ersten Mal wieder, dass ich träumte. Doch es war eine sonderbare Art zu träumen. Denn ich sah die Bilder nicht, ich SPÜRTE sie nur.

Ich saß im Garten vor dem Hort und berührte meine schlafende Schwester Sher. Es war ein warmer, windstiller Sommertag. Wir hatten die Zwiesprache unserer Herzen soeben beendet. Dem von Sher war ich in Liebe zugetan. Es war so lebhaft, so aktiv! Und schneller als meines. Nach unserer zweistündigen Unterhaltung spürte ich die übliche Trockenheit im Mund und eine leichte Taubheit in den Armen. Sher schlief wie ein Kind – auf dem Rücken ausgestreckt, mit halb offenem Mund. Das Gesicht in seliger Ermattung. Ich berührte ihr zierliches Kinn. Es war von winzigen Sommersprossen bedeckt. Noch mehr davon auf der Nase. Ich berührte die Nasenwurzel. Shers rötliche Wimpern zuckten nicht einmal: Sie hatte einen festen Schlaf. Plötzlich hörte ich es hinter meinem Rücken leise winseln. Und wusste sofort, spürte es mit dem Herzen, dass unser Hündchen Leska hinter mir stand. Ich blickte mich um. Leska, die struppige grauschwarze Leska stand da mit hängender rosa Zunge und hechelte froh. Ihre mattgrünen Augen freudestrahlend. Und mein Herz, es hüpfte vor Glück: Meine geliebte Leska war am Leben, war nicht im Feuer verbrannt! An Leskas Hals baumelte das abgerissene Ende des Stricks, das Fell an ihrer rechten Flanke war angesengt.

»Leska, da bist du ja!«, jubelte ich und griff nach ihr.
Doch der Hund machte einen scharfen Satz zur Seite und lief auf das Haus zu. Ich sprang auf, rief, stürzte hinterdrein. Leska stürmte die Stufen hinauf, durch die angelehnte Verandatür an der Südseite, wo der wilde Wein rankte. Ich lief ihr nach. Die Veranda war leer. Es war dunkel und kühl hier, wie stets im Sommer. In der Mitte stand ein Sessel, darin saß der alte Bro. Leska saß daneben. Beide schauten mich gespannt an. Jetzt deutete Bro mit dem Finger in eine Richtung. Ich drehte den Kopf und erblickte am anderen Ende der Terrasse mein Ebenbild in voller Lebensgröße. Es war kein gemaltes Bild und keine Fotografie, die Übereinstimmung war atemberaubend: eine perfekte Kopie. Ich lief auf meine Doppelgängerin zu. Doch je näher ich ihr kam, desto deutlicher spürte ich, dass diese Kopie LEER war. Ein bloßes Abbild, Oberfläche, die meine Formen wiedergab, sonst nichts. Das Bild hatte kein Innenleben. Ich trat noch näher. Die Kopie der Warja Samsikowa war absolut vollkommen. Feinste Poren in der Gesichtshaut ließen sich erkennen, die kleine Schramme über der Braue, die Feuchte in den Winkeln der wasserblauen Augen, der goldene Flaum unter den Jochbeinen, die Risse in den Lippen, das Muttermal am Hals. Die Kopie erwiderte meinen Blick mit gleicher Aufmerksamkeit. Schließlich wandten wir uns beide nach Bro um. Leska richtete sich auf, spitzte die Ohren und schaute mit aufgeregtem Winseln herüber.
»Ruft den Hund zu euch!«, forderte Bro uns auf.
»Leska!«, rief ich.
»Leska!«, echote mein Ebenbild.
Der Hund lief erst zu ihm hin, schnüffelte, winselte kurz, knurrte dann und kam zu mir herübergesprungen. Ich hockte mich nieder und grub genüsslich die Hand ins Hun-

defell. Mein Ebenbild stand da und sah uns lächelnd zu. Leska knurrte es noch einmal an. Das Bild verschwand.
»Wie kommt es, dass der Hund dich erkannt hat?«, fragte Bro.
»Er hat mich gewittert«, antwortete ich.
»Stimmt. Weil er lebt. So wie alle Tiere. Er hat dich mit dem Herzen erkannt, nicht mit den Augen. Die Menschen hingegen, die wandelnden Toten, sehen die Welt mit den Augen und nur mit den Augen. Die Welt, mit dem Herzen gesehen, ist eine andere. Du, Chram, bist gerüstet, die Welt mit dem Herzen zu sehen.«

Ich erwachte. Schlug die Augen auf.
Es war am anderen Morgen.
Die Welt schien nicht anders als am Tag zuvor. Ich lag in unserem Bett. Adr war nicht im Zimmer. Ich rieb mir die Augen, setzte mich auf. Duschte, machte Morgentoilette, kleidete mich an und verließ das Zimmer.
Ich ging nach unten in den Speisesaal, wo die Kurgäste beim Frühstück saßen – und stand wie vom Schlag gerührt: Da saßen keine Menschen an den Tischen, sondern FLEISCHMASCHINEN! Absolut tot! Keine Spur von Leben in ihren hässlichen, mürrisch-beflissenen Körpern. Sie schlangen ihr Futter: manche finster konzentriert, manche fidel und geschäftig, manche mechanisch und apathisch.
Das Pärchen an unserem Tisch aß Obst. Birnen, Kirschen, Pfirsiche. Wozu taten sie das? Diese wunderbaren Früchte konnten ihre Körper doch kein bisschen beleben!
Es war zum Schreien komisch. Ich prustete los.
Alle hörten auf zu essen, drehten ihre Köpfe nach mir herum, starrten mich an. Und zum ersten Mal im Leben gelang es mir nicht, sie als Menschen mit Gesichtern zu sehen. Es waren die Physiognomien von Fleischmaschinen.

In diesem Moment aber wurde die tote Fleischmasse von einem Lichtstrahl durchschnitten: Adr kam quer durch den Speisesaal auf mich zu. Er war GANZ ANDERS! Lebendig. Keine Maschine. Mein BRUDER. Er hatte ein HERZ. Welches Licht ausstrahlte. Ursprüngliches Licht.
Ich stürzte ihm entgegen. Wir fielen uns in die Arme – inmitten einer Welt von Monstern.
Gemurmel und Gekicher krochen wie Würmer durch die Reihen der Fleischmaschinen. Einer der malmenden Apparate machte den Mund auf und sprach laut:
»Da sage noch einer, bei der Staatssicherheit wüssten sie nicht, was Liebe ist!«
Fettiges Maschinengelächter schwappte durch den Saal …
Von dem Tag an sah ich mit dem Herzen.
Ein Schleier fiel ab von der Welt, den die Fleischmaschinen ihr übergezogen hatten. Ich sah nicht mehr nur die Oberfläche der Dinge. Ich konnte ihr Wesen erkennen.
Was nicht heißt, dass ich blind wurde für ihr Äußeres. Ich sah die Dinge scharf und konnte mich im Raum orientieren. Nur die Abbilder waren es, die ein für alle Mal verschwanden: Gemälde ebenso wie Fotos, Filme, Skulpturen. Gemälde waren für mich schnöde farbbeschichtete Leinwände geworden, auf der Kinoleinwand sah ich nur Lichtflecke spielen.
Mit dem Herzen konnte ich Menschen und Gegenstände von innen her sehen, ihren Werdegang erfahren.
Diese Entdeckung war für mich ähnlich fundamental wie das Erwachen meines Herzens unter den Schlägen des Eishammers.
Mit dem Unterschied, dass mein Herz damals zu leben und zu fühlen begonnen hatte, während es nunmehr zu WISSEN verstand.
Meine Unruhe schwand.

Es gab keinen Grund zur Aufregung mehr.
So verging dieser Urlaubsmonat.
In Moskau war Ignatjew als Nachfolger des verhafteten Abakumow zum Staatssicherheitsminister berufen worden – ein Parteifunktionär, den in der Lubjanka niemand kannte. Also unberechenbar. Doch zu Ignatjews erstem Stellvertreter hatten sie Goglidse ernannt – einen von Berijas Favoriten, Has alten Freund. Das beruhigte uns. Mit Goglidses Rückendeckung würden wir die Suchaktion nach Lebenden in Karelien planmäßig zum Abschluss bringen können.
Ha rief uns von der Krim zurück. An einem regnerischen Septembertag flogen wir in die Hauptstadt. Bereit zu neuen Taten im Namen des Lichts …

Doch da geschah das Unerwartete.
Bei Ignatjew, dem die Aufarbeitung der »verbrecherischen Tätigkeit Abakumows« oblag, ging eine Denunziation vom stellvertretenden Kommandanten des Lagers ein, wo das kostbare Tunguska-Eis gefördert wurde. »Im Lager No. 312/500«, behauptete dieser Leutnant Woloschin in seinem Schreiben, »wird unter unmenschlichen Dauerfrostbedingungen Eis abgebaut, welches niemand benötigt. Abakumow hat das Lager als Unterschlupf für japanische Spione gegründet, die auf dem Territorium der UdSSR agieren und dem werktätigen Volk unermesslichen Schaden zufügen.«
Vermutlich wollte Woloschin die Gelegenheit einer neuen Säuberungswelle bei der Staatssicherheit für sich nutzen, um eine bessere Stelle zu bekommen oder für seine »Wachsamkeit« befördert zu werden.
Ungeachtet der offenkundigen Absurdität dieser Behauptungen verfehlte die Denunziation ihre Wirkung nicht: Es erging der Befehl, die Arbeiten in dem Lager einzustellen.

Ignatjew berief eine Untersuchungskommission ein. Glücklicherweise wurde sie von Oberst Iwanow aus der Hauptverwaltung Ökonomie des Innenministeriums geleitet, dem Ha einmal das Leben gerettet hatte, als er ihn anno neununddreißig vor der Verhaftung bewahrte.
Ha konnte Iwanow dazu bewegen, Adr in die Kommission zu berufen sowie mich als Sekretärin.
Vor Antritt der Reise rief Ha Iwanow und uns beide zu sich ins Dienstzimmer.
Wir standen vor seinem massiven Schreibtisch.
»Fliegt, Falken, fliegt!«, gab er uns das Geleit, dabei wippte ihm die unangezündete Papirossa zwischen den schönen, wilden Lippen. »Seht nach, was dort Sache ist. Ihr seid ja findige Burschen. Wühlt wie die Wildschweine!«
»Dort ist aber Dauerfrostboden, Genosse Generalleutnant!«, gab Adr mit feinem Lächeln zu bedenken.
»Scherzkeks!« Ha bedachte ihn mit einem kurzen, stechenden Blick, dann klopfte er mit dem Finger auf die Tischplatte. »Dass ihr mir unter jeden Stein guckt! Ist das klar?«
»Zu Befehl!«, antworteten wir im Chor.
»Ich habe da nämlich so einen leisen Verdacht.« Has Augen verengten sich; er spähte aus dem Fenster, ließ einen Moment vergehen, bevor er weitersprach. »Dass dieser Woloschin selber ein japanischer Spion ist.«
»Hm … Wie kommen Sie darauf, Genosse Generalleutnant?«, fragte Iwanow aufhorchend.
»Reine Intuition. Er lässt uns im Trüben fischen, der Hund. Und bringt derweil seine Schäfchen ins Trockene. Solche Typen gibt es in der Tundra wie Sand am Meer. Haben sich dort verschanzt, die Samurai-Brüder. Ein ganzes Agentennest – das kannst du mit der Schaufel ausheben. In den Vierzigern haben wir genügend von denen ausquartiert. Aber

die Brut kommt immer wieder nachgekrochen, vom Fernen Osten her. Also sieh zu, Iwanow. Dass du mir ja keinen Fehler machst.«

Dabei sah er Iwanow vielsagend an.

Und Iwanow machte keinen Fehler.

Er wusste, dass Wlodsimirski ein Mann Berijas war und nicht zum Clan des abservierten Abakumow gehörte. Und Berija war Stalins Nummer eins. So dass er dem Wink tunlichst Folge leistete.

Im Lager No. 312/500 angekommen – es lag unterm Schnee begraben, die Eisstürme pfiffen –, ließ Iwanow als Erstes Leutnant Woloschin in Haft nehmen.

In tiefer Polarnacht, beim Schein dreier Petroleumlampen in dem für strafverschärfende Maßnahmen genutzten Bretterschuppen, wurde Woloschin nackt ausgezogen und rücklings auf eine Bank geschnallt. Iwanow als besonnener Mann hatte zwei breitschultrige Leutnants aus dem operativen Bereich mitgebracht, Knochenbrecher der rabiatesten Sorte. Einer setzte sich dem Delinquenten auf die Brust, der andere ging daran, Woloschins Geschlechtsteile mit einer Reitpeitsche zu bearbeiten.

Woloschins Heulen drang in die Nacht hinaus.

Es wurde vernommen von 518 Häftlingen, die atemlos in ihren Baracken lagen und dem Verdikt der Moskauer Kommission entgegensahen. Seit einem Monat arbeiteten sie nicht mehr. Das ließ sie Arges befürchten.

Der Lagerchef saß seit einem Monat in seinem Häuschen und soff.

»Packen Sie aus, Woloschin! Alles, was Sie wissen«, sagte Iwanow, während er seelenruhig mit einer kleinen Feile seine gepflegten Fingernägel bearbeitete.

Ich saß mit gezücktem Stift, die Aussagen des Untersuchungshäftlings festzuhalten. Adr lief längs der Bretterwand auf und ab.

Mit Schneid ließ der narbige Leutnant seine Peitsche auf die ruck, zuck anschwellenden Hoden niedergehen. »Rede, du Aas … rede, du Aas!«, brummte er dazu in einem fort.

Woloschin schrie drei Stunden hindurch. Während dieser Zeit verlor er mehrmals das Bewusstsein, wurde mit Wasser übergossen und mit Schnee eingerieben. Dann gestand er, schon 1941, als Fünfzehnjähriger, in seinem Dorf im tiefen Sibirien von der japanischen Spionageabwehr angeworben worden zu sein. Während er, sich an Rotz und Tränen verschluckend, seinen Namen unter die von Iwanow formulierten und von mir protokollierten »Aussagen« setzte, konnte ich mit dem Herzen in ihn hineinsehen. Er wusste sehr gut, was er da unterschrieb – sein Todesurteil. Sein ganzes Fleischmaschinendasein war in diesem Moment von einem einzigen Bild ausgefüllt: dem der Mutter, einer einfachen sibirischen Bäuerin. Die Mutter saß ihm im Kopf wie ein Steinkern, und sie sprach immer nur das eine:

»Hab ich dich deswegen mit Schmerzen geboren, hab ich dich deswegen …«

Mit der steinernen Mama im Kopf hätte er alles unterschrieben, was man von ihm verlangte.

Am nächsten Morgen brach ein Fuhrwerk in Richtung Ust-Ilimsk auf, gezogen von einer Troika in Decken gehüllter Pferde. Darin der in Handschellen gelegte Woloschin nebst zwei Wachsoldaten und einem hageren Feldjäger mit Aktentasche. Sie enthielt den Rapport der Untersuchungskommission und die Aussagen des Leutnants Woloschin.

In Erwartung eines bequemeren Wagens mit Heizung blieben wir noch im Lager.

Iwanow und die Leutnants veranstalteten eine Sause mit

dem Lagerchef. Letzterer in seiner Freude, dass der Kelch an ihm vorübergegangen war, hätte ihnen am liebsten die Füße geküsst.
Unterdessen ließen Adr und ich einen Schlitten anspannen und fuhren ein bisschen »spazieren«. Wohin es uns zog, war klar.
Gleich hinter dem Lagertor lenkte Adr das Pferd auf eine Art Straße, die dorthin führte, wo unser Ljod lag. Hier entlang wurden die Häftlingskolonnen getrieben und das geförderte Eis abtransportiert. Die Straße lag verschneit, man sah, dass sie einen verlorenen Monat lang nicht geräumt worden war. Die Stute des Lagerkommandanten, gut im Futter, zog den Schlitten, in dem wir unter unserer Bärenhaut saßen, mit Leichtigkeit. Es herrschte frostklares Sonnenwetter.
Schon im Lager hatten Adrs und mein Herz das Ljod gespürt. Nun verstärkte sich diese Empfindung mit jedem Hufschlag.
Zu beiden Seiten erstreckten sich sanfte Hügel mit wenig Bewuchs. Der Wald hier war von der Druckwelle des Meteoriten im Jahr 1908 dahingefegt worden; nachgewachsen war er nur stellenweise. Der Schnee glänzte in der hellen Sonne und knirschte laut unter den Kufen.
Vom Lager bis zur Einschlagstelle waren es sieben Werst.
Wir waren drei Werst gefahren, als mein Herz zu beben anfing. Es spürte das Ljod, wie ein Kompass das Eisenerzlager spürt.
»Schneller!«, sagte ich und presste Adrs Hand.
Er ließ die Peitsche auf das Pferd knallen. Es zog an, der Schlitten jagte dahin.
Die Straße beschrieb einen Bogen um einen der Hügel, wurde breiter, schnitt die Kuppe eines zweiten und führte abwärts, direkt bis zur Grube. Wir fegten dahin.

Ich schloss die Augen. Mit dem Herzen konnte ich das Ljod schon sehen. Es kam auf mich zu, ein Kontinent des Lichts.
Der Schlitten stoppte.
Ich schlug die Augen auf.
Wir standen am Rand der Grube. Vor uns ein gigantischer Eisblock, teils von Schnee verweht. Glänzend in der Sonne, blau schillernd.
Jawohl! Das Ljod war so blau wie unsere Augen!
An den Rändern des Blocks klebten allerlei Holzbauten: Gerüste, Brücken, Werkzeugschuppen, Wachtürme. All dies wirkte klein und kümmerlich. Menschenmaß – sich verlierend und verblassend vor der grandiosen Wucht des Eises.
Dieses Eis war unser Eis: Ljod. LJOD! Gesandt vom Licht, der dahindämmernden Erde gegen die Brust geworfen, um sie zu wecken.
Unsere Herzen zappelten vor Erregung.
Hand in Hand stiegen wir in die Grube hinab. Über einen hölzernen Steg gelangten wir an den Block. Mit flatternden Händen riss ich mir die Kleider vom Leib, bis ich ganz nackt war.
So betrat ich das Eis.
Ein Jubelschrei entrang sich meiner Brust. Tränen schossen mir aus den Augen. Mit ausgebreiteten Armen fiel ich nieder auf das Eis. Mein Herz fühlte den göttlichen Block, verstand ihn. Unter mir befand sich ein riesiges Herz. Es sprach mit mir.
Inzwischen hatte auch Adr sich entkleidet. Ich sprang wieder auf, lief zu ihm.
Schluchzend vor Begeisterung, fielen wir einander in die Arme, sanken nieder auf das Eis.
Und die Zeit blieb für uns stehen.

Als wir zu uns kamen, war es Nacht geworden.
Wir lösten uns aus der Umarmung.
Über uns hing ein schwarzer Himmel mit hellen Sternen darin. Sie schienen ganz nah, man glaubte sie greifen zu können. Rings um den großen hellen Mond ein trüber, gelblicher Halo. Und irgendwo weit hinterm Horizont lohte stumm ein Nordlicht.
Wir lagen im warmen Wasser. Spürten die Kälte nicht, im Gegenteil: Unsere Körper glühten. Sie hatten eine Mulde ins Eis geschmolzen, deren Umrisse die ihren waren, in inniger Verflechtung. Über uns stand eine Dampfwolke.
Plötzlich knallte in der Nähe ein Schuss.
Gleich noch einer.
Dann ein Ruf:
»He-he-hee!«
Ich begriff, dass wir gesucht wurden.
Wir erhoben uns. Entstiegen unserer »Wanne«. Sammelten die Kleider auf, zogen uns an. Zeit, vom Ljod Abschied zu nehmen. Zurückzukehren in die grausame Welt der Fleischmaschinen und der zwischen ihnen heillos verstreuten Geschwister. Wir küssten das Eis.
Liefen über die vereisten Stege, den Leuten entgegen, die nach uns riefen und schossen.

In Moskau ging alles glatt: Das Untersuchungsergebnis stellte den neuen Staatssicherheitsminister zufrieden. Leutnant Woloschin wurde als japanischer Spion erschossen, mit ihm jene acht von Abakumows Leuten, über die er unter Folter ausgesagt hatte. Somit war ein weiteres »Agentennest« im System der Arbeits- und Erziehungslager ausgehoben.
Das Lager No. 312/500 nahm seine Arbeit wieder auf: Die Spitzhacken der Gefangenen klirrten, die Vorarbeiter brüll-

ten, die Wachhunde kläfften, kubikmeterweise wurde das Ljod in die Hauptstadt transportiert. Von da ging es ins Ausland, wo schlafende Herzen ihrer Erweckung durch die Eishammerschläge harrten.
Wir arbeiteten konzentriert und diszipliniert.
Innerhalb von zwei Jahren wurden 98 Brüder und Schwestern entdeckt.
Dies war ein großartiger Sieg des Lichts.
Doch dann kam das unheilvolle Jahr 1953.
Im März starb Stalin.
Die Nacht darauf rief Ha uns in seinem Landhaus zusammen. Sechs Brüder und sechs Schwestern scharten sich in dem großen abgedunkelten Wohnzimmer um den lodernden Kamin. Ha saß im Schaukelstuhl. Er trug eine chinesische Robe, violett mit silbernen Drachen. Durch seine Finger glitt eine bucharische Gebetskette. Der Widerschein des Feuers huschte ihm über das raue, schöne Gesicht, flackerte in seinen blauen Augen.
»In der UdSSR zeichnet sich ein Machtwechsel ab«, begann Ha. »Er wird große Veränderungen nach sich ziehen. Viele von uns werden betroffen sein. Es ist wichtig, dass wir uns darauf vorbereiten. Unsere Sorge hat den Brüdern und Schwestern zu gelten, und genauso dem Ljod. Das Gros unserer Leute sollten wir von Moskau und Leningrad in die Provinz abziehen. Zu ihrer Sicherheit. Dies ist unverzüglich in die Wege zu leiten. Die technischen Belange verantworten Adr und ich. Was die Eisförderung angeht, so lässt sich hier schwer etwas voraussagen. Das Schicksal des Lagers und des Projekts im Ganzen steht in den Sternen. Es könnte überleben, es könnte genauso gut eingehen.«
Er machte eine Pause und sah mich dabei an.
»Chram, du bist die Einzige von uns, die alle Herzenswörter

kennt und mit dem Herzen zu sehen vermag. Was sagt dir dein Herz?«

»Nur das eine: Etwas Gewaltiges, Bedrohliches kommt auf uns zu«, erwiderte ich nach bestem Wissen und Gewissen.

»Wie sieht es aus?«, fragte Adr nach.

»Wie eine rote Welle.«

»Das heißt, wir müssen handeln.«

Wir verstummten für längere Zeit. Dann brach Ha das Schweigen.

»Heute Morgen bekam ich eine erfreuliche Nachricht«, sagte er lächelnd. »Die erste Partie Ljod hat Amerika erreicht. Bald schon werden wir die ersten Namen unserer amerikanischen Geschwister erfahren!«

Alle sprangen auf. Jubel brach los. Wir entledigten uns der Kleider, fanden paarweise zueinander, sanken uns in die Arme und auf die Knie, Brust an Brust.

Der Kamin erlosch. Doch unsere heißen Herzen bebten in der Finsternis.

Das Frühjahr ging vorbei, der Sommer brach an, wir arbeiteten angestrengt. Den Umzug unserer Brüder und Schwestern in diese oder jene Stadt zu bewerkstelligen, brauchte es Geld, viel Geld. Ha hatte empfohlen, einen Geldtransport auszurauben. Ein derartiges Auto ausfindig zu machen, auch das Nötige über die Männer in Erfahrung zu bringen, die den Sack mit den von Fleischmaschinen so überaus geschätzten Scheinen bewachten – es war für mich ein Leichtes. Über den betroffenen Kassierer wusste mein Herz bestens Bescheid: vom Schlüsselbeinbruch in seiner Kindheit bis hin zur Leidenschaft für das Akkordeonspiel. Und dass es ihm gefiel, an Frauenzehen zu schnüffeln, über Fußball zu reden und Bücher vom Krieg zu lesen. Bis zu dem Moment, da Su auf

mein Zeichen hin den Wächter erschießen, Schro dem Kassierer die Kehle durchschneiden und Mir seinen Händen den Geldsack entreißen musste.
Die halbe Million Rubel reichte vollkommen aus, um einhundert Menschen in Sicherheit zu bringen.
Neben dieser wichtigsten Unternehmung erledigten wir noch manches andere: verteilten eine eiserne Ljod-Reserve auf drei Kühlkombinate, schleusten unsere Leute in allerlei maßgebende Organe, beseitigten Zeugen. Bei Letzterem war ich einfach unersetzlich. Denn ich brauchte nur vor eine Wohnungstür zu treten, um zu wissen, wer zu Hause war und was er gerade tat. Den Rest besorgten Mir, Su und Schro. Beinahe täglich beendeten ihre Messer die sinnlose Existenz irgendeiner Fleischmaschine, deren Gedächtnis uns übel hätte mitspielen können.
Wir waren gnadenlos zu ihnen, den wandelnden Toten.

Und da geschah es.
Kam wie ein unsichtbares Schwert vom Himmel niedergefahren.
Am 26. Juni wurde Berija verhaftet.
Aus dem Kreml drang Brandgeruch. Berijas Mitstreiter trugen ihre Illusionen zu Grabe: Der eine erschoss sich, der andere ergab sich dem Trunk. Wieder andere hatten nichts Eiligeres zu tun, als ihre Freunde von gestern zu denunzieren.
Nur Ha verlor die Ruhe nicht.
»Wir haben es geschafft. Gerade noch rechtzeitig«, sagte er immer wieder.
Mit der Verhaftung seines Patrons war er – wie viele andere MGB-Generäle – verwundbar geworden. Es gab keinen Spielraum mehr, keinen Rückhalt von oben. Ich flehte Ha und Adr an, sie sollten in den Untergrund gehen.

»Unser Platz zu kämpfen ist hier«, protestierte Ha.
»Drei Säuberungen haben wir überstanden, mit des Lichtes Hilfe werden wir auch Chruschtschow überstehen«, sagte Adr lachend.
Doch mein Herz gebärdete sich unruhig. Etwas kam da auf uns zugekrochen. Ich lag ihnen in den Ohren: Gefahr im Verzug! All mein Unken prallte ab an ihrer Entschlossenheit. Dafür suchten die beiden ständig den Kontakt zu meinem Herzen – wohl in der Vorahnung, dass uns nicht mehr viel Zeit miteinander blieb. Tagsüber leisteten wir unser Werk. Nachts ruhten wir Brust an Brust, Herz an Herz.
Ihre Herzen konnten nicht genug bekommen.
Bald waren meine Arme zu schwach, sich noch um ihre Nacken zu schlingen, die Knie zitterten mir, der Körper glühte. Has Frau goss mir Wasser über den Kopf, tätschelte mir die fahlen Wangen.
Ich war glücklich.
In jenen schwülen Julitagen erfuhren Ha und Adr von mir alle 23 Herzenswörter.
Und kamen zum Licht.
Unwiderruflich.
Am 17. Juli wurden sie verhaftet.
Es geschah am helllichten Tag. Ich schlief zwischen all dem Plunder im Zimmer der alten Jus, die wir gemeinsam mit zwei jüngeren Brüdern auf die Krim verfrachtet hatten. Mein Herz weckte mich. Es war AUSSER SICH.
Vor Entsetzen war ich wie gelähmt. Zwang mich aufzustehen, zog mich an, ging auf die Straße hinunter. Lief zu Fuß durch das im schönsten Sonnenschein liegende Moskau zum Belorussischen Bahnhof. Es war wohl das erste Mal überhaupt seit meiner Rückkehr nach Russland, dass ich im Herzen eine schmerzhafte Leere empfand.

Ich bewegte mich wie eine Maschine – ohne Gefühle, ohne Ideen.
Am Bahnhof angelangt, stand ich auf dem bevölkerten Bahnsteig, starrte auf die Züge. Ging zu den Fernverkehrsschaltern, stellte mich dort an.
»Sie wünschen?«, fragte mich die Frau am Schalter.
»Einmal nach …«
Es kostete mich ungeheure Anstrengung, einen Gedanken zu fassen. Und ich beschloss aufs Geratewohl, dorthin zu fahren, wo das Ljod war, unser Ljod. Wohin also? Ins weite Sibirien.
»… nach Sibirien«, sagte ich bestimmt und schob mein Geld durch das Schalterfenster.
»Aber Frau Korobowa, wer wird denn dafür Geld ausgeben?«, ertönte eine neckische Stimme knapp über meinem Ohr. »Nach Sibirien können wir Sie auf Staatskosten schicken.«
Zwei Männer fassten mich hart bei den Armen.
»Warwara Korobowa, Sie sind verhaftet«, sprach eine zweite Stimme.
Wenige Stunden später war ich schon im Gefängnis Lefortowo und wurde verhört.

Am selben Tag wurden außer Ha noch fünf weitere von Berijas engsten Kampfgenossen verhaftet, hochrangige Generäle des MGB. Außerdem etliche weniger hohe Chargen, die auf die eine oder andere Art mit Berija und seinen Leuten verbandelt waren.
»In welcher Verbindung standen Sie zu General Wlodsimirski?«, war die erste Frage, die der Vernehmer Fedotow mir stellte.
»Ich stehe in keiner Verbindung zu einem General«, antwortete ich wahrheitsgetreu, während mein Herz in Fedotow hineinsah: Frühgeburt im Heuschober, Waisenkind, schwere

Kindheit, Tränen, Prügel, Marinesoldat, liebt die See, liebt den Kognak, liebt es, dicke Frauen zu beschlafen und zum Aufsagen unanständiger Wörter zu bewegen, spielt gern Volleyball am Strand, denkt beim Kacken mit Vorliebe an den Saturn, hat Angst vor Spinnen und Scheren, Angst, zu spät zur Arbeit zu kommen, Angst, wichtige Dokumente zu verlieren, isst gern kaukasischen Hammelpfeffer, denkt gern zurück an die Zeiten mit Volkskommissar Jeshow, faltet gern Papierschiffchen, am liebsten im Frühling, macht am liebsten Urlaub in Gagra, schlägt am liebsten ins Gesicht und in die Nieren.

»Und was ist das hier?« Er wies mir ein Foto vor.

Nach wie vor konnte ich keine Bilder erkennen. Auf dem Stück Glanzkarton schimmerten zwei ineinander laufende Flecken.

»Was das ist, habe ich Sie gefragt!«

»Ich kann es nicht erkennen«, gab ich zu.

»Ach, spielen wir das dumme Lieschen?« Fedotow schnaufte erbost.

»Tut mir Leid, ich kann wirklich nicht erkennen, was auf Fotografien abgebildet ist. Nicht nur auf dieser hier. Das Bild hinter Ihnen zum Beispiel ...« Ich deutete auf den dunklen Fleck im roten Rahmen. »Ich kann nicht erkennen, wer es ist.«

Mich traf ein wütender Blick. Fedotows feistes Gesicht lief rot an.

»Das ist Wladimir Iljitsch Lenin. Schon mal gehört von dem?«

»Ja.«

»Sagen Sie bloß.« Er klatschte in die kräftigen Hände, lachte gehässig.

Ich schwieg.

»Wlodsimirski und Ihr Ehemann Korobow sind Freunde Berijas. Und Berija, das dürfte Ihnen bekannt sein, ist ein Agent ausländischer Geheimdienste. Seine Geständnisse liegen vor. In Bezug auf Wlodsimirski beispielsweise. Ich kann Ihnen nur raten, über Wlodsimirskis und Korobows verbrecherische Tätigkeit offen und ehrlich auszusagen.«
»Mit General Wlodsimirski bin ich nicht näher bekannt.«
»Nicht näher, soso. Nur dass Sie sich auf diesem Foto von ihm begrapschen lassen. Und das splitternackt.«
»Ich kann nur wiederholen: Mit dem General Wlodsimirski bin ich nicht bekannt. Nur mit seinem Herzen.«
»Was?«
»Auf dem Foto hier ist ein Moment festgehalten, da unsere Herzen geheime Zwiesprache halten.«
»Sie geben also zu, seine Geliebte gewesen zu sein?«
»Keinesfalls. Ich bin seine Herzensschwester gewesen.«
»Ha! Und Sie haben nie mit ihm geschlafen?«
»Doch, doch. Viele Male. Nur nicht in fleischlicher Liebe. Sondern als Schwester von Herz zu Herz. Schwester des Ewigen und Ursprünglichen Lichts.«
»Des Lichts?« Fedotow grinste abschätzig. »Was schwindelst du da zusammen, du miese Fotze! Schwester! Von wegen! Eine dreckige Nutte bist du! In welche Löcher hat er dich gefickt, sag an! Offiziersmatratze! Ihr seid doch alle vom selben Kaliber! Spione aus Berijas Stall! Habt gedacht, ihr könntet beim MGB euer Schlangennest bauen! Elendes Natterngezücht! Raus jetzt mit der Sprache, Fotze! Zack, zack!«
Er schlug mir ins Gesicht.
Ich schwieg. Sah ihn nur an.
Geschäftig krempelte er sich die Ärmel auf.
»Gleich wird dir alles wieder einfallen, Muschi, verlass dich drauf.«

Er kam hinter dem Schreibtisch hervor, packte mich mit der Linken bei den Haaren. Fing an, mir mit der Rechten Ohrfeigen zu verabreichen. Das tat er routiniert. Wahrscheinlich rechnete er damit, dass ich wie die meisten Fleischmaschinen in dieser Situation zu kreischen anfangen würde, die Hände schützend vors Gesicht reißen, um Gnade flehen.

Ich hob nicht einmal die Hand.

Sah ihm nur in die Augen.

Er ohrfeigte mit Schwung. Seine groben Hände rochen nach Tabak, Kölnischwasser und alten Möbeln.

»Re-de! Re-de! Re-de!«, rief er, während er zuschlug.

Mein Kopf schlenkerte hin und her. Dröhnen in den Ohren. Doch ich wandte den Blick nicht von seinen kleinen Luchsäuglein.

Er hielt ein, kam mit seinem blutunterlaufenen Gesicht ganz nahe an meines heran.

»Was glaubst du, wer ich bin, du Kampfhuhn? Ich klopf dich weich wie ein Kotelett. Das stopf ich dir in den Hals, mit Pfeffer und Salz! Verstocktes Luder!«

Er war in diesem Moment der glücklichste Mensch unter der Sonne. Sein Herz jubilierte, orange Feuerwerkskörper explodierten und verglommen in seinem kahlen Kopf.

Ich sprach kein Wort.

Die ersten beiden Verhöre brüllte und ohrfeigte er nur. Dann kam ein zweiter Vernehmer hinzu, Rewsin mit Namen. Der probierte es erst einmal »im Guten«, schwang seelenvolle Reden, in denen er mich bat, »den Organen bei der Unschädlichmachung von Berijas Bande beizustehen«. Ich konnte ihm nur mit der Wahrheit helfen: Von der Bruderschaft sprach ich, von Ha und Adr, den 23 Wörtern.

Das tat ich in der absoluten Gewissheit meines Herzens, dass sie mit unseren Geheimnissen nichts würden anfangen können. Den Fleischmaschinen war die Wahrheit zu nichts nütze – noch aus nächster Nähe konnten sie sie nicht sehen, das Göttliche Licht nicht wahrnehmen.

Mir hingegen bereitete es eine ungeheure Lust, die Wahrheit auszusprechen, mich an ihr zu laben.

Sie fluchten und lästerten nur.

Schließlich waren sie es leid, vom Gesang der Herzen zu hören. Sie zogen mich aus, schnallten mich auf eine Bank und begannen mich mit einer Gummipeitsche zu traktieren. Abwechselnd kühlten sie ihr Mütchen, gründlich, ohne zu hetzen. Während der eine die Peitsche schwang, brüllte der andere oder versuchte mich in leisem Ton zum Einlenken zu bewegen.

Nicht, dass ich keine Schmerzen empfunden hätte.

Doch es war anders als zu der Zeit, da ich eine Fleischmaschine gewesen war. Früher hätte ich vor Schmerz nicht aus noch ein gewusst. Der Schmerz hätte meinen Körper vollkommen beherrscht. Jetzt hatte mein Herz allein das Sagen. Und an dieses Herz kam der Schmerz einfach nicht heran. Also existierte er getrennt von ihm. Ich, das heißt mein Herz, empfand ihn als eine rote Schlange. Die auf mir herumkroch. Das Herz aber sang und hielt die Schlange zum Narren. Wenn das Schlängeln und Züngeln nicht aufhören wollte, krampfte mein Herz und versprühte kleine lila Blitze. Und ich verlor das Bewusstsein.

Sie begossen mich mit Wasser.

Die Zeit, die ich brauchte, zu mir zu kommen, nutzten sie als Rauchpause.

Dann griffen ihre groben Finger wieder nach der Peitsche.

Und alles begann von vorn.

Ich schwieg. Das Herz sang. Die rote Schlange ringelte sich.

Das Wasser schwappte.

Am Ende waren die Vernehmer müde.
Ich wurde zurück in die Zelle geschleppt und schlief ein.

Ein Quietschen weckte mich. Die Tür ging auf, drei Männer traten ein: Rewsin, der Arzt und irgendein Oberstleutnant. Der Arzt besah sich meine geschwollenen, grün und blau geprügelten Schenkel und Gesäßbacken, nickte dienstfertig.
»Ohne Befund«, sagte er.
Rewsin rief zwei Wachleute. Die packten mich unter den Armen und schleiften mich über den Korridor und eine Treppe hinauf in das bekannte Büro. Dort war es hell – die Sonne knallte zum Fenster herein, brachte das kristallene Tintenfässchen zum Funkeln, den kupfernen Türknauf, Rewsins Knöpfe, Rewsins Augen. Und an der Wand im roten Rahmen wölkte der unsichtbare Lenin.
Da kam auch schon Fedotow, der böse Knirps, mit seiner Peitsche herein. Sie banden mich wieder an die Bank. Nahmen jeder eine Peitsche und peitschten zu zweit auf meine geschwollenen Schenkel ein.
Nun krochen also zwei rote Schlangen auf mir herum. Allmählich wechselten sie die Farbe: wurden erst orange, dann knallgelb. Eine gleißende Sonne orgelte in meinem Kopf:
»Sag die Wahrheit! Die Wahrheit! Die Wahrheit!«
Aber ich hatte sie bereits gesagt.
Was wollten sie noch von mir?
Die Bernsteinschlangen ringelten sich zu zwei Trauringen. Sie fühlten sich wohl auf meinem Leib.
Schweiß rann mir in die Augen. Mein Herz flammte auf zu einem lila Regenbogen: Es spürte, dass mein Körper kaputtging. Und das Herz sprang dem Körper zu Hilfe. Das Hirn schaltete ab, ich verlor das Bewusstsein.

Beim Erwachen lag ich auf dem Boden.

Über mir hing Nastja Wlodsimirskaja. Jemand hielt sie bei den Armen und bei den Haaren, damit ihr Kopf mir nicht auf die Brust kippte. Sie sah nicht nur verprügelt aus, sondern verwüstet.

»Bezeugst du es?«, wurde sie von einem dicken Major gefragt: Liebhaber von Katzen, Kartoffelpüree und goldenen Uhren.

Aus Nastjas zerschlagenem Mund drang ein Glucksen. Etwas tropfte mir auf den Kopf.

»Na also!«, rief der Major und wechselte mit Rewsin einen triumphierenden Blick.

»Von wegen Schwester!«, rief Fedotow und stieß mir seinen neuen Stiefel in die Seite.

»Hier sitzen keine Holzköpfe, Korobowa, vergiss das nicht!«, sagte Rewsin und sah auf mich herab. »Wir sind Profis. Wir kriegen alles raus.«

»Stell dir vor, sie haben zu Hause nur englisch geredet!«, vertraute der Major Fedotow ein Ergebnis seiner Vernehmung an. »Ei go tu slip, mai swit ledi!«

Sie prusteten höhnisch, ließen die Schlösser ihrer Aktentaschen schnappen.

Ich schloss die Augen.

»Hier wird nicht simuliert!« Fedotows Stiefel puffte mich.

Ich schlug die Augen wieder auf. Nastja und der dicke Major waren verschwunden.

»Hier sind übrigens deine Aussagen, Korobowa.« Rewsin hielt mir ein paar mit kindlicher Schrift beschriebene Bögen Papier vor die Nase. »Wenn du unterschreibst, kommst du ins Krankenhaus und anschließend ins Lager. Wenn nicht … Ab ins Jenseits.«

Ich schloss die Augen.

»Das ist ja mein Lebensziel«, flüsterte ich. »Das Jenseits. Wo das Licht ist. Unser Licht …«

»Halt's Maul, Schlampe! Markier hier nicht die Geisteskranke!«, fauchte Fedotow. »Lies es ihr vor, Jegor!«

Rewsin las in brummigem Ton:

»Ich, Warwara F. Korobowa, geboren 1929, geschlechtlich verkehrt habend mit Generalleutnant L. Je. Wlodsimirski, wurde von selbigem im Jahr 1950 angeworben als Kontaktperson zwischen dem Militärattaché der amerikanischen Botschaft Irwin Pearce und dem ehemaligen Minister für Staatssicherheit W. S. Abakumow. Meine erste Mission war ein Treffen mit Pearce am 8. März 1950 an der Gondelstation im Gorki-Park zum Zwecke der Übergabe von Zeichnungen …«

»Das hat mit mir nichts zu tun«, fiel ich ihm ins Wort.

»Und ob das mit dir zu tun hat, du Fotze!«, grölte Fedotow.

»Unterschreiben Sie endlich, Korobowa, spielen Sie hier nicht die Dumme!«

»Ich bin nicht Korobowa. Mein wahrer Name ist Chram.«

Ich schloss die Augen.

Und aufs Neue krochen die Bernsteinschlangen über mich hinweg.

Das nächste Mal erwachte ich auf einem gynäkologischen Stuhl. Es stank beißend nach Salmiakgeist.

»Sie ist Jungfrau«, ertönte eine Stimme von zwischen meinen Beinen.

Der Arzt richtete sich auf, zog sich die Gummihandschuhe von den Fingern. Ein hagerer Mann mit Brille. Der Angst hatte vor seiner Mutter, vor Hunden, vor Telefonanrufen zu nächtlicher Stunde. Der es liebte, seine Frau zu kitzeln, bis sie Schluckauf bekam. Der ein Freund von Krabben, Billard und Stalin war.

»Und … was machen wir nun?«, brummte Fedotows Stimme über meinem Ohr.
»Das weiß ich doch nicht …« Der Arzt war aus meinem Blickfeld verschwunden.
»Sie hab ich auch nicht gefragt!«, zischte Fedotow wütend.
»Wen denn dann? Sich selber vielleicht?«, lachte der Arzt, mit seinen Utensilien klimpernd.
Ich spürte einen Nadelstich in der Schulter. Äugte nach oben: Eine Schwester spritzte mir etwas.
Meine gespreizten Beine waren blau und grün. Überall blutige Schrammen.
Meine Augen füllten sich mit Wasser. Mich verlangte nach Schlaf.
»Was ist nun?«, fragte der Arzt unter herzhaftem Gähnen.
»Ins Krankenhaus«, sagte Fedotow und nickte versonnen.

Im Gefängniskrankenhaus blieb ich eine Woche.
Außer mir lagen noch sechs Frauen im Zimmer. Zwei mit Folterspuren, vier mit Lungenentzündung. Sie redeten unentwegt: über ihre Verwandtschaft, das Essen, die Medikamente.
Ich wurde behandelt. Bekam duftenden Balsam auf Beine und Pobacken geschmiert.
Die Ärzte und Krankenschwestern wechselten kaum ein Wort mit ihren Patienten.
Ich sah aus dem Fenster, sah auf die Frauen. Über jede von ihnen wusste ich Bescheid. Sie waren uninteressant für mich.
Ich war mit den Gedanken bei den UNSEREN.
Bei ihren HERZEN.

Als ich wieder stehen konnte, wurde ich erneut zum Verhör geführt.
Dasselbe Zimmer. Doch der Vernehmer war neu. Schereden-

ko, Iwan Samsonowitsch, fünfunddreißig Jahre alt, schlank, adrett, mit hübschem Gesicht. Nichts fürchtete er mehr, als von einem weißen Turm zu träumen oder im Dienst an einem Herzanfall zu sterben. Die Jagd, Spiegelei mit Speck und seine Tochter Annuschka liebte er sehr.

»Frau Samsikowa, Ihre bisherigen Vernehmer waren Schufte«, tat er mir kund. »Sie sind inzwischen in Haft.«

»Das ist nicht wahr«, erwiderte ich. »Fedotow sitzt im Büfett der Lubjanka beim Mittagessen und Rewsin geht spazieren.«

Mich traf ein forschender Blick.

»Frau Samsikowa, lassen Sie uns vertraulich miteinander reden. Von Tschekist zu Tschekist.«

»Tschekist bin ich nie gewesen. Auch wenn ich eure Uniform getragen habe.«

»Reden Sie keinen Blödsinn. Sie haben mit Oberstleutnant Korobow zusammengearbeitet ...«

»Nicht mit ihm. Mit seinem Herzen. Es kennt jetzt alle 23 Wörter.«

»Sie haben im Auftrag des Ministeriums für Staatssicherheit das Lager No. 312/500 besucht, in welchem Eis gefördert wird ...«

»Ljod, genauer gesagt. Das hat der Kosmos uns gesandt, um die Lebenden zu wecken.«

»Der Lagerkommandant Major Semitschastnych, der gleichfalls in Haft ist, hat Aussagen zu Protokoll gegeben, die Oberst Iwanow, Sie und Ihren Mann betreffen. Zu dritt haben Sie Falschaussagen aus Leutnant Woloschin herausgeprügelt, um das wahre Treiben der Herren Abakumow und Wlodsimirski zu bemänteln. Dies mit dem Ziel, ...«

»... den weiteren Abbau des Göttlichen Ljod durch das von Ihnen genannte Lager sicherzustellen, worauf Tausende unserer Brüder und Schwestern in aller Welt warten. Tausende

Hämmer sollen daraus entstehen, die auf Tausende von Brüsten schlagen, Tausende von Herzen werden erwachen und zu sprechen beginnen. Und der Tag wird kommen, an dem wir 23 000 sein werden, und unsere Herzen werden 23 Mal die 23 Herzenswörter sprechen, und wir werden uns verwandeln zu Strahlen des Ewigen und Ursprünglichen Lichts. Und eure tote Welt wird zerbröseln. Und bleiben wird von ihr NICHTS.«
Mein Gegenüber sah mich durchdringend an. Dann drückte er einen Klingelknopf. Ein Wachsoldat erschien.
»Abführen!«, sagte der Untersuchungsrichter Scheredenko.

Meine Zurechnungsfähigkeit wurde von einem Psychiater untersucht: klein, kugelrund, mit fleischiger Nase und den Händen einer Frau. Angst hatte er vor allem Möglichen: Kindern, Katzen, Gesprächen über Politik, Eiszapfen, Vorgesetzten, alten Hüten gar, wenn sie so aussahen, als »steckte etwas dahinter«. Nur Tricktrackspielen, Schlafen und Leute denunzieren machte ihm richtig Spaß.
Mit weicher, weibischer Stimme bat er mich darum, die Arme auszustrecken, auf sein Hämmerchen zu sehen, bis zwanzig zu zählen, auf dämliche Fragen zu antworten. Dann klopfte er mir mit dem Hämmerchen auf die Knie und hob den Hörer von seinem schwarzen Telefon.
»Genosse Scheredenko, hier Jurewitsch. Sie ist kerngesund.«
Danach zog Scheredenko andere Saiten auf.
»Korobowa! Zwei Fragen: Warum hatten Sie mit Ihrem Mann keinen Geschlechtsverkehr? Und was hatten Sie beide so oft im Landhaus von General Wlodsimirski zu suchen?«
»Adr und ich hatten keinen Geschlechtsverkehr nötig. Wir verkehrten mit den Herzen. Das ist es, was in Has Landhaus geschah.«

»Es reicht jetzt mit der Dummstellerei!« Er schlug mit der flachen Hand auf den Tisch. »Wann hat Wlodsimirski Ihren Mann und Sie angeworben? Was genau hatten Sie zu tun?«

»Die Geschwister wecken.«

»Wecken?«, fragte er höhnisch nach. »Na schön. Im Guten willst du uns also nicht verstehen. Dann übernehmen wir jetzt mal das Wecken.«

Er griff zum Telefon.

»Saweljew, Obst und Gemüse bitte.«

Wachsoldaten erschienen. Ich wurde auf den Hof geführt. Scheredenko kam mit.

Auf dem Hof standen Fahrzeuge. Die Sonne schien warm.

Sie führten mich zu einem kleinen Lastauto mit dunkelgrünem Verdeck und der Aufschrift FRISCHES OBST UND GEMÜSE. Ich stieg mit den Soldaten unters Verdeck, Scheredenko zum Fahrer in die Kabine. Das Auto fuhr los. Drinnen war es dunkel, nur durch die Ritzen fiel Licht herein.

Die Fahrt währte nicht lang. Bald schon hielten wir, die Klappe ging auf, die Soldaten eskortierten mich nach draußen, dann ging es gleich eine Kellertreppe hinab. Scheredenko folgte uns.

Wir kamen an eine Stahltür mit Spion. Der vorausgehende Wachsoldat klopfte. Die Tür ging auf, Kälte wehte uns an. Ein schnauzbärtiger Aufseher in einem Pelzmantel, der bis zum Boden reichte, nahm uns in Empfang. Drehte sich um, ging voran. Meine Bewacher und ich folgten. Er öffnete eine Tür, dahinter lag eine kleine quadratische, vollkommen leere Zelle, in die ich hineingestoßen wurde. Die Tür schlug zu, der Riegel wurde rasselnd vorgeschoben.

»Wenn du zur Vernunft gekommen bist, kannst du klopfen«, hörte ich Scheredenko draußen sagen.

In der Zelle brannte eine funzelige Lampe. Eine der Wände war aus Stahl. An ihr glitzerte Reif.

Ich hockte mich in eine Ecke.

Aus der Stahlwand drang ein schwaches Summen. Dazu das Strömen einer Flüssigkeit.

Ich begriff, dass ich in einer Kühlkammer war.

Ich schloss die Augen.

Allmählich nahm die Kälte von mir Besitz. Ich leistete keinen Widerstand.

Während die roten Schlangen der Folter nur das Äußere meines Körpers besetzt gehalten hatten, drang die Kälte in mich ein. Eroberte Körperteil für Körperteil: Beine, Schultern, Rücken. Hände und Fingerspitzen ergaben sich als Letzte.

Übrig blieb das Herz. Es schlug langsam, aber es schlug.

Ich spürte es. Die letzte Bastion.

Gar zu gern hätte ich mich jetzt in einen langen weißen Traum sinken lassen. Doch etwas hinderte mich daran. Ich konnte nicht einschlafen. Träumte darum im Wachen. Mit dem Herzen vermochte ich schärfer denn je zu sehen. Ich sah den Kellerflur mit dem auf und ab gehenden Wachsoldaten. Nebenan saßen noch acht weitere Menschen in Kühlschränken. Es ging ihnen sehr schlecht. Weil sie der Kälte Widerstand leisteten. Zwei schrien ununterbrochen. Drei stampften mit den Füßen, ruderten mit den Armen, bis ihnen die Kraft ausging. Die restlichen kauerten in Embryonalstellung auf dem Kellerboden.

Die Zeit hörte auf zu existieren.

Da war nichts als Kälte. Wie eine Schale um mein Herz.

Manchmal ging die Tür auf. Der schnauzbärtige Kerkermeister fragte etwas. Ich schlug die Augen auf, sah ihn an. Schlug die Augen wieder zu.

Einmal stellte er einen Becher heißes Wasser neben mich hin. Dazu legte er einen Kanten Brot. Aus dem Becher dampfte es. Es war das letzte Mal, dass er kam.
Die Häftlinge in den Zellen wechselten. Fleischmaschinen waren empfindlich gegen Kälte. Sie gaben zu, was die Vernehmer von ihnen verlangten. Wie gefrorene Hähnchen wurden sie aus den Kammern getragen.
An ihrer Stelle kamen andere in die Zellen, die trampelten und schrien.
Mein Herz schlug gleichmäßig. Unabhängig. Doch um nicht stehen zu bleiben, brauchte es Beschäftigung.
Die konnte ich ihm bieten.
Pausenlos schaute ich mit dem Herzen in die Welt. Sah den Reif, die Stahlwand, den Flur, die Zellen, die Mauern, die Ratten im Müll, die Straße, den Trolleybus, Fleischmaschinen, die zur Arbeit fuhren und von der Arbeit kamen, den Taschendieb, der einer alten Frau das Portemonnaie stibitzte, den Betrunkenen, der lang auf das Trottoir hinschlug, den Herumtreiber mit der Gitarre im Hauseingang, das Feuer in der Bügeleisenfabrik, die Parteiversammlung im Institut für Verkehrstechnik, die Kopulationen im Mädchenwohnheim, den von der Straßenbahn überfahrenen Hund, das aus dem Standesamt tretende Brautpaar, die Schlange nach Nudeln, das Fußballspiel, die sich im Park verlustierende Jugend, den Chirurgen, der die warme Haut zusammennähte, den Einbruch im Lebensmittelkiosk, den Taubenschwarm, den Schaffner, der an seinem Rauchwurstbrot kaute, die Invaliden auf dem Bahnhof, die Straße, die Stahlwand, den Reif.
Die Stadt umschloss mich von allen Seiten.
Eine Stadt der Fleischmaschinen.
Und inmitten dieses toten Massivs glühende Kohlestückchen: die Herzen der UNSEREN.

Ha.
Adr.
Schro.
Su.
Mir.
Pa.
Umi.
Jene, die in Moskau geblieben waren.
Ich sah sie. Sprach mit ihnen. Vom Reich des Lichts.

Scheredenko erschien.
Er redete, brüllte. Seine Absätze klapperten über den vereisten Boden. Er raschelte mit irgendwelchen Papieren. Schnäuzte sich. Ich blickte auf sein totes Herz. Es lief auf Hochtouren, wie eine Pumpe. Pumpte totes Blut durch den toten Leib des Vernehmers Scheredenko.
Ich schloss die Augen. Schon war er verschwunden.
Und wieder erblickte ich die UNSEREN. Ihre Herzen leuchteten mir. Umtanzten mich. Es wurden immer mehr. Zu immer neuen fand ich Zugang, immer entlegeneren. Am Ende sah ich die Herzen ALLER, die auf diesem düsteren Planeten hausten. Der Würfel meiner Kühlkammer schwebte im Raum. Umgeben von den Sternbildern unserer Herzen. Insgesamt 459. Das war wenig! Doch immerhin leuchteten sie und sprachen mit mir in UNSERER Sprache.
Und ich war glücklich.

Meine Wangen brannten wie Feuer.
Ich erwachte. Ein Krankenzimmer. Sechs Kugellampen an der Decke. Die Schwester legte mir etwas ins Gesicht. Ein Handtuch, getränkt mit heißem Wasser. Es roch nach Spiritus. Ich entdeckte einen Einstich in der Armbeuge.

Ein Oberst betrat geräuschlos den Raum. Die Schwester und das Handtuch verschwanden. Stuhlknarren. Stiefelknarren.
»Wie geht es Ihnen?«
Ich schloss die Augen. Die Welt mit dem Herzen zu sehen gefiel mir besser.
»Können Sie sprechen?«
»Wovon sollte ich?« Das Sprechen bereitete Mühe. »Davon, dass Sie so wasserscheu sind? Weil sie zweimal fast ertrunken wären?«
»Woher wissen Sie das?«, fragte er mit verlegenem Lächeln.
»Das erste Mal im Ural. Sie waren mit drei Schulkameraden schwimmen, konnten nicht mithalten, gerieten in die Nähe der Brücke, in einen Strudel. Gerettet hat Sie irgendein Militär. Der Sie am Arm zog und schrie: ›Halt dich fest, du Pferdeschwengel! Halt dich fest, du Pferdeschwengel! …‹ Das andere Mal im Schwarzen Meer. Wie üblich sind Sie von der Pier gesprungen und an Land geschwommen. Die umgekehrte Richtung, vom Ufer aufs Meer hinaus, haben Sie immer vermieden. Aber diesmal kam Ihnen ein herrenloser Köter hinterhergeschwommen, der Strandhund, ein Liebling aller. Der spürte Ihre Angst vorm Ertrinken und schwamm bellend nebenher, um Ihnen beizustehen. Das ließ Sie panisch werden. Sie ruderten wild mit den Armen, um schleunigst ans Ufer zu kommen. Der Hund bellte weiter, blieb an Ihrer Seite. Vor Angst waren Sie wie gelähmt. Sie waren überzeugt, dass der Hund Sie packen und untertauchen wollte. Und so haben Sie Wasser geschluckt. Sie sahen plötzlich Ihre Familie vor sich: die Frau auf der Chaiselongue, die Tochter mit dem Ball. Wie von ganz nahem. Das Salzwasser schlug über Ihnen zusammen, die Luft blubberte aus den Lungen … Und da berührten Ihre Füße Grund. Sie konnten stehen. Keuchend und hustend brüllten Sie den Hund an:

›Hau ab, du blödes Vieh!‹ Spritzten Wasser nach ihm. Der Hund schwamm ans Ufer, schüttelte sich und lief zu dem Kiosk hinüber, wo der einarmige Aschot beim Schaschlikbraten war. Und Sie haben im hüfttiefen Wasser gestanden und gekotzt.«
Der Oberst war erstarrt. In seinen graugrünen Augen stand das blanke Grauen. Er schluckte. Holte tief Luft. Stieß sie aus.
»Sie müssen …«
»Was?«
»Etwas essen.«
Und er ging schnell hinaus.
Es war das erste Mal seit langem, dass ich an Essen auch nur denken konnte. Immer wieder hatten sie mir in der Zelle und im Krankenhaus Teller mit graubraunem Brei unterzuschieben versucht. Ich verschmähte ihn. War ich es doch gewohnt, mich von Obst und Gemüse zu ernähren. Brot hatte ich schon seit anno dreiundvierzig nicht mehr gegessen.
Brot – das ist die Verhöhnung des Korns.
Gibt es etwas Übleres als Brot? Ja, Fleisch.
Das erste Mal seit vierzehn Tagen verspürte ich Hunger. Ich rief nach der Krankenschwester.
»Brei und Brot mag ich nicht. Lieber hätte ich ungemahlene Körner. Haben Sie welche?«
Sie ging wortlos hinaus, um meinen Wunsch dem Obersten zu hinterbringen. Durch die Ziegelwand sah ich, wie er, mürrisch und geknickt in seinem Büro hockend, den Telefonhörer abnahm.
»Körner? Von mir aus. Gebt ihr Körner, wenn sie das will … Habt ihr nichts anderes? Dann eben Hafer.«
Die Schwester brachte mir eine Schüssel Hafer.
Ich lag da und kaute.
Dann schlief ich.

In der Nacht bekam ich Besuch. Der Oberst. Sorgfältig schloss er die Tür hinter sich, setzte sich auf die Bettkante.
»Ich habe mich Ihnen noch nicht vorgestellt«, sagte er leise.
»Nicht nötig. Sie sind Viktor Lapizki, das weiß ich.«
»Ach so, natürlich.« Er winkte ab. »Sie wissen alles über mich ... Und anscheinend auch über die anderen.«
Ich blickte ihn an. Er knöpfte sich den Hemdkragen auf, schluckte krampfhaft. Das Folgende flüsterte er.
»Wissen Sie vielleicht auch, ob ... ob ich verhaftet werde oder nicht? Sie müssen keine Angst haben, hier wird nicht abgehört.«
»Das weiß ich nicht«, gab ich ehrlich zur Antwort.
Er schwieg einen Moment, dann fuhr er, die Augen seitwärts gerichtet, im hastigen Flüsterton fort:
»Ich habe seit acht Tagen kein Auge zugetan. Acht Tage ohne Schlaf! Ich kann einfach nicht schlafen! Mit Barbital dämmere ich eine Stunde weg und fahre hoch wie ein Geisteskranker. Es geschehen große Veränderungen im Land. Verhaftungen en masse. Alle, die für Berija und Abakumow gearbeitet haben, sind dran. Und wer hat das nicht? Sie ja auch.«
»Ich habe für meine Leute gearbeitet.«
»Zwei meiner alten Freunde aus der Abteilung drei* sind inhaftiert. Maslennikow hat Selbstmord begangen. Maslennikow, das muss man sich vorstellen! Chruschtschow schwingt den eisernen Besen ... So sieht's aus.«
Ich sagte nichts. Mein Herz wusste schon, was er von mir wollte. Er fing an zu schwitzen.
»Zwei Säuberungen hab ich hinter mir – die von siebenund-

* Abteilung drei: Spionageabwehr des NKWD während des Zweiten Weltkriegs

dreißig und die von achtundvierzig. Wie durch ein Wunder hab ich sie überstanden, ohne unter die Räder zu kommen. Noch eine, das steh ich nicht durch. Ich hab seit acht Tagen nicht mehr geschlafen, müssen Sie wissen. Seit acht Tagen!«

»Das sagten Sie schon.«

»Ja, ja.«

»Was wollen Sie von mir?«

»Ich ... ich wollte ... Sie sind ein Kundschafter, so viel ist mir klar. Ein Spitzenagent. Für wen Sie arbeiten, weiß ich nicht, ich vermute, für die Amerikaner. Jedenfalls echt! Nicht so wie die Attrappen, die sich unsere Knochenbrecher zu Hunderten zurechtbacken, nur damit sie was vorzuweisen haben. Ich biete Ihnen einen Handel an: Ich bringe Sie hier raus, und Sie helfen mir, mich ins Ausland abzusetzen.«

»Einverstanden!«, erwiderte ich, ohne zu zögern.

Er war verdutzt. Wischte sich den Schweiß von der Stirn.

»Verstehen Sie mich richtig«, raunte er. »Das ist keine billige Provokation, kein ... Hirngespinst eines übermüdeten Tschekisten. Es ist ein ganz handfestes Angebot.«

»Ich weiß. Und ich sage, ich bin einverstanden.«

Lapizki sah mich durchdringend an. In seinen fiebernden Augen blitzte ein Verstehen auf.

»Ich wusste es!«, flüsterte er beglückt. »Keine Ahnung, warum und wieso, aber ... ich wusste es!«

Ich sah zur Decke.

»Ich wusste auch, dass ich hier rauskomme.«

Und das war die Wahrheit.

Am 18. August 1953 verhalf mir Oberst Lapizki zur Flucht aus dem Untersuchungsgefängnis Lefortowo.

Es regnete sanft. Im Dienstwagen des Obersten fuhren wir

zum Kasaner Bahnhof, wo er ihn einfach stehen ließ. Wir stiegen in die Vorortbahn, fuhren hinaus aus der Stadt, bis Bykowo. Dort, im Sommerhäuschen von Jus' Verwandten, wohnten Schro und Su.

Die Begrüßung war herzlich – doch nicht so, wie man eine Totgeglaubte empfängt. Dass ich am Leben war, hatten ihre Herzen gewusst.

Nachdem Oberst Lapizki erdrosselt war, ließen wir uns zwei Tage Zeit für die Zwiesprache unserer Herzen. Lange genug hatte mein Herz sich verzehrt danach, konnte nicht genug bekommen. Ich saugte meine Geschwister geradezu leer, bis zur völligen Verausgabung.

Die Nacht darauf vergruben wir Lapizkis Leiche, und am anderen Morgen kehrten wir Moskau endgültig den Rücken.

Drei Tage später kamen wir in Krasnojarsk an. Aub, Nom und Re holten uns vom Bahnhof ab. Adr und ich hatten sie im Keller des Großen Hauses zum Leben erweckt.

So kam ich nach Sibirien.

Eines düsteren Dezembermorgens zuckte mein Herz zweimal in tiefem Schmerz: Fern von uns, in Moskau, wurden Ha und Adr erschossen. Fleischmaschinen brachten ihre heißen, kräftigen Herzen ein für alle Mal zum Stehen.

Und wir konnten sie nicht daran hindern.

Sechs Jahre vergingen, ehe ich das nächste Mal nach Moskau kam.

Drei Geschwister waren inzwischen eines natürlichen Todes gestorben. Unter ihnen die alte Jus. Das Ursprüngliche Licht, das in ihnen geleuchtet hatte, war in andere, jüngst auf die Welt gekommene Körper gewechselt. Wir mussten von neuem auf die Suche nach ihnen gehen.

Das für den Abbau des Ljod zuständige Straflager war auf-

gelöst. Die Professoren, welche einst die wissenschaftliche Bedeutung des »Tunguska-Phänomens« begründet hatten, waren posthum zu Pseudogelehrten degradiert worden. Das Geheimunternehmen »Ljod« war stillgelegt. Ebenso die »Urwaldschmiede«, die die Eishämmer produziert hatte.
Nichtsdestotrotz konnte unsere Bruderschaft wachsen und gedeihen. Denn die zu Stalins Zeiten angelegten Vorräte an Ljod waren hierfür ausreichend. Das ganze Jahr 1959 über durften wir der Häftlinge des Lagers No. 312/500 in Dankbarkeit gedenken. Mit ihren Spitzhacken hatten sie für die nötige Basis gesorgt. Kubikmeter Ljod schlummerten in Bunkern und Kühlschränken, warteten auf ihre Stunde. Ein Teil davon ging über die alten MGB-Kanäle ins Ausland. Aus dem Rest bastelten wir eigenhändig die Eishämmer, die wir brauchten.
Allerdings kamen sie nur selten zum Einsatz, denn die Suche nach den UNSEREN lief auf Sparflamme. Sie beschränkte sich auf gezielte Aktionen an einzelnen Orten. Ohne den Rückhalt durch den MGB mussten wir beim Aufspüren der Kandidaten auf der Hut sein, die Prozedur des Aufklopfens wollte auf das Gründlichste vorbereitet sein. Bahnhöfe, Kinos, Restaurants, Konzertsäle und Geschäfte waren die bevorzugten Operationsfelder, wo wir unsere blonden Blauäugigen ausfindig machten, um sie zu entführen und aufzuklopfen. Doch am meisten Glück hatten wir merkwürdigerweise in Bibliotheken. Hier hockten die Fleischmaschinen zu Tausenden und hingen stumm einem sonderbaren Wahn nach: dem raschelnden Umwenden von bedrucktem Papier. Es musste ihnen eine besondere, mit nichts zu vergleichende Lust bereiten. Die dicken, abgegriffenen Bücher waren von längst verblichenen Fleischmaschinen verfasst, deren Porträts gravitätisch von den Bibliothekswänden blickten. Es waren Millio-

nen von Büchern. Sie wurden pausenlos vervielfältigt, was den kollektiven Wahn am Brodeln hielt: Millionen Tote saßen ehrfürchtig über totes Papier gebeugt. Nach der Lektüre waren sie nur noch toter. Doch unter diesen stocksteifen Gestalten fanden sich auch unsere Leute. Allein in der riesigen Leninbibliothek entdeckten wir acht. In der Bibliothek für fremdsprachige Literatur drei. In der Historischen Bibliothek vier.
Die Bruderschaft wuchs.
Im Winter 1959 zählten wir in Russland schon 118.

Dann kamen die stürmischen Sechziger.
Die Zeit floss schneller dahin.
Neue Möglichkeiten eröffneten sich, neue Perspektiven.
Unsere Brüder und Schwestern machten Karriere, erklommen einflussreiche Posten. Die Bruderschaft fand wieder Eingang in die sowjetische Elite, diesmal von unten her. Drei neue Brüder saßen im Ministerrat, einer gar im ZK der KPdSU. Schwester Tschbe wurde Kulturministerin in Lettland, die Brüder Ent und Bo bekleideten hohe Ämter im Außenhandelsministerium, Schwester Ug ehelichte einen Oberkommandierenden der Luftabwehr, Bruder Ne wurde Intendant des Maly Teatr.
Und was das Größte war: Unsere Geschwister Aub, Nom und Mir gründeten in Sibirien die Wissenschaftliche Gesellschaft zur Erforschung des Tunguska-Meteoriten-Paradoxons (TMP). Sie wurde von der Akademie der Wissenschaften unterstützt und vom Staat finanziert. Beinahe Jahr für Jahr wurden Expeditionen ins Einschlaggebiet organisiert.
Und so begannen wieder Eisberge gen Moskau zu schwimmen.
Wir hatten zu tun.

In den Siebzigern konnte die Bruderschaft ihren Einfluss weiter stärken.
Ein neugewonnener Bruder mit Namen Letsch wurde Leitender Sekretär im Rat für Gegenseitige Wirtschaftshilfe. Das Verblüffende daran war, dass seine Tochter und sein Enkel gleichfalls zu uns gehörten. Das erste Mal, dass eine ganze Familie am Leben war! Letsch, Mart und Bork bildeten ein sicheres Bollwerk unserer Bruderschaft innerhalb der sowjetischen Nomenklatura. Der RGW war faktisch in unserer Hand. Über Letsch ließen sich enge Kontakte zu unseren Brüdern und Schwestern in ganz Osteuropa knüpfen. Wir konnten ihnen das Ljod nun direkt liefern, ohne auf die komplizierten konspirativen Kanäle angewiesen zu sein, die Ha unter Stalin aufgebaut hatte.
Auch ich hatte in diesen Jahren eine kleine Führungsposition im RGW inne.
Dies gab mir die Gelegenheit zu häufigen Dienstreisen in die sozialistischen Länder. Ich lernte viele unserer Geschwister in Europa kennen. Ihre Gesichter, ihre Herzen. Wir sprachen verschiedene irdische Sprachen und konnten uns doch prächtig verstehen.
Wir wussten, WAS zu tun war. Und WIE es zu tun war.
Die Bruderschaft wuchs.
Im Jahr 1980 waren wir 718 allein in Russland.
Und 2405 auf der ganzen Welt.

Die Achtziger brachten indes viel Ärger und Unannehmlichkeiten mit sich.
Breshnew starb. Das für russische Verhältnisse typische Machtkarussell begann sich zu drehen. Vier von uns büßten ihre hohen Posten im ZK der KPdSU und im Ministerrat ein. Auch die drei, die im Staatlichen Planungskomitee tätig waren,

mussten mit niedrigeren Ämtern vorlieb nehmen. Bruder Jot, ein bedeutender Funktionär im Zentralrat der Gewerkschaften, wurde wegen »Protektionismus« aus der Partei ausgeschlossen. (Bei seinen Aktivitäten, die Unseren in die Gewerkschaftsleitungen zu schleusen, hatte er den Bogen offensichtlich überspannt.) Zwei Brüder in der Außenhandelsgesellschaft Wneschtorg fielen einer Anti-Korruptions-Kampagne zum Opfer und wurden zu langen Haftstrafen verurteilt. Die Schwestern Fed und Ku verloren aufgrund »amoralischen Verhaltens« ihre Posten beim ZK des Komsomol. (Man hatte sie dabei ertappt, wie ihre Herzen Zwiesprache hielten.) Und Schro, mein lieber guter, fleißiger Schro, kam wegen schwerer Körperverletzung ins Gefängnis. (Ihm war beim Aufklopfen einer entwischt, der ihn daraufhin anzeigte.)

Letsch aber blieb auf seinem Posten.

Und zweien von uns, Uy und Im, glückte die Beförderung zu Obersten beim KGB.

Ljod wurde abgebaut und in 28 Länder exportiert.

Und die Eishämmer klopften an neue Herzen.

Dann starben Andropow und Tschernenko.

Gorbatschow kam an die Macht.

Die Epoche von Glasnost und Perestroika brach an.

Die UdSSR begann zu zerfallen. Der RGW wurde abgeschafft.

Gleich darauf starb Letsch. Das war ein herber Verlust für uns. Wir nahmen schweren Herzens Abschied von ihm, dem großen Letsch. Der so viel für unsere Bruderschaft getan hatte.

Die Partei verlor im Land rapide an Macht. In den obersten Riegen griff Panik um sich. Die sowjetische Nomenklatura witterte in der einsetzenden Demokratisierung die tödliche Gefahr, doch machen konnte sie gar nichts mehr.

Das Privatunternehmertum kam in Gang. Die klügsten Vertreter der Nomenklatura wechselten ins Business. Unter Ausnutzung alter Verbindungen kamen sie schnell zu viel Geld. Auch die UNSEREN wussten sich rasch zu orientieren. Die Gründung von Handelshäusern, Banken und Aktiengesellschaften war das Gebot der Stunde.

Im August 1991 kam für die UdSSR der endgültige Zusammenbruch.

Die Ironie des Schicksals wollte es, dass ich mich an jenem Tag mit drei Geschwistern auf dem großen Platz vor der Lubjanka eingefunden hatte, um dem Abriss des Dzierżyński-Denkmals beizuwohnen. Als es schließlich, von Stahlseilen umschlungen, in der Luft schwebte, musste ich an meine Haftzeit denken, die Kühlkammer, die Verhöre, die Bernsteinschlangen, die grimmigen Gesichter der Vernehmer, ihre toten Herzen.

Den Abriss des Denkmals beaufsichtigte ein weißblonder Bursche im Matrosenhemd, mit Panzerkappe. Blaue Augen. Wir schlossen Bekanntschaft. Wenige Stunden später klopften wir Sergej in einem eigens hierfür ausgerüsteten Kellergelass auf. Und das Herz verriet uns seinen wahren Namen: Dor.

So half uns Dzierżyński einen Bruder finden.

Die wilden Neunziger verrannen wie im Fluge.

Es war die Jelzin-Epoche, die ebenso lustig wie gräulich war.

Für die Bruderschaft brachen goldene Zeiten an. Wir errangen, wovon wir so lange geträumt hatten: eine sichere Machtposition, solide Finanzstrukturen. Eine ganze Reihe von Jointventures wurden gegründet.

Dass wir bis in die allerhöchsten Kreise der Macht vorzudringen vermochten, war hierbei unser größter Erfolg.

Bruder Uf, der Ende der Siebziger in Leningrad zu uns gefunden hatte, machte binnen zwei Jahren eine phantastische Karriere: vom Dozenten eines wirtschaftswissenschaftlichen Instituts zum Vizepremier der russischen Regierung. Er war der Kopf der Wirtschaftsreformen, leitete die Privatisierung des Staatseigentums. Der Verkauf Hunderter Betriebe ging über seinen Tisch. In der ersten Hälfte der Neunziger war er praktisch Herr über Russlands Immobilien.
Sein Anteil am Wachsen und Werden unserer Bruderschaft ist nicht hoch genug einzuschätzen. Dem rothaarigen Uf war es letztlich zu verdanken, dass wir ökonomisch vollkommen unabhängig wurden. Die Frage der Finanzen war ein für alle Mal geklärt. Und bekanntlich ist es das Geld, das auf dem Planeten der Fleischmaschinen alle Hebel in Bewegung setzt.
Ich betete Uf geradezu an.
Sein kleines, ungestümes Herz sprach des Öfteren mit dem meinen.
Dabei führte Uf den radikalen Flügel innerhalb unserer Bruderschaft an. Unsere Zahl zu erhöhen, den Weg zur Großen Verwandlung abzukürzen, um sie womöglich noch selbst zu erleben, war den Radikalen unter uns jedes Mittel recht.
Im Unterschied dazu waren solche wie ich weniger egoistisch, bereit, zum Wohle künftiger Generationen zu wirken.
Doch der von Uf initiierte große ökonomische Sprung hatte die Zukunft näher rücken lassen: Am 1. Januar 2000 waren WIR auf der ganzen Erde 18 610.
Und plötzlich hielt auch ich es für möglich, jenen großen Tag vielleicht noch zu ERLEBEN!
Im engsten Kreis feierten wir in Ufs Landhaus das neue Jahr. Von allen Festtagen der Fleischmaschinen war dies der ein-

zige, den wir akzeptierten: Jedes neue Jahr ließ die Stunde der Verwandlung heranrücken.

Nach einer kurzen Zwiesprache der Herzen hockten wir um einen Berg von Früchten auf dem Teppich und taten uns daran gütlich. Keiner sprach ein Wort. Überhaupt vermieden wir es, in der Sprache der Fleischmaschinen miteinander reden zu müssen.

Und plötzlich sahen wir Uf mit einer Pflaume in der Hand erstarren. Seine graublauen Augen wurden schmal, sein beweglicher kleiner Mund ging auf, und was er sagte, war:

»In einem Jahr und acht Monaten ist es so weit. Dann werden wir alle zu Strahlen des Lichts!«

Nun war auch ich vor Staunen starr. Und mit mir alle im Raum.

Ufs durchdringender Blick ging von einem zum anderen.

»Ich weiß es!«, sagte er fest.

Im Nu wurden seine Augen feucht, seine Lippen zitterten, die Pflaume entglitt seinen Fingern. Tränen rannen ihm über die Wangen.

Ich stürzte auf ihn zu, schloss ihn in meine Arme.

Nunmehr selbst tränenüberströmt, küsste ich seine sommersprossigen Hände.

Ich erwachte wie üblich früh am Morgen.

Es waren die zärtlichen Berührungen von Schwester Tbo, die mich weckten. Ihre Hände streichelten mein Gesicht.

Und sogleich wusste ich es: Heute war ein besonderer Tag. Eine Begrüßung stand an.

Ich öffnete die Augen und sah mein großes Schlafzimmer mit den pastellblauen Wänden, der blassgoldenen Decke, sah Tbos blaue Augen, ihre weichen Hände. Leise Musik erklang. Tbo nahm die Decke von mir, ich drehte mich auf den

Bauch. Die Hände der Schwester massierten meinen nicht mehr so ganz jungen Körper.
Die Brüder Mef und Por traten leise ein. Sie warteten das Ende der Massage ab, hoben mich in die Höhe und trugen mich hinüber ins Bad. Dort halfen sie mir beim Entleeren von Darm und Blase. Anschließend legten sie mich in ein Bad aus sprudelnder Kuhmilch. Nach zehn Minuten halfen sie mir heraus, spülten die Milch von mir ab, balsamierten meine Brust mit Sesamöl, trugen eine Gesichtsmaske auf, bestehend aus dem Sperma junger Fleischmaschinen. Schwester Vicha frisierte mich, dann kam das Make-up an die Reihe. Ich begab mich ins Ankleidezimmer, wo Vicha mir half, das passende Kleid auszusuchen.
Zur Feier eines solchen Tages trage ich mit Vorliebe Blau. Ich wählte ein Kleid aus dezent blauem Crêpe de Chine, einen Hut mit Schleier, ebenfalls blau, dazu blaue Lackstiefelchen. Ohrringe und Halskette aus Türkisen.
Anschließend trug man mich ins Speisezimmer.
Es war groß, halbrund, in denselben Blau-Gold-Tönen gehalten. Weiße Rosen und Lilien in vier goldenen Vasen. Vor den großen Fenstern grünte der Fichtenwald.
Während ich am goldgedeckten Tisch Platz nahm, streckte ich schon die Hände aus. Mef und Por fuhren flink mit zwei warmen feuchten Servietten um sie herum. Bruder Rat servierte einen Teller tropische Früchte. Dann betrat Bruder Ga den Raum, einer meiner sechs Sekretäre. Er begann Bericht zu erstatten.
Ich hörte ihm zu und aß derweil in aller Ruhe weiter.
Als Ga mit seinem Bericht zu Ende war, entfernte er sich.
Nach Beendigung des Mahls streckte ich die Hände noch einmal aus, und noch einmal wischten zwei warme feuchte Servietten darüber hinweg.

Alsdann wurde ich in den Saal getragen, der dem Austausch der Herzen vorbehalten war. Ein runder Raum ohne Fenster. Die Wände mit blauem Jaspis verziert.
In der Mitte des Saals knieten drei nackte Brüder. Ich fiel neben ihnen auf die Knie – so, dass ihre Arme mich umfassen konnten.
Unsere Herzen begannen zu sprechen.
Ich lehrte sie einige Wörter.
Dies währte aber nicht lang. Wir lösten uns voneinander mit wohligem Seufzen, und ich wurde in den Ruheraum hinübergetragen.
Hier war es still, die Luft voller orientalischer Wohlgerüche, es gab Polstermöbel in Blau und in Gold. In einem bequemen Sessel ruhend, bekam ich die Hände massiert. Danach trank ich Tee aus den Kräutern des Altaigebirges.
Ein Sekretär erschien.
Ich verstand: Es war Zeit aufzubrechen.
Man trug mich aus dem Haus. Vor der marmornen Freitreppe wartete meine gepanzerte dunkelblaue Limousine, außerdem standen zwei Wagen mit Leibwächtern bereit. Die Sonne schien, es war frühlingshaft frisch. Alle Reste von Schnee waren geschmolzen, auf den Rasenflächen zeigte sich das erste Grün. Ein Specht hämmerte an einem trockenen Ast herum. Eb, der Gärtner, war dabei, die Pyramide im Steingarten zu restaurieren. Ein Wächter mit Maschinenpistole patrouillierte am Tor.
Man half mir ins Auto.
Und los ging es in Richtung Stadt.
Die schwere Limousine glitt lautlos dahin, wiegte mich sanft. Ich sah aus dem Fenster. Die Moskauer Randzonen, diese wunderliche Verquickung von wilder Natur und wilder Ansiedlung, mochte ich sehr. Hier draußen kam mir das

irdische Leben noch am wenigsten grausam vor. Die Straße führte durch größere Waldgebiete, zwischen den Bäumen schimmerten die Umrisse der Ferienhäuschen. So wie vor vierzig Jahren. In dieser Gegend hatte sich seit den Jahren unter Stalin kaum etwas geändert. Nur die Zäune waren höher und protziger geworden.

Dafür war Moskau nicht wiederzuerkennen. Es platzte aus allen Nähten. Hier wohnten einfach zu viele.

Wir fuhren die Rubljowskoje entlang, große weiße Plattenbauten zu beiden Seiten. Unter Fleischmaschinen gelten sie als hässlich. Sie bevorzugen Häuser, die aus Ziegeln gemauert sind. Aber ist ein Menschenhaus nicht so oder so ein grässlicher, eingekästelter Raum? Der Stein, Stahl und Glas gewordene Wunsch, sich vor dem Kosmos zu verstecken? Ein Sarg, in den der Mensch hineinfällt, kaum dass er dem Mutterschoß entronnen ist?

Alle beginnen sie ihr Leben im Sarg. Recht so – denn sie sind tot von Geburt an.

Ich blickte auf die Fensterreihen in den Häusern: Tausende kleine Särge, einer dem anderen gleich.

In jedem rüstete sich eine Fleischmaschinenfamilie für den Tod.

Welch ein Glück, dass WIR so sehr anders sind.

Wir fuhren ein Stück die Mosfilmowskaja entlang und bogen dann nach den Sperlingsbergen ab. Hier war wie immer viel Platz, viel Raum. Nur das Universitätsgebäude ragte einsam in die Höhe, ein Denkmal aus Stalintagen.

Noch ein paar elegante Kurven, dann waren wir vor unserer Rehabilitationsklinik angelangt. Ein Neubau, erst vor fünf Jahren errichtet. Für die neu gewonnenen Schwestern und Brüder. Hier wurden die Wunden geschlossen, die die Eishämmer ihnen zugefügt hatten.

Schwester Haro kam mit einem Rollstuhl vor mein Auto gefahren. Man half mir hinein, schob mich in die Klinik. Auf dem Flur wurde ich von Mer und Ire empfangen, diesen erfahrenen Schwestern. Ich grüßte ihre Herzen mit Frohlocken.
»Sie sind bereit«, teilte Mer mit.
Ich wurde in das Krankenzimmer geschoben.
Dort lagen die drei Neuzugänge gemeinsam in einem großen weißen Bett. Ausgezehrt von dem Jammer, welcher ihre Herzen eine Woche lang erschüttert hatte.
Mein Herz hob an, die drei erwachenden Herzen vorsichtig zu zwicken.
Binnen einer halben Minute wusste ich über sie Bescheid.
Als sie erwacht waren, sprach ich zu ihnen.
»Ural, Diar und Moho! Mein Name ist Chram. Ich grüße euch.
Eure Herzen haben sieben Tage geweint. Es waren Tränen der Trauer und der Scham über ein zurückliegendes totes Leben. Jetzt sind eure Herzen geläutert. Sie müssen nicht länger weinen. Sie sind bereit, in Liebe zu sprechen. Mein Herz wird den euren nun das erste Wort sagen – in der einzig wichtigen Sprache, die es gibt. Der Sprache des Herzens.«
Die drei gewonnenen Herzen wandten sich mir zu.
Und mein Herz begann mit ihnen zu sprechen.

DRITTER TEIL

WELLNESS-SET »LJOD«
GEBRAUCHSANWEISUNG

1. Verpackung öffnen.

2. **Videohelm (HMD), Brustschild, Mini-Kühlbox, Computereinheit, Verbindungsleitungen** der Verpackung entnehmen.

3. Schließen Sie die Mini-Kühlbox unverzüglich an Ihr Stromnetz an, damit das Eis in ihr nicht taut. Beachten Sie, dass der Akkumulator die nötige Kühltemperatur **nicht länger als zweiundsiebzig Stunden** aufrechterhält!

4. Vergewissern Sie sich nach Kenntnisnahme des Abschnitts **GEGENANZEIGEN**, dass Ihr Gesundheitszustand eine Anwendung unseres Wellness-Sets »LJOD« zulässt. Ziehen Sie sich in ein stilles Zimmer zurück. Es empfiehlt sich, Vorkehrungen zu treffen, dass keiner Sie während der Sitzung stören kann. Oberkörper frei machen, Brustschild anlegen, Stützriemen an Rücken und Schultern anzurren. Der mechanische Stößel muss sich **genau über der Mitte** Ihres Brustbeins befinden. Mini-Kühlbox öffnen, eines der dreiundzwanzig Eissegmente entnehmen. Polyäthylenverpackung entfernen, **Eis** in die Steckbuchse des Stößels einlegen, **Halterung** verschließen. Das Wellness-Set »LJOD« mittels Verbindungsleitung an den Computer anschließen. Computer über das Netzkabel an die Steckdose anschließen. Bequeme

Sitzhaltung einnehmen. Entspannen Sie sich! Versuchen Sie, nicht an Nebensächlichkeiten zu denken! Kabel mit den **Bedienungsknöpfen** in die rechte Hand nehmen. Knopf »**ON**« drücken. Vergewissern Sie sich, dass der Stößel mit der Eiskuppe **genau** in Brustbeinmitte aufschlägt. Videohelm aufsetzen.

Dauer einer Sitzung mit dem Wellness-Set »LJOD«: ca. 2–3 Stunden.

Sollten Sie sich während einer Sitzung unwohl fühlen, unterbrechen Sie die Sitzung durch Drücken des Knopfes »**OFF**«, der sich vom Knopf »**ON**« durch seine geriffelte Druckfläche unterscheidet.

5. Nach Abschluss der Sitzung Videohelm und Brustschild abnehmen, System abschalten. Nehmen Sie eine horizontale Lage ein. Versuchen Sie sich zu entspannen. Denken Sie an die Ewigkeit. Wenn Sie Ihr seelisches Gleichgewicht wiedergefunden haben, können Sie aufstehen. **Tränenabsauger** vom Helm abschrauben. Mit warmem Wasser ausspülen, abtrocknen, wieder einsetzen.

GEGENANZEIGEN

Personen mit Herz- und Gefäßerkrankungen, funktionalen Störungen des Nervensystems, psychischen Erkrankungen, Alkohol- und Drogenabhängigkeit, Kriegsinvalidität sowie schwangeren Frauen, jungen Müttern während der Stillzeit und Kindern bzw. Jugendlichen unter 18 Jahren wird von der Anwendung unseres Wellness-Sets »LJOD« **kategorisch** abgeraten.

EMPFEHLUNGEN

1. Wir empfehlen Ihnen, nicht mehr als zwei Sitzungen pro Tag zu absolvieren.
2. Sollten Sie sich nach Abschluss einer Sitzung unwohl gefühlt haben, wenden Sie sich vertrauensvoll an die Firma »LJOD«. Unsere Ärzte und Technologen geben Ihnen gern die nötigen Hinweise. Beachten Sie, dass das Wellness-Set »LJOD« ggf. einer vorherigen **individuellen Anpassung** bedarf.
3. Entfernen Sie nach vorzeitigem Abbruch einer Sitzung das nicht verbrauchte Eis **vollständig** aus dem Stößel. Zur Fortsetzung der Sitzung ist der Einsatz eines **neuen** Eissegments erforderlich.
4. Direkte Sonneneinstrahlung, Feuchtigkeit und Frosteinwirkung vermeiden.

Eis zur Wiederauffüllung der Mini-Kühlbox können Sie über die Filialen unserer Firma »LJOD« beziehen.

DIE ERSTANWENDER UNSERES WELLNESS-SETS »LJOD« – IHRE MEINUNGEN UND WÜNSCHE!

Leonid Batow (56), Filmregisseur:
Bis zum heutigen Tage war ich ein notorischer Feind des Fortschritts, begegnete allen zweifelhaften Errungenschaften unseres so genannten High-Tech-Zeitalters, die einem das Glück und das Paradies auf Erden versprechen, mit Skepsis. Und das nicht so sehr wegen meiner »grünen« Ansichten. Es entsprang vielmehr der Logik meines Lebenslaufs und meines künstlerischen Werdegangs. Ich führte ein recht ein-

sames Leben auf dem Land, kommunizierte nur in einem engen Kreis Gleichgesinnter. Einmal alle vier Jahre drehte ich einen Film. Von den meisten Kritikern wurden meine Filme als »elitär«, »hermetisch« oder gar »hochtrabend marginal« bezeichnet. Und das stimmte: Ich plädierte immer für einen Elitismus in der Kunst, ein »Kino nicht für jedermann«. Hollywood sah ich als meinen Hauptfeind an – dieses riesige McDonald's, das die Welt mit seinem kinematographischen Fast Food zweifelhafter Qualität überschwemmte. Meine Lehrer und Idole waren Eisenstein, Antonioni und Hitchcock. Meinen politischen Ansichten nach war ich Anarchist, Anhänger von Bakunin und Kropotkin, weil sie den Kampf gegen die gesichtslose Staatsmaschinerie führten. Aktiv unterstützte ich die »Grünen«, war sogar an zweien ihrer Aktionen direkt beteiligt. Geboren und aufgewachsen in einem totalitären Staat, lebte ich in ständiger innerer Anspannung, rechnete jederzeit mit Aggressionen von außen. Warum ich an dieser Stelle auf meine politischen Überzeugungen zu sprechen komme? Weil beim Menschen alles miteinander zusammenhängt. Ethik und Ästhetik, die Art zu essen und sein Verhältnis zu Tieren. Genau diese Anspannung spürte ich auch heute Morgen wieder in mir, als der Kurier mir das System »Ljod« ins Haus brachte. Die Firmenvertreter hatten mehrfach angerufen und mich lange überreden müssen, ehe ich zur Annahme des Geschenks bereit war. Meine anfängliche Ablehnung verstand sich von selbst. Die Reklame für dieses Produkt, überhaupt den ganzen Rummel, den die Massenmedien hierzulande in den letzten Monaten damit abzogen, hatte ich satt bis obenhin. Nie hatte ich, wie schon gesagt, an ein Paradies auf Erden geglaubt, im Leben so wenig wie in der Kunst. Andererseits muss ich sagen, dass das Geschrei der Medien um einen »Niedergang der Filmindustrie in aller Welt«, wie er angeblich nach Erscheinen dieses Produkts auf dem Markt abzusehen wäre, der Vergleich mit einem Torpedo, der in der Lage wäre, Hollywood in Grund und Boden zu versenken, dass all dies eine gewisse professionelle Neugier in mir weckte. Kurz und gut, ich nahm die Schachtel mit dem System entgegen, frühstückte erst einmal, trank mein obligatorisches Glas Früchtetee, rückte meinen alten Ledersessel in die Mitte des Zimmers, ließ mich darin nieder und verfuhr in allen Punkten so, wie die Gebrauchsanweisung es vorschreibt. Ich setzte den Helm auf und drückte den Startknopf. Vor den Augen herrschte zunächst undurchdringlicher Nebel. Immerhin begann das Hämmerchen mit dem Eis sogleich, mir rhythmisch gegen die Brust zu klopfen. Eine Minute verging, noch eine. Ich saß da und starrte in den Nebel. Der kleine Eishammer beklopfte mir die Brust. Das kam mir irgendwie rührend und komisch vor. Mir fiel ein, dass in dem Wäldchen meiner Kindheit in der Provinz eine Zeit lang ein Riesenspecht gehaust hatte. Keiner konnte sich erinnern, je zuvor einen solch großen Specht gesehen zu haben – weder mein Vater noch die Nachbarn. Er war wirklich riesig, schwarz, mit zottigen weißen Füßen und weißem Kopf. Alle rannten in das Wäldchen, um sich den Specht anzusehen. Schließlich wusste jemand zu sagen, dass es ein kanadischer Specht war, der in Russland eigentlich nicht vorkam. Entweder er war aus irgendeinem Zoo entflogen, oder jemand hatte ihn privat gehalten und nicht aufgepasst. Er hämmerte jedenfalls wie aufgezogen, ein Maschinchen. Schallend laut! Es kam vor, dass ich von seinem Klopfen aufwachte. Dann bin ich hinausgerannt, ihm zuzusehen. Er hatte keine Scheu vor niemandem, kümmerte sich nur um sein eigenes Tun. Wir gewöhnten uns an diesen schwarzen Specht und gaben ihm einen Spitznamen: Stachanow. Bis einer aus der Clique der Nachbarstraße ihn mit einem Stein vom Baum schoss. Und an einem Ast aufhängte, Kopf nach unten. Was hab ich geheult! Vielleicht ist aus mir an dem Tag ein »Grüner« geworden … Und jetzt, beim Starren in den Nebel und mit den Gedanken beim toten Specht, musste ich auf einmal wieder heulen. Im Herzen ein so heißes, stechendes Gefühl, wie man es nur als Kind gekannt hat – damals, als man sich alles noch viel mehr zu Herzen nahm. Nicht bloß der Specht tat mir jetzt furchtbar Leid, sondern alle Lebewesen auf einmal. Die Tränen sind nur so geflossen. Und sofort traten die Tränenabsauger im Helm in Aktion! Wie sanft es einem die Tränen wegsaugte, ein wunderbares Gefühl. Und ich in meinen Weltschmerzanfällen bekam das große Zucken. Derweil klopfte das Hämmerchen munter weiter, ich spürte die Schläge schon gar nicht mehr, es war nur noch ein sanfter Druck auf der Brust. Dieses Mitleid mit der Kreatur kam wellenartig, wie eine Brandung. Jede neue Welle lief in Tränenströmen aus, die von den Absaugern sogleich entsorgt wurden. Die Schlagfrequenz des Hämmerchens nahm zu, die Wellen wurden häufiger, am Ende kam es über mich wie eine Lawine. Ein Wasserfall aus Mitleid. Ich wurde vom Schluchzen regelrecht geschüttelt. Es war phänomenal. Das letzte Mal hatte ich vor sechzehn Jahren so geheult, als Mama starb. Keine Ahnung, wie lange es gedauert hat – eine Stunde oder eine halbe. Jedenfalls ist mir die ganze Zeit weder angst noch irgendwie unwohl gewesen. Im Gegenteil, es tat gut zu heulen, eine Seelenreinigung. Ich habe mich richtig hineingesteigert in diese Anfälle. Am Ende ließen sie allmählich nach, ich beruhigte mich wieder. Der kleine Hammer klopfte so schnell, dass es mir vorkam, als müsste in meiner Brust schon ein Schacht bis zum Herzen vorgetrieben sein. Der Weltschmerz wurde abgelöst von einem Gefühl unerhörter Ruhe und Seligkeit. NIE ZUVOR im Leben war ich so ruhig und zufrieden. Und in dem Moment erschien vor meinen Augen auf dem Innenbildschirm des Helms ein Bild. Genauer gesagt, es flammte plötzlich auf – groß, grell und scharf. Eine Felseninsel im Ozean. Wie ein Plateau erhob sie sich aus den Fluten, war annähernd kreisrund, ein paar Kilometer im Durchmesser. Und am Rande dieses Eilands stand ich, in einer Reihe mit anderen Menschen, allesamt nackt, wir hielten uns bei den Händen. Links von mir eine junge Frau, rechts ein alter Mann. Daneben wieder andere Leute. Wir alle zusammen bildeten einen riesigen Kreis, der sich um die ganze Insel zog. Und ich weiß nicht, wieso, doch mir war sofort klar, dass es genau 23 000 Menschen waren. Wir standen da und bewegten uns nicht. Unter uns rauschte der Ozean. Über uns wölbte sich ein blendend blauer Himmel. Die Sonne stand strahlend im Zenit. Wir alle waren nackt, blond und blauäugig. Und wir warteten auf etwas, mit einer Ergriffenheit, die GEWALTIG war. Der Augenblick der Erwartung auf das große Ereignis streckte sich ins Endlose. Die Zeit schien stillzustehen. Und plötzlich wurde in meinem Herzen etwas wach. Mein Herz begann zu sprechen – in einer völlig neuen Sprache. Es war phantastisch! Mein Herz sprach! Zum ersten Mal im Leben meldete es sich mit EIGENER Stimme, als selbstständiges Organ. Und es hatte Kontakt zu allen Menschen im Kreis, jedem einzelnen Herzen. Und alle, alle DREIUNDZWANZIGTAUSEND HERZEN sprachen im Chor! Es war wie ein Einüben von Wörtern, die neu waren und eigentlich keine Wörter, wie man sie kennt – eher etwas wie Energieschübe. Diese Schübe nahmen zu, vermehrten sich, es war, als fügten sie sich zu einer unsichtbaren Pyramide. Und plötzlich –

es waren gerade dreiundzwanzig geworden – geschah das Allerüberraschendste. Was man nicht mit Worten schildern kann, in keiner Sprache. Die ganze sichtbare, uns umgebende Welt begann auf einmal zu schmelzen und zu verblassen. Und das war kein Kinoeffekt, wie wenn das letzte Bild durch weites Aufziehen der Blende weiß wird. Die Welt schmolz TATSÄCHLICH, zerfiel in Atome, Elementarteilchen. Und unsere Körper schmolzen mit. Das war UNGLAUBLICH angenehm: eine einzige Erleichterung nach Jahrzehnten des Erdendaseins. Von uns blieb immer weniger – und plötzlich waren wir Strahlen von Licht

Galina Uwarowa (38), Abgeordnete der Staatsduma:
Zu meiner Überraschung bekam ich gestern von der Firma »Ljod« ein Set gleichen Namens zum Geschenk. Neun Monate lang hat die Firma dieses Projekt mit großem Rummel angekündigt, und endlich die Geburt: Ein neues Kind der Hochtechnologie hat das Licht der Welt erblickt! Ein »Wunderwerk des 21. Jahrhunderts«, von dem die Hersteller sich versprechen, »das Problem der Verlorenheit des Menschen in unserer komplizierten Welt zu lösen«. Im Beisein meines Mannes, meines Sohnes und meiner Freunde habe ich die Wirkung an mir selber ausprobiert. Ich stülpte den Helm über, setzte das Gerät in Gang und harrte der Dinge. Das in den kleinen Hammer geklemmte »Wundereis« fing an, gegen meine Brust zu schlagen. Die ersten Minuten verliefen in völliger Stille und Dunkelheit. Im Zustand der Erwartung und noch dazu im Dunklen pflegt der Mensch gern in Erinnerungen zu kramen. Aus irgendeinem Grunde kam ich darauf, wie mein Vater mich einmal zu Verwandten aufs Land brachte. Damals war ich zehn. Und diese Verwandten hatten aus Anlass unseres Besuchs extra ein Kalb geschlach-

tet. Es hatte Borka geheißen. Ich sah seinen Kopf in der Vorratskammer liegen. Mir wurde bang und grässlich zumute. Fluchtartig verließ ich die Kammer. Und beim Essen wurde ich von der Dorftante plötzlich gefragt: »Na, wie schmeckt dir unser guter Borka?« Und ich fing an zu weinen. Danach bin ich auf einmal furchtbar deprimiert gewesen. Und fing unter dem verflixten Helm zu heulen an. Vermutlich eine Folge der nervlichen Belastung während der Wahlkampagne. Mein Mann zwickte mich in die Schulter, ich schüttelte ihn wütend ab, so grob bin ich noch nie mit ihm umgesprungen. Anschließend flossen die Tränen nur noch heftiger, in wahren Sturzbächen. Ich war völlig fertig. Als das vorüber war, kam ein Bild – wir stehen alle zusammen im Kreis, halten einander bei den Händen. Nackt! Und die ganze Umgebung kippte auf einmal weg. Und wir verwandelten uns – in Licht, Strahlen von Licht

Sergej Kriwoschejew (94), Rentner:
Das System »Ljod«, welches mir unentgeltlich geschenkt wurde, hat mich befriedigt und hocherfreut. Dank seiner Wirkung verspüre ich Tatkraft und Optimismus. Am 18.10. habe ich es ausprobiert. Genauer gesagt, um 14.30 Uhr. Ich habe alles angeschlossen und mich auf einen Stuhl gesetzt. Als Helfer fungierten: mein Sohn, meine Schwiegertochter. Erst mal passierte gar nichts. Ich wartete ab. Dann merkte ich, wie ich unruhig wurde. Wobei die Unruhe eigentlich ganz angenehm war. Und vor allem: Mir fiel so manches dabei ein, was ich ganz vergessen hatte. Zum Beispiel, wie ich als Kind mit meinem Vater auf der Jagd war. Das war bei Wyschni Wolotschok, im Seengebiet. Der Vater und drei befreundete Kollegen gingen auf Entenjagd. An einem einzigen Morgen schossen sie ein ganzes Boot voll Enten. Das

Boot lag am Ufer, im Schilf. Und in dem Boot saß ich. Unsere beiden Hunde, Entente und Koltschak, apportierten die abgeschossenen Enten, wenn sie ins Wasser gefallen waren, oder stöberten sie in den Binsen auf. Anschließend riefen die Jäger ihre Hunde wieder zu sich, und ich blieb allein mit den toten Enten im Boot. Und ich weiß nicht, warum, mir taten diese Enten auf einmal sehr Leid. Sie waren so schön. Und was das Furchtbarste war: Keiner konnte sie je wieder lebendig machen. Das habe ich damals begriffen. Und ich fing bitterlich zu weinen an. So sehr, dass ich das Bewusstsein verlor. Und jetzt passierte es mir wieder. Ich weinte. Und wurde sehr müde dabei. Und auf einmal sehe ich mich am Ufer eines riesigen Sees stehen. Zusammen mit vielen Leuten stehe ich da. Und wie von ganz alleine verwandeln wir uns in ein weißes, ganz reines Licht

Andrej Sokolow (36), z. Zt. arbeitslos:
Euch Typen müsste man an den Schwänzen aufhängen, damit ihr aufhört, die Leute zu verarschen. »Ljod«, dieser Scheißkram, ist doch nur wieder eine Erfindung der Juden und Freimaurer, womit sie die Menschheit unterwerfen wollen. Als hätten sie Russland nicht schon genug gedemütigt und ans Kreuz geschlagen, und am liebsten hätten sie es aufgeteilt und die Stücke vom Bärenfell einzeln verhökert, und jetzt also noch der mentale Anschiss. Sie suchen sich die »passenden« Leute aus und tun sich groß mit Verschenken. Aber da sind sie bei mir am Falschen mit dieser Schweinerei! Dieses Scheißsystem ist Opium für das russische Volk und sonst gar nichts! Damit wollen sie uns anfixen, und wenn wir dann alle rumlaufen wie die Spastis, rücken sie fröhlich ein mit ihren Scheiß-UNO-Truppen und pflanzen ihre Kanonen auf den Kreml. Und dann müssen wir alle

englisch reden. Ein ganz fieses System ist das. Erst musste ich Rotz und Wasser heulen, weil ich dran denken musste, wie ich damals meine kleine Schwester beerdigt habe, nachdem sie im Kuhstall einen gewischt bekam. Und dann ging die Kacke erst richtig los: mit nackten Weibern und nackten Typen in einer Reihe! Und kein Schwein hat sich geschämt. Und was das Übelste war: ich selber auch nicht. Und dann ist das alles weggerutscht, und es kam so ein grelles Licht

Anton Beljawski (18), Student:
Am 10. September erfuhr ich von meiner Schwester, ich wäre einer von 230, denen die Firma »Ljod« ihr Supersystem schenkt. Ich wollte es erst nicht glauben, aber die Schwester hat mir die Zeitung gezeigt, wo es drin stand. Das war super! Ich hatte schon so viel davon gehört, ständig war ja im TV davon die Rede, und genauso in den Zeitungen und Zeitschriften. Ich hatte auch schon eine Sendung über die Firma »Ljod« gesehen, ihre einmalige Erfolgsstory, wie sie es geschafft haben, in Sibirien diese Riesenproduktionsanlage für synthetisches Tunguska-Eis aufzubauen, und dass die Firma sehr reich ist, mit 25% russischen Anteilen, und dass sie eine Revolution im Video- und Filmgeschäft planen würden, die das alte Kino aus den Angeln hebt, etwas ganz Cooles hätten sie vor, wo einem Hören und Sehen vergeht, hieß es. Und dann kriegte ich den Anruf, und dann kam auch schon der Karton. Meine Schwester und ich, wir haben ihn gleich ausgepackt. Drin waren ein Computer, ein Helm und ein Brustschild. Und noch so eine Art Kühlbox mit 23 Würfeln Eis. Ich hab mein T-Shirt ausgezogen, mich auf die Couch gesetzt, meine Schwester hat mir geholfen, den Brustschild anzulegen. Ich hab einen Eiswürfel in den Ham-

mer eingesetzt, erst den Computer angeschlossen und dann den Helm, das Ganze kam an die Steckdose. Dann hab ich den Helm aufgesetzt und das System angeworfen. Vom Design her ist der Helm schon mal super, richtig Darth-Vader-mäßig. Und auch innen, um den Kopf rum, alles sehr weich und superbequem. Am Anfang passierte erst mal nichts. Außer dass mir der Hammer an der Brust pickerte. Was aber überhaupt nicht wehtat. Ich relaxte, saß einfach so rum, in dem Helm war es finster wie im Panzer. Eine Minute, zwei Minuten, fünf Minuten. Nichts passierte! Ich dachte schon: Na prima, die blanke Verarsche. Meine Schwester saß neben mir, zu der hab ich schon gesagt: »Mascha, die haben uns angeschmiert!« Und plötzlich kommt mir da so eine Erinnerung. Wie ich mit vierzehn meinen ersten Asthmaanfall hatte. Das war frühmorgens beim Aufwachen. Da haben sie unter unserem Fenster irgendein Rohr verlegt, und die Idioten fingen schon früh um fünf an, den Asphalt wegzuhacken. Die hatten da so einen Kompressor für ihre Presslufthämmer, den haben sie angeschmissen, und es fing dieses rhythmische Rattern an: tuck-tuck-tuck-tuck! Und davon hatte ich vorm Aufwachen einen Traum: dass die Idioten den Schlauch von ihrem Kompressor vor unsere Lüftungsklappe gesetzt hätten, und der saugte da jetzt die Luft aus der Wohnung raus. Wir hatten eine Einraumwohnung, Mama und Mascha schliefen unterm Fenster, ich auf der Klappliege neben dem Büfett. Und mir war, als wachte ich auf, und Mama und die kleine Mascha wären schon am Ersticken. Liegen wie tot unter der Klappe. Ich springe hoch und kriege selber kaum Luft, krieche hin, rüttle sie, aber in dem Moment sterben sie auch schon. Das war so grässlich: dass ich zusehen muss und nicht helfen kann, und der verdammte Kompressor tuckert immer weiter und saugt. Ich den

Stuhl genommen und gegen das Fenster geschmissen, aber das Fenster ging nicht kaputt davon. Als Nächstes die Faust, mit voller Wucht, ich komm einfach nicht durch. Und plötzlich begreif ich: zu spät! Die zwei sind tot, für immer und ewig. Da hab ich nur noch geheult und geheult. Und auf einmal merk ich auf meiner Couch: Ich heul ja schon wieder! So sehr und so lange, dass meine Schwester es schon mit der Angst kriegte. Es hätte mich geschüttelt, hat sie hinterher erzählt. Lange ging das, unglaublich lange. Bis ich am Ende nicht mehr konnte, restlos ausgepowert war, aber eigentlich total gut drauf, nix kratzt mich mehr, alles geht mir am Arsch vorbei, irgendwie cool. Und zack!, war dieses Bild da: Ich sehe mich auf einer abgefahrenen Insel stehen. Ziemlich groß und hoch, so 'ne Art Felsen. Ringsrum Meer. Sonne, strahlend blauer Himmel, angenehm frische Luft. Und ich stehe im Kreis mit Leuten, die alle nichts anhaben, ich auch nicht, und wir halten uns bei den Händen wie Kinder. Eine irre Menge Leute. Und auf einmal wusste ich genau, wie viele es waren: 23 000. Exakt! Und die Erkenntnis hat mich – womm! – mit einem Schlag völlig high gemacht. Ein Kribbeln im Herzen, klasse Gefühl, einfach super. Ging ab wie 'ne Rakete. Ich hab mit einem Mal die Herzen von all den Leuten da gespürt! Echt ein irres Gefühl, als wie: Wir sind die Größten, außer uns keiner und so. Und dann fing da so 'ne Art Gespräch an, von Herz zu Herz. Aber nicht die normale Tour: ›Hallo, und wer bist du?‹ – ›Hallo, Anton, und du?‹ – ›Wolodja ...‹ – so nicht. Nein, ganz ohne Worte. Aber unheimlich intensiv. Und dann haben die Herzen alle auf einmal angefangen, so ... zu vibrieren, das ging: eins, zwei, drei ... Mann, war das super! Wie wir bei dreiundzwanzig waren, da ... ich weiß nicht, wie ich das beschreiben soll. Alles ringsrum fing an sich aufzulösen, verschwand auf Nimmerwiedersehen – und wir genauso. Wusch!, waren wir weg, total aufgelöst in dem sanften Licht

Max Aljoschin (20), Anarchist:
Wie ich das System »Ljod« in der Hand hatte, wollte ich es gleich in unserer Kommune testen. Leer stehendes Haus, ziemlich krass. Soll saniert werden und an die reichen Säcke vermietet. Da gibt's gar nix mehr, nicht mal Strom. Aber das Problem haben wir mit 'ner Nachtschicht gelöst, uns an den Laden von nebenan angeklemmt. Gut. Ich hab den Helm aufgesetzt und die Chose gestartet. Erst mal war's säuisch dunkel, und der Hammer mit dem Eis hat mir das Brustbein angepickt. Schräges Gefühl, nicht der Bringer. Dann ging der Brainfuck los. Erinnerungen, Asbach uralt. Ich wieder zu Hause in Elektrostal, als ganz kleiner Knirps, flitze früh raus auf den Hof, da ist es tiefster Winter und arschkalt, Schneewehen überall, diverse Kinder gehen mit ihrer Mama spazieren. Meine ist Hausmeisterin. Die steht vorm Eingang von Block drei und hackt mit dem Stemmeisen das Eis vom Weg: kracks, kracks, kracks. Klingt irgendwie nett. Ich tappe übern Hof wie ein Kosmonaut: Die Oma hat mich in tausend Klamotten gewickelt, Kohlroulade ist nichts dagegen. An den Füßen Filzstiefel mit Galoschen drüber, der Schnee knirscht beim Drauftreten wie Puderzucker. In der Hand halte ich eine Schaufel. Ich stapfe in eine von diesen Wehen hinein und fange an, sie zum Weltraumschiff umzubauen, ich schaufle wie ein Wilder, und die Mama hackt und hackt. Und auf einmal muss ich dringend pissen, weil ich vorher nicht gepisst habe, weil ich so scharf drauf gewesen war rauszukommen. Raufzugehen, um zu pissen, hab ich keine Lust: vierte Etage, und ehe die Oma mich ausgewickelt hat

und aufs Klo gepackt ... Hätte alles viel zu lange gedauert. Ich schaufle also weiter, und Mama hackt weiter. Und nach einer Weile fange ich an, in die Stiefel zu pinkeln, nicht den vollen Strahl, sondern immer mal so ein bisschen. Es wird schön warm in den Stiefeln. Ich schaufle am Unterdeck, fange an zu schnaufen vor Eifer. Die Mama hackt und lacht rüber. Und auf einmal muss ich heulen. Scheiße, ich heule so sehr, dass ich vor Heulen nichts mehr sehen kann, stecke in der Wehe drin und heule wie ein Wolf. Aber die Mama denkt, dass ich bloß spiele. Und hackt weiter ihr dämliches Eis, und ich heule, bis ich nicht mehr kann. Am Ende bin ich so müde vom Heulen, dass ich umkippe und flachliege in der Wehe wie in einem Sarg. Kann keinen Finger mehr rühren. Und plötzlich macht es klick! – und ich bin auf der Insel. Krasse Insel, mitten im Meer. Und da steht ein Kreis aus dreiundzwanzigtausend Leuten, die sich stumm bei den Händen halten – und ich gehör dazu. Meine linke Hand hält sich an 'nem Mädchen fest, meine rechte an 'nem alten Zausel. Halt mich fest! Und dann wieder klick! Und mein Herz kriegt das große Zucken, fast wie ein Flash – und noch mal und noch mal und im Ganzen dreiundzwanzig Mal! Und dann zack, und ab ins Nirwana, Mann, und ich sag dir, ein Licht

Wladimir Koch (38), Geschäftsmann:
Meiner Meinung nach ist das alles höchst zweifelhaft. Was ich empfunden habe? Allenfalls das:

1. Mitleid, Sehnsucht, Trauer (bei dem Gedanken daran, wie ich mit drei Mitschülern eine Katze gesteinigt habe).
2. Schwäche, abgrundtiefe Müdigkeit (nachdem das Heulen aufgehört hat).
3. Euphorie (als ich mich in einem Riesenkreis von meines-

gleichen wieder fand, das Herz zu flackern anfing, und plötzlich verschwand ich, und alles andere auch, und es wurde Licht

Oxana Tereschtschenko (27), Managerin:
Das neue System »Ljod« auszuprobieren hat mich doch sehr gereizt. Und das nicht nur, weil in letzter Zeit so viel darüber zu hören war. Schon damals, wie lange mag das her sein, drei Jahre vielleicht, wie die Japaner den Tunguska-Meteoriten fanden oder besser gesagt das, was davon übrig war, und russische und schwedische Forscher haben zusammen das Eis untersucht und den »Tunguska-Effekt« entdeckt, schon da fand ich die Sache faszinierend. Immerhin versprach die Entdeckung ja eine Revolution auf dem Gebiet der Sensorik auszulösen. Und überhaupt, die Geschichte um diesen Meteoriten, dass er ein großer Klumpen Eis ist, aber Eis mit einem abweichenden Kristallgitter, wie es in der Natur sonst nicht vorkommt, das fand ich großartig. Vom Himmel gefallenes Eis, zig Tonnen schwer, lange Zeit unauffindbar, und dann stellt sich raus, jemand hat es doch gefunden und heimlich auf die Seite geschafft – das muss man sich vorstellen! Wo ist das Eis hin? Was ist damit passiert? Wer waren die Leute? Ein ungelöstes Rätsel. Und jetzt, da es Wissenschaftlern gelungen ist, dieses besondere Eis zu synthetisieren, wird die Sache noch spannender. Darum habe ich einen Luftsprung gemacht, wie mir in meiner Firma mitgeteilt wurde, dass ich zu den 230 Testern der Nullserie gehören sollte. Eine Riesenüberraschung für mich! Unser Verkaufsdirektor hatte meinen Namen auf die Liste gesetzt, ohne mich zu fragen. Weil er gesehen hat, wie ich manchmal im Internet herumsurfe, immer auf der Suche nach Neuigkeiten über das Tunguska-Phänomen. Und als das Schick-

sal es wollte, dass ich tatsächlich ausgewählt wurde, bestand er darauf, dass ich das Gerät hier in der Firma ausprobiere, vor den Augen der Kollegen. Alle waren dafür! Da konnte ich schlecht nein sagen. Also bin ich gestern Morgen mit dem Karton angerückt, um halb zehn wie üblich. Alles wartete schon auf mich. In der Packerei hatten sie die Pakete nach hinten an die Wand geräumt und den ledernen Direktorensessel in die Mitte gestellt. Zwei Kolleginnen halfen mir, den Brustschild anzulegen, setzten einen Eiswürfel in den Hammer ein, stellten die Netzverbindungen her, ich schloss den Helm an, setzte ihn auf, legte den Zeigefinger auf den Startknopf am Kabel und drückte. Im Helm drinnen war es stockfinster. Und sofort fing das Hämmerchen zu picken an. Das war komisch, es kitzelte irgendwie: pick, pick, pick, pick, wie ein Vögelchen, mir immer zwischen die Brüste! Komisch auch deswegen, weil ich mich in dem Moment selber habe sitzen sehen: im Bikini mit Helm und dem Ding, was mir an die Brust hackt – und das als Firmenmanagerin! Alle stehen drum herum und warten, was wird! Aber es passierte erst mal gar nichts, war immer noch finster in dem Helm. Da wurde ich schon ein bisschen nervös. Weil ich nämlich eigentlich ungern im Dunkeln bin. Nachts, wenn ich allein schlafe, lasse ich immer ein Licht brennen. Das war bei mir schon als Kind so, ich glaube, mit zehn ungefähr ging das los. Es lag daran, dass mein Vater gerne einen über den Durst trank, und wenn er betrunken nach Hause kam, meine Mutter schlecht behandelt hat. Wir wohnten in einer Armeesiedlung, Zweizimmerwohnung, im kleineren Zimmer schliefen sie, im größeren ich. Und ich habe ein paar Mal mitbekommen, wie mein Vater meine Mutter vergewaltigte, das heißt, sie wollte nicht, und er nahm sie, besoffen, wie er war, mit Gewalt. Und sie hat geweint. Einmal habe ich es nicht ausgehalten, bin aufgestanden und habe in meinem Zimmer Licht angemacht. Sofort hörte Vater auf und war still. Er hat mich nicht mal ausgeschimpft. So dass ich das dann noch öfter so gemacht habe. Am Ende hatte ich überhaupt Angst, im Dunkeln zu schlafen. Und jetzt unter dem finsteren Helm, wie ich daran denken musste, stand mir plötzlich noch eine andere Geschichte aus früher Kindheit vor Augen. Einmal, es war Sommer, hatte meine Mutter mich mittags schlafen gelegt und war einkaufen gegangen. Als ich aufwachte, war keiner da. Nur der Kühlschrank brummte. Das war so ein großer, bauchiger, der viel Geräusche machte, immerzu ratterte und wankte: rum-bum-bum, rum-bum-bum. Ich zog mich an, ging zur Tür, die war aber zugeschlossen. Ich lief zum Fenster und sah Mama unten stehen, mit einer Nachbarin. Sie unterhielten sich und lachten. Ich fing an, gegen die Scheibe zu klopfen und »Mama! Mama!« zu brüllen. Aber sie hörte mich nicht. Und der Kühlschrank hörte nicht auf zu rattern. Ich heulte und sah nach unten, zu Mama. Konnte nicht begreifen, dass sie mich nicht hörte! Das war ganz furchtbar. Und bei dieser grellen Erinnerung wurde ich wieder so furchtbar traurig, dass ich zu weinen anfing. Am Ende heulte ich so laut und ungehemmt wie ein kleines Kind. Und ich muss sagen, dieses Heulen tat gut, es hatte etwas Anheimelndes – ein Gefühl, das in die Vergangenheit gehörte und eigentlich nicht mehr zu haben war. Darum schämte ich mich auch nicht, im Gegenteil, ich heulte einfach drauflos. Das dauerte seine Zeit, das Herzklopfen ließ nach, die Tränen flossen nur so und wurden ganz sanft abgesaugt. Alles war unheimlich traurig und gleichzeitig unheimlich angenehm. Nur eines fürchtete ich insgeheim: dass es einem Kollegen vor lauter Schreck über mein Benehmen einfallen könnte, mir den Helm vom

Kopf zu ziehen! Doch alle verhielten sich sozusagen politisch korrekt. Jedenfalls habe ich mich ordentlich ausgeheult, und währenddessen hat das Hämmerchen mit dem Eis auf meine Brust eingeklopft. Eine wunderbare Ruhe kehrte ein, ganz zauberhaft, so als schwebte die Seele hoch über der Erde, könnte alles sehen, alles verstehen und wüsste, dass es für die Menschen keinen Grund zur Eile gibt. Das hat mir so gut gefallen, dass ich jede Bewegung vermied, um diesen Zustand nicht zu stören, er sollte bloß nicht vorübergehen! Doch die Ruhe blieb schweben, im Herzen blühten Blumen, könnte man sagen. Und plötzlich ein großes Leuchten: Auf dem Monitor im Helm war ein Bild erschienen. Zu sehen war ein Meer, mit einem Stück Land im endlosen Blau, und auf diesem Eiland standen wir: 23 000 wunderbare Menschen! Wir hielten einander bei den Händen, bildeten einen Kilometer großen Kreis. Uns ging es gut, es machte Spaß, so zu stehen. Wir warteten auf einen bestimmten Moment, auf den es, so wussten wir, ankam, dieses Warten auf etwas füllte mich vollkommen aus, es war, als sollte der liebe Gott vom Himmel zu uns herniedersteigen. Und plötzlich wurden unsere Herzen wach. Alle miteinander. Was für eine Bewegung! So als setzte eine gigantische Orgel ein. Und unsere Herzen sangen, erklommen eine Notenleiter, immer höher. Dieser Chor der Herzen war absolut unvergleichlich. Mein ganzer Körper war gelähmt, der Kopf wie leer gefegt. Und es ging immer noch höher, Ton um Ton, wie in chromatischer Folge – noch eins höher und noch eins und noch eins! Am höchsten Punkt angekommen, geschah das eigentliche Wunder. Wir verloren unsere Körper. Sie schmolzen hinweg, verschwanden einfach. Und alles Übrige ebenso: die Küste, die Wellen, der Himmel, die frische Meeresluft – es wurde alles immer weniger, löste sich auf, wie Wolken es tun. Und daran war überhaupt nichts Erschreckendes, im Gegenteil, meine Seele frohlockte. Es war ein unvergesslicher Augenblick! Ich löste mich auf wie ein Stück Würfelzucker. Aber nicht in Wasser, nein. Da war ein Licht

Michail Semljanoi (31), Journalist:
Heute darf man mit Fug und Recht sagen: Wir leben im Zeitalter des »Ljod«. Noch gestern lebten wir im Zeitalter des Kinofilms. Der Moment, da ich in diesem Kreis stand und plötzlich zu verschwinden begann, und dieses leuchtende Licht

Anastassija Smirnowa (53), Professorin für organische Chemie:
Das Phänomen des Tunguska-Eises (TIP) hat mich wie so viele andere Wissenschaftler auch von Anfang an interessiert. Die Vorstellung eines prinzipiell abweichenden Kristallgitters in diesem vor einhundert Jahren in Sibirien eingeschlagenen Klumpen kosmischen Eises war für uns alle atemberaubend. Es ging so weit, dass unsere ganze Forschungsabteilung zu basteln anfing: Das komplizierte Polyeder wurde aus Pappe modelliert, eisblau angemalt und an die Deckenlampe gehängt. So hing es über unseren Köpfen, drehte sich, ließ seine vielen Kanten blitzen und verhieß eine wissenschaftliche Revolution. Die ja dann auch eintrat. Die von Samsonow, Enqvist und Kamejama gemachte Entdeckung ist nicht nur ihren Nobelpreis und die damit verbundene internationale Anerkennung wert. Die Entdeckung der SEK-Vibrationen schlägt eine Brücke in die Zukunft der Biotechnologien. Das »Ljod«-System ist hier nur die erste Schwalbe. Ein Testballon, den der menschliche Genius steigen ließ. Wie eigentlich nicht anders erwartet, zählte ich

zum privilegierten Kreis der zweihundertdreißig Erstanwender. Nach Eintreffen des Systems hat unsere Abteilung es über Tage hinweg erprobt – aber ich war die Erste. Und ich muss ehrlich sagen: Es war beeindruckend! Im ersten Abschnitt gab es Tränen und außerordentlich luzide Kindheitserinnerungen, dann trat eine gewisse Verödung ein, es folgte eine Ruhephase und schließlich: das Abheben! Welch ein Flug! Das Ganze ließe sich am ehesten mit einem kollektiven Orgasmus vergleichen, und in meinem Empfinden war dieses Licht

Nikolai Barybin, Priester:
Fürwahr, unsere Welt rollt in den Abgrund, in den Rachen des Satans. Das so genannte Wellness-Set »Ljod« ist die neueste Höllengeburt, die den Niedergang der modernen urbanistischen Zivilisation nur noch mehr beschleunigt. Als das »Danaergeschenk« der Firma »Ljod« eintraf, wollte ich zunächst rundweg ablehnen, denn mein rechtgläubiges Herz flüsterte mir zu: »Dieses Ljod ist des Satans!« Doch als Hirte muss ich meinen Feind von Angesicht kennen. Und ich habe dieses so genannte Set offenherzig an mir ausprobiert. Als Erstes spürte ich eine Heidenangst, die bald darauf in Trauer umschlug. Was es war, worüber ich trauerte? Peinlich zuzugeben – es handelte sich um ein Fahrrad. Das kaputtging, als ich zehn war. Ich hatte diesen Vorfall vollkommen vergessen, das »Ljod« hat mich schmerzlich daran erinnert. Kurz darauf brach die Unzucht in Reinkultur aus. Ich sah mich splitternackt in einem großen Kreis »Erwählter« stehen, hoffärtig, in Erwartung eines Wunders. Und nicht die Gnade des Herrn stand zu erwarten, keine Buße, keine Vergebung der Sünden, nicht das Reich Gottes, das da komme, nein. Sie begehrten sich zu verwandeln in Ströme von Licht

Kasbek Atschekojew (82), Rentner:
Unter der Sowjetmacht, als unsere Republik noch zur großen UdSSR gehörte, da gab es in unserer Bezirksstadt ein Kino. Fast vierunddreißig Jahre habe ich dort als Vorführer gearbeitet und den Leuten Filme gezeigt. Mit großer Liebe zur Filmkunst. Aus Theater habe ich mir zum Beispiel nie was gemacht, bis heute nicht – wozu soll das gut sein? Aber Filme mochte ich sehr. Meine Lieblingsfilme, ach, die kann ich gar nicht alle aufzählen! Am liebsten hatte ich die richtig guten Filmkomödien. Und meine Lieblingsschauspieler in diesem Fach waren Charlie Chaplin, Mister Pitkin, Louis de Funès, Fernandel, Juri Nikulin, Georgi Wizin, Shenja Morgunow, Armen Dshigarchanjan, Wladimir Etusch und Arkadi Raikin. Die ganze goldene Garde. Aber als die UdSSR den Bach runterging und unsere Unionsrepublik die Unabhängigkeit bekam, da erging es dem Kino übel. Neue Filme gab es so gut wie keine mehr. Und kurz darauf ging der Krieg los. Da war schon gar niemandem nach Kino zumute. Meine Frau und ich und die Söhne, wir sind auch rauf in die Berge zu den Verwandten. Sechs Jahre und acht Monate haben wir dort zugebracht. Mein Sohn Riswan ist trotzdem ums Leben gekommen. Und mein Enkel Schamil ist verschollen. Wie wir in die Bezirksstadt zurückkamen, war dort alles zerstört. Im Kino war ein Lazarett. Doch das Leben kam langsam wieder in Gang. Irgendwann war auch der Strom wieder da. Die Ordnung wurde wiederhergestellt. Und eines Tages sagt mein Enkel Bislan zu mir, ich hätte über die Zeitung so einen neuen Apparat gewonnen. Er hatte uns nämlich alle in einen Fragebogen reingeschrieben, und den hatte er an die Redaktion geschickt. Nach einem halben Jahr kam die Antwort, und da stand: Kasbek Atschekojew. Über die Firma wurde uns der Apparat ins Haus geliefert. Wir haben uns

das Ding angeguckt. Und ich sage noch: Was soll es denn können, das Ding? Das ist ein neues Wunder der Technik, klärt Bislan mich auf. Erstens: Es führt Filme direkt in den Augen vor. Zweitens: Es tut einem auch sonst viel Gutes. Na, ich weiß nicht, sag ich. Probier das mal lieber an dir aus. Darauf er: Nein, Opa, du hast gewonnen, also musst du als Erster ran. Funktioniert das denn bei meinen Augen?, hab ich gefragt. Ich bin doch weitsichtig. Bislan hat die Gebrauchsanweisung studiert. Deine Weitsichtigkeit ist im grünen Bereich, sagt er. Klappt schon. Ach nein, sag ich, ich bin zu alt für solche Experimente. Aber meine Söhne ließen nicht locker. Ich hab mich gesträubt, bis Umar, unser Nachbar, dazukam und sagte: Kasbek, du hast uns dein ganzes Leben lang Filme vorgeführt, jetzt lass dir selber mal einen zeigen. Na schön, hab ich gesagt. Sie haben mich auf einen Stuhl gesetzt, mir das Hemd ausgezogen, so ein Ding vor die Brust geschnallt, Eis reingeschoben, wie eine Patrone in den Gewehrlauf. Auf den Kopf kam ein Helm. Dann kam das Ganze an den Strom. Und mit dem Eis wurde ich nun sozusagen in die Brust geschossen. Aber in dem Helm gab es überhaupt nichts zu sehen. Bislan, sag ich, hier läuft kein Film. Und er: Opa, hab ein bisschen Geduld. Also blieb ich sitzen und sagte nichts. Das Eis hörte nicht auf, mich zu beschießen. Ich saß da. So was ist langweilig, also hab ich an früher gedacht, ans Kino. Wie ich Filme vorgeführt hab, und welche Filme, manche Szenen sind mir eingefallen. Und dann musste ich plötzlich an den Krieg denken, den Großen Vaterländischen. Wie wir frisch rekrutierten Soldaten erst nach Charkow verlegt worden waren und später nach Wjasma. September einundvierzig war das. Die Deutschen hatten zwei von unseren Infanteriedivisionen aufgerieben, und wir mussten den Rückzug antreten. Knapp zweihundert Mann waren noch übrig vom ganzen Regiment. Wir sind im Morgengrauen durch den Sumpf, um aus dem Kessel auszubrechen. Und sind den Deutschen direkt vor die MGs gelaufen. Die hatten auf uns gewartet. Alle, die in meiner Nähe liefen, hat es erwischt, vor meinen Augen. Einfach niedergemäht, wie mit einem großen Sensenschwung. Mir hat eine Kugel den Gewehrkolben aufgerissen. Ich fiel um, in den Sumpf. Und die, die noch am Leben waren, ließen sich auch da reinfallen. Da lagen wir nun. Und die Deutschen haben genau hingesehen und, wo sich was regte, draufgehalten. Drei MGs hatten sie. Die schossen sehr genau, mit kurzen Salven – fünf Schüsse pro Salve, nicht mehr – tack-tack-tack-tack-tack! Kurze Pause, und dann wieder: tack-tack-tack-tack-tack! Ein paar von uns versuchten still und heimlich aus dem Sumpf zu robben – sie hatten keine Chance. Die Deutschen hatten Ferngläser zum Durchgucken. Und so langsam hat es alle um mich rum erwischt. Zwei jammerten leise, die waren verwundet. Und ich begriff, dass ich mich tot stellen musste und bis zum Einbruch der Dunkelheit so liegen bleiben. Und dann rauskrauchen. Dabei war es gerade erst Morgen, um sechs ungefähr. Ich hab die Augen zugemacht und dagelegen. Die Deutschen schossen auf alles, was sich bewegte. Einen nach dem anderen schossen sie tot. Ich lag da und atmete nicht mal. Das Gesicht halb in der Jauche, nur die linke Hälfte lag frei. Und ich hab immer so ein bisschen Luft durch die Nase eingesaugt und dann schön langsam durch den Mund in die Jauche abgelassen. Zwischendurch waren die Deutschen lange still. Aber plötzlich ging es wieder los: tack-tack-tack-tack-tack! Ich rührte mich nicht. Die Sonne fing an einzuheizen. Irgendwo wurde auch noch gekämpft. Welche kamen durch den Sumpf gefegt und wurden sofort niedergemäht von den deutschen Kanonen. Langsam kriegte ich die Panik. Ich war ja noch keine neunzehn damals. Nichts als Tote um mich her. Und plötzlich kommt ein Frosch aus dem Wasser gehopst, mir auf die Hand. Direkt vor meinem Gesicht. Und ich sehe: Ein Bein ist abgerissen. Wahrscheinlich von einer Kugel. Sitzt auf meiner Faust, japst und guckt mich an. Und ich ihn. Und mir tat dieser Frosch auf einmal so Leid, dass mir die Tränen kamen. Ich hab geheult wie lange nicht. Wie nie zuvor im Leben. Und plötzlich – zack! – stehe ich nackig, splitternackig wohlgemerkt, irgendwo rum, werde bei den Händen gehalten, und es geht mir gut, keine Last auf den Schultern, wir singen, und dann kommt alles irgendwie in Bewegung, und alles ist irgendwie eins und auch wieder nichts, nichts als Licht

Viktor Jewsejew (44), Fleischer:
Dass sie da jetzt so ein künstliches Eis produziert haben, das, wenn man damit vor die Brust gestoßen wird, so verschiedene Herzzentren in Schwingung versetzt, davon hatte ich schon gehört. Und prompt bekam ich das Set geliefert, kostenlos, weil gerade eine Werbekampagne lief. Ich hab's ausprobiert. Recht interessant, das Ganze. Obwohl es ein bisschen sehr langsam in Schwung kommt. Aber zum Schluss, wie wir da alle so im Kreis standen, da ging's uns richtig gut, und auf einmal, peng!, verschwinden wir im Licht

Lia Mamonowa (22), Verkäuferin:
Also wie soll ich sagen. Das ist … das kann man gar nicht sagen! Erst ist es zappenduster. Grabesstille. Nur dieser Schlagbolzen wummert einem gegen die Brust wie so'n kleiner Presslufthammer. Und dann kommt am Anfang so ein Kummer hoch, der zieht dich runter. So verschiedene trübe Gedanken spazieren dir durch den Kopf, so nach dem Motto:

sowieso alles am Abkacken, die Leute sind Scheiße, das Leben ist hart und so. Und später hab ich das Entbindungsheim vor mir gesehen, wo ein ganzes Zimmer voll Säuglinge liegt, die von ihren Müttern im Stich gelassen worden sind. Und ich seh mich da reingehen, mitten in der Nacht, und stehen und gucken. Die Babys schlafen alle. Und da hat mich auf einmal dermaßen das Mitleid gepackt, dass ich geflennt hab wie ein Wasserfall. Irre, das hat gar nicht wieder aufgehört. Ich brauchte nur auf die kleinen Händchen und Füßchen gucken – hu-hu-hu! Zum Schluss hatte ich keine Kraft mehr, bin einfach abgedreht und weggekippt. Vor Schwäche muss ich in Ohnmacht gefallen sein, vielleicht auch bloß eingepennt. Wie ich wach werde, ist da eine unbewohnte Insel, und auf der stehen wir – dreiundzwanzigtausend People. Alle nackt. Aber wir sind nicht etwa am Vögeln, wir stehen nur da und warten. Und plötzlich ist der liebe Gott vom Himmel gekommen und hat uns zu sich geholt. Dieses Licht

Anatoli OMO (27), Webdesigner:

Das Ding ist Kult. Mal was wirklich Neues. Von wegen, Wellness-Set! Ein astreiner Simulator in neuer Generation, den die Jungs von »Ljod« uns da unter die Nase reiben. Super-Algorithmus, krasse Bildwirkung. Quest vom Feinsten. Optimaler 3D-Effekt. Plus Seine Heiligkeit das Ljod, dessen Superqualitäten uns die Medien eingehypt haben bis zum Get no. Dieses Eis ist schon die halbe Show. Das turnt so an, da willst du immer mehr von. Und zwar sofort. Aber wenn du nüchtern drüber nachdenkst, weißt du: Das ist der Anfang von was Neuem, ein ganz neuer Kontinent, und was für einer. Auf dem Weg dorthin haben wir noch unsere netten kleinen Spielchen gespielt: QUAKE, MYTH, SUB COMMAND, ALIENS VERSUS PREDATOR. Aber jetzt sind wir gestrandet und sozusagen gleich draufgetreten auf das gute Zeug, das Ljod, mit nackten Füßen. Autsch! Will sagen: Endstation! Bitte alles aussteigen! Wir stehen im Kreis, die ganze Clique, und gehen über in blankes Licht

Anja Schengelaja (33), Lyrikerin:
Einfach göttlich, in jeder Beziehung! Es bereitet uns auf den Tod vor, den Übergang in andere Welten. Lange habe ich nicht mehr eine solche Ekstase gespürt, lange durfte ich mich nicht mehr so verlieren und vergessen, so ganz und gar abkoppeln von unserer grauen, missratenen Wirklichkeit. Unser Erdenleben ist ja doch nur die Rüstzeit zum Tode, zur Transformation, zu den großen Wanderungen. Wie Puppen dämmern wir vor uns hin in unseren irdischen Hüllen – bis zu dem Tag, da die Höheren Mächte uns in unseren Särgen erwecken und hinanholen. Wie sagte doch Lao Tse: »Der nicht den Tod zu lieben weiß, der liebt auch nicht das Leben.« Dieser wunderbare Apparat lehrt uns den Tod zu lieben. Und sorgt damit für Wellness der ganz besonderen Art. Denn nur denen ist ein wahres Wohlergehen verhießen, die den Tod nicht fürchten, die ihn feiern als die Erlösung, die ihrer Erweckung mit Ungeduld entgegensehen, der Einleitung einer Neugeburt in anderen Welten. Wir alle glänzten auf einmal im Licht

VIERTER TEIL

Über die nackte Schulter des Jungen kroch ein Sonnenstrahl. Der Plastikwecker mit dem lachenden Wolf auf dem Zifferblatt tickte laut auf dem Nachttisch. Ein Luftzug durch die offen stehende Fensterklappe brachte den lichtdurchlässigen Vorhang zum Schwanken. Auf dem Hof kläffte missmutig ein Hund.

Der Junge schlief mit offenem Mund. Unter dem Rand der Bettdecke schaute der grüne Kopf eines Plüschdinosauriers hervor.

Der Sonnenstrahl rutschte in das pausbäckige Jungengesicht hinunter. Tauchte die Nasenspitze ins Licht.

Die Lippen zuckten, die Nasenwurzel runzelte sich. Der Junge nieste und schlug die Augen auf. Schloss sie wieder. Gähnte, räkelte sich, strampelte mit den Beinen unter der Decke. Der Dinosaurier fiel auf den Teppich. Der Junge setzte sich auf. Kratzte sich am strubbeligen Kopf.

»Mutsch!«, rief er.

Keine Erwiderung.

Er schaute nach unten. Der Dino lag zwischen Pantoffel und Wasserpistole auf dem Rücken. Der Junge ließ die Beine aus dem Bett hängen. Gähnte noch einmal. Stand auf und schlurfte in die Küche.

Da war niemand. Auf dem Tisch lag eine Apfelsine, darunter ein Zettel. Der Junge musste sich auf die Zehenspitzen stellen, um den Zettel unter der Apfelsine hervorzuziehen. Die

Apfelsine kollerte vom Tisch. Fiel auf den Fußboden, kollerte davon.
Lautlos die Lippen und die großen Zehen bewegend, las der Junge die einzelnen Silben:
»Bin … gleich … zu…rück.«
Er legte den Zettel auf den Tisch. Ging in die Hocke, spähte umher. Die Apfelsine lag unter dem Küchenschrank.
Der Junge pupste. Erhob sich. Schlurfte ins Bad. Schob die Unterhose in die Kniekehlen. Pinkelte lange, die Lippen bewegend. Zog die Unterhose wieder hoch, ging zum Waschbecken. Rückte die hölzerne Kiste heran. Stieg darauf. Nahm die Zahnbürste, drückte Paste aus der Tube. Drehte den Wasserhahn auf. Nahm den Mund voll Wasser, gurgelte. Sah auf die Bürste. Hielt sie unter den Wasserstrahl. Das Wasser begann die Paste von der Bürste zu spülen.
»Katz und Hund«, murmelte der Junge und schüttelte die Bürste.
Die restliche Paste fiel ins Becken. Der Junge spritzte Wasser darüber.
»Katz und Hund, Katz und Hund, Katz und Hund! Gluckgluck, weg war'n sie!«
Er spülte die Bürste ab, stellte sie zurück in den Becher. Hopste von der Kiste. Lief in die Küche. Spähte unter den Schrank. Drohte der Apfelsine mit der Faust:
»Katzenhund!«
Er öffnete den Kühlschrank. Entnahm ihm einen Quarkriegel mit Schokolade. Riss die Folie auf. Biss ab. Kauend lief er in Mamas Zimmer. Nahm die Fernbedienung vom Tisch. Setzte sich auf den Fußboden, schaltete den Fernseher ein. Während er den Riegel aufaß, zappte er sich durch die Programme. Zwischendurch leckte er sich die Finger, wischte sie am T-Shirt ab.

»He!«, rief der Junge und krabbelte zum Regal mit den Videokassetten, zog eine heraus. »Ihr Dinosaurier! Bleibt stehen!«
Er wollte die Kassette gerade in den Recorder schieben, als sein Blick auf einen unbekannten Gegenstand fiel. In der Ecke stand ein blauer Karton. »LJOD« war in großen weißen Buchstaben darauf gedruckt. Der Karton stand offen. Der Junge ging näher. Alle Gegenstände im Karton waren blau. Der Junge ergriff den, der zuoberst lag. Es war ein Helm. Er drehte ihn in den Händen, setzte ihn sich auf den Kopf. Im Helm war es finster.
»Tat-tat-tat-ta!« Mit Hilfe zweier Finger feuerte der Junge eine Maschinengewehrsalve in die Runde.
Dann nahm er den Helm wieder ab, legte ihn auf den Stuhl. Kramte den Brustschild aus dem Karton. Drehte ihn kurz in den Händen, schmiss ihn auf den Fußboden.
»Nääh …«
Als Nächstes zog er aus dem Karton einen kleinen blauen Koffer. Von ihm führte ein Kabel zur Steckdose. An der Stirnseite des Koffers brannte ein kleines hellblaues Lämpchen. Der Junge stellte den Koffer auf dem Fußboden ab. Betastete den Verschluss. Pupste dabei.
Er drückte stärker auf den Verschluss.
Der Koffer ging auf. Drinnen lag, in einem Geviert aus zartblauen kleinen Plastikzellen, ein einzelner Eiswürfel. Die zweiundzwanzig übrigen Zellen waren leer.
»Ein Kühlschrank …«
Der Junge ergriff den Würfel.
»Kalt.«
Der Würfel war in Klarsichtfolie gehüllt und von Reif überzogen. Der Junge polkte am Ende des blauen Streifens. Zog daran. Der Streifen riss die Folie entzwei. Er drückte sich das

Eis aus der Folie in die Hand. Betrachtete es. Leckte daran. Einmal und noch einmal.

»Gar nicht süß.«

Das Telefon klingelte. Der Junge ging hin und nahm den Hörer ab.

»Hallo. Die ist nicht da. Weiß ich nicht.«

Er legte den Hörer auf. Klopfte mit dem Eis dagegen.

»Dem Eis war kalt. Und es beschloss, sich zu wärmen.«

Jetzt klopfte er mit dem Eis gegen die Scheibe der Anrichte.

»Ich bin's, das Eis!«

Am Eis lutschend, ging er zurück in sein Zimmer. In der Ecke auf dem Holzregal für CDs standen kleine Plastikfiguren: Superman, X-men und Transformer. Der Junge stellte das Eis zwischen sie.

»He, ihr coolen Männer, hier bin ich, das Eis!«

Er griff nach Transformer, der seine Laserlanze in der Hand hielt. Drückte die Lanzenspitze gegen das Eis.

»Eis, he, Eis, wer bist du?«

»Ich bin kalt!«, gab die Stimme des Eises zur Antwort.

»Was willst du von uns, du kaltes Eis?«, fragte er mit X-men-Stimme und antwortete mit der des Eises:

»Ihr sollt mich wärmen!«

Draußen vor dem Fenster erscholl Hundegebell.

Der Junge sah zum Fenster. Setzte eine drohende Grimasse auf.

»Aha! Schon wieder!«

Er lief auf den Balkon. Dort war es warm und sonnig. Unten kläfften drei streunende Köter einen Dobermann an, der von seinem bebrillten Herrchen an der Leine geführt wurde. Der Dobermann ignorierte sie.

»Katzenhund!«, rief der Junge und drohte den Kötern mit der Faust.

Er kehrte zurück in sein Zimmer. Das Eis lag noch unter der Lanze des Transformers.
»Geh weg von hier, du dickes Eis!«, knurrte der Junge und stieß die Lanze in den Würfel.
Das Eis kullerte auf den Teppich. Der Junge hockte sich daneben.
»Habt Mitleid mit mir, mir ist kalt!«, piepste er.
Er nahm das Eis zwischen zwei Finger und kroch damit kläglich piepsend und schniefend über den Teppich. Stieß dabei auf den Plüschsaurier. Stieß ihn an.
»Mir ist kalt!«
»Komm, liebes Eis, ich wärme dich.«
Der Junge half dem Eis, auf den Dinorücken zu klettern. Gemeinsam krabbelten die drei zum Bett. Der Junge half dem Dino, den Bettpfosten hinaufzuklettern. Er legte ihn auf sein Kissen. Daneben bettete er das Eis. Deckte beide zu.
»Hier wird dir warm, du Eis.«
Ihm fiel die Apfelsine ein. Er stürmte in die Küche.
Das Eis, neben dem Dinosaurier liegend, lugte unter dem Deckenzipfel hervor. In seiner nassen Oberfläche blinkte das Sonnenlicht.